Christine.

LA MACHINE ERNETTI

Roland Portiche

LA MACHINE ERNETTI

ROMAN

Albin Michel/Versilio

Pour Sarah
derrière laquelle se cache Natacha

AVANT-PROPOS

Aussi incroyable que cela paraisse, ce roman est basé sur une histoire vraie. Elle s'est déroulée à Rome, au Vatican. Un homme, un prêtre, aurait construit entre 1956 et 1965, en pleine guerre froide, une machine à voir dans le temps. Il s'appelait Pellegrino Ernetti. Avec son « chronoviseur », le père Ernetti aurait rapporté toutes sortes d'images du passé, récent ou très lointain. Depuis, cette machine aurait été démontée sur ordre du pape Paul VI, puis dissimulée dans l'obscurité discrète d'une cave du Vatican. Pour quelle raison ? On l'ignore. À partir de là commence une histoire livrée aux seules limites de mon imagination.

R. P.

1

Quelque part au nord-est de la Sicile, dans la région de Messine, un homme regardait la mer. Il faisait froid et la pluie tombait en rafales. Nous étions au mois de mars 1938. La guerre était déjà dans l'air, comme une mauvaise odeur impossible à chasser.

L'homme attendait le ferry qui devait le conduire à Reggio de Calabre. Il s'appelait Ettore Majorana et n'avait que trente-deux ans. Qui aurait pu se douter que ce Sicilien grand et très maigre, au visage blême de désespéré, vêtu d'un pauvre manteau qui le protégeait mal du froid, était l'un des plus grands physiciens du vingtième siècle ?

Deux jours auparavant, il avait écrit une lettre au directeur de l'Institut de chimie et de physique de Naples, où il enseignait, pour lui annoncer qu'il avait pris une « décision inévitable » et qu'il voulait disparaître. Il ne voyait que ce moyen pour barrer la route à une idée qui le rongeait comme un cancer. Hélas, il n'avait pas eu la force d'âme de se tuer. « La mer, écrivait-il encore, m'a refusé. » Alors, il fuyait. Mais comment se fuir soi-même ?

Dans son esprit avait germé l'intuition d'une invention terrifiante, une machine issue de cette nouvelle physique, si étrange, qu'on appelait la mécanique quantique. Sa puissance de destruction serait infinie, car elle touchait au plus profond de l'âme humaine.

Pour l'instant, ce n'était qu'une idée. Mais quoi de pire qu'une idée quand elle est inspirée par le Diable ?

2

Quatre frères capucins entouraient le lit étroit sur lequel le *padre* Pio semblait dormir. On attendait un miracle. Un frémissement parcourut la foule qui s'allongeait depuis la petite chambre du bienheureux jusqu'à la sortie de son couvent de Pietrelcina.

– Regardez ! Ses mains…

Le *padre*, âgé de soixante-sept ans, souffrait d'un mal singulier que beaucoup d'Italiens tenaient pour un prodige. Ses mains, ses pieds et sa poitrine se couvraient régulièrement de stigmates qui faisaient irrésistiblement penser aux plaies du Christ sur la croix. Ils étaient accompagnés de vives douleurs, parfois de saignements.

– Regardez, cria à nouveau la femme, sur ses pieds aussi !

Elle s'agenouilla et se mit à prier fébrilement. Les pieds et les mains du moine se couvraient de taches rougeâtres. Un bourdonnement emplit alors la chambre et le couloir du couvent, fait de dizaines *d'Ave Maria* prononcés à voix basse. Généralement, les croyants venaient se confesser, d'autres quémander une guérison miraculeuse. À certaines périodes, le *padre* recevait jusqu'à cent vingt visites par jour !

Au tout premier rang, le père Pellegrino Ernetti ne manqua rien du prodige. Ce tout jeune homme avait gardé une allure d'étudiant, avec des petites lunettes cerclées de métal, ses cheveux châtains, frisés, et son regard malicieux. Quand il vit les stigmates apparaître sur les membres du *padre*, il sentit ce parfum suave qu'on disait être celui du sang du Miraculé et il tomba à genoux. Les larmes aux yeux, il se mit lui aussi à prier avec intensité.

À ce moment, il prit conscience que le père Leonardo, l'envoyé du pape, le regardait. Ses joues s'empourprèrent. Le prenait-il pour un niais, aussi crédule que les pauvres paysannes qui l'entouraient ? C'était probable. D'un signe de la main, l'homme du Vatican proposa au jeune Ernetti de se lever et de sortir avec lui.

Le père Leonardo était à la fois un psychologue reconnu et un membre éminent de l'Académie pontificale des sciences. Il s'était illustré dans l'effort que tentait alors le Vatican pour réconcilier la culture scientifique avec la foi chrétienne. Ce croyant sincère était aussi un redoutable polémiste qui combattait avec énergie les superstitions et les croyances irrationnelles. Le curriculum vitae du père Ernetti avait attiré son attention. Il lui avait donc proposé une rencontre à Pietrelcina. Hélas, le jeune homme pensait avoir gâché ses chances en cédant naïvement à la ferveur générale.

Ils firent quelques pas en silence dans le jardin du couvent. En bredouillant, le père Ernetti tenta de se rattraper.

– C'est la première fois que j'assiste à une telle scène. J'avoue que je… j'ai été très impressionné !

– Vous êtes excusable. Il s'agit pourtant d'un phénomène psychique. Un ami à moi, un spécialiste de l'hypnose, m'a parlé d'une expérience étrange avec une médaille en métal. En avez-vous entendu parler ?

– Non, je ne crois pas.

– Au cours d'une séance, il a convaincu une patiente qu'il allait lui poser une médaille brûlante sur l'avant-bras. La médaille était normale, mais la patiente a développé tous les signes d'une brûlure sérieuse, avec apparition d'une belle cloque.

– De l'autosuggestion ?

– Exactement. La médecine psychosomatique n'en est qu'à ses débuts, mon fils. Un jour elle éclairera bien des maux dont souffrent les humains. Et elle expliquera les stigmates du *padre* Pio.

Le père Ernetti n'était qu'à moitié convaincu. Ce qu'il avait vu, trente minutes auparavant, était si bouleversant qu'il peinait à croire qu'il ne s'agissait pas d'un miracle.

– Pourtant, j'ai bien vu les plaies sur le corps du *padre*. Elles saignaient. Vous croyez vraiment que c'était son imagination ?

Leonardo s'arrêta et regarda son interlocuteur, amusé.

– Voulez-vous que je vous le prouve ?

Le jeune prêtre fut un peu désarçonné par son assurance.

– Euh, oui…

– Il y a une vingtaine d'années, un médecin anatomiste a étudié expérimentalement le supplice de la crucifixion. Il a démontré que les paumes du condamné ne pourraient pas supporter le poids du corps, qu'elles se déchireraient immédiatement. Il en déduisait que Jésus avait été cloué par les poignets ou que ses bras avaient été simplement attachés. Ce sont les peintres qui ont imaginé Jésus cloué à la croix par les paumes. Où sont les stigmates du *padre* Pio ?

– Sur ses paumes, admit le jeune homme.

– C'est donc qu'ils ne sont pas inspirés par la réalité du Christ, mais par les images qu'il a en tête, celles des tableaux de Rubens, de Rembrandt ou de Tiepolo.

La démonstration était impeccable, impossible à réfuter.

– Les hommes aiment se raconter des histoires, reprit Leonardo en recommençant à marcher. Et après, ils y croient. Vous avez étudié les rituels de l'exorcisme, n'est-ce pas ?

– Oui, pendant deux ans, au séminaire.

– Vous voulez devenir exorciste, père Ernetti ?

– Pas à temps plein, plutôt en complément de mon travail.

– C'est bien de connaître les rituels, c'est encore mieux de développer son intuition. J'ai moi-même mis du temps pour le faire. Je *sens* quand j'ai en face de moi un faux possédé, c'est-à-dire dans quatre-vingt-dix-huit pour cent des cas. Les vrais miracles sont très rares, mon ami. Heureusement. Sans quoi le monde serait invivable, ne pensez-vous pas ?

– Sans doute, mon père.

Il y eut un nouveau silence. Visiblement, le père Leonardo avait autre chose à lui dire.

– Père Ernetti, je ne vous ai pas fait venir ici pour vous faire la leçon. Il me reste de nombreuses recherches scientifiques à mener, dans un certain nombre de domaines. Je crois savoir que vous êtes musicologue et que vous avez aussi étudié la mécanique quantique. Pourquoi cet intérêt pour la physique moderne ?

– Parce que la science d'aujourd'hui rejoint les plus anciennes intuitions de la métaphysique. Elle nous donne les moyens de percer les grands secrets de l'univers, la nature de la matière, du temps, de l'espace, le commencement du monde. C'est cela qui me passionne.

Leonardo, en fin psychologue, nota chez le jeune homme une flamme qu'il avait soupçonnée et qui s'avérait bien réelle.

– Vous avez donc besoin de savoir pour croire, mon jeune ami ? lui dit-il d'un air faussement sévère.

– Au contraire. Je crois fermement que la science d'aujourd'hui nous dévoile la vraie grandeur de Dieu.

– Mieux que la Bible ?

– Différemment. La Bible parle avec des images, la physique utilise des équations, mais toutes les deux vont dans le même sens.

Il parlait vite, avec la ferveur de la jeunesse. Il s'en rendit compte.

– Pardonnez-moi, mon père, je suis sans doute un peu trop exalté.

– L'enthousiasme est une qualité à votre âge. Ne le laissez pas vous aveugler, mais conservez-le longtemps.

– Oui, mon père.

– Je partage votre passion pour la science moderne. Mais moi, hélas, j'ai soixante-quatorze ans et je suis malade du cœur. Alors, voici ma proposition : j'ai besoin d'un assistant jeune, avec votre double compétence de physicien et d'historien. Voulez-vous le poste ?

3

– Montini !

L'évêque accourut et s'agenouilla pour relever délicatement la tête du Saint-Père. Par chance, il n'y avait aucune trace de blessure. Depuis plusieurs années, le pape Pie XII souffrait d'une maladie neurologique grave qui se traduisait par des pertes de conscience et par des visions. Le plus souvent, il recevait la visite de la Vierge Marie ou revivait le miracle de Fatima. Avec précaution, l'évêque Montini aida le pape à se redresser.

– C'est bon, je peux tenir debout.

– Je vais faire monter votre médecin personnel.

– Surtout pas ! Je veux garder le goût de cet instant de grâce. Cet idiot va encore me parler de mes nerfs. C'est la Vierge qui est venue me dire merci[1].

– Sans doute, Saint-Père, sans doute.

Après la mort de son secrétaire d'État[2], Pie XII n'avait pas voulu le remplacer. L'évêque Montini jouait ce rôle, sans en

---

1. C'est Pie XII, le 1er novembre 1950, qui avait fait de l'Assomption de la Vierge (l'idée que Marie n'est pas morte, mais « montée au ciel ») un dogme de la foi catholique.

2. Le secrétaire d'État est considéré comme le « premier ministre » de l'État de la cité du Vatican. Il est chargé des affaires politiques et diplomatiques du Saint-Siège.

avoir le titre. Il aida le pape à regagner son bureau. Mais celui-ci l'arrêta. Son attention fut attirée par un brouhaha qui montait de la place Saint-Pierre. Le pape alla voir à la fenêtre.

– Pourquoi ces cris ?

Montini hésita à répondre :

– Je crois que c'est une manifestation.

Pie XII était stupéfait.

– Une manifestation ? Qui sont ces gens ?

Tous étaient des prêtres et tous étaient français. Ils étaient arrivés à dix et avaient convergé discrètement en un petit groupe compact sur la place Saint-Pierre. Ils se nommaient Hugues, Hervé ou Michel. On les appelait des « prêtres-ouvriers » ou des « prêtres au travail ». Pour lutter contre la déchristianisation des masses ouvrières, ils avaient décidé de travailler en usine, de partager le rythme abrutissant du labeur à la chaîne, d'épouser les combats et les grèves des prolétaires. Mais ils restaient des prêtres, ils disaient la messe, donnaient l'eucharistie, diffusaient les valeurs chrétiennes. Ils refusaient l'enfermement de l'Église, ses tropismes insupportables vers les puissants de ce monde.

L'année précédente, par le décret du 1er mars 1954, le pape Pie XII avait décidé d'arrêter l'expérience. Depuis, la plupart étaient rentrés dans le rang. Mais pas tous. Au signal d'un meneur, ceux qui manifestaient sur la place déployèrent leurs banderoles. Elles étaient explicites : *« Prêtres-ouvriers », « L'Église aux côtés du peuple », « Vivons l'Évangile »*, mais aussi *« Libérez l'Église », « Mariage des prêtres ».* Les uns chantaient des chants liturgiques, les autres criaient des slogans. Les touristes, d'abord surpris, prenaient des photos.

En voyant ces revendications, le pape laissa éclater sa colère :

– Mais… je les ai interdits ! Ils n'ont pas le droit d'être là.

– Ce ne sont que des irréductibles, Saint-Père.

– Ils n'obéissent plus à leur pape. L'Église va mal, Montini ! Si nous laissons faire, nous serons bientôt submergés par des revendications folles.

– Voulez-vous que je les fasse évacuer par les gardes suisses ?

– Non, laissez-les s'égosiller.

Le pape s'éloigna de la fenêtre et s'effondra sur un fauteuil.

– « *Mariage des prêtres* » ! Et pourquoi pas, demain, des femmes pour servir la messe ? Ou encore le droit d'avorter ?

Pie XII, qui approchait les quatre-vingts ans, avait la réputation d'être un pape « dur », très conservateur. La maladie, qui ne le lâchait plus, l'avait rendu irascible. Heureusement, Montini l'incitait à la prudence.

– Méfions-nous des effets négatifs d'une trop grande fermeté. On nous dira que l'Église tourne le dos à la société. En France, les prêtres-ouvriers sont très populaires.

– Mais nous sommes en guerre, Montini ! Mettez-vous bien cela en tête. Nous sommes en guerre, dans le camp du monde libre contre celui des communistes. Vos prêtres-ouvriers mettent la main dans la gueule du loup, les partis communistes européens vont les dévorer !

Il dégrafa son col. Il avait de la peine à respirer.

– Il faut vraiment faire venir votre médecin, Votre Sainteté.

Le pape secoua la tête.

– Montini, il faudra répondre à ces prêtres-ouvriers.

– Comptez sur moi, Saint-Père.

Peu à peu, le pape redevint le pape. Montini, lui, hésitait à sortir.

– Vous vouliez me parler, mon ami ?

– Je voulais juste vous rappeler que je dois m'absenter une dizaine de jours.

– Vous partez pour le Brésil, n'est-ce pas ? Je vous souhaiterais un bon séjour au soleil… si je ne savais qui vous allez rencontrer.

– Le pire de tous ! répondit Montini.

4

– Père Ernetti, vous permettez que je vous appelle Pellegrino ?
– Bien sûr.
– Vous avez un prénom inhabituel.
Le jeune homme se rembrunit.
– Un peu trop, mon père, on m'a beaucoup moqué à l'école.
– Ce sont des idiots, c'est un très joli prénom. Pellegrino, je vous amène à Casorezzo !
– Casorezzo ?
– C'est un village de la campagne lombarde, à trente minutes de Milan. C'est là que j'ai grandi. C'est un bel endroit. Et j'ai quelque chose à vous montrer.

Depuis plusieurs semaines, Pellegrino travaillait à Milan dans la section de psychologie expérimentale du père Leonardo. Il s'adonnait à sa tâche avec tout le sérieux dont il était capable. De son côté, le vieux savant avait la conviction d'avoir eu la main heureuse. En plus de sa passion pour la recherche, le jeune homme possédait une agilité intellectuelle qui valait mieux que toutes les cervelles bien remplies. Il est temps, pensa-t-il, de l'informer de la vraie raison de son engagement.

Une heure plus tard, la petite Fiat arriva devant un corps de ferme encore en activité. Un tracteur s'arrêta près d'eux. Le conducteur salua joyeusement le prêtre, qui lui parla chaleureusement pendant plusieurs minutes. Ici, Leonardo était chez lui.

– Mon père était cultivateur. Il faisait aussi du vin. Mais sa vraie passion, qu'il m'a transmise, c'était la mécanique et l'électricité. Venez voir.

Il entraîna son jeune ami dans un atelier où régnait un fouillis invraisemblable.

– C'est ici que je mène mes expériences personnelles. Regardez cette merveille, c'est un Webster de la dernière génération.

Il lui montra un magnétophone à fil.

– Magnifique ! J'en avais entendu parler, mais je n'en avais jamais vu.

Il se pencha pour regarder le magnétophone de près.

– Le fil magnétique est vraiment très fin.

– À peine le diamètre d'un cheveu, dit Leonardo. Je préfère les enregistreurs à fil à ceux à bande, j'estime que le rendu sonore est meilleur. Je l'utilise pour capter des sons que je transforme ensuite avec un boîtier électronique de mixage. Après, j'en fais une sorte de « musique ». Écoutez…

Leonardo pressa la touche lecture du Webster. Le fil fit entendre une suite de sons qui n'avait certes rien de mélodique. Mais, après quelques minutes, l'oreille percevait un paysage sonore absolument inédit, qui avait quelque chose de fascinant.

– Vous qui êtes musicologue, vous me direz un jour ce que vous en pensez. Mais aujourd'hui, je veux vous faire écouter autre chose.

Leonardo changea alors la bobine de fil, puis remit le magnétophone en marche.

– C'est arrivé il y a quelques mois, le 17 janvier 1955 pour être précis. Écoutez…

Le Webster diffusa alors un chant a cappella que Pellegrino identifia immédiatement. Il s'agissait d'un chant grégorien datant de la Renaissance carolingienne.

– Je reconnais ce chant, c'est…

Leonardo le coupa aussitôt.

– Ce n'est pas le chant qui est important, c'est ce qui vient après.

Le chant fut brutalement interrompu par des voix qui se détachaient sur un important bruit de fond. On ne comprenait pas tout.

– On dirait un artisan qui s'emporte après son employé.

– Pas un employé, rectifia Leonardo. Son fils.

L'homme qui criait reprochait à son gamin d'avoir mal usiné une pièce de métal. Puis l'enregistrement s'interrompit.

– C'est tout ?

– C'est tout. J'ai capté ce son par hasard.

– Une sorte de son parasite ?

– Je n'en sais rien, répondit Leonardo. Le plus étonnant, c'est que l'homme qu'on entend, c'est mon père. Et son fils, c'est moi enfant !

Pellegrino en resta bouche bée. Puis, l'instant de surprise passé :

– En êtes-vous sûr ?

– Tout à fait sûr. Même si c'est très loin, je me souviens encore de l'incident. Et c'est bien la voix de mon père.

Pellegrino ne comprenait pas où le père Leonardo voulait en venir.

– C'est bien simple, expliqua ce dernier. Je suis né en 1881, dans cette ferme. À l'époque de cette scène, j'ai dix ou onze ans. Nous sommes donc en 1891 ou 1892. À cette date, les magnétophones n'existaient pas !

Le père Ernetti passa de la stupéfaction à un franc sourire, comme s'il était victime d'une bonne plaisanterie.

– J'ai compris, vous essayez de me tester. Je ne suis pas si naïf !

Mais le visage sombre de Leonardo n'était pas celui d'un plaisantin.

– Je ne vous raconte pas d'histoires. Tout ce que je vous dis est vrai.

– Attendez… Vous voulez me dire que vous auriez pu, accidentellement, enregistrer un événement du passé ?

– C'est la seule explication que j'ai trouvée.

– Mais c'est impossible, mon père. Il y a sûrement d'autres raisons.

– Lesquelles ? Je n'arrête pas d'y penser et j'en reviens toujours à la même conclusion. Par hasard, en manipulant de l'électronique et un magnétophone à fil magnétique, j'ai capté involontairement un morceau de passé vieux de trois quarts de siècle !

Le père Ernetti était interdit. Le champion au Vatican de la réconciliation entre la science et la foi… serait-il devenu fou ? Et pourquoi lui parlait-il de cet incident ? Il chercha une échappatoire.

– Il faudrait faire venir un acousticien, il pourra peut-être vous éclairer.

– Non, il ne me prendrait pas au sérieux. Or ce phénomène est réel. Malheureusement, je ne comprends pas comment il a pu se produire. C'est pourquoi je fais appel à vous.

– Mais… comment pourrais-je vous aider ?

– Vous connaissez bien la physique moderne, c'est la raison pour laquelle je vous ai engagé. Nous sommes devant un phénomène nouveau, Pellegrino, qui pourrait ouvrir de grandes portes à la science. Je vous ai observé depuis que vous travaillez pour moi, je sais que je peux avoir confiance en vous.

Pellegrino se sentit flatté par ces paroles. Mais il recula d'un pas, inconsciemment, comme s'il craignait d'être aspiré dans une histoire un peu folle.

– Je ne sais trop quoi vous répondre.

– Il faut m'aider à percer ce mystère. Je sais que je n'ai pas rêvé, j'en ai la preuve sur ce fil magnétique. Si la science a favorisé cette irruption du passé dans le présent, nous devons pouvoir la reproduire.

5

On se serait cru à l'époque du Carnaval. C'était pourtant une manifestation de grande ampleur, mise en place par toutes les forces progressistes du Brésil. Près d'un million de personnes défilaient depuis des heures dans les larges avenues de Rio de Janeiro. L'objectif : mettre un coup d'arrêt à la politique antisociale du gouvernement brésilien.

Perdu dans cette foule immense, l'évêque Montini n'avait jamais rien vu de semblable. Comme souvent au Brésil, la manifestation avait intégré des éléments du carnaval traditionnel. Beaucoup de marcheurs portaient des masques grotesques. Certains tiraient des chariots chargés de statues animées, confectionnées en papier mâché. La plupart prenaient pour cible le président de la République, qu'on montrait dans des situations ridicules, pantalon baissé devant un ploutocrate grimaçant au chapeau débordant de dollars. Derrière, des danseuses des écoles de Bahia, habillées du costume blanc traditionnel, se donnaient à corps perdu dans des sambas endiablées.

À la tête du défilé, parmi les chefs des partis de gauche et les responsables des syndicats, on ne pouvait manquer la présence d'un personnage haut en couleur : Dom Alberto Pindare de Carvalho, qu'on surnommait l'« Évêque Rouge ». On lui avait attribué ce surnom parce qu'il appelait à une révolution sociale qui se confondait, pour lui, avec le royaume de Dieu annoncé par les Évangiles. Né dans le Nordeste brésilien, Carvalho avait été nommé deux ans auparavant évêque de Rio. Il avait aussitôt choisi de prendre la défense des pauvres et des nations du tiers-monde. Sa petite taille, à peine un mètre soixante, contrastait avec sa musculature d'athlète et un étonnant charisme. Il savait d'instinct trouver les mots qu'il fallait pour chauffer les foules. Son visage affichait en permanence un sourire qu'il voulait joyeux, mais qu'il ne pouvait empêcher d'être arrogant, parfois insultant. Il portait sa soutane comme un drapeau, celui des exploités qu'il voulait sauver de l'enfer du capitalisme international.

Montini ne savait trop où regarder. Il ne fit qu'entrevoir Carvalho, qu'il salua de loin. L'avait-il reconnu ? Il ne pouvait le dire, tant l'homme semblait sollicité. Ils se connaissaient depuis longtemps, car ils avaient étudié la théologie dans le même séminaire à Rome. Les services du Vatican avaient annoncé à Carvalho l'arrivée de l'envoyé du pape, mais Montini, ignorait où et quand ils pourraient se rencontrer.

Soudain, il eut la sensation qu'on le tirait par le bras. C'était un émissaire de Carvalho.

– *Senhor*, Dom Alberto vous fait dire qu'il vous recevra ce soir. Une voiture vous attendra à vingt et une heures devant l'église Notre-Dame-de-la-Consolation.

– Très bien, répondez-lui que j'y serai.

Il se dit que Carvalho, décidément, avait des yeux partout !

*

La nuit venait de tomber à Rio. Peu de temps après son arrivée sur le parvis de l'église, une grosse voiture maculée d'inscriptions s'arrêta devant l'envoyé du pape. Visiblement, on le guettait. À l'intérieur, il y avait trois hommes aux carrures de lutteurs de foire. S'il n'avait pas su qu'ils travaillaient pour Carvalho,

Montini aurait craint pour sa vie. Rio était une ville dangereuse où l'imprudent promeneur pouvait se faire agresser à chaque coin de rue. Ils l'invitèrent à s'asseoir dans la voiture, qui démarra aussitôt.

– *Para onde vamos ?* demanda-t-il dans un portugais approximatif.

– *Para Rocinha.*

– *Ainda é longe ?*

– *Não, apenas uns quilômetros*[1].

Après une quinzaine de minutes, ils quittèrent la route goudronnée pour prendre un chemin de terre. La voiture s'engagea dans des paysages lunaires, dévastés, éclairés par la seule lumière des phares. Les cahots du véhicule sur ce sol défoncé étaient épuisants. Bientôt, une lueur diffuse éclaira le ciel. C'étaient les mille lumières de Rocinha, la plus grande *favela* de Rio. Lorsqu'il avait été nommé évêque, Carvalho avait refusé d'habiter à l'archevêché. Il préférait vivre dans l'immense bidonville qu'était Rocinha. Cette décision avait beaucoup fait pour sa réputation. Du jour au lendemain, il était devenu le symbole de l'Église qui défend les pauvres, qui applique à la lettre l'enseignement du Christ.

La *favela* semblait s'étendre à l'infini, comme un amoncellement baroque. Ils sortirent de la voiture. Les trois hommes qui jouaient les gardes du corps l'entourèrent. Ils savaient s'y prendre pour écarter les curieux qui découvraient avec surprise cet homme habillé en prêtre, bien rasé, au visage de grand bourgeois.

– *Cuidado, veja onde põe os pés*[2] *!* lui dit un des gardes.

Ils marchaient dans la boue et dans l'urine. L'odeur était infecte. Elle se mélangeait à celle d'une viande improbable, qui

1. Où allons-nous ? – À Rocinha – C'est loin ? – Non, quelques kilomètres à peine.

2. Attention où vous mettez les pieds !

rôtissait non loin de là. Ses oreilles captaient des chants africains et des complaintes brésiliennes. Au passage, il vit un homme et une femme qui s'accouplaient en haletant, devant un groupe qui les encourageait en frappant des mains. Un de ses accompagnateurs, hilare, guetta la réaction de Montini. Il en fut pour ses frais. L'envoyé du pape traversait cette fange avec une apparente indifférence. Non qu'il eût tout vu, le monde recèle plus d'horreurs que l'imagination peut en concevoir, mais Montini avait assez de force d'âme pour faire face à *toutes* les situations.

Ils arrivèrent devant une cabane au toit de tôle. Carvalho en sortit et donna joyeusement l'accolade à l'envoyé du pape.

– *Bem-vindo ao meu castelo*[1] *!*

– Tu as oublié l'italien, Alberto ?

– Bien sûr que non ! Tu as mangé ?

– Une simple soupe à l'archevêché. Pour le soir, c'est assez.

– Tu n'as pas changé. Moi, ici, au milieu de la merde, j'ai retrouvé le plaisir de vivre.

Il montra tous ceux qui étaient rassemblés autour de lui.

– Et j'ai plein d'amis… qui valent bien les vieilles barbes du séminaire, crois-moi. Entre, on sera plus tranquilles.

La cabane lui parut plus vaste que depuis l'extérieur. Le sol de terre était recouvert d'un grand tapis d'Orient. La pièce, meublée d'un simple lit de camp, était éclairée par une lampe à pétrole qui projetait des ombres dansantes sur les murs où les crucifix côtoyaient des photos et des articles de journaux.

– Je n'ai pas de chaise ici, il faut s'asseoir sur son derrière. Comme jadis, quand on était scouts !

Ils s'installèrent l'un en face de l'autre. En le voyant de près, Montini comprit mieux en quoi résidait la « magie » de Dom Alberto. C'étaient ses yeux. Des yeux largement fendus, qui obliquaient vers un point situé juste au-dessus de son nez, évo-

1. Bienvenue dans mon château !

quant un troisième œil virtuel qui ne demandait qu'à vous percer. Associé à de gros sourcils et à cette « ride du lion » qui durcit les traits, le regard si particulier de Carvalho faisait beaucoup pour lui conférer une franche autorité sur son entourage.

– Comment se porte le Saint-Père ? demanda Carvalho.

– Mal, répondit Montini. Ses vertiges l'ont repris. Le médecin craint une rupture d'anévrisme.

– Je n'ai jamais aimé ce pape. Je ne comprends pas comment tu peux le supporter.

– En gardant mon calme, Alberto. C'est la meilleure des méthodes.

– Il ne t'a pas nommé cardinal ?

– Non, pas encore.

– Il ne le fera jamais, il a trop peur de te voir lui succéder. Pourquoi t'a-t-il envoyé ?

– Pour parler. Il entend dire tant de choses sur toi. Il veut connaître tes intentions.

Dom Alberto se leva et parla d'une voix forte :

– Mes intentions ? Je vais te les dire. Parce que nous nous connaissons, mais aussi parce que personne, aujourd'hui, ne peut plus m'atteindre. Le Vatican est mort.

– Mort ? Comme tu y vas, Alberto !

– Moribond. Comme toutes les institutions, il a fait son temps. Il s'est trop corrompu en prenant le parti des possédants. Je veux qu'il disparaisse !

Montini ne sut décider à cet instant si son vieil « ami » était atteint d'une de ses fréquentes crises de mégalomanie ou s'il avait une idée précise en tête. Il préféra jouer de cet humour froid qui en exaspérait plus d'un.

– Et quelle est ta baguette magique, mon ami ? Comment peux-tu…

Carvalho le coupa. Son regard était devenu dur, à en être effrayant.

– Tu crois que je suis fou ?

– Mais non, Alberto, protesta Montini soudainement conscient de sa maladresse. Je pense seulement que tu devrais prendre la mesure du monde tel qu'il est.

– C'est toi l'aveugle ! Tu ne vois donc pas que le monde a changé ? Que des forces nouvelles le travaillent de l'intérieur ? Les pays colonisés redressent la tête, ils ont besoin d'une autre Église. Je veux créer, moi, l'Église des Pauvres !

Avec un tel personnage, se dit Montini, tout est possible. Des hommes comme Carvalho ont la force de leurs convictions, ils peuvent en entraîner d'autres.

– Je suis venu te voir, Alberto, parce que je suis missionné par le pape. Il te propose de te rendre à Rome afin de trouver un terrain d'entente.

La réponse de Dom Alberto ne fut pas celle qu'il attendait.

– Je ne veux plus discuter avec ce pape. Ni avec son successeur. Je ne veux plus rien devoir à Rome. Je veux créer un schisme !

Ce mot de « schisme », le Saint-Siège le craignait autant que le Diable.

– Un schisme serait suicidaire pour l'Église entière, Alberto.

– J'ai réuni un groupe de théologiens de Colombie, du Chili, d'Argentine, du Mexique. Ensemble, nous bâtirons une nouvelle théologie destinée aux opprimés, une théologie qui mettra au premier plan la violence révolutionnaire, celle que proclame le Seigneur Jésus lui-même quand il dit : « Si quelqu'un vient à moi, et s'il ne hait pas son père, sa mère, sa femme, ses enfants, ses frères, et ses sœurs, et même sa propre vie, il ne peut être mon disciple. » Cette nouvelle théologie, le Vatican ne pourra pas l'accepter. Ce sera la cause du futur schisme.

– Alberto, dit Montini, effrayé, si tu fais cela, c'est la chrétienté que tu conduiras à sa perte !

Dom Alberto partit d'un grand rire. Dehors, le brouhaha gagna en intensité.

– Viens avec moi, tu n'as jamais vu ça. C'est un chanteur de Rio, Vinicius de Moraes. Je l'ai convaincu de venir chanter à Rocinha ce soir. Tu vas voir, c'est très beau.

Montini comprit que la discussion était terminée.

*

– Un schisme ! s'exclama Pie XII. Vous y croyez, à cette folie ?

– Je n'en sais trop rien, Saint-Père. Tout est possible avec lui. Et les Soviétiques seront heureux de l'aider.

Cette fois, le pape se laissa aller à un mouvement de désespoir.

– Père Montini, je me sens… démuni. Comment, à moi tout seul, à mon âge, puis-je renverser la situation ?

C'est alors que Montini posa sur le bureau du pape une liasse de feuillets couverts d'une écriture serrée.

– Qu'est-ce que c'est ?

– Une lettre qui vient d'arriver. Lisez. Elle contient peut-être la solution.

6

Ils avaient tout essayé.

À tel point qu'ils n'avaient pas hésité à mettre l'atelier du père Leonardo sens dessus dessous. Cela faisait deux mois que le vieil homme et son jeune collaborateur s'efforçaient de reproduire la singulière expérience, due à un improbable concours de circonstances, de cet enregistrement d'un morceau de passé.

Ils avaient fait réaliser un sonogramme de la séquence dans un laboratoire spécialisé. Un acousticien l'avait analysée. Il jugea qu'elle n'avait rien de spécial, c'était juste un son de mauvaise qualité. Ils avaient aussi démonté le magnétophone pièce par pièce et l'avaient remonté, sans résultat. Le fil magnétique se contentait d'être un fil magnétique ordinaire, comme on en trouve partout dans le commerce. C'est alors que le père Ernetti avait suggéré de modifier l'agencement de l'atelier, qui aurait pu jouer, sans qu'on sache comment un rôle d'« antenne ». Ils déménagèrent plusieurs fois tout ce qui s'y trouvait, y compris les outils lourds de mécanique. Leonardo n'y gagna qu'un tour de reins.

À court de solutions, ils firent venir un médium, un spécialiste de la « transcommunication », cette discipline paranormale qui interprète les voix des morts. Ils ne lui dirent rien sur l'origine de l'enregistrement. L'homme nota sur un bloc-notes les quelques paroles qui s'échangeaient dans la courte séquence. Il pensait qu'elles contenaient un message crypté des morts à l'intention des vivants ! Le père Leonardo préféra en rester là. Il lui paya son déplacement et le mit promptement dehors. Après trois semaines de travail, en cet automne 1955, ils n'avaient pas avancé d'un pouce. Ils pensaient à présent que le magnétophone n'avait été dans cette affaire qu'un support, captant au passage, Dieu sait comment, une « bulle de passé ». Une explication qui n'en était pas une, mais ils n'en avaient aucune autre.

Un jour, alors qu'ils étaient tous deux occupés à démonter un lourd établi en bois massif dans l'atelier de Leonardo, le téléphone sonna. Pellegrino alla décrocher. L'appel venait du palais du Vatican. Une voix demandait à parler au père Leonardo. Le jeune homme lui passa le combiné, mais ne put s'empêcher de tendre l'oreille. Le respect que semblait accorder le vieux prêtre à son interlocuteur donnait le sentiment qu'il s'agissait de quelqu'un d'important. Le père Leonardo raccrocha, pensif.

– Pellegrino, vous avez une soutane propre ?

– Oui, mon père, elle vient de rentrer de la laverie.

– Alors préparez-la. Nous sommes convoqués après-demain par le pape au Vatican.

– Moi aussi ?

– Vous surtout ! répondit Leonardo.

*

Le surlendemain, un taxi les déposa non loin de la place Saint-Pierre. Bien que natif de la banlieue romaine, le père Ernetti n'était jamais entré au Vatican. Il avait visité la place Saint-Pierre et la basilique comme tout le monde, mais n'avait jamais franchi l'enceinte de la cité pontificale. Pour l'occasion, il s'était procuré un guide touristique.

– Ils disent là-dedans que l'obélisque était au centre d'un cirque ?

– C'est vrai, répondit Leonardo, un cirque privé de Caligula. Là où vous vous tenez, mon ami, des martyrs chrétiens ont peut-être été dévorés par des lions, comme dans *Quo vadis*. S'il vous plaît, cachez ce guide, nous arrivons !

Ils se présentèrent à l'entrée du palais pontifical. Son accès était filtré par des gardes suisses armés et vêtus d'uniformes barrés de larges bandes colorées. Un garde les accompagna jusqu'à l'aile du palais où résidait le pape. L'appartement des audiences se trouvait au deuxième étage, juste au-dessous des appartements privés du souverain pontife. C'est dans cette salle, luxueusement décorée, qu'il recevait ses visiteurs. Un évêque entra dans la pièce et les salua amicalement. C'était l'évêque Montini, le collaborateur principal du pape. Lui et Leonardo avaient l'air de bien se connaître.

– Excellence, je vous présente le père Pellegrino Ernetti, dont je vous ai parlé.

Montini était un homme de grande taille, mince, d'apparence froide. Sa poignée de main était assez molle, presque indifférente. Mais son regard luisait d'une intelligence redoutable, apte à percer les secrets les mieux enfouis de l'âme humaine.

– Je suis content de vous rencontrer, dit-il. Le Saint-Père nous attend dans son bureau.

Il se retourna et frappa à une porte. Une voix faible leur demanda d'entrer. C'était celle d'un homme âgé, qui les attendait dans un immense bureau.

– Approchez, mes amis, approchez.

Pellegrino n'en croyait pas ses yeux. Il était reçu par le pape Pie XII en personne !

– Asseyez-vous tous les trois, demanda le pape. C'est moi, en revanche, qui vais me lever pour me dégourdir les jambes.

Le pape était un petit homme sec aux traits sévères qui portait sur son visage la fatigue due à sa maladie neurologique. Il tendit sa bague à Pellegrino, qui l'embrassa.

– Le père Leonardo, en qui j'ai toute confiance, nous a dit beaucoup de bien de vous, père Ernetti.

Les joues de Pellegrino s'empourprèrent de plaisir. Décidément, il allait de surprise en surprise !

– Votre Sainteté, le père Leonardo est trop généreux.

– Bien, bien. Les informations que je vais vous communiquer, poursuivit le pape, doivent impérativement rester confidentielles. En faites-vous le serment, père Ernetti ?

Pie XII avait donné à cette demande un ton de gravité qui surprit le jeune prêtre. La situation devenait de plus en plus curieuse. Il leva la main droite et fit comme au tribunal :

– Je vous le jure, Très Saint-Père.

– Je le jure également, reprit Leonardo avec un geste identique.

– Nous serons donc quatre, avec l'évêque Montini, à être informés. Il y a quelques semaines, j'ai reçu cette lettre…

Il leur montra une grosse enveloppe qui contenait un épais courrier.

– Elle est signée par le physicien Ettore Majorana.

Pellegrino eut un mouvement de surprise.

– Je sais ce que vous pensez, père Ernetti. Contrairement à ce qu'on croit, Majorana ne s'est pas suicidé en 1938. Il a fait croire à un suicide, mais s'est réfugié en réalité dans un monastère de Calabre, à Santo Stefano del Bosco. Il y a vécu jusqu'à sa mort, au début de cette année. Je connais bien le père supérieur qui dirige ce monastère. Il m'a confié que Majorana travaillait depuis des années sur un projet important sur lequel il ne disait rien.

Le pape sortit la lettre de Majorana de son enveloppe.

– Après son décès, le père supérieur m'a transmis cette lettre, qui m'était destinée. C'est un courrier étrange, qui contient beaucoup de considérations scientifiques. C'est pourquoi je l'ai montré au père Leonardo. Poursuivez, Leonardo, dites au père Ernetti ce que contient la lettre.

– Je ne vous en ai pas parlé auparavant, Pellegrino, car le Saint-Père m'avait imposé le silence sur cette affaire.

– Je comprends.

– Vous savez que Majorana cherchait à percer les mystères de la mécanique quantique. Le monde qu'elle décrit, où les particules de matière se comportent de manière inhabituelle, le fascinait. Il s'intéressait aussi à ces microparticules qu'on appelle les neutrinos. Vous en avez entendu parler ?

– Un peu. C'est Enrico Fermi qui leur a trouvé ce nom de « petits neutrons ». Mais ce sont des particules hypothétiques[1].

Leonardo eut un regard vers la lettre que tenait le pape.

– Eh bien, non. Pour Majorana, les neutrinos existent vraiment. Sa lettre contient des équations d'un genre tout à fait inédit, que j'ai du mal à comprendre. Elles ne sont qu'un résumé de ses travaux mathématiques. Le reste, trois cents pages de calculs, est conservé dans une caisse, dans sa cellule de Santo Stefano del Bosco. Je pense…

Il eut un regard vers le pape et vers Montini.

– Nous pensons que, compte tenu de vos connaissances en physique, vous serez peut-être capable de les déchiffrer.

Pellegrino avait du mal à comprendre.

– Mais… pourquoi moi, Saint-Père ? J'ai fait des études de physique, mais il existe des physiciens bien plus compétents que moi.

Ce fut l'évêque Montini qui lui répondit :

– D'abord, ne vous sous-estimez pas, Pellegrino. L'Église sait reconnaître les âmes en qui elle peut placer sa confiance. Par ailleurs, le père Leonardo vous a observé pendant plusieurs mois. Il a estimé que vous êtes l'homme de la situation. Nous n'avons aucune raison d'ignorer son jugement.

1. C'est ce qu'on croyait à l'époque (1955). Aujourd'hui, les physiciens ont acquis la preuve de leur existence.

Dans ces conditions, il devenait difficile pour Pellegrino d'hésiter davantage. D'autant qu'il sentait le regard anxieux du pape.

– Très bien, Saint-Père, je tâcherai d'être à la hauteur.

Le pape se détendit un peu.

– Mais en quoi…

Pellegrino hésitait à continuer, craignant d'être irrespectueux. Mais Pie XII, d'un geste de la main, l'encouragea à terminer sa phrase.

– … en quoi les calculs de Majorana pourraient-ils intéresser le Saint-Siège ?

Une fois encore ce fut l'évêque Montini qui lui répondit :

– Cela, vous le saurez en temps et en heure, père Ernetti.

Le pape parut irrité par la réplique de l'évêque.

– Je ne suis pas d'accord avec vous, Montini. Il a le droit de savoir.

Montini s'inclina, dans une posture d'obéissance.

– Dans sa lettre, continua le pape, Ettore Majorana soutient que ces calculs pourraient nous aider à prouver la vérité des Évangiles.

– Je ne comprends pas, Saint-Père. En quoi un travail sur les neutrinos peut-il concerner les Saintes Écritures ?

Cette fois, le pape sembla hésiter. Montini prit la relève :

– Cette entrevue est terminée, mes amis, Sa Sainteté a beaucoup à faire. Voici vos billets.

Il leur tendit deux billets de train. Pellegrino était surpris.

– Nous partons ?

– Oui, dès demain, dit Montini. Nous allons en Calabre. Et je viens avec vous !

7

La région du lac de Tibériade, au nord d'Israël, est parfois touchée par de longs épisodes de sécheresse. Cette année-là, à cause du recul de la ligne des eaux, un agriculteur du kibboutz de Ginosar[1] fit une trouvaille inattendue : une barque enfouie dans la vase, datant du premier siècle de notre ère. Jésus de Nazareth ou Simon-Pierre auraient pu, disait-on, traverser le lac sur cette petite embarcation[2]. Afin de protéger le précieux vestige gorgé d'eau, l'administration du kibboutz fit appel à deux archéologues de l'université de Tel-Aviv qui entreprirent de le recouvrir d'une épaisse enveloppe de polyuréthane. À quelques mètres d'eux, une jeune femme les observait avec attention. Elle s'appelait Natacha Yadin-Drori.

Grande, mince, des yeux vert doré qu'elle tenait de sa mère originaire d'Ukraine, Natacha alternait un travail à mi-temps au musée Rockefeller de Jérusalem avec la rédaction d'une thèse d'archéologie sur les sites évoqués dans les Évangiles. Elle était vêtue de l'uniforme habituel des habitants des kibboutz : un pantalon de toile (ou un short quand il faisait très chaud) et

1. Ginosar est le plus grand kibboutz de la région de Tibériade.

2. En 1986, c'est un bateau entier qui sera découvert au même endroit. La légende et les guides touristiques en feront « le bateau de Saint-Pierre ».

une chemise grise, de style militaire. La petite barque de Ginosar l'intéressait autant pour ce qu'elle révélait sur cette époque lointaine que pour les méthodes modernes de conservation des archéologues. Sa thèse était loin d'être finie, elle devrait pourtant la soutenir l'année suivante, à la rentrée universitaire de 1956. Une dernière épreuve à passer avant d'entrer pour de bon dans la vie professionnelle.

Grâce à une autorisation de l'université, Natacha avait eu accès à toutes les fouilles archéologiques en relation avec son sujet : Capharnaüm, Nazareth, Sepphoris, Bethsaïde, Tabgah, Kafr Cana en Galilée, ainsi que plusieurs recherches en cours dans la Ville Sainte. En fin d'après-midi, elle rangea ses notes et prit un autocar qui la ramena à Jérusalem. Elle logeait dans un petit studio qu'elle partageait avec une collègue qui travaillait comme elle au musée Rockefeller.

Depuis la découverte des premiers manuscrits de la mer Morte, en 1947, le musée était devenu le laboratoire central où des archéologues et des épigraphistes renommés – le plus souvent des dominicains français – travaillaient à la reconstitution et au déchiffrage des précieux rouleaux, assistés par une cohorte d'étudiants trop heureux de côtoyer pareilles sommités scientifiques en dépit d'une rétribution plus que modeste.

– Nat, lui dit la préposée à l'accueil, le Patron te réclame depuis ce matin !

– Tu lui as dit que j'étais en Galilée ?

– Ne discute pas, il est pressé !

Le « Patron », comme on l'appelait familièrement, était le père Hubert de Meaux. Ce dominicain au visage orné d'une longue barbe en broussaille, coiffé d'un béret qui ne le quittait jamais, était un fort caractère au verbe haut, tout à la fois craint et respecté. Directeur de l'Institut biblique de Jérusalem, il avait pris la tête de l'équipe chargée de la traduction, puis de la publication des manuscrits de la mer Morte.

– Mademoiselle, je vous ai cherchée toute la journée !

– J'avais pourtant prévenu que je serais…

Il l'interrompit et l'interrogea avec son débit de mitraillette :

– Peu importe. Vous savez vous battre ?

– Pardon ?

– J'ai appris que vous avez passé plusieurs mois dans les rangs de Tsahal. On vous a appris le maniement des armes ?

– Forcément, mon père.

– Revolver, pistolet-mitrailleur ?

– Oui, je sais m'en servir.

– Et le close-combat… Comment appelez-vous ça, ici ?

– Le krav-maga. Oui, j'en ai fait aussi.

– Bon. Comme vous avez le physique qu'il faut, vous allez jouer le rôle d'une riche touriste américaine qui vient faire ses emplettes sur le marché des antiquités à Bethléem. Regardez ça…

Il lui montra une page arrachée dans un magazine de petites annonces. L'une d'elles était entourée au crayon : « Manuscrit biblique à vendre. Un vestige précieux datant de l'époque des Hasmonéens. »

– Ils sont malins, ils font leur trafic en passant des petites annonces dans les bulletins pour les collectionneurs. Le manuscrit en question est en vente chez un antiquaire de Bethléem. Il me le faut.

– Le vendeur demandera beaucoup d'argent, mon père.

– Pas question. Il faut voler le voleur ! Vous irez le voir, vous le mettrez en confiance, vous demanderez à voir le manuscrit… et *pan* !

Il frappa un poing dans sa main, comme pour mimer une bagarre.

– Dans ma jeunesse, j'ai fait de la boxe. Mais si vous préférez votre judo israélien, ne vous gênez pas.

Natacha, un peu stupéfaite, n'était pas très rassurée.

– C'est que… il sera peut-être armé ?

– Vous le serez aussi.

De Meaux lui tendit un bout de papier sur lequel il avait noté un nom et un numéro de téléphone.

– C'est un des responsables de l'Autorité israélienne des antiquités. Il est au courant et vous enverra quelqu'un pour vous prêter main-forte.

La jeune femme était plutôt satisfaite de voir le père de Meaux – qui ne lui avait accordé jusque-là aucune attention – lui confier une mission… même si elle était plus proche d'une action de commando que d'un travail d'archéologue !

– Euh… savez-vous, mon père, ce qu'il y a dans ce manuscrit ?

– De la poudre !

Il n'en dit pas plus. Elle sentit qu'il ne fallait pas insister.

– C'est d'accord. Dès que j'aurai récupéré le document, je vous le rapporte.

– Non, vous le remettrez à mes dominicains du sous-sol. Je pars trois semaines à Rome.

– Pour parler de nos travaux ? demanda Natacha en se levant.

– Oui. Et pour me faire engueuler !

8

Six heures de trajet sous une forte chaleur ! Voilà ce qui les attendait pour atteindre Reggio de Calabre quand le train quitta la Stazione Termini. Les wagons étaient peuplés surtout de paysans calabrais qui avaient fait leurs emplettes à Rome. Certains transportaient même des poules dans des cagettes, qui caquetaient avec entrain. D'autres rapportaient en Calabre les fromages de brebis ou les charcuteries régionales qu'ils n'avaient pas réussi à vendre dans la capitale.

En soutane noire, une petite croix accrochée à la poitrine, l'évêque Montini, le père Leonardo et le jeune Ernetti s'étaient donné l'allure de trois curés ordinaires. Hélas, dans le compartiment à quatre qui leur était réservé, ils bénéficiaient de la présence d'une paysanne souriante, mais qui se confectionnait un sandwich odorant toutes les demi-heures, ce qui indisposait au plus haut point Montini qui prenait alors la fuite dans le couloir.

En dépit de la température écrasante, Pellegrino se montrait enthousiaste. Il se dit que son intuition ne l'avait pas trompé, il se trouvait mêlé à une aventure excitante, totalement inattendue. Leonardo, au contraire, ne pouvait cacher sa fatigue. L'angine de poitrine dont il souffrait était peu compatible avec ce voyage dans une région brûlante et aride. Au troisième sandwich de leur voisine, ils allèrent tous deux chercher refuge au bar du train, qui était bondé et enfumé.

– Comment trouvez-vous notre ami Montini ? demanda Leonardo.

– C'est un homme sans doute très intelligent, mais je le trouve très froid.

– Oui, reconnut Leonardo, c'est un produit parfaitement réussi de la bureaucratie pontificale. Ne le sous-estimez pas, il maîtrise à la perfection l'art de se rendre indispensable. C'est lui qui rédige les discours du Saint-Père, il l'aide même à écrire ses encycliques !

– Il a l'air si distant.

– Son arrogance lui a valu pas mal d'ennemis. Même le Saint-Père, parfois, a du mal à le supporter.

Le père Ernetti se pencha vers Leonardo.

– Je... j'ai entendu dire que le pape voulait l'éloigner ? murmura-t-il.

Leonardo, amusé, lui répondit sur le même ton de secret :

– Vous êtes bien renseigné, dites donc, pour un nouveau venu !

– J'ai passé quelques heures hier à la cafétéria du Vatican. Quand on prononce le nom de « Montini », tout le monde a quelque chose à dire !

– Méfiez-vous des cafétérias, on y rapporte souvent des ragots. Il est vrai que certains se plaignent de voir Montini prendre trop de place auprès du pape. Mais c'est un avantage de l'avoir avec nous. Il a une vraie culture scientifique et aura tous les pouvoirs pour nous aider dans notre recherche. Attention, le voilà !

Montini les rejoignit.

– Pas trop fatigué, père Leonardo ?

– La chaleur est supportable, répondit le vieil homme, mais les odeurs de nourriture me donnent la nausée.

– Moi aussi, mais on ne peut empêcher ces braves paysans calabrais de se nourrir à heures fixes, c'est inscrit dans leurs habitudes.

– Combien de temps pour arriver à Reggio ?

– Encore trois heures, répondit Montini. Puis nous irons en voiture jusqu'au monastère.

En début d'après-midi, quand ils parvinrent à destination, ils se dirent que Majorana avait fait le bon choix. Le monastère de Santo Stefano del Bosco était une abbaye de chartreux presque entièrement reconstruite après un séisme. C'était l'endroit idéal pour se faire oublier. Montini fit tinter la clochette du portail. Un moine leur ouvrit et leur demanda d'attendre dans la cour, le temps de prévenir le père supérieur. Après un court instant, celui-ci les accueillit respectueusement. C'était un moine à la longue barbe blanche, qui se déplaçait avec difficulté à cause de son embonpoint.

– Entrez, Messeigneurs, entrez. Je vous propose de nous asseoir dans le réfectoire, c'est là qu'il fait le plus frais.

Il avait raison. La température du réfectoire était revigorante.

– C'est mieux, n'est-ce pas ? Comment se porte Sa Saintet…

Montini ne lui laissa pas terminer sa phrase, il n'était pas là pour échanger des mondanités. Il demanda au père supérieur de leur raconter les derniers jours de Majorana.

– Comme vous le savez à présent, Excellence, Majorana a vécu dans ce monastère pendant dix-sept ans, après avoir fait croire à un suicide. Évidemment, il avait informé sa famille qui finançait secrètement son séjour dans l'abbaye.

– Pourquoi voulait-il se faire oublier ? demanda Montini.

– Sans doute à cause de ce qu'il avait découvert. Il n'a dévoilé ses recherches à personne, pas même à son frère aîné qui venait parfois lui rendre visite. Il travaillait toute la journée dans sa cellule et ne sortait que pour les repas, qu'il avalait rapidement. Il ne participait jamais aux cérémonies religieuses, bien qu'il se fût dit croyant.

– Comment est-il mort ? demanda Leonardo.

– De manière naturelle… et prévisible, précisa le père supérieur. Il s'épuisait sur ses calculs, jusqu'à une heure avancée de la nuit. Deux mois avant sa mort, il a été frappé d'un étourdissement qui l'a plongé dans un état de démence totale. Il semblait terrorisé à l'idée que des espions viennent lui voler son travail.

– Il ne vous pas donné une idée, même vague, de la nature de ses recherches ? demanda Montini.

– Aucune. Il m'a seulement confié cette lettre, que je devais transmettre au pape Pie XII. Il savait que nous étions amis, il avait confiance. Ce qu'il y a dedans, je l'ignore.

Montini demanda à voir la chambre de Majorana. Ils montèrent au deuxième étage du monastère, longèrent un étroit couloir et arrivèrent devant une porte fermée à double tour, que le père supérieur ouvrit avec son passe-partout. Il se tourna vers Montini.

– Comme vous me l'avez ordonné, j'ai demandé à nos frères de ne toucher à rien. Nous avons juste fait le lit. Tout est resté en l'état depuis sa mort.

Pellegrino observa la poussière qui recouvrait les rares meubles de la chambre et se dit que l'ordre avait été suivi à la lettre. C'était un invraisemblable fouillis. Le lit, minuscule, était bordé d'une couverture de laine élimée. Un tableau noir couvert d'équations était accroché à l'un des murs de la pièce. Des bâtons de craie de plusieurs couleurs se tenaient en équilibre sur le haut du cadre. Au pied du lit étaient rangés trois volumes entiers de pages de calcul, reliés par des pinces métalliques. Montini s'en saisit et les posa sur la petite table qui servait de bureau.

– Je vous ouvre l'armoire ? demanda le père supérieur.

– Allez-y, oui.

Elle était à moitié vide. On y trouvait le costume « civil » que Majorana portait en 1938, en arrivant au monastère. Il y avait aussi une robe de moine en coton épais, avec la corde traditionnelle pour la taille.

– Même s'il ne pratiquait guère, précisa le père supérieur, Majorana portait volontiers ce costume de moine parce qu'il le trouvait confortable. Pour lui, c'était comme une robe de chambre.

En bas de l'armoire, caché sous les vêtements, il y avait un gros carnet sur lequel le chercheur avait esquissé quelques dessins assez difficilement identifiables. L'un d'eux représentait une sorte de machine à deux étages. Juste en dessous, Majorana avait dessiné un poisson : *ichtus*, le monogramme du Christ[1]. Montini sortit alors de son sac un petit appareil photographique muni d'un flash et prit plusieurs clichés du tableau. Puis il se saisit d'un chiffon avec lequel il effaça soigneusement les équations.

– Une simple précaution, dit-il.

Pellegrino regarda les dossiers.

– Et tous ces écrits ?

– Allez chercher votre valise au rez-de-chaussée, ordonna Montini, nous ramenons tout à Rome.

– Et ensuite ?

– Ensuite, père Ernetti, vous aurez largement le temps de visiter une des merveilles du Saint-Siège.

– Ah bon ? Laquelle ?

– Avez-vous entendu parler des caves du Vatican ?

1. *Ichtus* en grec signifie « poisson ». Ses lettres forment *Iesus, Christus, Theou, Uios, Soter.* En français : Jésus Christ, Fils de Dieu, Sauveur.

9

Le père Hubert de Meaux était en train de perdre patience dans l'antichambre attenante à l'appartement des audiences du pape. Il fouilla dans les poches de sa tunique blanche de dominicain, puis se ravisa. Mais non, impossible de fumer ici. Il relut les premières lignes du rapport qu'il avait préparé pour le Saint-Père, qu'il avait voulu aussi neutre que possible. Soudain la porte s'ouvrit, laissant passer l'évêque Montini.

– Ah, tu es là. Vingt minutes que j'attends !

– Pardonne-moi, Hubert, j'arrive juste de Calabre. Mais je tenais à te parler avant l'entrevue.

– Tu viens m'annoncer que je vais passer un sale quart d'heure, n'est-ce pas ?

– Je le crains. La maladie du Saint-Père n'a pas amélioré son caractère. Et ce que tu vas lui dire…

– … ne va rien arranger. Je te rappelle que je n'ai pas sollicité cette rencontre.

– Je sais, je sais. Mais ce qu'on lui a dit de tes découvertes à Qumrân lui fait craindre que les ennemis de la foi s'en emparent.

– Il fait fausse route, il ne pourra pas éternellement barrer le chemin aux progrès de la science et des mœurs.

– Peut-être, mais il reste le pape, Hubert. Tant qu'il est là, c'est lui qui est assis sur le trône de Pierre.

– Tu penses avoir tes chances si… ?

– Pas pour le moment. Il a besoin de moi, mais se méfie. Il me mettra des bâtons dans les roues. Je crois qu'il faut y aller, mon ami.

Face au regard glacé du pape, Hubert de Meaux récapitula le travail qu'il menait depuis plusieurs années dans le désert de Judée. La découverte de nombreux manuscrits datant de l'époque du Christ (et même antérieurs) dans les grottes voisines de la mer Morte avait incité le prêtre archéologue à commencer des fouilles sur le site de Khirbet-Qumrân. Des ruines furent dégagées, découvrant une série de bâtiments qui faisaient penser à un monastère.

– Un monastère ? dit le pape. Pourquoi parlez-vous d'un monastère ?

– J'ai la certitude, Saint-Père, que la presque totalité des manuscrits de la mer Morte ont été écrits dans ces bâtiments par une communauté religieuse…

– Les fameux Esséniens ?

– Oui. Un groupe de Juifs très pieux qui s'étaient retirés à Qumrân pour attendre l'apocalypse et le retour d'un messie rédempteur.

– *Avant* la naissance de Jésus de Nazareth ?

– Oui, Saint-Père. Les Esséniens sont arrivés à Qumrân à partir du deuxième siècle avant notre ère, sans doute en plusieurs vagues.

Montini, qui connaissait bien le pape, redoutait son calme apparent. Il présageait un séisme imminent.

– Vous dites aussi, dans votre rapport, que ces ascètes avaient mis leurs biens en commun ?

– Oui, c'est ce qui ressort de leurs écrits.

– Et là encore, *avant* les apôtres du Christ ?

– Plusieurs dizaines d'années avant, en effet.

La tension, cette fois, était palpable.

– Vous vous rendez compte de ce que vous dites, père de Meaux ?

– Je dis ce que révèlent nos fouilles, Votre Sainteté.

Pie XII frappa violemment le bureau avec sa main. Montini ne l'avait jamais vu comme ça.

– Des sornettes, vous racontez des sornettes ! Et vous n'aidez pas notre Église, père de Meaux.

– Saint-Père, je…

Montini retint un sourire. D'habitude, c'est Hubert de Meaux qui bousculait de sa grosse voix ses collaborateurs. Cette fois, la situation s'était inversée.

– Et pour ne rien arranger, poursuivit le pape, vous faites de vos Esséniens les inventeurs du baptême de l'eau !

– Pas les « inventeurs », bredouilla de Meaux. Il est vrai que nous avons trouvé à Qumrân de nombreux bassins qui font penser à des bassins rituels. C'était une tradition chez les Juifs très pieux, à l'époque, de se purifier par l'eau plusieurs fois par jour. Ce sont les journalistes qui ont parlé du baptême de l'eau et qui l'ont comparé avec le baptême chrétien.

– Mais comment voulez-vous l'éviter ? rugit le pape en se levant et en arpentant la pièce de long en large. Bientôt, on nous serinera que Jésus n'a rien inventé, qu'il était lui aussi un Essénien et que le christianisme n'est finalement qu'une hérésie juive. Allons-y pour le jeu de massacre ! Et cela à une époque où les communistes n'attendent qu'une occasion pour pulvériser nos croyances et notre mode de vie.

Le pape était essoufflé, rouge de colère. Montini l'aida à se rasseoir. Il appuya sur le bouton d'une sonnerie installée sous le bureau. Un jeune prêtre accourut.

– S'il vous plaît, dit Montini, accompagnez le Saint-Père dans sa chambre. Et faites monter son médecin.

Le jeune prêtre fit sortir le pape. Le père de Meaux était blême.

– Il voulait savoir, maintenant il sait, dit-il. Je ne pouvais pas lui mentir.

Ses mains tremblaient quand il fouilla dans ses poches.

– Je peux fumer ?

– Ici, non. Mais allons dans la pièce à côté.

De Meaux, grand fumeur devant l'Éternel, tira une première bouffée qui le calma.

– Ne t'en fais pas, lui dit Montini, il me fait ce genre de crise presque quotidiennement. J'ai fini par m'habituer. Mais je comprends que tes recherches aient pu le choquer.

– Quand même, je m'attendais à tout, sauf à ça.

– Il se calmera. C'était drôle de te voir rabroué comme un gamin du séminaire !

– Pas pour moi.

– Veux-tu un conseil ? Retourne à Jérusalem, continue tes recherches comme s'il ne s'était rien passé, mais garde la main sur ce qui en sort. Quant aux manuscrits de la mer Morte… qui est chargé de les traduire ?

– La plupart sont entre les mains de nos dominicains.

– Excellent ! Qu'ils fassent leur travail, mais ne donne des informations qu'au compte-gouttes, en prétextant des difficultés de reconstitution des textes. Je ne sais pas ce que vous trouverez dans ces manuscrits, mais mieux vaut être prudents.

Le père de Meaux approuva en silence. Il se leva et se recoiffa de son légendaire béret. En saluant son vieil ami, il lui demanda, les yeux dans les yeux :

– La situation est aussi grave que ça ?

– Elle l'est. Mais tout va changer.

– Pour quelle raison ?

– Je ne peux rien te dire pour le moment. Tu verras.

*

Les médicaments que son médecin lui avait administrés avaient calmé le pape. Après le départ d'Hubert de Meaux, il avait repris sa place derrière son bureau et considérait Montini en silence.

– Dites-le, je sais que vous le pensez.

– Le père de Meaux est un grand savant et un catholique fidèle, Très Saint-Père. Vous n'auriez pas dû le rudoyer.

– Je me suis sans doute trop enflammé. Vous qui le connaissez, dites-lui que je regrette.

– Je n'y manquerai pas.

– Mais que voulez-vous, trop c'est trop ! Carvalho d'un côté qui nous menace d'un schisme, les prêtres-ouvriers qui me désobéissent, les théologiens modernistes qui montent à l'assaut des Évangiles… et de Meaux qui s'en mêle et suggère que notre Seigneur Jésus a copié sur les Esséniens !

– Il ne dit pas cela, Saint-Père.

– On le dira pour lui, croyez-moi ! Où en êtes-vous avec les travaux de Majorana ?

– Nous avons récupéré ses calculs et ses plans. Demain, j'installe le père Leonardo et son jeune assistant aux archives secrètes.

– C'est notre dernière chance, Montini !

Au même moment, dans les splendides jardins du Vatican, encore « sonné » par son entrevue avec le Saint-Père, Hubert de Meaux retrouvait lui aussi son calme sur un banc. Il savait que l'Église, comme l'armée, n'avait rien d'une démocratie. Toutes les vérités, même les plus fondées, n'y étaient pas bonnes à dire. Montini avait sans doute raison, il fallait prendre des mesures pour limiter les bavardages. Il frissonna en pensant à ce manuscrit qu'une de ses étudiantes devait récupérer à Bethléem. S'il s'agissait bien de ce qu'il pensait, ses ennuis n'étaient pas terminés !

10

Natacha remontait la rue principale de Bethléem, en direction de la grande place où est édifiée la basilique de la Nativité. Pour remplir sa mission, elle avait troqué ses vêtements habituels contre une tenue de touriste empruntée à une amie. Une jupe toute simple, un chemisier imprimé, un chapeau élégant pour se protéger du soleil et les classiques lunettes noires. Quand elle arriva à la hauteur de la basilique, elle obliqua vers le souk où les marchands d'antiquités – les vraies et les fausses – guettaient le client. L'annonce que le père de Meaux avait découpée émanait d'un drôle de bonhomme, un peu antiquaire et un peu cordonnier, un Syrien nommé Akram Dayoub. Son échoppe se trouvait de l'autre côté du marché, dans une venelle étroite. Elle sonna pour se faire annoncer. Un homme vint lui ouvrir. Il était habillé d'un veston à l'européenne et coiffé d'un tarbouche rouge, orné d'un gland noir fixé sur le dessus.

– C'est vous qui m'avez appelé au téléphone ?

– C'est moi, oui. Ellen Markle.

Elle s'était inventé un nom américain. Il s'effaça pour la laisser entrer. La boutique était petite. Il lui proposa de descendre au sous-sol. On y trouvait des lampes à huile de toutes les époques, des chandeliers, de la vaisselle d'argile, des jarres, des pièces de monnaie, tout ce qu'il fallait pour attirer le client naïf qui s'encanaillait à Bethléem pour acquérir un petit bout d'histoire sainte. Évidemment, les trois quarts des pièces exposées étaient des faux. Certains, reconnut-elle, plutôt bien réalisés.

– Je viens d'avoir un arrivage de lampes à huile de l'époque du second temple, dit-il. J'en ai aussi qui datent du retour de l'exil. Regardez-moi cette pièce…

Il lui montra une lampe qui avait l'air authentique. Intuitif, Dayoub avait vite compris qu'Ellen Markle connaissait la chanson.

– Non, ce qui m'intéresse, c'est ça.

Elle lui montra l'annonce. Dayoub la reconnut immédiatement.

– Ah, là il s'agit d'une pièce très rare, Miss Markle. Je la tiens du métropolite en personne.

– Je voudrais la voir.

– Son prix dépasse celui des objets ordinaires.

– Je travaille pour un musée américain de Salt Lake City, mentit Natacha. Nous sommes prêts à payer ce qu'il faut à condition que la pièce en vaille la peine, naturellement. Que pouvez-vous m'en dire ?

Pour toute réponse, Dayoub lui tendit une photo grand format. L'œil exercé de Natacha reconnut aussitôt un manuscrit authentique, un des premiers découverts dans la grotte IV et qui avait depuis disparu.

– Quelle taille ?

– Environ un mètre sur soixante-dix centimètres. Ce n'est pas un rouleau complet, mais il est vendu avec une centaine de fragments qui étaient dans la jarre.

– Je suis intéressée. Combien en voulez-vous ?

– Cent vingt-cinq mille dollars, en coupures de cent.

– C'est d'accord.

Bizarrement, il ne sauta pas de joie. Elle se dit alors qu'elle avait commis une maladresse. Le prix qu'il demandait était de toute évidence excessif. Un vrai client aurait marchandé. Il la regarda avec méfiance. Griffonna une adresse.

– À vingt-trois heures, à cet endroit. C'est un parking. Venez seule, avec les billets dans une valise.

– Entendu.

Comme elle ne voulait prendre aucun risque, Natacha entra dans un café et appela, comme convenu, son contact de l'Autorité israélienne des antiquités à Jérusalem. Elle lui résuma la situation. Son interlocuteur lui demanda de ne pas bouger, il envoyait un collègue pour lui prêter main-forte. Deux heures plus tard, elle vit arriver un homme jeune, qui semblait chercher quelqu'un. Elle lui fit signe. Il la rejoignit.

– Thomas Agenis-Nevers, dit-il avec un accent français.

– Tu connais la situation ?

– On m'a expliqué, dit Thomas. Tu es archéologue ?

– Je finis ma thèse.

– Moi pareil. Je suis arrivé de France il y a six mois et...

– Me raconte pas ta vie, le coupa-t-elle. Tu es armé ?

– Un petit calibre.

– Ça suffira. Tu t'en es déjà servi ?

– Euh... non.

– Tu devras peut-être le faire ce soir.

Ils mirent au point un plan d'action. Thomas devait se dissimuler à l'arrière de la voiture pour intervenir au moment où Dayoub montrerait la marchandise, pas avant.

*

Faute du moindre éclairage public, les nuits sans lune à Bethléem sont particulièrement obscures. En s'éclairant à la lumière des phares, Natacha arriva à l'heure au rendez-vous. Dayoub attendait près de sa voiture. Il lui fit signe d'approcher.

– Vous avez l'argent ?

– Oui. Dans une mallette, en billets de cent comme vous me l'avez demandé. Elle est dans mon coffre.

– Je veux voir l'argent, insista-t-il.

– Vous le verrez si vous me montrez le manuscrit, dit-elle.

Soudain, elle sentit la froideur d'une lame sur la partie gauche de son cou. Un complice, qui guettait dans l'ombre.

– Je veux voir l'argent, répéta Dayoub.

Natacha ne se démonta pas.

– Je vous le répète : pas de manuscrit, pas d'argent.

À l'armée, son sergent instructeur lui avait enseigné un mouvement de krav-maga adapté à ce genre de situation. En une fraction de seconde, elle immobilisa le poignet qui tenait le couteau avec sa main droite, le temps d'envoyer à l'agresseur, avec son bras gauche, deux violents coups de coude au visage. L'homme lâcha son arme et s'écroula, la face en sang.

– Thomas ! cria-t-elle.

Thomas tira deux coups de feu en l'air.

– Pas bouger ! dit Thomas dans un arabe approximatif.

Il accourut près de Natacha.

– Pas de casse ?

– Non, dit-elle. Couvre-moi, je prends son sac.

Elle s'approcha de Dayoub, qui lui servit une bordée d'injures.

– Tu comprends l'arabe ? lui demanda Thomas.

– Non.

– C'est mieux pour tes oreilles !

Elle vérifia que le manuscrit était bien dans le sac. Dayoub était méfiant, mais il avait quand même tenté sa chance, appâté par l'argent.

– Passe-moi ton revolver et prends la voiture, dit-elle à Thomas.

Une fois en possession de l'arme, elle tira en l'air deux fois. Aussitôt, Dayoub et son complice se figèrent. Thomas fit démarrer la voiture et ouvrit la portière. Tout en continuant à menacer les deux hommes avec son arme, Natacha entra à reculons à l'avant du véhicule. Puis Thomas écrasa l'accélérateur. Dix minutes plus tard ils étaient sur la route de Jérusalem.

– Tu es une vraie furie quand tu te bats, lui dit-il plein d'admiration.

– J'ai appris à survivre, comme tout le monde ici. S'il te plaît, arrête-toi !

Il gara la voiture sur le bas-côté. Natacha ouvrit le sac de Dayoub qu'elle serrait contre son ventre. Elle sortit le manuscrit et en déroula une partie.

– Mon Dieu, dit-elle, c'est un véritable trésor !

11

Le père Leonardo et le jeune Ernetti se présentèrent à l'entrée du bâtiment des archives secrètes du Vatican où ils furent accueillis par l'évêque Montini. Il les invita à descendre un petit escalier.

– Les archives sont en sous-sol ? demanda Pellegrino.

– La plus grande partie, oui, répondit Leonardo. Regardez bien, mon jeune ami, vous allez découvrir un des lieux les plus secrets au monde.

Le petit groupe s'engagea dans une série de longs couloirs garnis d'étagères, semblables à une bibliothèque qui n'en finirait plus. Montini se sentit obligé de faire le guide :

– Vous avez ici quatre-vingt-cinq kilomètres de rayonnages installés dans cinq mille mètres carrés sous la cour du musée du Vatican. On y conserve un million et demi de documents qui couvrent deux mille ans d'histoire.

Le père Ernetti se rapprocha de Leonardo.

– C'est cela les archives secrètes, une bibliothèque ?

– À quoi vous attendiez-vous ?

– Je ne sais pas moi, à un… une…

– Parce qu'on les a dites « secrètes », on a imaginé je ne sais quoi. C'est une bibliothèque, oui. Sauf que les documents qui sont conservés ici n'ont pas de prix.

– Par exemple ?

– Par exemple, les minutes des procès des templiers ou de Giordano Bruno. Ou le texte original de l'excommunication de Martin Luther.

– Vous êtes déjà venu ici, mon père ? demanda Pellegrino.

– Plusieurs fois. Depuis un demi-siècle, les papes ont autorisé les chercheurs universitaires à consulter une partie des archives. Toutes celles qui ne sont pas là où nous allons.

– Et où allons-nous ?

– Au bunker, répondit Montini. L'endroit le plus secret des archives du Vatican.

Ils traversèrent une salle différente des autres. Une sorte de hangar, plongé dans une semi-obscurité. On y avait entreposé des dizaines de caisses de toutes les tailles. Quelques-unes étaient en bois et semblaient très anciennes.

– Et ces caisses, que contiennent-elles ?

Montini eut un sourire.

– Je l'ignore moi-même, mon jeune ami ! Je peux seulement vous dire que certaines sont là depuis des siècles.

– D'autres archives ?

– Non, plutôt des objets.

– Des reliques ?

– Une de ces caisses pèse plusieurs tonnes. Ce serait une bien grosse relique ! Nous en recevons encore, vous savez. La dernière livraison venait d'un coin reculé de l'Alaska. Le plus étonnant, c'est sa forme : une sphère de quatre mètres de diamètre. Elle est conservée dans une caisse spécialement conçue. Certaines nuits, paraît-il, elle émet une faible lueur.

– Une forme de radioactivité ? suggéra Leonardo.

– Je l'ignore.

– Personne n'a jamais eu la curiosité d'ouvrir une de ces caisses ?

– Impossible, répondit Montini. La décision appartient au pape et à lui seul.

Le bunker était fermé par une lourde grille en acier qui gémit en pivotant sur ses gonds. C'était encore une bibliothèque, mais les documents étaient stockés dans des coffres alignés les uns à côté des autres.

– Vous n'êtes jamais venu ici, n'est-ce pas ? demanda Montini au père Leonardo.

– Jamais, Excellence.

– Qu'est-ce qu'on y conserve de particulier ? demanda Pellegrino à voix basse.

– Tous les documents sensibles pour l'histoire de l'Église, par exemple ceux qui concernent les relations du pape avec le Troisième Reich. Et beaucoup d'autres secrets. Vous savez, mon jeune ami, l'Église a plein de secrets !

– Nous arrivons, leur dit Montini.

La pièce qui leur était destinée était assez vaste, mais à peine meublée. Le père Ernetti remarqua aussitôt que la salle était insonorisée, ce que lui confirma Montini.

– Ici, personne ne pourra entendre vos conversations ni surprendre vos travaux. Je vous ferai parvenir dès demain du matériel de bureau. Papier, crayons, tableau noir, paperboard, machine à écrire, téléphone. Mais un téléphone sécurisé.

– Et pour le café ?

– L'ingrédient indispensable des chercheurs ! Vous faites bien de me le rappeler. Je vous ferai livrer une plaque de cuisson et une cafetière. Vous préférez le café en grains, j'imagine ?

– Oui, Excellence.

– Vous aurez donc un moulin électrique et le café préparé par le torréfacteur personnel du pape. Il est très fort, mais délicieusement parfumé.

Il leur expliqua ensuite comment le travail serait organisé.

– Vous vous présenterez chaque jour devant la porte du bâtiment des archives à huit heures du matin précises. Un garde suisse vous donnera un sac contenant vos déjeuners et vos dîners, des boissons et des boîtes de biscuits. Je vous recommande les biscuits, ils sont confectionnés spécialement pour le pape dans les cuisines du Vatican et sont absolument délicieux !

– J'espère que nous n'en priverons pas le Saint-Père, dit Leonardo.

– Dans son état, hélas, le pape a définitivement oublié le péché de gourmandise. Vous serez conduits ensuite dans votre salle de travail qui sera fermée à double tour. Vous y resterez jusqu'à vingt et une heures. Si vous éprouvez le besoin d'aller aux toilettes, il vous suffira d'appuyer sur ce bouton. Un garde suisse vous accompagnera et vous raccompagnera dans la salle de travail.

Un peu étourdis par ce programme, Leonardo et Pellegrino gardèrent le silence.

– Je sais que toutes ces précautions peuvent paraître contraignantes, expliqua Montini, mais la prudence est indispensable. Nous devons nous méfier des curieux, à l'Est comme à l'Ouest. Notre meilleure arme reste la discrétion.

– Quand pourrons-nous examiner les papiers de Majorana ? demanda Leonardo.

– Je vous les ferai livrer demain. Vous les étudierez et vous me rendrez un rapport. Nous verrons ensuite s'il y a lieu de poursuivre le travail.

*

Deux heures après, Montini se rendait dans le bureau du pape.

– Vous les avez installés ? demanda le Saint-Père.

– Ils commenceront demain matin. Je crois que le jeune Pellegrino est un bon choix. Il semble curieux et astucieux.

– Ils ont compris ce que nous voulons ?

– Pas encore. Laissons-leur le plaisir de la découverte !

12

Thomas, qui avait gardé la voiture, avait proposé à Natacha de l'accompagner au musée Rockefeller afin de mettre leur précieux butin en lieu sûr.

– Tu travailles ici depuis longtemps ? lui demanda le jeune homme.

– Six mois à m'user les yeux sur des documents qui ressemblent à des confettis !

La plupart des manuscrits de la mer Morte étaient conservés au sous-sol, dans des salles climatisées, à l'abri de la lumière. Certains arrivaient à peu près intacts, comme le rouleau qui contenait une copie du Livre d'Isaïe. Les autres étaient composés de centaines de minuscules fragments récupérés dans les grottes ou dans des jarres, que les épigraphistes devaient reconstituer patiemment, comme des puzzles. En descendant au laboratoire avec Natacha, Thomas les aperçut penchés sur de grosses loupes montées sur des bras articulés.

– Hello, Yoni ! dit Natacha.

– Salut, Nat. Tu as ton manuscrit ?

– Et comment ! dit-elle en montrant son sac. Le Patron a rappelé de Rome ?

– Non, aucune nouvelle. Il a peut-être fait un crochet par la France pour aller voir sa famille.

– La salle d'à côté est libre ? demanda Natacha.

– Oui, installe-toi.

Avec des soins infinis, Thomas et Natacha sortirent du sac le manuscrit de Dayoub. Il était protégé par deux épaisseurs de papier journal.

– Attention à ne rien abîmer, dit Natacha, de Meaux m'arracherait les yeux.

– Je ne l'ai croisé qu'une seule fois sur une fouille, dit Thomas. Il criait après tout le monde. Tu supportes ça ?

– Il faut bien, c'est mon directeur de thèse.

– Sur quel sujet ?

– L'archéologie de Jésus.

– Tu n'as pas choisi la facilité !

– Oui, avec lui, c'est du sport. Mais ça m'a permis de travailler sur la plupart des sites de fouilles, en Galilée et en Judée.

Deux collègues de Natacha vinrent l'aider à dérouler le manuscrit de Dayoub. Il était rédigé en hébreu et paraissait en bon état.

– Il faut que je file, dit Thomas. Je passe te voir en fin de soirée ? Je suis curieux de savoir ce que contient notre trésor.

– Si tu veux. Il va me falloir plusieurs heures pour déchiffrer ce texte. Certains mots sont effacés.

Elle semblait perplexe.

– C'est bizarre…

– Qu'est-ce que tu trouves bizarre ?

Elle resta évasive.

– Rien. On en reparle ce soir ?

*

Thomas, qui appartenait à une vieille famille française catholique, avait été embauché directement comme archéologue sur le site de Khirbet-Qumrân. Son séjour en Israël était un moyen de se rapprocher de ce « noyau dur » qui, disait-il, était au centre de sa foi. Grâce aux relations de son père, un notable, il avait rejoint l'équipe des dominicains du père de Meaux qui fouillait les vestiges du fameux « monastère » de Qumrân.

Il passa une partie de la journée à travailler sur la parcelle du site qu'on lui avait attribuée[1]. La chaleur était intense, près de cinquante degrés à l'ombre. En général, le jeune homme ne s'en plaignait pas. Mais cette fois, son esprit était ailleurs. Il pensait à l'aventure de la veille en compagnie de cette fille follement audacieuse, qui avait réussi à jeter à terre le complice de Dayoub. Une vraie scène de film d'action, menée avec un tempo parfait !

En fin d'après-midi, alors que la sagesse eût été de dormir sur place pour reprendre le travail dès le lendemain à l'aube, il demanda la permission d'emprunter la Jeep de l'équipe et de rentrer à Jérusalem pour des raisons personnelles. On la lui accorda. Compte tenu de l'état de la route, il lui fallut près de deux heures pour gagner le musée Rockefeller. Natacha était penchée sur son manuscrit. Elle le remarqua à peine.

– Tu as trouvé quelque chose ? lui demanda-t-il.

– Oui, ça…

Elle lui montra un bout de phrase en hébreu.

– Ça signifie, dit-elle, « Les pauvres d'esprit ».

Il était intrigué. Elle lui désigna un autre mot.

– Et regarde, si je prends le mot à côté, cela donne : « Bienheureux les pauvres d'esprit. »

– Tiens ? dit Thomas, les mêmes paroles que Jésus dans ses Béatitudes.

– Oui. « Bienheureux les pauvres d'esprit, car le Royaume des cieux est à eux. »

– Bon, et alors ?

---

1. C'est l'archéologue Mortimer Wheeler qui proposa cette méthode de fouille consistant à découper la zone d'étude en un quadrillage de carrés prédéfinis.

– Comment ça « et alors » ? Tu ne comprends pas ?

Elle montra le rouleau.

– Ce rouleau, Thomas, date de la fin du second siècle avant Jésus-Christ. Plus de cent ans avant la naissance de Jésus[1] !

Thomas était stupéfait.

– Tu es sûre de ta traduction ?

– Absolument sûre.

– Mais… c'est incroyable ! Tu en as parlé au Patron ?

– Oui, cet après-midi au téléphone.

– Qu'est-ce qu'il en pense ?

– Silence absolu sur ce rouleau jusqu'à son retour.

Thomas sentait que Natacha n'était pas tranquille.

– Quelque chose t'inquiète ?

– Il avait sa voix des mauvais jours !

1. Ce rouleau très surprenant existe bel et bien. J'en ai consulté une copie à l'École biblique de Jérusalem.

13

– D'abord, classer tout ça, dit Leonardo.

Il faisait allusion aux trois dossiers de Majorana. C'était leur premier jour de travail dans ce qu'ils étaient convenus d'appeler leur « laboratoire ».

– Quand je dis « classer », ce n'est pas seulement leur trouver un semblant d'ordre, c'est aussi comprendre à quelle logique obéissent tous ces calculs.

– C'est le plus incongru de cette histoire. Chercher sans savoir quoi !

– Nous le saurons bientôt. J'ouvre le premier classeur…

Pendant trois semaines, ils passèrent au peigne fin chaque feuille de calculs de Majorana. Parfois, c'était Leonardo qui se mettait au tableau noir, puis Pellegrino le relayait. Le travail reposait principalement sur les compétences mathématiques et physiques du père Ernetti. Elles étaient réelles, mais limitées. Il s'acharnait à répéter à Montini que des physiciens professionnels seraient bien plus qualifiés pour un travail d'une telle ampleur, le collaborateur du pape restait inflexible. Il ne pouvait être question d'intégrer une nouvelle personne dans l'équipe, ce qu'ils faisaient devait rester confidentiel.

– Je ne comprends vraiment pas pourquoi. Nous ne savons pas encore ce que cherchait Majorana, mais ça ne ressemble pas à une bombe !

Il faut dire que Majorana ne leur avait pas facilité la tâche. Il avait entrepris de donner une solution originale aux équations d'Einstein en imaginant de créer avec des neutrinos ce qu'il appelait dans son jargon des CTC *(Closed Temporal Curves)*, des courbes temporelles fermées pouvant générer des torsions de l'espace-temps aux propriétés étonnantes[1]. Mais ses calculs étaient si complexes (et parfois si embrouillés) que le père Ernetti fut obligé de se faire expliquer le fonctionnement de certains outils mathématiques sophistiqués par des chercheurs de l'université à qui il était recommandé par Montini. Ils avaient le sentiment qu'ils n'en verraient jamais le bout. Mais parfois, pourtant, il suffit d'un déclic pour que tout s'éclaire.

– Mon père, venez voir !

Leonardo se pencha par-dessus l'épaule de Pellegrino et vit un dessin réalisé à la plume avec une précision obsessionnelle.

– J'ai le sentiment que la recherche de Majorana sur les courbes temporelles fermées avait un but. Elle aboutissait à ça...

Avec son doigt, il entoura le croquis.

– On dirait un plan. Le plan d'une machine.

– Oui, ça ressemble au dessin qu'il avait esquissé dans le bloc-notes qui traînait dans sa cellule, vous vous souvenez ?

– C'est la même machine, en plus détaillée.

– Vous avez vu ces circuits ? dit Leonardo. Ils semblent converger vers une sorte de hublot.

– Je pencherais plutôt pour un écran de visualisation, mon

1. Les curieux, amateurs de physique, peuvent consulter sur le Web un cours très éclairant du physicien Marc Lachièze-Rey sur le voyage dans le temps et les courbes temporelles fermées : https://sites.google.com/site/logiquecategorique/Contenus/20140129_MLR.

père. Un téléviseur qui agrandirait les images minuscules formées à l'intérieur de la machine, comme le ferait un microscope.

Leonardo émit un soupir et se laissa tomber sur une chaise.

– Cette histoire est vraiment abracadabrante. Avec ses équations mystérieuses, son savant un peu fou, une machine, un écran, on se croirait dans un roman de Jules Verne !

Le père Ernetti resta un moment silencieux.

– Non, mon père, pas Jules Verne.

Le père Leonardo le fixa, surpris.

– Pas Jules Verne, mais Herbert George Wells, l'auteur de *La Machine à explorer le temps*.

Ils se regardèrent, interdits.

Ils venaient de comprendre à quoi servait la machine de Majorana.

*

Alerté par le père Leonardo, Montini accourut au bunker.

– Du nouveau ? J'ai cru comprendre que…

– Une machine à explorer le temps ! annonça Pellegrino avec un petit air de triomphe.

– Pardon ?

– J'ai du mal à y croire, répéta le père Ernetti, mais on dirait que Majorana avait dressé les plans d'une machine à voyager dans le temps.

Il se corrigea aussitôt :

– Non, pas « voyager », pas se déplacer physiquement dans le temps, comme dans le roman de H.G. Wells, mais voir dans le temps.

Étrangement, Montini ne fut pas surpris. Avant Leonardo, il s'était douté du sujet de la recherche, mais à présent, c'était vrai : Majorana avait trouvé le moyen théorique de réussir ce que le magnétophone à fil du père Leonardo avait obtenu, lui, empiriquement : capter une bulle du passé.

– Je demande d'urgence une audience au pape, dit-il.

Pie XII n'avait jamais aimé la science, et encore moins la physique moderne. Il estimait qu'elle se mêlait de ce qui ne la regardait pas. La Création d'abord, avec l'explosion de l'atome primitif des astronomes. Et maintenant, le voyage dans le temps ! Il les observa longuement. Que fallait-il décider ?

– Père Ernetti, vous êtes certain de ce que vous avancez ?

– Cela fait quarante-huit heures que je retourne la question dans tous les sens, Saint-Père. Je pense qu'il n'y a guère de doute. Dans l'esprit de Majorana, il s'agit d'une machine qui pourrait permettre de capter des traces des événements du passé.

– Pour être franc avec vous, admit le pape, nous l'avions deviné quand nous avons lu la lettre de Majorana. Mais nous nous demandions si ce qu'il proposait tenait debout.

– Les équations tiennent debout, Saint-Père, j'ai assez peiné dessus pour m'en persuader ! Pour autant, je ne peux pas vous garantir qu'une telle machine fonctionne. Il n'y a qu'un moyen de le savoir, c'est de la construire.

– Quel pourrait être son rayon d'action ? demanda le pape. Un an ? Deux ? Plus ?

Il se tourna vers Leonardo.

– Vous-même, père Leonardo, vous dites avoir capté l'année dernière un événement vieux de trois quarts de siècle, m'a dit Montini ?

– C'est exact, Saint-Père. Dans mon cas, cela s'est fait fortuitement, sans que j'y sois pour quelque chose.

– Pensez-vous que la machine de Majorana pourrait reculer plus loin dans le passé ? demanda le pape. Beaucoup plus loin ?

Ce fut Pellegrino qui répondit :

– Sur un plan purement théorique, il ne semble pas y avoir de limites temporelles. Quelle période de temps avez-vous en tête, Saint-Père ?

Pie XII jeta un coup d'œil à Montini, qui prit le relais.

– Si la machine fonctionne, nous aimerions pouvoir l'utiliser pour remonter, disons… de deux mille ans.

Leonardo et Pellegrino se regardèrent. Ils avaient compris.

– Vous nous demandez de remonter jusqu'aux temps évangéliques ? demanda le père Leonardo, stupéfait.

– Oui, dit Montini. Jusqu'à l'époque où a vécu et prêché notre Seigneur Jésus-Christ.

Pellegrino aurait pensé à tout, sauf à cela. Partir à la recherche de Jésus, le vrai, au moyen d'une machine temporelle… À la demande du pape, qui plus est !

– Ce serait un grand moment dans l'histoire de la chrétienté, peut-être le plus grand, poursuivit Montini. Nous montrerions au monde entier le visage authentique du Christ.

Le père Leonardo et Pellegrino étaient si étonnés par cette proposition qu'ils en restèrent sans voix. Le pape prit alors la suite de Montini.

– J'estime que, dans l'état déplorable où se trouve aujourd'hui la foi chrétienne, ce serait le meilleur moyen de rendre au christianisme son élan de jadis. D'une certaine manière, ce serait une seconde résurrection du Christ.

– Si le Messie ne revient pas en personne, il nous enverra son image, renchérit Montini.

Le pape se leva. Ce sceptique pathologique savait, quand il le fallait, être un homme de décision.

– Montini, je vous charge d'organiser la confection d'un prototype. Dans le plus grand secret, évidemment. Si le projet était dévoilé et s'il aboutissait à un échec, ce serait désastreux pour nous tous. Quand vous aurez obtenu un premier résultat, prévenez-moi, nous aviserons pour la suite.

14

Le soleil était déjà haut dans le ciel quand l'Évêque Rouge, Dom Alberto Carvalho, lança son cheval au galop. La veille, il avait quitté sa *favela* de Rio pour rejoindre son domaine familial de Macapa, dans le Nordeste brésilien. Il venait y passer quelques jours chaque fois qu'il trouvait du temps pour travailler à ses écrits ou tout simplement pour prendre un peu de repos. Arrivé sur un plateau dégagé sur des kilomètres, il poussa des cris de joie en menant l'animal jusqu'au bout de ses possibilités, se vidant ainsi de cette rage intérieure qui ne le quittait jamais. D'où venait-elle ? Un ami à lui, un psychanalyste argentin connu, avait l'habitude de dire que la petite enfance est un champ de bataille d'où ne sortent que des éclopés. Dans ce cas, il avait sauté, lui, sur un champ de mines ! Mais il s'en guérissait à sa manière, en mariant Dieu et l'action politique.

*

La résidence de Macapa avait été construite au début du vingtième siècle sur les instructions de son père, Thiago Carvalho. Une belle maison bourgeoise, étrangement située à l'écart de tout. Enfant, Alberto se demandait pourquoi ce père, qui restait mystérieux sur ses activités, avait choisi d'habiter non loin de la Guyane française. Un jour, il avait obtenu cette réponse énigmatique :

– Pour une raison bien simple, mon fils. Entre la frontière et Cayenne, il y a la jungle. Et la jungle, c'est la meilleure des cachettes !

Trois ans auparavant, la mère d'Alberto était morte d'un cancer du pancréas. Depuis, son père partageait sa vie avec des femmes que le jeune garçon trouvait vulgaires. Une question le tracassait néanmoins : pourquoi son père envisageait-il de se dissoudre dans la nature ? Raúl, le contremaître du domaine, lui avait répondu : « Il fait du commerce et il a des concurrents. » L'explication lui paraissait insuffisante. Pourquoi fallait-il se cacher de ses rivaux ? La réponse lui sauta au visage une nuit de septembre 1906.

– Trois autos, *senhor* ! Elles arrivent vers nous.

C'était Raúl, qui guettait par la fenêtre. Thiago Carvalho alla jeter un coup d'œil en écartant discrètement le rideau.

– Préviens les hommes, Raúl. Et fais lever Alberto !

Le domestique alla chercher le petit garçon qui dormait dans sa chambre. Il lui fit enfiler une robe de chambre sur son pyjama et l'entraîna avec lui. Il le laissa à l'entrée de la maison.

– Reste là et ne bouge pas.

Il sortit en courant pour prévenir les gardes qui se partageaient à quatre un local voisin. Mais la lumière était éteinte, il n'y avait personne. Il retourna dans la maison et alerta Dom Thiago.

– *Os bastardos*[1] *!*

Dom Thiago était en train de charger un pistolet automatique.

– Pars avec le petit, Raúl ! Cachez-vous dans la forêt.

Raúl et Alberto s'étaient éloignés de quelques centaines de mètres quand des hommes armés sortirent des voitures et s'engouffrèrent dans la maison. Des coups de feu claquèrent. Puis le silence. Raúl entraîna Alberto vers l'étang, qui était entouré

1. Les salauds !

de hautes herbes. Ils pataugeaient dans la boue et les insectes pullulaient autour d'eux. Soudain, Raúl s'immobilisa. Plusieurs hommes arrivaient de l'autre côté de l'étang.

– Plongez-le dans la vase, dit celui qui semblait être leur chef.

Thiago Carvalho était avec eux, il boitait. Sans doute était-il blessé. On avait attaché une corde lestée d'une pierre autour de son cou. Deux hommes le plongèrent, les pieds en premier, dans la vase.

– Dis-nous où sont les diamants, Thiago !

– J'ai été régulier, répondit Carvalho. Tout était arrangé avec Camilio. Où est-il ?

– À Manaus, avec deux balles dans le crâne. Vous étiez de mèche. Maintenant, tu parles !

Il fit un signe aux deux autres qui jetèrent la pierre dans la vase.

– Mon Dieu, dit Raúl à voix basse, ils vont le noyer dans la boue !

Après quelques secondes, pourtant, ils le ressortirent de la vase. Thiago toussait et s'étouffait.

– Tu vas crever comme un rat, Thiago, si tu ne parles pas.

– Les diamants sont dans mon coffre, derrière le grand tableau du salon. Sortez-moi de là et je vous donnerai le code. Je vous dis la vérité, je le jure sur la tête de mon fils !

– Pas besoin du code, on est équipés.

Sur un signe du chef, les deux autres laissèrent Thiago couler. Il se débattait.

Deux coups de feu mirent un point final à la scène. Les trois hommes s'éloignèrent. De l'autre côté de l'étang, Raúl tenait fermement sa main plaquée sur la bouche d'Alberto, pour l'empêcher de hurler.

La police brésilienne interrogea longuement Raúl, qui connaissait parfaitement l'identité des agresseurs. Elle ne tarda pas à retrouver les criminels, qui furent emprisonnés et exécutés. Le plus troublant, pour le jeune garçon, c'est que son père avait menti. Dans le coffre, il n'y avait aucun diamant. Une bulle de haine s'infiltra alors dans l'esprit d'Alberto. Pas contre les agresseurs de son père, mais contre Thiago Carvalho lui-même. Il avait juré sur la tête de son fils en sachant pertinemment qu'il mentait. Pour un enfant, qui croit encore à la magie des mots, ces choses ont une importance. Il est vrai qu'Alberto n'avait jamais aimé son père. Mais cette fois, il en était certain, il le détestait. Il le pleura pour la forme et fut pris en charge par le frère – et associé – de son père.

Les diamants de Thiago Carvalho, dissimulés dans un coffre à Recife, représentaient une véritable fortune. À la mort de son oncle, grâce à ces joyaux qui avaient été négociés discrètement dans les meilleures places, Alberto se retrouva seul héritier d'une belle fortune qu'il investit en Italie, là où il avait fait ses études de théologie.

Car il avait connu, à l'âge de quatorze ans, une sorte d'état de grâce. Une nuit, il avait été ravi à lui-même et s'était mis à flotter au-dessus des lumières palpitantes de Rio. Il n'avait ni chaud ni froid, il ne ressentait qu'un immense bonheur. Il plana ainsi un long moment au-dessus des montagnes et des vallées. Puis il voulut plonger vers le ciel piqueté d'étoiles, comme on plonge dans la mer… mais se sentit alors tiré en arrière et se réveilla, dégoulinant de sueur, dans son lit d'adolescent. À partir de là, il entra au séminaire pour chercher Dieu. Ce qu'il trouva ? Lui seul le sait.

Au bout de quelques années, celui que tout le monde appelait désormais Dom Alberto fut à la tête d'un important capital immobilier qui lui assurait des revenus confortables et lui permit, quand il venait au Brésil, de conserver quelques bonnes habitudes paternelles comme ces gardes du corps qui ne le quittaient jamais… mais qu'il avait à l'œil.

*

Un demi-siècle plus tard, l'évêque de Rio avait une autre bataille à mener, mais cette fois à l'échelle du monde. Il aperçut de loin une grosse Dodge maculée de boue devant la maison et deux prêtres qui en sortaient. Il força l'allure. Il avait accepté une rencontre matinale avec deux envoyés de l'évêque Hélder Câmara[1] qui cherchait à le rallier à son projet. Il voulait créer un conseil épiscopal latino-américain, regroupant l'ensemble des évêques d'Amérique latine. C'était une belle idée, mais qui devait, selon lui, reposer sur des bases idéologiques claires. Il ne lui fallut qu'une petite minute pour parcourir le texte auquel on voulait l'associer.

– Que veut Câmara ? rugit-il. Une place de cardinal au Vatican ?

Un des deux envoyés essaya d'argumenter.

– Son but, Excellence, est seulement de trouver le point commun qui permettra aux évêques…

Carvalho ne le laissa pas terminer.

– Il ne doit y avoir qu'un point commun, un but unique pour l'Église révolutionnaire : être à la pointe de tous les combats des peuples pour leur émancipation !

– Le conseil épiscopal servira justement à…

– Votre conseil ne servira qu'à renforcer le pouvoir du pape si votre charte ne le dit pas avec netteté !

– Si je comprends bien, Dom Alberto, reprit le jeune prélat, vous refusez de signer ?

Un des gardes du corps lui montra quelque chose par la fenêtre. Il se leva et fit comprendre à ses visiteurs que leur discussion n'irait pas plus loin.

– Pardonnez-moi, j'ai un autre rendez-vous. Saluez Câmara pour moi !

Le visage sombre, les deux envoyés se résignèrent à rentrer

1. Un évêque catholique brésilien, connu lui aussi pour sa lutte contre la pauvreté… mais moins radical que Carvalho.

bredouilles. Dom Alberto sauta à cheval et galopa jusqu'à un espace dégagé où atterrit un hélicoptère de l'armée brésilienne. L'homme assis à côté du pilote était une vieille connaissance : le colonel de l'armée Rouge Grigory Tcherbychev.

– Tu fais ta tournée dans un hélicoptère de l'armée, à présent ? lui demanda un Carvalho hilare.

– C'est une astuce qui me permet d'aller à peu près partout, répondit Tcherbychev. Ce pays est un tel foutoir !

– À qui le dis-tu ! Tu viens te rafraîchir un moment dans la véranda ?

– Pas le temps, je dois repartir pour Rio. Viens t'asseoir à côté de moi.

Il fit un signe au pilote qui quitta son siège pour laisser entrer Carvalho.

– J'ai appris, dit-il au Russe, que l'arrivée de Khrouchtchev t'a fait prendre du galon ?

– Il m'a confié la réorganisation de nos services de renseignement, oui.

Tcherbychev continua à voix basse, sur le ton de la confidence :

– Alberto, les Américains nous inquiètent. Si la guerre éclatait aujourd'hui, le camp socialiste serait perdu. La déstalinisation était nécessaire, mais elle a affaibli notre pays. C'est pourquoi nous devons avoir l'œil à tout.

Carvalho avait du mal à comprendre.

– Quel rapport avec moi ?

– Nous savons que tu as placé des hommes de confiance auprès du pape.

– Oui. Et alors ?

– Il se passe quelque chose au Vatican. Le pape organise des réunions discrètes par l'intermédiaire de son homme de confiance, l'évêque Montini.

– Je le connais, dit Carvalho, il faut s'en méfier.

– Il n'y a pas que lui, ajouta l'homme du KGB. Il y a aussi deux prêtres, dont l'un est physicien. On dit qu'ils auraient installé une sorte de laboratoire aux archives secrètes.

Carvalho était intrigué.

– Drôle d'endroit pour un laboratoire…

– Nous pensons qu'ils pourraient étudier avec les Américains l'installation de leurs missiles PMG-19 Jupiter sur le sol italien, dit Tcherbychev. Le Vatican pourrait servir d'intermédiaire.

Carvalho secoua la tête.

– Non, je connais bien Pie XII, jamais il ne se prêterait à ce genre de manœuvre. C'est un pleutre, mais il a des principes.

– Alors, trouve ce qu'ils font. Et préviens-moi.

Carvalho sortit de l'hélicoptère.

– Compte sur moi. Montini est malin, mais j'ai de la ressource !

15

– Mais qu'est-ce qu'il fabrique ? se demanda le père Leonardo.

Cela faisait une heure qu'il attendait Pellegrino. Ce n'était pourtant pas le travail qui manquait. Il eut un regard vers les centaines de pages de calculs de Majorana éparpillées sur la table. Le problème à présent était de trouver un fil, même ténu, pour construire la machine. En fin de matinée, les coups frappés à la porte par le garde suisse signalèrent que le jeune prêtre était enfin arrivé. Il se confondit en excuses, mais semblait satisfait.

– Où étiez-vous ? lui demanda Leonardo.

– Chez les bouquinistes du Trastevere. J'en ai fait sept. Et regardez…

Il tenait un vieux magazine défraîchi.

– Isaac Asimov, mon père ! Majorana est parti de là.

– Qui est Isaac Asimov ?

– Un célèbre auteur de science-fiction, un de ceux qui ont donné au genre ses lettres de noblesse.

– Je ne savais pas que vous aimiez ce genre de littérature.

– Je ne suis pas le seul, père Leonardo, Majorana aussi. En lisant ses notes, j'ai trouvé plusieurs références à une histoire écrite par Asimov. Au début, je ne comprenais pas de quoi il s'agissait, mais j'ai fini par trouver.

Il lui tendit un magazine intitulé *Galaxy*, imprimé en anglais. Sous une couverture aux couleurs criardes, il affichait les titres de plusieurs courts récits d'anticipation.

– C'est une nouvelle d'une quinzaine de pages, écrite en 1947[1].

Leonardo ne comprenait rien à toute cette histoire.

– En quoi est-ce que cela nous concerne ?

– C'est le point de départ, mon père. Isaac Asimov imagine une société où les hommes ont mis au point une machine temporelle qu'ils appellent un « chronoviseur ». Cette machine est capable de visualiser les événements du passé, même le plus lointain. C'est ce chronoviseur que voulait construire Majorana.

– Nous le savions, dit Leonardo.

– Oui, mais en lisant la nouvelle, j'ai compris que Majorana s'est aussi inspiré du postulat scientifique d'Asimov.

Il montra les manuscrits de Majorana sur la table de travail.

– Dans son raisonnement, vous l'avez vu comme moi, Majorana porte une attention particulière à ces particules encore mystérieuses qu'on appelle les neutrinos. Eh bien, dans le récit d'Asimov, l'inventeur fictif du chronoviseur part de là lui aussi.

Il commença à feuilleter les pages du magazine et cita quelques passages.

– Il a découvert que « les neutrinos traversent la barrière spatio-temporelle perpendiculaire, qu'ils se déplacent aussi bien dans le temps que dans l'espace ». Il a aussi appris à interpréter les configurations de leurs flux. « Naturellement, le flux des neutrinos est dévié par la matière qu'il traverse en circulant dans le temps. Ces déformations peuvent être analysées et traduites

---

1. Il s'agit de la nouvelle *The Dead Past*, publiée en volume en 1956. Mais Isaac Asimov réécrivait souvent ses nouvelles de jeunesse et en faisait parfois des romans (c'est le cas, par exemple, de la célèbre série « Fondation »). On imagine ici qu'Asimov a écrit en 1947 une première version de *The Dead Past*, à laquelle Majorana a pu avoir accès.

de façon à reproduire l'image de la matière qui a déterminé ces diffractions[1]. »

Leonardo haussa les épaules.

– C'est du charabia de science-fiction !

– Pas totalement. Asimov avait une immense culture scientifique. Majorana s'est demandé si son intuition concernant les neutrinos était juste. La théorie nous dit que ces particules sont plus nombreuses que les photons et qu'elles traversent toute chose, depuis les débuts de l'univers.

– Avec cette différence, objecta Leonardo, que les vrais neutrinos n'ont pas de masse[2] et qu'ils n'interagissent pas avec la matière. Tout le contraire de ce qu'avance votre Asimov !

Le père Ernetti fouilla à nouveau dans les calculs de Majorana. Il en exhiba une série de notes.

– A, B et C, mon père !

– Pardon ?

– Majorana s'est jeté un défi, celui de formuler mathématiquement un modèle dans lequel les neutrinos auraient trois visages, qu'il a baptisés A, B et C[3]. Ils auraient une masse très faible, mais non nulle, c'est un premier point. Mais surtout, les neutrinos de classe C auraient une caractéristique supplémentaire : ils seraient leurs propres antiparticules[4], ce qui leur permettrait, selon Majorana, de traverser la barrière du temps. Comme les neutrinos d'Asimov dans son histoire !

– Admettons. Vous pensez que cela nous permettrait d'avancer ?

– Parfois, mon père, les plus grandes théories physiques sont

1. *The Dead Past*, traduite sous le titre *Les Cendres du passé*, trad. Michel Deutsch, Librairie des Champs-Élysées, 1976.

2. C'est ce que pensaient la plupart des chercheurs à l'époque où se déroule cette scène (1955). Ils avaient tort.

3. Leurs noms modernes sont : neutrino électronique, muonique et tauique.

4. Les lecteurs informés reconnaîtront ce que les physiciens appellent « la particule de Majorana ».

parties d'une intuition très simple. En suivant cette piste, nous pourrions nous orienter dans le raisonnement de Majorana.

Leonardo approuva, sans être franchement convaincu.

– De toute manière, nous n'avons rien d'autre.

Machinalement, il feuilleta le magazine posé sur la table.

– Et comment se termine l'histoire d'Asimov ?

– Assez mal, répondit Pellegrino. Mais c'est de la science-fiction !

16

En attendant que le père de Meaux revienne d'Italie, Natacha était retournée au kibboutz de Ginosar pour découvrir comment les archéologues avaient traité la barque des temps évangéliques. Ils l'avaient sortie de sa coque de polyuréthane et plongée dans un bassin spécialement conçu à l'intérieur d'un entrepôt.

– Pourquoi ne l'avez-vous pas laissée sécher à l'air libre ? demanda Natacha.

– Tout le monde me pose cette question ! répondit l'archéologue en riant. C'est justement ce qu'il ne faut pas faire. En perdant son eau, le bois aurait rétréci, puis craqué. Et le bateau serait tombé en morceaux !

– Mais vous n'allez pas le laisser éternellement dans l'eau ?

– En fait, ce n'est pas de l'eau. Nous avons mélangé à l'eau un produit qui contient de la cire. Tu ne le vois pas encore, mais la cire va pénétrer à l'intérieur du bois et prendre la place de l'eau. Quand elle séchera, le bateau sera sauvé.

Natacha était émerveillée par les trésors d'ingéniosité dépensés par les archéologues pour sauver ces quelques bouts de bois. C'était vraiment un métier taillé pour elle, où la recherche des énigmes du passé rencontrait les techniques d'aujourd'hui. Comme son autocar pour Jérusalem n'arriverait que dans une heure, elle alla se promener au bord du lac. Elle avait le sentiment d'avoir payé cher pour accéder enfin à la vie dont elle rêvait.

Jusque-là, elle avait surtout connu la dure existence du kibboutz. Elle avait fui la Russie en 1942 à sept ans, en compagnie de son parrain Youri (qui se faisait à présent appeler Yuval). Ses parents, comme beaucoup de Juifs soviétiques, avaient été déportés ou pendus, elle n'en savait trop rien. Ils avaient traversé une partie de l'Ukraine pour rejoindre une filière juive de Kiev qui devait les faire émigrer clandestinement en Palestine. Elle vit alors ce que l'homme peut produire de plus vil, de plus effroyable. Si elle était parvenue à se cuirasser moralement en mettant le plus possible ses émotions à distance, elle se mettait parfois à hurler ou à pleurer pour évacuer les tensions accumulées. Elle retrouvait ensuite cette apparente froideur, qui l'avait empêchée de devenir folle.

Quand ils arrivèrent en Palestine, Youri monta un petit restaurant de poissons à Jaffa. Elle y resta un an, en aidant aux cuisines tout en apprenant des rudiments d'hébreu. Puis, à l'âge de huit ans, elle rejoignit un kibboutz proche de Haïfa qui devint sa seconde famille. À dix-neuf ans, elle fit ses classes dans l'armée. Elle ne participa à aucune véritable opération, mais avait appris à combattre. À présent, au moment d'entrer dans la vie professionnelle, elle aimerait un peu baisser les armes, faire entrer dans sa vie le calme qui régnait sur cette berge, devant l'immensité de la mer de Galilée.

L'administratrice du kibboutz vint la chercher. Le père de Meaux était rentré, il la réclamait.

– Encore ? dit Natacha en soupirant.

– Je monte à Jérusalem en voiture. Si tu veux, je t'emmène.

– Ah oui, merci, dit Natacha.

Elle lui emboîta le pas.

– Il va te sonner les cloches ?

– Non, je ne crois pas. Il m'a confié une mission, je l'ai remplie. Que peut-il vouloir de plus ?

Natacha se disait qu'avec un tel personnage rien n'était gagné d'avance !

*

En fin d'après-midi, elle se présenta dans le bureau du père de Meaux. Comme il était en train de rédiger une note, il lui parla sans la regarder.

– Fermez la porte, Natacha.

– Mais… je l'ai fermée, dit-elle sans comprendre.

– À clé !

Il avait presque crié. Il se leva et tourna fermement la clé dans la serrure. Puis il retourna à son bureau.

– Vous êtes fière de vous ?

– Pardon ?

– Vous vous êtes produite dans tout le musée, m'a-t-on dit, avec votre trophée !

Il parlait, de toute évidence, du manuscrit de Dayoub.

– Mais non, mon père, je n'en ai parlé qu'à deux ou trois personnes.

– Eh bien, je vais vous dire ce que j'en pense, moi, de ce trophée !

Quand elle sortit du bureau du père de Meaux, Natacha tremblait de rage. Elle dévala les escaliers du musée et alla s'acheter un falafel chez un marchand ambulant, une pita bourrée de boulettes de pois chiches, de crudités et de crème de sésame. Elle acheta aussi une demi-livre de figues bien mûres. Elle retourna dans son labo du musée Rockefeller pour avaler cette nourriture dont la seule vertu était d'être un bon remède à la déprime. Yoni Landau, son voisin de labo, la vit à l'œuvre par la porte ouverte.

– Faut oser manger un truc comme ça au milieu des manuscrits de la mer Morte !

– M'en fous ! répondit Natacha.

– Dans quelques années, quand les physiciens étudieront la composition chimique des manuscrits, ils en déduiront que les Esséniens se nourrissaient de falafels et qu'ils buvaient du Coca-Cola. Certains en feront des thèses entières !

Elle rit, mais avait du mal à cacher sa colère. Yoni se pencha vers elle.

– Il t'a pas mal rabrouée ?

– Il m'a traitée de tous les noms ! Il dit que d'autres textes, antérieurs à Jésus, contiennent des expressions identiques, qu'il faut se méfier des fausses découvertes à sensation, bonnes pour la presse, mais désastreuses pour la recherche. Comme j'ai toujours ma thèse à soutenir, je n'ai rien répondu.

– Tu as bien fait.

– Il conteste aussi ma traduction. Il va faire examiner le manuscrit par ses dominicains.

– Ce sont des gens compétents et honnêtes, ils diront comme toi.

– Ils ne diront rien sans en avoir l'autorisation. Tu sais, Yoni, ce n'était plus le même homme. Ce matin, j'avais devant moi un inquisiteur, comme au temps de Galilée ou des templiers.

– Calme-toi, Natacha. Oublie les falafels, c'est mauvais pour ta ligne, et viens boire une limonade au café du coin.

– Tu es gentil, Yoni, mais j'ai besoin d'être seule maintenant.

Il l'embrassa sur la joue et retourna dans son labo. Elle repensa à la séance du matin et jeta rageusement ce qui restait de son falafel à la poubelle. C'était trop injuste. Elle chercha le sommeil sur son bureau, en posant sa tête entre ses bras. Que le père de Meaux, qu'elle respectait, se soit laissé aller à une de ses colères légendaires, qu'il ait décidé – peut-être sur ordre – de filtrer les informations qui sortaient du Rockefeller était une chose. Mais il n'avait pas le droit de l'humilier.

17

Isaac Asimov leur avait ouvert la première porte. L'entreprise était ardue, car il fallait transformer les spéculations mathématiques de Majorana en une réalisation matérielle. En moins de deux semaines, pourtant, les deux hommes mirent au point un plan de travail qui leur semblait viable. Il était ambitieux. Montini en prit conscience à la lecture de la liste de « courses » que les deux prêtres avaient préparée.

– Mais… ce que vous me demandez va coûter une fortune !

– Plaignez-vous à Majorana, Excellence ! Nous avons vraiment besoin de tout ce matériel.

– J'entends bien, répondit un Montini, résigné. Mais il faudra commander tous ces appareils dans les meilleurs laboratoires d'électronique d'Italie et du monde. Et nous sommes pressés.

– Allons ! Si vous y mettez le prix, vous les aurez à temps, rétorqua Leonardo.

Il avait raison. Fort de l'accord du pape, Montini obtint des services financiers du Vatican les moyens nécessaires. Mais toujours pas question, pour des raisons de secret absolu, de leur adjoindre un collaborateur… même quand il fallait souder et ajuster des pièces mécaniques ! Moins compétent comme physicien que Pellegrino, le père Leonardo déploya des trésors d'ingéniosité pour trouver les solutions pratiques qui s'imposaient.

– Ma vieille passion pour la mécanique ! disait-il.

Peu à peu, leur laboratoire fut envahi de pièces soigneusement numérotées. Il y en avait partout. Qui serait entré sans être prévenu n'aurait vu là qu'un vaste capharnaüm. Mais pour Leonardo et Pellegrino, ce désordre apparent avait sa logique.

– Quand j'étais gamin, dit Pellegrino, je jouais au Meccano. Vous connaissiez ce jeu, mon père ?

– Et comment ! J'y ai joué aussi. Il date du début du siècle, vous savez ? À chaque Noël, mon père m'offrait une nouvelle boîte, plus riche que la précédente. J'ai passé des jours à construire des grues et des ponts.

– Qui aurait dit que nous recommencerions à notre âge et sur l'ordre du pape ?

– Et pour construire une machine à explorer le temps !

Ils rirent de bon cœur.

– Mon père, vous m'autoriseriez à mettre un peu de musique ? Ce matin, j'ai apporté mon tourne-disque.

– Allez-y, mais évitez-nous cette musique de fous, le rock'n'roll.

– Ne craignez rien.

Pellegrino alla chercher un disque 45 tours dans son sac.

– Renato Carosone. Tous les jeunes s'arrachent ses disques.

– Vous m'inquiétez, dit Leonardo.

La chanson, « Tu vuo' fa' l'Americano » (Tu veux faire l'Américain) était interprétée par un groupe de six musiciens et menée à un rythme endiablé. Écrite en napolitain, elle combinait le swing, le boogie-woogie et les chansons populaires napolitaines.

Tu vuo' fa' l'Americano
Mericano, mericano
Sient'a mme chi t'o ffa fa' ?

Tu vuoi vivere alla moda,
Ma se bevi « whisky and soda »

Le garde suisse, alerté par le bruit, entra dans la pièce pour vérifier que tout allait bien. Il sourit et referma la porte.

– Pitié, Pellegrino, arrêtez ça !

À regret, le jeune prêtre interrompit la chanson.

– Vous n'avez rien de plus calme ?

– Pas ici, mon père.

– Alors demain, moi, je vous apporterai de la chanson napolitaine aussi. Mais la vraie, pas comme la vôtre.

– Avec plaisir, mon père.

Pellegrino se remit au travail, mais il ne pouvait s'empêcher de fredonner la chanson de Carosone.

– *Tu vuo' fa' ll'Americano, Mericano, mericano.*

À mesure que la machine prenait forme, l'espace dont ils disposaient se mit à manquer. Avec l'accord de Montini, Pellegrino et Leonardo déménagèrent leur matériel dans une salle plus grande, pourvue d'un puissant système d'air conditionné. Car la machinerie qu'ils comptaient mettre en place serait gourmande en électricité et forcément productrice de chaleur. Bientôt, l'assemblage des pièces usinées sur leurs instructions aboutit au squelette d'une grosse sphère installée sur un socle d'acier. Ce n'était encore que l'enveloppe externe d'une instrumentation complexe qui restait à mettre au point. Ils furent encouragés par la découverte fortuite, dans les papiers de Majorana, du brouillon d'une lettre qu'il avait envoyée en 1937 à Niels Bohr[1], un des pères de la physique quantique. Le grand physicien trouvait son hypothèse des neutrinos C transtemporels très stimulante et l'encourageait

1. Ce physicien danois fut couronné en 1922 par un prix Nobel. Il est considéré comme un des pionniers de la mécanique quantique.

à progresser. Majorana avait envoyé à peu près le même courrier à Werner Heisenberg[1] et obtenu le même genre de réponse. Hélas, la suite de la correspondance montrait aussi qu'avec le temps le physicien italien sombrait dans une paranoïa de plus en plus ravageuse. Il craignait d'être épié et que ses plans lui soient dérobés.

– Que redoutait-il ? s'interrogea Leonardo.

– Sans doute la même chose qu'Asimov dans son histoire, répondit le père Ernetti. Qu'une telle machine devienne une arme redoutable, qu'elle permette l'espionnage à distance, installe un voyeurisme généralisé et entraîne la fin de toute intimité.

– Il a donc pris la décision de disparaître ?

– Il avançait lentement, parce qu'il travaillait seul. Il pensait que, si les Allemands ou les Soviétiques se saisissaient de son invention, ils disposeraient d'équipes composées de dizaines de physiciens de premier plan qui parviendraient au but bien plus rapidement que lui. En faisant croire qu'il s'était suicidé, il pouvait continuer son travail en toute quiétude.

Sans prévenir, Montini vint leur rendre visite… avec une bouteille de champagne français !

– Du champagne, Excellence ? sourit Leonardo. En quel honneur ?

– Mes amis, il y a une heure à peine, Sa Sainteté Pie XII m'a nommé archevêque de Milan. Je suis venu vous l'annoncer personnellement et vous parler de l'avenir.

Cette nomination faisait suite au décès de l'ancien archevêque de la ville. En dépit du champagne, pourtant, Montini avait la mine sombre. Leonardo, qui avait son franc-parler, en devina vite la raison.

– Il cherche à vous éloigner de Rome, n'est-ce pas ?

1. Werner Heisenberg est un autre fondateur (allemand) de la physique quantique.

– Le Saint-Père est une personnalité complexe, répondit Montini. Et sa maladie ne simplifie pas les choses. En me nommant à Milan, il veut sans doute rendre plus difficile mon accès éventuel au trône de Pierre. Il y parviendra peut-être, mais Dieu seul connaît l'avenir.

– Et notre projet ? demanda Pellegrino, un peu inquiet.

– Je continue à le conduire. La seule chose qui va changer, mes amis, c'est que vous devrez m'appeler « Monseigneur ».

Ils rirent. Montini déboucha le champagne.

– Je vous propose donc de boire de cet excellent champagne. Et de nous revoir dans un mois à Milan.

*

Un mois après, Pellegrino Ernetti et le père Leonardo entraient dans le bureau de Montini à l'intérieur du Duomo, la cathédrale de Milan. L'archevêque les reçut amicalement et s'enquit de leurs avancées.

– La piste des neutrinos semble être la bonne, Monseigneur, dit Leonardo. Nous avons imaginé un système qui permettrait de capter les neutrinos rémanents des scènes que nous souhaiterions observer, sur une échelle de temps pouvant aller de $T = 0$ à $T = -3\,000$ ans dans le passé, à condition qu'ils soient calculés en secondes.

– En secondes ? demanda Montini. Et pourquoi donc ?

– Pour une raison toute bête. Quand il a commencé ses calculs, Majorana pensait à des sauts dans le temps très brefs, il ne croyait sans doute pas possible d'aller au-delà. Il a donc écrit ses équations en calculant en secondes et n'a jamais changé ses paramètres. Il s'en moquait, car sa machine restait théorique. Il va donc falloir réécrire une centaine d'équations, ce qui peut prendre plusieurs semaines.

– N'en faites rien, dit Montini. J'essayerai de trouver un moyen pour vous faciliter la tâche. Et comment vous orienterez-vous pour « viser » tel ou tel endroit du passé ?

– Majorana y a pensé, reprit Leonardo. Il proposait un dispositif permettant de programmer un lieu précis en affichant sa longitude et sa latitude. Il nous reste à le mettre au point techniquement. Ce n'est pas le plus simple.

– Je vous fais confiance. Quand pourrez-vous montrer un premier essai au pape ?

– Je pense, répondit Leonardo, qu'il serait envisageable de... Pardon, excusez-moi !

Il sortit précipitamment de la pièce.

– Un malaise ? s'inquiéta Montini.

– Son cœur, Monseigneur. Le père Leonardo est atteint d'une angine de poitrine sévère. Le moindre effort le fait souffrir.

– C'est ennuyeux, dit Montini. Il a un pulvérisateur de trinitrine ?

– Évidemment.

– Veillez à ce qu'il n'en manque jamais, le rythme du travail ne doit pas en pâtir.

Quel étrange archevêque, se dit Pellegrino. Lui et Leonardo se connaissaient et s'appréciaient, mais la mission à remplir prévalait pour Montini sur toute autre considération. Ce n'était pas un archevêque mais un général !

Leonardo revint dans la pièce en s'excusant. La conversation reprit comme si de rien n'était.

– Pourriez-vous faire une démonstration au pape avant la fin de cette année ?

– Nous ferons le nécessaire, Monseigneur, dit Pellegrino.

– Un dernier détail à régler : trouver un nom pour votre machine. Vous avez une idée ?

– Eh bien, dit Leonardo, nous avions pensé à celui qu'utilise Isaac Asimov dans sa nouvelle : un « chronoviseur ».

Montini sourit.

– Félicitations mes amis, le chronoviseur est né !

– Monseigneur, dit Pellegrino, me permettez-vous une question ?

– Oui ?

– C'est à propos de l'objectif final. Je…

Il hésita.

– Dites ce que vous pensez, père Ernetti, l'encouragea Montini.

– Si, en admettant que la machine nous permette d'atteindre les temps évangéliques et la personne même de Jésus… si la réalité que nous découvrons n'est pas celle que nous attendons ?

Montini fronça les sourcils.

– Si vous découvrez, par exemple, que Jésus de Nazareth n'a jamais existé… C'est cela que vous avez en tête ?

– Oh non, Monseigneur, je suis absolument certain de l'existence terrestre du Seigneur Jésus. Mais si nous tombions sur des détails historiques qui ne correspondent pas tout à fait au récit des Évangiles ?

– Eh bien, mon ami, répondit Montini, ce sera un secret de plus à cacher dans les caves du Vatican !

18

Natacha s'attendait à tout, même à être exclue de l'équipe des étudiants qui travaillaient au Rockefeller. Mais le travail continuait comme d'habitude. Quand elle croisait le père de Meaux dans les couloirs, il lui adressait son sourire de séducteur. Un jour, il s'inquiéta même de l'avancement de sa thèse. Elle lui parla de la barque de Tibériade.

– C'est intéressant, mais n'en faites pas le bateau de saint Pierre ! lui dit-il amicalement.

– Bien sûr que non. Ce n'est qu'une barque de pêcheur, mais elle date des temps évangéliques.

– Dès que vous aurez terminé, nous reverrons l'ensemble de votre thèse avant votre soutenance. L'université vous a fixé une date ?

– Oui, à la mi-octobre.

– Alors, travaillez dur. Vous devez être brillante, jeune fille !

Même si elle était habituée à ses brusques changements d'humeur, Natacha fut étonnée de l'amabilité soudaine du père de Meaux. Peut-être jugeait-il avoir exagéré quand il l'avait sermonnée dans son bureau ? Après tout, elle avait risqué sa vie pour retrouver ce manuscrit… à sa demande ! La manière dont il l'avait traitée était inqualifiable et tous les sourires ne pourraient effacer l'humiliation subie. Quant au manuscrit de Dayoub, plus personne n'en parlait. Il semblait n'avoir jamais existé ! Un texte de cette importance, qui pourrait changer le regard des historiens sur les origines du christianisme… et qui dormait aujourd'hui dans un coffre-fort. Elle en toucha un mot à Yoni, qui lui fit signe de le suivre.

– Viens avec moi, mais discrètement.

Il l'emmena dans un laboratoire au deuxième sous-sol.

– Pour l'instant on m'a laissé les clés, mais je sens que ça ne va pas durer.

Sur une longue table, un manuscrit était étalé sous une plaque de verre.

– Il vient d'arriver. C'est un manuscrit essénien. Pas la recopie d'un livre de la Bible, mais un texte interne à la secte[1].

Natacha siffla de surprise.

– C'est un document incroyable. Il évoque un « Maître de Justice » qui se serait opposé aux responsables du Temple sous les Maccabées[2], deux siècles avant l'ère commune[3]. Ce saint homme aurait été exécuté par les autorités juives de l'époque. Aussitôt, ses partisans ont pris le chemin de l'exil.

– J'ai compris. Les Esséniens, ce sont eux !

– Oui. Après la mort de leur chef, ils se sont réfugiés à Khirbet-Qumrân, sur les bords de la mer Morte. D'après le texte, c'est pour y attendre le retour de leur chef ressuscité, comme on attend…

– Le Messie ?

---

1. Les archéologues ont trouvé deux types de manuscrits dans les grottes de la mer Morte : certains sont de pures et simples recopies des livres bibliques, d'autres contiennent des informations sur les Esséniens eux-mêmes. On les appelle les « rouleaux sectaires ».

2. Une famille de rebelles juifs qui mena la résistance contre les occupants grecs.

3. En Israël, on dit « avant l'ère commune » plutôt qu'avant J.-C.

– Exactement. Ils pensaient que la résurrection du Maître de Justice s'accompagnerait de bouleversements majeurs, d'une lutte des armées du Bien contre celles du Mal.

– Comme dans le livre de l'Apocalypse.

– Oui, mais avec un autre messie que Jésus.

– Dis donc, c'est explosif ce que vous avez trouvé !

– Et c'est justement là que ça se corse. Quand il est parti pour Rome, il était prévu que le Patron fasse un crochet par Paris pour signer un contrat avec la maison d'édition française qui devait publier la traduction de ce texte. Depuis, il a annulé la publication.

– Pourquoi ?

– Des raisons fumeuses, tirées par les cheveux. Attendre d'autres découvertes, comparer avec d'autres documents, etc. Des prétextes. Et tu sais le plus fort ?

– Non ?

– À son retour d'Italie, il a mis la traduction sous le boisseau. Pareil pour les autres manuscrits, sauf ceux qui sont de pures et simples copies de la Bible. On ne publiera que ce que le Vatican aura accepté de publier.

Natacha était pensive.

– Yoni, il s'est passé quelque chose à Rome qui a changé de Meaux.

– Sans doute un tour de vis du pape. Pour lui, ça doit être impossible à vivre.

– Je m'en suis rendu compte l'autre jour !

– Viens, ne restons pas ici.

Ils retournèrent dans le laboratoire de Natacha.

– On ne peut pas laisser cette situation s'éterniser, dit Yoni.

Natacha était très ennuyée.

– Yoni, de Meaux est mon directeur de thèse. Et je soutiens dans quelques mois.

– Eh bien, moi, je n'ai rien à soutenir, dit Yoni. Sauf la vérité !

19

Dom Alberto Carvalho avait retrouvé la douceur romaine avec plaisir. Au Vatican, tout le monde le connaissait. Même les cardinaux pour qui il n'était qu'un bateleur d'extrême gauche voyaient en lui un excellent orateur, sachant trouver les mots justes pour toucher les foules. Il avait aussi l'habileté d'inclure dans ses discours des citations littéraires, bibliques ou philosophiques qui faisaient le meilleur effet.

En homme organisé, Carvalho s'était arrangé pour envoyer des fureteurs – journalistes, employés du service de presse, malveillants professionnels – à la recherche d'informations dérangeantes sur les uns et les autres. Au fil des années, il s'était ainsi constitué un fichier qui pouvait rivaliser avec ceux des meilleurs services secrets. Il le feuilleta avec délices, cherchant la personne qui pourrait l'aider à percer le mystère de ce qui se tramait au cœur des archives secrètes du Vatican. Il jeta son dévolu sur un cardinal français qui avait bien des choses à se reprocher.

*

– Contact !

Au signal de Pellegrino, le père Leonardo abaissa la manette qui alimentait électriquement la machine. Progressivement, des ombres en noir et blanc apparurent sur le petit écran de trente et un centimètres de diagonale. Elles formèrent bientôt une image lisible. C'était une vue en plongée de leur laboratoire. Pellegrino était émerveillé.

– C'est bizarre, pourquoi la scène est-elle vue depuis le plafond ?

– Je pense que c'est un effet de convergence, suggéra Leonardo. Toutes les lignes de l'image convergent vers un point virtuel situé au-dessus de votre écran. Mais suffisamment haut pour éviter les déformations.

Aucun saut dans le temps pour le moment, on n'en était pas là. C'était juste une image « en direct » de la pièce où ils se trouvaient, comme à la télévision. Ils pouvaient d'ailleurs se voir eux-mêmes en plein travail. Seule différence avec une caméra de télévision : leur engin ne captait pas des photons, il était sensible à la seule rémanence des neutrinos. Ils continuèrent à tester le système de visualisation.

– Essayez un panoramique, suggéra Leonardo.

En manipulant son curseur, Pellegrino fit bouger la « caméra » vers la gauche, puis vers la droite.

– Un zoom maintenant ?

– Entendu.

Le père Ernetti actionna un autre curseur. Le zoom n'avait pas une amplitude extraordinaire, mais permettait de voir d'un peu plus près une carafe d'eau posée sur un plan de travail.

– Vous avez vu, mon père ?

Aucune réponse.

– Le contraire à présent, j'élargis le champ.

Toujours pas de réponse.

– Mon père ?

Il se retourna. Derrière lui, le père Leonardo était à terre, inanimé.

L'hôpital Bambino Gesù, qui dépendait du Vatican, était réservé théoriquement aux soins pédiatriques. Mais Montini avait obtenu d'y faire transporter en urgence le père Leonardo. Il avait été frappé par un infarctus sévère. La célérité des médecins qui l'avaient pris en charge lui avait permis d'échapper au pire. À présent, il se reposait dans une chambre du premier étage. Pellegrino demanda à l'infirmier de garde s'il pouvait voir le malade.

– Allez-y, mais il est encore très faible, lui dit l'infirmier. Ne le fatiguez pas.

– Peut-être vaut-il mieux que je revienne un autre jour ?

– Non, je crois qu'il veut vous voir.

Pellegrino entra dans la chambre. Le père Leonardo somnolait, mais il fut content de revoir son jeune ami.

– Vous nous avez fait peur, mon père, lui dit Pellegrino en souriant.

– J'étais entre de bonnes mains, les médecins du Bambino sont de premier ordre. Même si je suis loin, à présent, d'être un *bambino* ! Comment va le travail ?

– Je l'ai mis en pause, mon père, avec l'accord de Montini. Je n'avais pas le cœur de poursuivre, après ce qui vous est arrivé.

– Il faut continuer, Pellegrino. Mais sans moi.

– Hors de question mon père. J'ai trop besoin de vous !

– Non, non. Les médecins sont formels. Continuer serait du suicide.

Pellegrino comprit qu'il était inutile d'insister.

– Sans vous ce sera difficile, admit-il, sincèrement peiné.

– Vous vous débrouillerez très bien. Nous avons obtenu les premières images, il faut à présent mettre au point les systèmes de programmation. Mais vous n'êtes pas loin du but, il ne faut surtout pas abandonner.

– Et vous, mon père, que ferez-vous ?

– Je proposerai un successeur pour mon département de psychologie à l'Académie pontificale. J'en connais qui piétinent d'impatience !

– Vous rentrerez à Milan ?

– Non, j'irai me reposer dans un monastère des Pouilles, à Bari, sur la mer Adriatique. Mais vous me tiendrez au courant, j'espère ?

– Comptez sur moi, mon père.

L'infirmier de service entrouvrit la porte.

– Il faut le laisser se reposer maintenant.

Le jeune prêtre serra fort la main de Leonardo, mais celui-ci la retint.

– Pellegrino, soyez prudent !

20

– Je voudrais aujourd'hui vous parler d'une affaire très grave…

Hubert de Meaux avait réuni tous les collaborateurs du musée Rockefeller dans la grande salle de conférences. Les fouilles en cours avaient été interrompues afin que chacun puisse être présent.

– Je te parie qu'il va nous parler de l'article du *New Yorker*, chuchota Natacha à Thomas.

Elle avait touché juste. De Meaux montra le magazine.

– Je viens de prendre connaissance d'un reportage publié cette semaine par ce célèbre magazine américain. Il est rédigé par un certain Edmund Wilson[1]. Ce monsieur n'est ni archéologue ni historien, mais critique littéraire. Pourtant, son article est très bien informé. Quelqu'un l'a donc aidé. Et cette personne – ou ces personnes – est sans doute parmi vous.

Le silence qui régnait dans la salle se fit de plus en plus tendu.

– Hélas pour nous, ce papier est un des premiers reportages de fond sur les rouleaux de la mer Morte. Le magazine dans lequel il a été publié est lu par plus d'un million de personnes aux États-Unis et dans le monde. Ce que Wilson écrit, je vous

1. Il s'agit de l'article intitulé : « The scrolls from the Dead Sea » par Edmund Wilson, publié en effet dans le *New Yorker*, un magazine à gros tirage.

le dis, est catastrophique. Il suggère que les épigraphistes – nos épigraphistes – qui travaillent sur les traductions des manuscrits auraient, je le cite, « des préoccupations autres que scientifiques ».

– Qui peut dire le contraire ? dit Natacha à voix basse.

– Voici ce qu'écrit encore Wilson : « On se demande si les savants qui travaillent sur les rouleaux ne sont pas freinés par leurs différents engagements religieux. » Et plus loin : « Si on considère la personne de Jésus dans la perspective éclairée par les rouleaux, on peut prendre conscience de l'évolution qui conduit au christianisme. Le monastère de Qumrân est peut-être, plus que Bethléem ou Nazareth, le berceau du christianisme. » Le plus grave est que ce Wilson fonde ses arguments sur une série de détails et d'informations précis qui ne lui ont pas été communiqués par le Saint-Esprit ! En d'autres termes : il y a un traître parmi nous. Je dis un « traître », pas un indiscret. Les indiscrets sont des maladroits, les traîtres sont animés par l'intention de nuire et peut-être de *me* nuire.

– Là, on est en pleine paranoïa, chuchota Yoni.

– En tant que chrétien, mais aussi en tant qu'historien et archéologue, je considère que la singularité du Christ est indiscutable. Ceux qui pensent différemment ont le droit de penser ce qu'ils veulent, mais rien ne les oblige à travailler avec nous. La personne qui a informé ce journaliste est-elle parmi nous ? Aura-t-elle le courage de se dénoncer ?

Silence. De Meaux promena lentement son regard sur les présents. Natacha regarda Yoni, qui ne cilla pas.

Il l'a fait ! Mais pourquoi se dénoncerait-il ?

– Les traîtres sont rarement des courageux, reprit-il. Je leur dis et je vous dis à tous que je serai à l'avenir très soucieux de préserver le sérieux et l'intégrité de notre travail scientifique. Si certains se plaignent de la lenteur des traductions que nous livrons au public, qu'ils changent de métier ! Le temps de la science n'est pas celui des magazines à sensation. Je pense que j'ai été clair. Des questions ?

Aucune.

– J'interprète votre silence comme un accord tacite. Merci pour votre attention. À présent, vous pouvez vous remettre au travail !

– Au travail ? dit Thomas. Il est dix-sept heures, je ne vais pas retourner à Qumrân. On va boire un verre, les amis ?

– J'ai acheté une belle pastèque ce matin, proposa Yoni. Si on allait la manger dans la cour ?

Un petit groupe formé par Yoni, Thomas, Natacha et Thierry Darmont, un jeune dominicain, se retrouva sur l'herbe pour se partager la pastèque.

– D'abord les choses sérieuses, les amis, dit Natacha. Qui est le traître ? Il sera privé de pastèque !

Tout le monde partit d'un éclat de rire.

– Elle est chaude, mais ça désaltère, dit Yoni.

Si c'est lui, se dit Natacha, c'est vraiment un excellent comédien !

– Je ne sais pas qui a informé ce journaliste, avança Thomas, mais ça pourrait être n'importe lequel d'entre nous. On pense tous la même chose.

– On se serait cru au temps de l'Inquisition, ajouta Thierry. Voilà ce qu'il faut penser, voilà ce qu'il est interdit de dire. Et si vous n'êtes pas dans la ligne, prenez la porte !

– C'est le patron ici, répliqua Natacha, il peut nous dire ce qu'il veut. Mais il y a une limite à ne pas franchir, c'est la rétention d'informations.

– Que veux-tu dire ?

– Même s'il les trouve gênantes, il n'a pas le droit de cacher nos découvertes. Et encore moins de les détruire sur ordre du Vatican.

– Tu ne vas pas un peu loin, Natacha ? dit Thomas.

– Je dis qu'on doit veiller au grain. Si le pape se mêle de nos recherches, il faudra le faire savoir.

– Eh bien, mes amis, dit Thierry, je sens que la vie au Rockefeller va bientôt devenir irrespirable !

21

L'archevêque agitait nerveusement le stylo qu'il tenait dans la main.

– Que vous a dit le père Leonardo ?

– Qu'il n'avait plus la force de continuer.

– Je m'en doutais. Sa maladie l'a épuisé.

Pellegrino était venu lui rendre compte de sa visite au chevet du malade. Montini avait du mal à cacher son irritation.

– Cet accident est fâcheux, il risque de retarder notre projet. Vous avez insisté pour qu'il reprenne sa place ?

– J'ai parlé au cardiologue. Il pense lui aussi que le père Leonardo doit cesser toute activité. Il y a aussi autre chose…

– Oui ?

– Je crois que cette machine… lui fait peur.

– Allons donc ! dit Montini. C'est une des découvertes les plus exaltantes du siècle !

Pellegrino semblait en douter.

– Je n'exagère pas, père Ernetti. Et ce projet, désormais, c'est vous qui allez le porter !

– Monseigneur, je n'y arriverai jamais tout seul ! se récria immédiatement Pellegrino.

– Vous travaillerez seul jusqu'à ce que vous puissiez montrer un résultat au pape, rétorqua Montini, inflexible. S'il est convaincu, nous réunirons autour de vous une équipe internationale de chercheurs de haut niveau.

– J'en aurai besoin, Monseigneur. Mais… vous ne craignez plus les indiscrétions ?

– Plus maintenant. En discutant avec le Saint-Père, nous avons trouvé un bon moyen d'empêcher les fuites.

– Lequel ?

– Je vous le dirai en temps utile. En attendant, mon ami, si vous preniez quelques jours de repos ?

– Je veux bien. Les dernières semaines ont été épuisantes. Et l'accident du père Leonardo m'a beaucoup affecté.

– Prenez une semaine. Promenez-vous, videz-vous la tête et dormez beaucoup, vous nous reviendrez en pleine forme !

– Merci, Monseigneur.

Au volant d'une Fiat 500 Topolino prêtée par le Vatican, le père Ernetti prit la direction de la province de Viterbe. On approchait de l'été, le temps était superbe. Tarquinia se trouvait à une bonne centaine de kilomètres de Rome. C'est dans cette antique cité que s'illustrèrent jadis des rois légendaires comme Tarquin l'Ancien, Servius Tullius ou Tarquin le Superbe. Malgré leur vaillance, tous furent soumis par Rome. Et avec eux le peuple étrusque et sa belle civilisation.

Pellegrino se gara près de la nécropole de Monterozzi. Comme il l'avait fait de nombreuses fois quand il était étudiant, il visita les quelques tombes qui avaient miraculeusement résisté au temps. Elles contenaient des fresques surprenantes de fraîcheur et de gaieté. L'une montrait un banquet où les convives festoyaient avec entrain, entourés de musiciens. Une autre évoquait des scènes pastorales de chasse ou de pêche. Les couleurs étaient franches, le rendu réaliste, l'ensemble respirait la bonne humeur et l'insouciance.

En sortant, Pellegrino acheta aux marchands ambulants une reproduction plutôt réussie d'une jolie cruche étrusque. Chaque fois qu'il venait ici, il trouvait injuste l'image dégradante que les Romains avaient répandue de leurs prédécesseurs. Comme si Rome avait été seule à apporter la civilisation en Italie ! Bien avant les Romains une culture plus ancienne, qui arrivait peut-être d'Orient, avait imaginé un monde où les femmes étaient les égales des hommes, où les plaisirs de la vie, jusque dans la tombe, prévalaient sur les luttes sanglantes pour le pouvoir. Au fond, se dit Pellegrino, nous savons peu de chose du passé, nous retenons surtout ce qui nous arrange. Le chronoviseur pourrait-il nous aider à changer notre image des peuples anciens, à les rapprocher de nous ?

Il remonta dans sa voiture et se rendit à quelques kilomètres de là, sur les ruines du grand temple de Tarquinia. Aujourd'hui, ce n'était qu'un tas de pierres envahi par les mauvaises herbes. Mais il conservait pour Pellegrino son pouvoir de fascination. Il s'allongea sur l'herbe. Le ciel était d'un bleu limpide, le silence à peine troublé par le chant des oiseaux.

– Ils vous font rêver vous aussi, mon père, nos bons Étrusques ?

Pellegrino se redressa. Un vieil homme, coiffé d'un chapeau à large bord, se tenait debout sur un promontoire.

– Depuis toujours, répondit Pellegrino.

C'était sans doute un de ces amoureux de l'ancienne Étrurie, comme on en trouve beaucoup dans le Latium.

– Ils n'avaient pourtant pas le même dieu que vous, dit l'homme.

– Quelle importance ? Ils croyaient comme nous à des réalités qui nous dépassent.

– Ils se fiaient, eux, aux signes de la nature.

– C'est une croyance comme une autre, dit Pellegrino.

Le vieil homme rabattit sa veste sur son épaule, dans un geste comiquement théâtral.

– L'Augure se tenait sur le promontoire, là où je me trouve. Il avait un large manteau agrafé par une fibule…

Il leva la tête vers le ciel.

– … et il interrogeait l'avenir en regardant voler les oiseaux. Savez-vous interpréter le vol des oiseaux, mon père ?

– Non, dit Pellegrino en souriant.

– C'est très simple. Regardez le ciel.

Pellegrino fit comme il disait.

– Découpez mentalement un carré, disons… de dix mètres de côté.

– D'accord.

– À présent, voyez comment les oiseaux entrent dans ce carré. Si c'est par la droite, c'est bon signe. Mais s'ils entrent par la gauche, *da sinistra*, c'est que les dieux vous réservent de mauvaises surprises.

– Je ne vois pas d'oiseaux pour le moment.

– Ne vous inquiétez pas, ils finissent toujours par arriver.

Pellegrino se figea et attendit. Et si le vieil homme avait raison ? Si son avenir allait se décider là, dans quelques minutes ? Quelques secondes peut-être ?

Le vieil homme tendit son doigt vers le ciel.

– C'est un faucon, mon père. Le ciel s'intéresse à vous, puisqu'il vous envoie un faucon !

L'oiseau passa dans le champ de vision du père Ernetti.

– Alors ? dit le vieil homme. Par où est-il passé ?

– Par la gauche, murmura Pellegrino, livide.

22

C'est dans une petite salle de l'université hébraïque de Jérusalem, en présence d'une assemblée d'archéologues amis, que Natacha Yadin-Drori soutint sa thèse d'archéologie. Son intitulé exact était : *Découvertes archéologiques en Galilée et en Judée : le cas du Jésus de l'Histoire*. Hubert de Meaux, son directeur de thèse, lui faisait face en compagnie de deux universitaires israéliens. Elle avait brillamment répondu aux nombreuses questions. Par prudence, elle s'en était tenue à des données techniques, évitant comme la peste les interprétations pouvant prêter à polémique. Au final, son travail obtint la mention « très honorable ». Elle fut applaudie par la quinzaine d'étudiants et de collègues qui s'étaient déplacés pour l'encourager. Parmi eux, Thomas.

– Bravo, Nat, lui dit-il. Tu as été brillante.

Elle l'embrassa chaleureusement. Le père de Meaux la prit à part.

– Vous voici archéologue, à présent. Vous garderez votre travail au Rockefeller pour le moment. Mais dès qu'un poste se libérera, je vous enverrai sur le terrain. En attendant, continuez à travailler sur les manuscrits. Et prenez garde aux indiscrétions, dit-il l'air faussement sévère.

Thomas fit un clin d'œil complice à Natacha.

– On nous l'a changé ?

– Méfie-toi de l'eau qui dort, suggéra Natacha.

– Et si on passait la soirée à Tel-Aviv, sur la plage ? lui proposa Thomas.

– Tu m'invites ?

– Pizza, mais pas casher, dit-il.

– M'en fiche ! Essayons d'y être avant la nuit.

Deux heures après, ils se baignaient dans les eaux chaudes de la Méditerranée. La plage était bondée. Natacha sortit la première. Quand il la retrouva sur le sable, elle était en train de lire *Haaretz*, le journal du soir. Il lut le titre en gros caractères : « WAR ? ».

– Tu crois qu'Israël va entrer en guerre ? lui demanda-t-il.

– Je n'en sais rien, cette histoire de canal rend la situation explosive.

Trois jours auparavant, en effet, le colonel Nasser avait nationalisé le canal de Suez, ce qui déplaisait fortement à la France et au Royaume-Uni.

– Si Israël entre en guerre, je serai mobilisée, reprit-elle.

– On n'en est pas là. On va dîner ?

Ils étaient installés sur le balcon. La fraîcheur du soir et le calme qui revenait sur la plage, malgré le bruit de la circulation, faisaient de ce moment un instant de paix et de bonheur.

– Quel plaisir de te retrouver enfin, dit Thomas. Je voudrais te dire…

Il cherchait ses mots. Elle l'interrompit :

– Ne le dis pas, répondit Natacha. Moi aussi je t'aime bien, mais ne m'en demande pas trop.

Il comprit qu'il ne fallait pas insister, elle avait trop de choses en tête. Il changea de sujet.

– Où se trouve le manuscrit de Dayoub à présent ?

– Toujours au Rockefeller, ils sont en train de le restaurer.

– Il prend l'affaire au sérieux, quand même.

– Évidemment, mais il est coupé en deux. L'archéologue d'un côté, qui trouve le manuscrit passionnant. De l'autre, le soldat du Christ qui obéit aveuglément aux ordres du Saint-Siège. Aucune information ne sort sans passer par lui. Il le conserve dans un coffre-fort et interdit toute communication à son sujet. Ce qui m'inquiète…

– Oui ?

– Et s'il disparaissait ? S'il était détruit ?

– Heureusement, Nat, tu es là pour jouer les Zorro !

Elle ignora son ton ironique.

– À présent que j'ai mon diplôme, je ne ferai plus semblant.

Il garda le silence. Puis il planta son regard dans celui de la jeune femme.

– Natacha, je peux moi aussi te dire ce que je pense ?

– Vas-y, dit-elle, intriguée.

– Tes recherches me paraissent intéressantes, mais elles n'atteignent pas ma foi. Pour moi, Jésus est bien plus qu'une figure de l'Histoire. Je trouve tellement belles ces paroles du Sermon sur la montagne : « Heureux les doux, car ils recevront la terre en héritage. Heureux les affligés, car ils seront consolés. Heureux les cœurs purs, car ils verront Dieu. » Le Christ ne pouvait pas citer les Esséniens, c'est impossible. Ce sont des paroles qui viennent du cœur.

– Je comprends que tu sois touché, tu es chrétien.

Cette manière un peu mécanique de le ranger dans une « boîte à idées » l'irrita.

– Non, c'est plus profond. Je vais te le dire autrement. Quand j'étais gamin, je vivais avec mon père dans une grande maison près de Bellême, dans le Perche. Certaines nuits, il y avait de gros orages. J'avais peur, à cause du tonnerre et des éclairs. Comme je n'avais plus ma mère, c'est mon père qui venait me consoler. Il me disait que le petit Jésus veillait sur moi, qu'il m'aimait. Et ça me rendait le sommeil.

– Il t'aurait dit « le Père Noël », ç'aurait été pareil !

Il ignora l'ironie.

– Non, Jésus, c'est autre chose. C'était pour moi l'assurance qu'il existait dans le monde une réserve d'amour comme seule une mère peut en donner. Jésus incarnait cela. L'idée que, quelque part, même si vous êtes abandonné de tous, il y a quelqu'un qui vous aime. Sans cela, la vie n'a pas de sens.

– Quel âge as-tu, Thomas ? lui demanda-t-elle.

– Vingt et un ans. Et toi ?

– Pareil, sauf qu'on n'a pas eu la même vie. Pendant que tu tremblais sous tes draps à cause de l'orage, j'ai grandi dans un kibboutz avec d'autres enfants de déportés. Dans nos rêves, il y avait des horreurs et nous n'avions pas de petit Jésus pour nous consoler. Quant au Dieu d'Israël, nous nous demandions pourquoi il était parti en vacances au moment où son peuple avait tant besoin de lui. Nous n'avions que la peur et nous avons grandi avec.

– Je comprends, dit-il.

– Je n'ai rien contre Jésus, Thomas. Je t'envie même de le compter parmi les membres de ta famille. Mais il n'a rien fait pour moi. Alors, ne m'empêche pas de porter sur lui un regard d'historienne, de le considérer comme un moment de l'histoire de mon pays, pas comme un dieu.

Il lui prit la main, mais elle se dégagea.

23

Le père Ernetti inclina le réveille-matin sur la table du laboratoire en l'adossant à un livre. Il l'orienta soigneusement vers le plafond. Puisque le chronoviseur capte des images en plongée, se dit-il, on lira facilement l'heure. Il avait beaucoup progressé dans la mise au point de la machine. À présent que le système de visualisation était opérationnel, il fallait prouver au pape que l'engin était capable d'évoluer dans le passé, même s'il ne pouvait s'agir que de très petits sauts. Il passa plusieurs jours à mettre au point un mécanisme provisoire qui devait un peu aux indications de Majorana, beaucoup à ses propres intuitions.

Les aiguilles du réveille-matin marquaient dix heures et trois minutes. Il nota l'heure sur un carnet, puis attendit. Une heure, puis deux, puis trois. Vers quatorze heures, il alla vers le système de commande de la machine. Pour le moment, ce n'était qu'un entrelacs de fils électriques. Des roues crantées servaient à programmer – en secondes – l'amplitude du saut dans le temps. Il programma le maximum : dix mille huit cents secondes, soit trois heures. Il mit la machine en marche en appuyant sur un gros bouton pressoir. L'écran montra ce qu'il attendait, une vue en plongée et en noir et blanc du laboratoire. Sur la table du déjeuner, disposé au milieu de la pièce, le réveille-matin était toujours là. Il fit un zoom. Les aiguilles indiquaient onze heures et deux minutes. Il avait reculé de trois heures dans le passé. Ce n'était pas une mince victoire, le héros de *La Machine à explorer le temps* avait, lui aussi, commencé petit !

Il appela Montini. Il était dans son archevêché à Milan, mais la nouvelle était suffisamment importante pour qu'il vînt à Rome. Il écouta les explications de Pellegrino. Contrairement au jeune prêtre, il ne sauta pas de joie.

– C'est bien, mais encore insuffisant pour aller trouver le pape. Pourquoi êtes-vous limité à trois heures ?

– Je n'en sais rien, une erreur qui s'est glissée dans une équation. Elle nous interdit pour le moment de dépasser cette limite de dix mille huit cents secondes.

Montini fut saisi d'une inquiétude.

– Les calculs de Majorana sont faux ?

– Non, c'est moi qui ai commis une erreur. Je sais dans quelle équation, mais j'ignore à quel endroit. C'est une longue équation.

Montini fut rassuré.

– Eh bien, corrigez votre travail, mon ami. Et ne me faites pas venir de Milan pour rien !

Pellegrino était désarçonné.

– Mais… ce n'est pas rien, Monseigneur. Nous avons effectué ce matin un premier saut dans le temps !

– Je vous le répète, c'est insuffisant. Avec la machine telle qu'elle est, vous pourriez pousser jusqu'à un mois dans le passé ?

– Théoriquement, oui. Mais je dois d'abord trouver l'erreur. Et refaire une partie des circuits.

– Qu'attendez-vous, Ernetti ? Mettez-vous au travail. Et tenez-moi au courant.

Pellegrino fronça les sourcils.

– Je vous rappelle tout de même que je suis seul, Monseigneur.

– Si vous réussissez, je vous l'ai dit, je vous trouverai des collaborateurs. Mais montrez-moi d'abord que cette machine, qui nous a coûté une fortune, est autre chose qu'un rêve sans lendemain.

Et il s'en alla.

Cette fois, Montini avait passé les bornes. Pellegrino saisit une chaise qu'il projeta violemment dans la pièce. Le bruit attira l'attention d'un garde suisse.

– Rien de grave, mon père ?

Il se sentit honteux.

– Non, ne vous inquiétez pas.

La froideur de Montini, son indifférence aux efforts qu'il déployait depuis le début l'avaient révolté. Son travail, après tout, c'était d'enseigner la musique. Qu'était-il venu faire dans cette histoire à dormir debout ? Il se laissa tomber sur une chaise et pratiqua la respiration ventrale, comme on le lui avait enseigné dans un cours de yoga. À présent qu'il commençait à se calmer, une question s'imposa : qu'est-ce qui bloque dans le mécanisme de la machine ? Où est l'erreur ? Il se leva et écrivit la longue équation fautive au tableau noir. Il la relut plusieurs fois. Il avait le sentiment que la solution était là, toute proche, comme ces mots qu'on a au bout de la langue et qu'on ne retrouve pas. Dans ce genre de situation, disait Leonardo, « il faut se vider la tête en pensant à quelque chose qui n'a rien à voir. Vous verrez que vos idées se remettront magiquement en place ».

Essayons, se dit Pellegrino, pensons à autre chose. Écouter de la musique ? Impossible. À présent qu'il travaillait seul, Montini avait proscrit le poste de radio et le tourne-disque qui nuisaient, selon lui, à sa productivité. Irait-il au cinéma ? Il se sentait tellement fatigué qu'il craignait de s'endormir. Une idée lui traversa l'esprit. Il enfila un gilet, sortit du bâtiment des archives et se retrouva sur la place Saint-Pierre. Ce qu'il cherchait se trouvait à côté, dans le quartier du Castel Sant' Pasquale. Un banal kiosque à journaux affichait des bandes dessinées et des magazines populaires. Il acheta un numéro spécial de *National Geographic*, puis rentra au laboratoire.

Il s'installa confortablement, baissa la lumière et feuilleta le magazine du mois, qui était consacré aux temples d'Angkor. Les articles ne l'intéressaient pas, seulement les photos. Elles étaient somptueuses, comme toujours. Très jeune, il avait été fasciné par ces édifices construits au milieu de la forêt par les rois de l'empire Khmer. L'architecture incroyablement raffinée des temples-montagnes lui donnait l'impression de contempler les vestiges d'une civilisation inconnue, sur une planète lointaine. Il s'attarda devant la silhouette d'une *apsara*, une nymphe céleste dont les bras et les jambes dessinaient de gracieuses arabesques.

Ces images, ainsi qu'il l'espérait, firent en quelques secondes le ménage dans ses pensées. Comme une porte qui s'ouvre sans prévenir, l'équation de Majorana livra l'erreur qui l'obsédait. Ce n'était presque rien, une opération erronée qui se dissimulait comme un insecte nuisible dans la forêt encombrée de son esprit. Il corrigea la partie fautive et entreprit, à partir de là, de réorganiser le cœur du chronoviseur.

Quand il eut fini, il afficha sur le programmateur deux millions six cent mille secondes, soit un saut de trente jours dans le passé. Il mit la machine en marche.

Rien. Le noir complet.

Au bord du découragement, le père Ernetti était prêt à abandonner quand il aperçut une petite tache blanche en bas et à droite de l'écran. La veilleuse. C'était la veilleuse du labo. Il voyait le laboratoire tel qu'il était un mois auparavant, mais… de nuit. Seule la veilleuse de service était restée allumée. Légèrement penaud, il ajouta dix heures – soit trente-six mille secondes – au temps programmé.

L'écran montra alors une scène émouvante. Un fou rire, un des trop rares moments de complicité et de bonheur qu'ils avaient partagés, le père Leonardo et lui, un mois auparavant. Tandis que Pellegrino manipulait un fer à souder, son vieil ami était debout devant le tableau aux équations. L'image était muette, mais il pouvait deviner ce qu'ils disaient. Des années plus tôt, il avait appris la technique de la lecture sur les lèvres auprès d'un ami orthophoniste, dans le but d'aider les malentendants. Leur dialogue complice sur l'écran était facile à décoder. Ils se moquaient de Montini, qui les impressionnait tant quand il était présent. Pellegrino avait imité sa posture hautaine et son petit numéro de grimaces avait fait rire Leonardo aux larmes.

Il fallait enregistrer un souvenir qu'on pourrait montrer au Saint-Père. Il installa la caméra Bell & Howell seize millimètres que Montini lui avait confiée face à l'écran de visualisation et il filma toute la scène.

*

Le pape fut impressionné par le film que le père Ernetti lui projeta sur un écran de cinéma installé sur un trépied. Montini également. La présence sur l'écran du père Leonardo, actuellement hospitalisé, était la plus concrète des preuves.

Pie XII prit la parole :

– Nous savons à présent que la machine conçue par Ettore Majorana permet de voyager dans le passé, ce qui est déjà un miracle. Si nous voulons aller jusqu'aux temps évangéliques, il faut passer à la vitesse supérieure. Comment voyez-vous l'organisation du travail, Montini ?

– Saint-Père, il faut tenir compte de deux paramètres : l'amélioration de la machine et le secret à conserver. Le père Ernetti a besoin d'aide.

– Comment puis-je vous faciliter la tâche ? demanda le pape.

– Si la demande vient de vous, Votre Sainteté, vous obtiendrez le concours des plus grands scientifiques de la planète.

Montini lut le petit mémo qu'il avait préparé.

– Nous pourrions compter sur la collaboration du professeur Desmond Miller, qui a travaillé plusieurs années avec Enrico Fermi à l'Institute for Nuclear Studies de Chicago. Je pense aussi à Ferdinando de Fonseca, un spécialiste portugais de physique ondulatoire. Et au prix Nobel japonais Satsuo Tanaka. J'ai aussi deux Français et un Anglais qui pourraient faire l'affaire.

– Je les appellerai un par un, dit le pape.

– En réfléchissant, nous pourrions rassembler une douzaine de collaborateurs. Pas tous en même temps, bien entendu. Nous organiserons le travail en fonction de leurs libertés.

– Vous leur montrerez notre chronoviseur ? demanda Pellegrino, inquiet.

– En aucun cas ! s'écria Montini.

Le pape confirma :

– Le chronoviseur doit rester secret jusqu'à ce que nous ayons atteint notre but. Je révélerai son existence au balcon du palais quand nous aurons capté le visage du Seigneur. Pas avant.

– Mais comment pourront-ils travailler sur le chronoviseur sans le voir ?

– Le groupe de chercheurs travaillera au palais pontifical, dans une salle que le Saint-Père mettra à notre disposition. Le projet sera présenté comme un travail purement théorique, extrapolé à partir des travaux de Majorana. Vous, père Ernetti, observerez et noterez tout ce qui se dira. Le chronoviseur virtuel sera le modèle idéal à partir duquel vous ferez évoluer le chronoviseur réel qui restera, lui, aux archives secrètes.

– Pour l'aspect financier, dit le pape, le père Montini s'occupera de tout. Demandez ce qu'il vous faut, c'est crédit illimité.

– Raisonnablement, tout de même ! précisa Montini.

24

En apparence, ce n'était qu'un banal appareil photo de petite taille. Le plus intéressant se trouvait à l'intérieur.

– Avec cette pellicule ultrasensible, il vous suffira d'éclairer ce que vous photographierez avec une simple lampe de poche.

Soucieux de satisfaire ses amis soviétiques, Carvalho avait réveillé ses réseaux dormants du Vatican. Il rencontra le cardinal français qui, seul parmi ses connaissances, pouvait pénétrer dans les archives secrètes sans attirer l'attention. Ils prirent rendez-vous dans la somptueuse maison que Carvalho possédait dans la banlieue de Rome.

– Ma Mercedes vous attendra place Saint-Pierre. Dès que vous aurez pris les clichés, vous remettrez l'appareil photo au chauffeur. Pensez à mettre des gants pour éviter de laisser traîner des empreintes, Éminence.

– Vous vous rendez compte de ce que vous me demandez ? Je ne sais vraiment pas pourquoi j'ai accepté.

– Pour deux raisons, Éminence : m'éviter de bavarder imprudemment sur vos petites affaires avec la banque Ambrosiano…

– Je vous en prie, arrêtez avec ça !

– Mais surtout parce que vous soutenez notre cause. C'est la vraie raison et la plus noble.

– Quand voulez-vous opérer ?

– Mardi, peu avant minuit.

*

Pellegrino avait un défaut : il était terriblement maniaque. Il se souvenait très bien de la dernière page sur laquelle il avait pris des notes, la veille au soir. Il s'en souvenait d'autant mieux qu'il avait pris conscience, au cours de la nuit, d'avoir fait une grossière erreur de calcul, provoquée certainement par la fatigue. Or le cahier n'était pas à la bonne page. Il observa le reste du laboratoire. Certes, il n'était pas toujours bien rangé, mais c'était son désordre à lui et il s'y retrouvait. Il eut le sentiment que quelqu'un s'était introduit dans la pièce et l'avait fouillée. Peut-être même avait-on pris des photos ? Il interrogea le garde suisse, qui n'avait rien remarqué. Dans un lieu aussi bien protégé que les archives secrètes, cela ne pouvait signifier qu'une chose : l'intrus appartenait au personnel du Vatican.

Une heure après, Montini accourut. Son esprit méfiant l'incita à prendre la menace au sérieux… et à trouver le meilleur moyen d'identifier le visiteur.

– Le chronoviseur, dit-il.

– Mais oui, comment n'y ai-je pas pensé ?

– Reculez d'heure en heure juste après votre départ d'hier soir. Vous pouvez vous orienter dans l'espace ?

– Pas encore, répondit Pellegrino. Nous aurons une vue en plongée, en « grand-angle ».

– Ne tardons pas, dit Montini. On enregistrera la scène pour avoir une preuve.

Le père Ernetti alla chercher sa caméra Bell & Howell qu'il braqua sur l'écran du chronoviseur, puis activa sa machine, qui se mit à ronronner.

– À quelle heure êtes-vous parti hier soir ?

– Un peu avant vingt-deux heures.

Ernetti alla au tableau de commande.

– Je démarre donc à vingt et une heures trente.

Il régla les roues crantées du chronoviseur en reculant d'environ trente-cinq mille secondes dans le passé, puis mit en marche sa Bell & Howell.

– C'est parti !

Sur l'écran du chronoviseur, il se vit ranger ses affaires, éteindre la lumière et quitter la pièce.

– On ne voit plus rien, dit Montini.

– Ce n'est pas un problème, Monseigneur. La machine ne capte pas les photons, mais les neutrinos rémanents. Il me suffit d'un petit réglage.

Il accentua la sensibilité des collecteurs à la rémanence des neutrinos. Même si elles reposaient sur un principe différent, les images ressemblaient aux photos captées en infrarouge par les appareils d'observation des militaires. Rien ne se passa à vingt-deux heures. Et rien à vingt-trois. Toujours rien à minuit. Le père Ernetti en profita pour changer le magasin de sa caméra.

– Gardez l'image après minuit, dit Montini. Les gardes suisses se relayent à minuit. Si quelqu'un guette à l'intérieur, il profitera de ce passage de relais pour entrer dans la pièce. D'ailleurs, regardez…

Montini avait deviné juste. La porte s'ouvrit lentement.

– Il arrive ! Déclenchez la caméra seize millimètres.

Pellegrino commença à filmer l'écran.

– Bayard !

C'était le cardinal Laurent Bayard.

– Un proche de Carvalho, précisa Montini.

Avec une lampe torche, Bayard procéda d'abord à un tour d'horizon. Puis il sortit de son sac un appareil photo miniature avec lequel il photographia le prototype qu'il éclairait avec sa lampe calée sur une table. Il s'agenouilla pour ouvrir les tiroirs du bureau dans lesquels le père Ernetti avait rangé les calculs de Majorana.

– Vous avez fermé vos tiroirs à clé ? demanda Montini.

Pellegrino ne savait plus. Il bredouilla :

– Euh… je crois.

Soulagé, il vit Bayard insister en tirant le tiroir, mais abandonner rapidement.

– Heureusement qu'il a le talent d'un cambrioleur d'opérette, commenta Montini.

Avant de repartir, Bayard fit d'autres photos de la machine.

– Que peut-il faire de ces photos ?

– Rien s'il ignore la véritable fonction du chronoviseur.

Bayard semblait pressé d'en finir. Il éteignit sa torche, ouvrit prudemment la porte et sortit avec précipitation.

– Un amateur, dit Montini avec mépris.

– Que faisons-nous ? demanda Pellegrino.

– Passez au laboratoire et faites développer les films, que nous puissions les montrer en fin de matinée.

– À qui ?

– Au pape, évidemment !

25

La moue de dégoût de Pie XII devant le film qu'on lui projetait était plus éloquente que n'importe quelle invective.

– Arrêtez !

Montini stoppa le projecteur.

– C'est difficile à croire, Saint-Père, dit-il, mais le film ne ment pas.

– Je savais que Bayard était lié à Carvalho, répondit le pape, mais je pensais à une simple connivence idéologique. Même les cardinaux me trahissent !

– Maintenant, ajouta Montini, nous savons que Carvalho sait que nous préparons quelque chose, mais il ignore ce que c'est. S'il a envoyé Bayard, c'est pour se renseigner.

– Ce que Bayard a photographié ne leur dira pas grand-chose, Saint-Père, dit le père Ernetti.

– Oui, mais à mesure que nous avancerons, ils finiront par comprendre, répliqua le pape. D'autant que…

Il sortit de son tiroir une série de notes manuscrites.

– J'ai commencé à prendre des contacts avec les chercheurs dont nous avons parlé. En général, les réactions sont très positives. Ils sont flattés que je les appelle, mais ce qui les intrigue le plus, c'est quand je parle de Majorana. Pour certains, c'est comme si j'évoquais Albert Einstein !

– Et Desmond Miller, le physicien de Chicago ? demanda Montini.

– Il est partant.

– C'est un atout important pour nous. C'est un très grand physicien.

– À ce rythme, nous pourrons les réunir tous dans quelques mois. Ce qui veut dire…

– … que les sources de fuites vont se multiplier, continua Montini. Et que Carvalho deviendra de plus en plus curieux.

– Vous devrez redoubler de vigilance, mes amis. Que faisons-nous pour Bayard ?

– C'est bien simple, dit Montini au pape. Vous lui proposerez une promotion !

*

Quand il ne jouait pas les espions amateurs, le cardinal Laurent Bayard était un homme parfaitement fréquentable. Attaché de recherche au CNRS en France, il avait enseigné la théologie à l'Institut catholique de Paris. Parlant couramment l'italien, son art de la diplomatie lui avait valu une estime générale qui l'avait conduit à occuper des responsabilités importantes dans plusieurs instances de la curie romaine. Il était en train de présider une commission quand il vit Montini entrer et s'installer au fond de la salle. Surpris, Bayard s'interrompit :

– C'est un grand honneur de vous recevoir ici, Monseigneur.

– Continuez, je vous en prie, lui dit Montini. Nous nous parlerons à la fin de votre séance.

Quinze minutes après, Bayard s'approcha de Montini. Il souriait, mais semblait un peu inquiet.

– Le pape n'a reçu que des compliments sur la manière dont vous exercez votre sacerdoce, Éminence.

– Le pape est trop généreux. Qu'est-ce qui me vaut… ?

– Je venais vous féliciter pour votre promotion, lui dit Montini.

Bayard n'y comprenait rien.

– Ma promotion ?

– Vous ne saviez pas ? Le pape vous envoie à Fort-de-France. Il vous a nommé à la tête du conseil épiscopal des Antilles françaises. Quelle chance, Éminence, vous partez au soleil !

26

C'était un vaste désordre. Comme Natacha, la plupart des jeunes soldats qui étaient venus à Beer-Sheva par leurs propres moyens cherchaient à rejoindre leur unité. Le 29 octobre 1956, le petit État d'Israël avait déclenché les hostilités en envahissant la bande de Gaza et en lançant ses troupes vers le sud du Sinaï. L'opération faisait partie d'un plan mis au point avec la France et le Royaume-Uni pour forcer l'Égypte à rouvrir le canal de Suez.

« Au début, tu seras excitée comme une puce. C'est après que ça se complique », lui avait dit un officier qui avait connu la guerre de 1948. Pour l'instant, le problème de la jeune femme était de repérer le bon autobus civil parmi les centaines qui avaient été réquisitionnés par l'armée pour partir au front.

– Natacha !

C'était Yoni Landau, son collègue du musée.

– Je sais où il est. Suis-moi.

Le bus était déjà bondé. Elle trouva une place au fond, sur une banquette de bois. Une trentaine de minutes après, le véhicule prit la route du Sinaï, sur les traces de la colonne ultrarapide du chef d'état-major Moshe Dayan. Quand commença la traversée du désert, la chaleur devint infernale dans ces carcasses d'acier dépourvues d'air conditionné pour économiser le carburant. Mais tous – étudiants, commerçants, ingénieurs – chantaient des chants traditionnels pour se donner du courage. Puis chacun essaya de trouver le sommeil en dépit des cahots de la route. Natacha avait le sentiment qu'elle allait vivre une des plus grandes épreuves de sa vie. « La guerre ne te ment pas, elle te dit vite qui tu es », lui avait dit le même officier. Elle se rappelait une autre phrase, lue elle ne savait où : « La proximité de la mort est le plus fidèle des miroirs. » Yoni, à côté d'elle, semblait perdu dans ses pensées. Il songeait sans doute à sa famille, comme la plupart des autres dans l'autobus. Était-ce un avantage ? Natacha n'ayant personne, elle n'avait de comptes à rendre qu'à elle-même.

À mi-parcours, la colonne stoppa.

– Les paras du huit cent quatre-vingt-dixième bataillon ont atterri sur Mitla, annonça un soldat. Ils arrivent sur le canal !

Ce fut un « hourra » général. Puis la colonne de bus reprit sa route. On mangeait ce qu'on pouvait, quand on mangeait. L'important était de boire, pour éviter la déshydratation. Car le plus dur restait à faire. Quelques heures après, le bus stoppa à nouveau. Natacha sortit. Elle vit passer un avion de l'armée. L'air sentait le pétrole, qui brûlait à Port-Fouad.

– Que se passe-t-il ? demanda-t-elle.

– On se sépare, lui dit un colonel. Vous attaquez Sharm-El-Sheikh !

Tous avaient entendu. L'enthousiasme des débuts céda rapidement place à une angoisse générale qui se traduisit, dans le bus, par un silence pesant. On disait que les Égyptiens possédaient du matériel de guerre moderne et qu'ils se défendaient comme des beaux diables. Certains récitaient des prières. Natacha, elle, ajusta son casque et vérifia son arme. Leur trajet ne dura qu'une trentaine de minutes.

– Eh, on arrive ! dit quelqu'un.

Natacha regarda par la vitre, mais elle ne voyait rien. Soudain, un fracas épouvantable arrêta la colonne. On les attaquait au canon ! Tous, arme en bandoulière, jaillirent des véhicules et s'éparpillèrent dans le paysage rocheux. Elle vit enfin la ville. En fait de « ville », c'était un petit village de pêcheurs devenu du jour au lendemain une base stratégique pour la marine égyptienne. Sous la conduite d'un officier, les jeunes gens se regroupèrent en petites unités et progressèrent prudemment vers les premiers bâtiments. On entendait le crépitement sec des fusils automatiques.

Alors, sans prévenir, la trouille arriva. Il n'y avait pas d'autre mot. La trouille comme une maladie invasive qui s'installe d'abord dans les tripes, puis paralyse la pensée. Elle se croyait à l'abri du mal après les horreurs vues en Ukraine dans son enfance. Elle avait tort. La mince cuirasse de certitudes qu'elle avait mis des années à construire commençait à se fendiller. Elle se mit à trembler. Yoni lui sourit et lui proposa de passer derrière lui. Elle refusa.

– Stop ! Ils sont juste en face, à trois cents mètres, dit un sergent.

« Ils » ? Devant, elle ne voyait que des ombres. Des hommes, sans doute aussi jeunes qu'elle, qui s'apprêtaient pourtant à faire tout leur possible pour lui envoyer des morceaux de plomb dans le corps. Elle étreignit son arme et se prépara à tirer. Et soudain…

– Halte au feu !

Un officier israélien arriva en courant avec un haut-parleur. En face, on pouvait entendre le même genre d'annonce en arabe.

– Ne tirez surtout pas ! répéta l'officier.

– Mais… que se passe-t-il ? demanda un jeune soldat.

– Ordre de l'état-major. On arrête la guerre.

Natacha était éberluée. On pouvait entendre des cris de joie dans le camp égyptien.

– Ils ont gagné ?

– Non, personne n'a gagné.

– Je n'y comprends plus rien.

C'était pourtant bien simple. Inquiète des succès des alliés et de la progression israélienne, l'URSS avait menacé la France, le Royaume-Uni et Israël d'une attaque nucléaire. À son tour, l'OTAN avait menacé l'URSS d'une riposte atomique. La sagesse, pour tous, était de stopper l'escalade. Et chacun fut prié de rentrer chez soi.

Natacha eut le sentiment d'avoir raté sa guerre, comme on rate l'autobus. Heureuse d'avoir sauvé sa vie, elle se sentait pourtant frustrée de cette grande explication avec elle-même. Sur le chemin du retour, alors que ses amis reprenaient leurs chants d'allégresse, elle se fit une promesse. Elle jura de se vouer à un autre combat, le sien, qu'elle mènerait désormais avec ses armes d'archéologue. Personne, à présent, ne lui volerait l'histoire de son pays.

27

– Père Leonardo, que je suis content de vous voir en meilleure santé !

– Grâce à Dieu et aux médecins. Entrez, entrez…

Avant de partir pour sa maison de repos de Bari, sur l'Adriatique, le père Leonardo avait proposé à Pellegrino de venir déjeuner dans sa ferme familiale, près de Milan. C'était la sœur du père Leonardo qui avait préparé le déjeuner.

– Ce que vous allez manger, mon jeune ami, vous ne le trouverez dans aucun restaurant de Milan. C'est un vrai plat paysan de la région : la *busecca alla milanese*.

Pellegrino regarda la soupière avec curiosité.

– Je dois dire que ça sent bon.

– Des tripes, des haricots blancs, de la purée de tomate, du bouillon, des carottes et du céleri, le tout saupoudré de parmesan.

– Et comme dessert, ajouta la sœur de Leonardo, de la *busicchina milanese*, faite avec des châtaignes séchées et de la crème fouettée. Un authentique dessert lombard.

– Ne l'effraye pas, Adriana, Pellegrino est un petit appétit !

– C'est pourquoi je vous ai aussi préparé une salade de tomates du jardin, ajouta-t-elle.

– Je ne vous cacherai pas que j'adore les tomates, répondit Pellegrino, prudent.

Le père Leonardo était gourmand. C'était sans doute ce qui lui avait valu ses ennuis cardiaques. En le voyant se jeter avec délices sur son plat de *busecca*, Pellegrino se demandait si cette nourriture roborative était adaptée à l'état de santé de son ami. En ce qui le concernait, il s'en tint à la salade de tomates. Tout au long du repas, Leonardo se montra très curieux des derniers « potins » du Vatican.

– Bayard ! s'exclama-t-il. Qui aurait pensé à lui ? Personnellement, je n'ai jamais eu beaucoup d'estime pour ce cardinal. Mais de là à imaginer…

– Une fois de plus, mon père, il faut reconnaître que Montini a mené l'affaire avec beaucoup d'habileté.

– C'est un bon politique, c'est vrai.

Après le déjeuner, les deux prêtres se promenèrent le long d'un interminable canal.

– Comment comptez-vous progresser ?

– Nous attendons l'arrivée de l'équipe internationale. J'espère qu'ils trouveront le moyen d'augmenter le rayon d'action de la machine.

– Cette machine vous passionne, cela se sent. Sans doute aurais-je été comme vous si j'avais été plus jeune et en meilleure santé…

Pellegrino sentait monter chez le père Leonardo un flot de regrets.

– Vous me manquez beaucoup, mon père.

– Quand je pense que toute cette histoire a commencé ici, dans cet atelier. Mon père, qui m'engueulait…

Il eut un petit rire triste.

– Ce que le hasard a fait, dit Pellegrino, nous le réussirons grâce à la technologie.

– C'est probable. Mais prenez garde, cette machine pourrait nous apporter la peste !

– La peste ? Vous n'exagérez pas un peu, mon père ?

– Je pense à ce mot de Sigmund Freud, sur le bateau qui l'emmenait en Amérique : « Ils ne savent pas que je leur apporte la peste. »

– Mais lui parlait de la psychanalyse ?

– Votre machine est comme la psychanalyse, Pellegrino. Elle va révéler ce qui est caché. Freud mettait les âmes à nu, mais il avait découvert que personne n'aime ça ! Les hommes réclament la vérité sur tout, mais quand ils sont devant, ils se détournent ou la censurent.

– Nous ne sommes pas toujours rationnels, c'est vrai, admit le père Ernetti.

– Toute l'histoire des peuples, mon fils, repose sur des mensonges partagés. Des légendes, des actes supposés héroïques, des victoires qui n'en sont pas. Dévoilez ces mensonges, comme vous le ferez peut-être avec votre machine, et on vous clouera au pilori.

– Le Saint-Père sait ce qu'il fait, je pense.

– Il sait ce qu'il veut, mais sait-il ce qu'il fait ? Je n'en suis pas certain. Lui comme Montini ont des objectifs politiques. Le pape veut combattre le communisme athée, Montini veut devenir pape. Ils ne voient que leurs intérêts à court terme. Mais si la peste arrive, Pellegrino, ils vous accuseront d'avoir répandu l'épidémie !

28

Au début de cet hiver 1957, la place Saint-Pierre s'était couverte d'une fine pellicule blanche. Dans son palais du Vatican, Pie XII faisait son possible pour convaincre les meilleurs physiciens du monde de participer à l'aventure. Certains, pour des raisons diverses, refusaient poliment. D'autres semblaient intéressés, mais souhaitaient en savoir plus. Montini se chargeait de persuader les hésitants en leur assurant qu'ils participeraient à un groupe de recherche appelé à travailler sur des concepts physiques inédits. Sans rien révéler, il excitait leur curiosité. La santé du Saint-Père, de plus en plus chancelante, ralentissait cette délicate opération de prises de contacts. Montini s'impatientait. Il craignait par-dessus tout que le père Ernetti finisse par se démobiliser. C'était la raison de ses nombreuses visites aux archives secrètes. L'idée était de gagner du temps en perfectionnant quelques aspects secondaires, mais importants, du chronoviseur. Comment, par exemple, trouver un moyen fiable et rapide de cibler d'autres lieux que celui où la machine était installée ? Montini eut une idée : « bricoler » un système de guidage utilisé pour les missiles.

– Mais qui va accepter de nous vendre un tel système ? demanda Pellegrino.

Pour toute réponse, Montini consulta son carnet d'adresses.

– Laissez-moi deux jours, dit-il. Je vais vous trouver ça.

*

Le directeur général de l'entreprise Olivetti manqua tomber de son fauteuil quand il apprit que le Vatican lui commandait un système de guidage conçu pour les missiles de l'armée de l'air italienne !

– Qu'est-ce que c'est que cette histoire ? Le Vatican veut fabriquer une bombe ?

Il appela le ministre de la Défense, qui lui confirma l'information. Le président de la République en personne avait donné son accord et proposait aux dirigeants d'Olivetti de prendre contact avec l'archevêque de Milan.

– Le monde marche sur la tête ! dit le directeur.

Il finit par parler à Montini au téléphone.

– Monseigneur, nous allons vous vendre, pour je ne sais quelle raison, un système de guidage parfaitement opérationnel pour des missions de guerre. Je ne vous demanderai pas ce que vous voulez en faire, je sais que vous ne me répondrez pas. Pourriez-vous néanmoins m'adresser une déclaration sur l'honneur que vous n'utiliserez pas cet engin à des fins…

– Sanguinaires ? Allons, monsieur le directeur !

– Je ne vous demande qu'un écrit de quelques lignes, signé par vous.

– Il n'en est pas question. Quand pourrez-vous nous livrer la marchandise ?

Le dirigeant d'Olivetti comprit qu'il n'obtiendrait rien de plus.

– Dans deux semaines, cela ira ?

– C'est parfait. Un dernier détail : le Vatican, comme vous l'imaginez, n'a pas les ressources de l'État italien. Je vous propose donc de nous faire une ristourne de quinze pour cent sur le prix habituellement consenti au ministère de la Défense.

– Quinze pour cent ? Comme vous y allez, Monseigneur ! Vous nous demandez carrément de vous vendre la marchandise au prix coûtant.

En renâclant, il fit passer l'information à son directeur financier. Celui-ci, qui avait ses entrées au Saint-Siège, conseilla à son patron de faire le gros dos. La rumeur disait qu'un jour ou l'autre, ce Montini pourrait devenir pape à son tour.

– Ah, si le ciel s'en mêle…, soupira le directeur.

L'adaptation au chronoviseur du système de guidage demanda à Pellegrino plus de trois semaines de travail. Comme l'avait proposé Majorana, il suffisait d'introduire dans la machine les coordonnées géographiques de l'endroit visé pour obtenir une image. Il décida de faire un essai. On était au mois de février. En dépit du froid, un beau soleil brillait au-dessus de la capitale italienne. Le père Ernetti introduisit dans la machine la latitude et la longitude du palais du Quirinal : 41° 54′ 01″ N, 12° 29′ 12″ E. Puis les coordonnées temporelles : deux millions et demi de secondes, soit une trentaine de jours. Le Quirinal apparut sur l'écran en noir et blanc tel qu'il était un mois auparavant, sous la neige. C'était gagné !

Cette expérience incita Pellegrino à faire une nouvelle demande à Montini : une machine à calculer. Jusque-là, pour calculer les échelles de temps, il se servait de sa règle à calcul. Il craignait pourtant qu'elle devienne inutilisable quand les sauts temporels se chiffreraient en années, puis en siècles. Pellegrino avait entendu parler d'un prototype de machine mis au point par les ingénieurs d'Olivetti : la Divisumma-14. C'était ce qu'il lui fallait.

– Ils veulent quoi ? s'étouffa à nouveau le responsable d'Olivetti. Elle n'est même pas en vente !

– Attendez la suite, lui dit son directeur commercial. Comme nous n'avons pas encore fixé de prix, ils la demandent gratuitement.

– Si un jour cet homme devient pape, je me convertis au bouddhisme ! Donnez-lui ce qu'il demande.

Le chronoviseur disposa ainsi d'un système de navigation spatio-temporel fiable et facile à utiliser. Restait à dépasser la limite de trente jours. Pour cela, on comptait sur les efforts conjugués de la future équipe de chercheurs convoqués par le pape.

29

– Je suis en pourparlers à votre sujet. Mais les Jordaniens font les difficiles.

Natacha réprima un soupir. Après sa guerre manquée, elle avait repris sa place dans les laboratoires du musée Rockefeller. Elle attendait avec impatience d'aller fouiller à Qumrân, mais la plupart des postes étaient occupés par des dominicains et les accords avec les Jordaniens limitaient sévèrement la présence des Israéliens sur le site. Le père de Meaux, fin négociateur, s'efforçait de maintenir un dialogue permanent avec les autorités jordaniennes, mais ils devaient être patients. En attendant, il proposa à Natacha de contribuer au déchiffrage du « rouleau de cuivre ».

C'était le dernier mystère à la mode. Un manuscrit trouvé dans une des grottes de la mer Morte, mais gravé sur trois fines feuilles de cuivre soudées les unes aux autres.

– Venez, dit de Meaux, on va le voir de près.

Il accompagna la jeune femme dans la salle du sous-sol réservée à la conservation du fameux rouleau. Il ouvrit une porte blindée et découvrit une grande salle meublée de plusieurs tables sur lesquelles étaient conservés des manuscrits sous des plaques de verre. Il l'emmena devant le rouleau de cuivre. Pour l'ouvrir, on avait utilisé une scie circulaire spécialement conçue avec laquelle on l'avait découpé en vingt-trois bandes concaves sans l'abîmer.

Le texte était à présent parfaitement lisible. Une première traduction en avait été proposée par l'Anglais John Allegro, en froid avec le père de Meaux depuis ses émissions de radio. Mais tous les mystères n'étaient pas résolus.

– Examinez ce texte à la loupe. Que voyez-vous ?

– Apparemment, c'est de l'hébreu. Mais il est mélangé à du grec et à des lettres inconnues, dit Natacha.

– C'est la question que vous devrez résoudre. Est-ce un langage codé ? Et comment percer le code ?

– On dirait une liste…

– Bien vu. C'est une sorte d'inventaire. Le rouleau répertorie des objets de valeur cachés dans plusieurs sites du désert de Judée, en indiquant leur localisation précise. Allegro estime qu'il a été confectionné au moment de la grande révolte juive de 66-70, quand les troupes romaines s'approchaient dangereusement de Jérusalem.

– Ce serait la cachette du trésor du Temple ?

– Ce n'est pas impossible. Les prêtres auraient pu disperser le trésor dans plusieurs cachettes, qu'ils auraient notées sur le rouleau. Mais comment expliquer cette écriture inconnue ? Prenez le temps qu'il vous faut, Natacha, mais apportez-moi la solution.

– Je ferai mon possible, mon père.

– N'oubliez pas que le rouleau appartient aux Jordaniens. Si vous parvenez à résoudre l'énigme, ils seront si contents que cela vous vaudra peut-être un ticket pour Qumrân !

Cette nouvelle situation avait un avantage : désormais, Natacha pourrait avoir accès au sous-sol du musée Rockefeller, là où se trouvaient plusieurs manuscrits non publiés. Elle en parla à Yoni Landau.

– C'est génial, dit Yoni. Quelques manuscrits sont dans des coffres, mais beaucoup sont encore étalés sous des plaques de verre, comme celui que je t'ai montré l'autre jour. Tu sauras les déchiffrer ?

– Un peu, mais j'ai moins d'expérience que toi.

– S'il me voit avec toi, nous sommes virés tous les deux. Recopie ce que tu ne comprends pas, je t'aiderai.

– OK.

Natacha se livra donc, pendant des semaines, à un double travail. Elle cherchait à percer le mystère du rouleau de cuivre, et elle recopiait le plus fidèlement possible le contenu des rouleaux interdits. Chaque soir, elle transmettait discrètement ses notes à Yoni, qui les déchiffrait.

– Nat, il y a là de vraies pépites ! lui dit Yoni. C'est une honte de ne pas livrer ces informations au public.

Pour arriver à ses fins, elle fit traîner le travail qu'on lui avait assigné. Un jour, pourtant, elle entendit des pas dans l'escalier. Elle courut s'installer devant le rouleau de cuivre.

– Alors, Natacha, vous vous en sortez ? lui demanda le père de Meaux.

– Je crois que je tiens une piste, monsieur.

Elle la tenait depuis longtemps, mais il fallait bien, à présent, qu'elle lui donne quelque chose.

– Il me semble que ce manuscrit a été écrit par un illettré.

– Un illettré ?

Le père de Meaux faisait les yeux ronds.

– Oui. Il s'est contenté de copier les textes d'après un parchemin original. Forcément, parfois il s'est trompé. Regardez ce *lamed*. Ici la lettre est orientée vers la droite, là elle est à l'envers. Pareil pour ce *samesh*.

– Mais… pourquoi auraient-ils fait appel à un illettré ?

– Pour qu'il ne comprenne rien à ce qu'il écrit !

Évidemment, se dit de Meaux, cela confirmait la piste d'un trésor caché. Cette fille est vraiment astucieuse, pensa-t-il.

– Vous avez peut-être raison, dit-il. Je vais lancer une campagne de fouilles sur les endroits indiqués.

– Je pourrai en être ? demanda-t-elle.

– Non, je regrette. Je préfère continuer à négocier votre cas avec les Jordaniens. Dans votre intérêt, ne les provoquons pas.

Elle n'insista pas. Elle n'eut d'ailleurs aucun regret car on ne trouva rien. Des voleurs étaient passés des siècles avant eux. Le rouleau de cuivre n'était plus une carte au trésor, juste un vestige archéologique. Mais Natacha et Yoni étaient riches, à présent, d'informations nouvelles et précieuses sur les autres manuscrits de la mer Morte.

30

Enfin, l'équipe internationale réunie par le pape était au complet. La première séance eut lieu le 7 mars 1958, dans une salle du palais pontifical qui leur servirait plus tard de salle de travail. Beaucoup de ces chercheurs, presque tous des physiciens, avaient connu et admiraient Ettore Majorana. La perspective de découvrir une recherche inédite, initiée par celui qu'ils considéraient unanimement comme un génie de la physique, excitait leur curiosité. D'autant que l'invitation émanait du pape lui-même et qu'elle avait été faite dans le plus grand secret, ce qui laissait présager une découverte importante.

Autour de la table était assis le prix Nobel japonais Satsuo Tanaka, qui avait mis en évidence des particules élémentaires encore inconnues au sein de l'atome. C'était un petit homme au visage dénué de toute expression, on ne savait jamais s'il s'ennuyait ou pas. Très différent, le professeur américain Desmond Miller avait l'allure d'un homme du monde, très à l'aise et soucieux de séduire. Il y avait aussi deux chercheurs issus de l'Institut de physique nucléaire d'Orsay, Jean-Émile Caron et Bernard Tessèyre. Ce dernier, qui fut le collaborateur de Frédéric Joliot-Curie, était professeur au Collège de France. Il se disait progressiste, mais avait rompu tout lien avec le Parti communiste français depuis la révélation des crimes de Staline. Caron était un chrétien catholique, très respecté dans son domaine, mais au caractère rigide. Les autres, qui œuvraient dans différents domaines de la physique, étaient respectivement portugais, indien, anglais, italien, australien, allemand, espagnol et suédois.

Montini prit la parole. Après quelques mots de bienvenue, il demanda à tous les membres de faire le serment de ne pas dévoiler leurs recherches. Ceux qui n'étaient pas d'accord avec ce principe pouvaient encore quitter le projet. Tout le monde signa.

– Je vous remercie, dit Montini. Je vais à nouveau vous demander d'accepter par écrit les conditions de rémunération que nous vous proposons. Comme vous le verrez, elles sont très généreuses. En échange, nous vous demandons de vous rendre disponibles pour une période globale de six mois.

– Six mois entiers ? demanda le Suédois.

– Non, répondit Montini. Vous pourrez retourner dans vos pays respectifs afin de retrouver vos familles, mais vous devrez revenir à Rome aux dates indiquées sur votre contrat, sauf impossibilité majeure. Tous vos frais de déplacement et de séjour, bien entendu, seront pris en charge par le Vatican.

La rétribution proposée compensait largement les petites contraintes. Une fois encore, tout le monde signa. Pellegrino admira l'habileté avec laquelle Montini les manipulait.

– À présent, Monseigneur, dit l'Américain Desmond Miller, si vous nous disiez quel est votre projet ? Quelle machine infernale avez-vous donc en tête ?

Il y eut un rire général.

– Aucune, monsieur Miller, répondit Montini.

Miller était surpris.

– Aucune ?

– Il n'y aura aucune machine à construire. Il s'agit d'un travail purement théorique, fondé sur les calculs d'Ettore Majorana. Vous vous bornerez à examiner la faisabilité, comme disent les ingénieurs, de la machine qu'il avait en tête.

– Je comprends, dit le professeur Teyssère. Mais à quoi servira votre machine, Monseigneur, aussi virtuelle soit-elle ?

Il y eut un silence. Montini considéra toute l'assistance et leur parla en détachant ses mots :

– À explorer le temps !

Pellegrino s'amusa de voir les visages s'allonger. L'idée d'une telle machine leur parut si extraordinaire que le Japonais Tanaka demanda très respectueusement s'il s'agissait d'une plaisanterie. Le regard sévère de Montini chassa toutes les réserves.

– Cette machine, reprit-il, est décrite dans ses grands principes dans les papiers de Majorana.

Il leur exposa toute l'histoire. Évidemment, il ne révéla pas le but ultime du pape : l'exploration de la période évangélique. Il ne leur dit pas non plus que la machine avait déjà été construite dans une salle des archives secrètes, à cinq cents mètres à peine de l'endroit où ils se trouvaient. Et que leur présence ici consistait à trouver les moyens théoriques de la perfectionner, afin que le père Ernetti puisse discrètement transformer leurs idées en améliorations matérielles.

– Je voudrais terminer en vous présentant le père Pellegrino Ernetti qui sera, pendant vos travaux, le représentant du Vatican. Il a déjà travaillé sur les calculs de Majorana, il sera l'homme de la synthèse de toutes les propositions.

Montini termina en renouvelant son appel à une discrétion absolue, comme s'ils travaillaient sur un projet militaire. Le professeur Desmond Miller confia que cette réunion lui rappelait celle qui avait lancé le projet *Manhattan*. Il demanda si leur recherche aurait, elle aussi, un nom de code.

– Oui, répondit Montini. Ce sera le projet *Sant' Agostino*. À l'extérieur, le nom du philosophe n'éveillera aucun soupçon. Mais nous savons, nous, que saint Augustin a écrit de bien belles pages sur le temps.

– « Qu'est-ce donc que le temps ? Si personne ne m'interroge, je le sais. Si je veux répondre à cette demande, je l'ignore. Qu'est-ce donc que le temps si le passé n'est plus et le futur pas encore ? » cita de mémoire le professeur Miller, qui enseignait la philosophie des sciences à Chicago.

– « Quant au présent, poursuivit le père Ernetti, s'il était toujours présent sans passer au passé, il ne serait plus le temps, mais l'éternité. »

– Augustin, dit Miller, en concluait que le temps n'existe pas.

– Mais nous savons, nous, que le temps existe, répliqua Montini. La preuve, messieurs, c'est que vous allez réaliser une machine à remonter le temps. En tout cas sur le papier !

*

Le propre d'un grand savant est de simplifier, d'épurer les problèmes qu'il cherche à résoudre. Douze grands savants, travaillant de concert, permirent au chronoviseur de devenir, sur le tableau noir, une machine plausible. On remplaça les tubes électroniques, qui avaient de nombreux inconvénients (ils étaient encombrants, ils chauffaient et nécessitaient de hautes tensions électriques) par des transistors. On perfectionna aussi le système de navigation en le dotant d'un « manche à balai » analogue à celui des avions de chasse. Il devenait possible, grâce à lui, de se déplacer au-dessus d'un site comme on le ferait en le survolant en hélicoptère. Et surtout, on travailla sur l'amplitude des sauts dans le temps. On se heurtait, sur le chronoviseur théorique, à la même limite qui affectait le chronoviseur réel de Pellegrino : celle des trente jours. Afin d'y remédier, le physicien japonais Tanaka demanda à retourner deux semaines au Japon pour pratiquer la méditation zen dans un temple de Kyoto. Il disait qu'il reviendrait avec une idée. En attendant, toutes les innovations mises au point dans la salle de travail du Vatican étaient immédiatement adaptées sur le chronoviseur réel installé, lui, aux archives secrètes. Plaisamment, Pellegrino surnommait les membres du projet *Sant' Agostino* les « Douze », comme les douze apôtres de Jésus. La Bible, finalement, n'était jamais très loin.

31

– Ce sont des bâtiments entourés par un grillage, dit le médium.

– Combien en comptez-vous ? demanda l'agent qui se trouvait derrière lui.

Le médium concentra son attention.

– Beaucoup, au moins une dizaine.

– Comment y accède-t-on ? demanda l'autre agent.

– Il y a un grand virage. Je vois aussi un mât avec un drapeau.

– Vous pouvez nous le dessiner sur une carte ?

Le médium prit un crayon et esquissa un vague plan vu du ciel.

– Vous pouvez entrer dans un des bâtiments ?

– Je vais essayer.

Il se concentra à nouveau.

– Il y a encore trop de lumière, dit le médium.

Un des deux agents fit chuter l'éclairage. Il ne garda qu'un petit spot.

– Que voyez-vous ?

– Un couloir. Avec des noms sur les portes.

– Pouvez-vous en citer un ?

– Euh… non. Je suis fatigué.

– Bon, dit l'inspecteur. On arrête là. On va vous apporter une petite collation.

Les deux agents de la CIA sortirent de la pièce.

– Tu en penses quoi ? demanda le plus jeune au plus âgé.

– Des foutaises ! répondit Joe Fincher.

En 1958, l'Agence de renseignement américaine avait installé des antennes dans toutes les grandes capitales d'Europe. Celle de Rome occupait un étage entier de l'ambassade américaine, installée dans le Palazzo Margherita, sur la Via Veneto. L'agent Joseph M. Fincher, en poste depuis deux ans, était chargé de trouver les meilleurs médiums d'Europe pour percer les secrets des Soviétiques ! Avec quelques collaborateurs, il avait parcouru le pays afin de sélectionner des civils possédant des talents parapsychologiques particuliers. Guérisseurs, magnétiseurs, pseudo-télépathes, tous étaient entraînés à la pratique du *remote viewing*, la vision à distance[1]. Les résultats, il faut l'avouer, n'étaient guère probants : des descriptions vagues ou des brouillons qui pouvaient laisser à chacun imaginer ce qu'il voulait.

– Joe, lui annonça une secrétaire, il faudrait que tu appelles Gottlieb à Washington sur le téléphone sécurisé.

Joe soupira. Cet ancien inspecteur de police était un sceptique-né. Il s'était illustré sur des terrains risqués pendant la guerre du Pacifique à Saipan et Iwo Jima. Il en gardait une claudication provoquée par l'explosion d'une mine qui avait coûté la vie à plusieurs de ses camarades. Au cours de la guerre de Corée, il avait travaillé dans les renseignements. Sa rapidité d'esprit, alliée à une remarquable intuition, lui avait valu d'être engagé par l'Agence. Physiquement, il faisait penser à l'acteur américain Lee J. Cobb. Massif, fumant la pipe, traînant en toutes circonstances un air désabusé, surtout quand il s'agissait des projets

1. Tout ceci est authentique et se mit en place au début des années 1970 avec le projet *Stargate*. On imagine ici que ce projet fut préparé par des essais préalables, ce qui n'est pas invraisemblable.

montés par le « Sorcier Noir ». C'est ainsi qu'il surnommait son patron direct, le docteur Sidney Gottlieb. On l'appelait aussi le « Sale Escroc », ce qui lui allait encore mieux. Il fit le numéro de Gottlieb, qui décrocha aussitôt.

– Vous vouliez me parler, docteur ? demanda Fincher.

– Comment vont vos expériences ?

– Je peux être franc ?

– Toujours.

– C'est de la merde. On perd notre temps et notre argent.

– C'est ce que je pense aussi, dit Gottlieb, mais Dulles y tient. Néanmoins, je ne vais pas vous garder à la tête de ce projet.

– Vous me virez ? demanda Fincher.

– Jamais de la vie, vous seriez redoutable si vous passiez chez les Soviétiques !

– Aucune chance, rassurez-vous.

– J'ai un nouveau job pour vous, Joe. Notre correspondant au Vatican nous signale des choses curieuses chez le pape.

– Ah bon ?

– Vous n'êtes pas au courant ? Qu'est-ce que vous fabriquez à Rome, en dehors de vous la couler douce ?

Fincher haussa le ton :

– Sidney, j'ai passé plusieurs semaines à ratisser le pays du nord au sud pour vous trouver des dingues avec un troisième œil ! Je vous garantis que ce n'était pas drôle. Ensuite, Rome n'est pas le Vatican.

– Calmez-vous, Joe, je disais cela pour vous taquiner. L'agent qui travaille sur place, Earl Quine, nous signale des mouvements de fonds suspects à la banque du Vatican.

– Et alors ? Ce n'est pas la première fois.

– Et des réunions de physiciens au palais du pape. Un de ces savants, Desmond Miller, a participé à la construction de notre bombe atomique. Il y a aussi un prix Nobel japonais. Ce n'est pas normal.

Fincher était troublé.

– Je connais Earl, c'est un garçon sérieux.

– Donc, laissez tomber les *remote viewers* et allez enquêter sur place. J'en ai parlé à Dulles, il ne veut prendre aucun risque.

Cette nouvelle mission ennuyait Fincher.

– Sidney, vous ne pourriez pas envoyer quelqu'un d'autre ? J'avais promis à mon épouse de l'emmener passer une semaine à Paris. Son boulot de psy lui a bousillé les nerfs.

– Paris attendra, dit Gottlieb. Allez trouver Quine, enquêtez et rédigez-moi un rapport.

32

« Paris attendra » ! On voyait bien que Gottlieb était un célibataire endurci. D'ailleurs, quelle femme aurait voulu de lui ? En ruminant quelques pensées hostiles envers son supérieur, Joe Fincher buvait une bière à la terrasse d'un café situé à l'entrée de la place Saint-Pierre. Un autre homme, vêtu d'un costume trois pièces bleu marine, prit place à côté de lui.

– Tiré à quatre épingles, Earl ? Je ne t'ai pas toujours connu comme ça !

– Indispensable. Je travaille dans un fonds d'investissement américain qui propose des affaires juteuses aux prélats fortunés. Ce job me permet de fourrer mon nez partout.

– Et de ramasser des dollars au passage ?

– Oh, juste des pourboires. Comment vont les affaires de l'Agence ? Vous n'avez pas encore trouvé le moyen de pulvériser Khrouchtchev par le seul pouvoir de la pensée ?

– Earl, dit Fincher à mi-voix, Gottlieb devient de plus en plus fou !

– Je l'ai compris dès le début. Plus « escroc » que « sorcier », d'ailleurs.

– Physiquement, il est devenu aussi affreux que Boris Karloff. La guerre froide l'a rendu paranoïaque, il voit des ennemis partout. Il a fait mettre au point des poisons indétectables, qui tuent à petit feu comme une bonne maladie. Il a même testé des drogues sur des soldats américains pour les transformer en machines de guerre.

– J'en ai entendu parler, dit Earl. Des psychotropes qui suppriment la peur et la fatigue. Et ça marche ?

– Bien sûr que non, il les a rendus aussi dingues que lui ! Et maintenant, après les espions à distance, il voudrait former une armée de médiums capables, par psychokinèse[1], de tuer des gens à distance. On est chez les fous, Earl !

– Oui, admit Earl, ce n'est pas notre manière de faire la guerre.

– Bon, que se passe-t-il ici ? demanda Fincher.

– Une agitation inhabituelle, comme s'ils avaient lancé un projet de grande envergure. Avec un nom de code : le projet *Sant' Agostino*.

– Comme le philosophe ?

– Tu as tout compris. J'ai pensé d'abord à quelque chose qui tournait autour de la religion, donc on s'en fichait. Mais ça va plus loin. De grosses sommes d'argent ont été retirées de la banque du Vatican, le plus souvent en liquide. Il y a aussi ces physiciens qui s'enferment chaque jour dans le palais du pape. Ils ne viennent pas pour prendre le thé, ils sont là pour travailler. Mais sur quoi, je l'ignore.

Quine semblait inquiet.

– L'un d'entre eux, continua-t-il, est un prêtre. Il travaille toute la journée au palais du pape. Et chaque soir, il file aux archives secrètes où il passe la nuit.

– Quelles archives secrètes ?

– Une sorte de coffre-fort en sous-sol où le Vatican dissimule ses secrets. Mieux protégé que Fort Knox.

– Tu penses qu'ils travaillent sur une arme nouvelle ?

1. Une supposée action de l'esprit à distance.

– Ce n'est pas exclu, répondit Quine. Mais pourquoi au Vatican ? C'est ce que je ne comprends pas.

Dans le même café, un évêque riait aux larmes. Dom Alberto Carvalho, de passage au Vatican, buvait une bière avec un homme aux petites lunettes rondes dont l'accent trahissait ses origines slaves. Dom Alberto se livrait à son passe-temps favori quand il rencontrait Timour Kouprian, son contact du KGB : échanger les meilleures histoires drôles anticommunistes *made in Moscow* !

– Celle-ci m'a été racontée par un vieux bolchevik, commença Timour. Elle se passe en 1953. Staline est mort. Il se présente devant saint Pierre et demande à entrer au Paradis. Saint Pierre refuse et l'expédie directement en Enfer. Huit jours plus tard, on frappe à la porte du Paradis. C'est Satan et sa petite famille qui demandent asile comme réfugiés politiques !

Carvalho éclata de rire et but une grande gorgée de bière.

– Et si tu me parlais de la mission ? demanda Timour.

– Tcherbychev t'a expliqué ?

– Il m'a parlé d'un archevêque qui aurait réuni un groupe de physiciens pour travailler sur je ne sais quoi.

Carvalho sortit deux photos de sa poche.

– Deux hommes sont à surveiller de près. L'archevêque Montini et ce prêtre, le père Pellegrino Ernetti. Ils sont au cœur du projet.

– Tu penses à une arme ?

– Je connais Montini. Avec lui, tout est possible. Vous êtes venus à combien ?

– Moi et deux autres. Des durs. Quand ils te posent une question, tu réponds !

– À propos, dit Carvalho, j'en connais une bonne : c'est un type qu'on malmène un peu dans les prisons de la Loubianka. Finalement, il se décide à parler et…

Il regardait par-dessus l'épaule droite de Timour.

– Retourne-toi discrètement et observe ces deux types sur la terrasse.

Timour, tout en feignant de parler avec Carvalho, jeta un coup d'œil dans la direction indiquée.

– Je connais l'homme qui porte un costume, dit Carvalho. Je l'ai souvent vu au Vatican. Mon instinct me dit que c'est un fouineur.

– Et l'autre ?

– Connais pas. Mais ne tardez pas trop à agir, nous avons peut-être de la concurrence !

33

Il donna son nom pour entrer. Il précisa qu'il était invité par Gaetano Torelli. Le portier vérifia sur une liste et lui indiqua l'escalier qui descendait au sous-sol. La salle était plongée dans l'obscurité. Un petit orchestre était installé sur une scène et faisait de son mieux pour faire danser quelques couples d'Italiens, exclusivement masculins. Comme son esprit était encombré de vieux clichés anti-homos, il s'attendait à voir des hommes au crâne rasé, habillés de cuir comme Marlon Brando dans *L'Équipée sauvage*. Mais tout semblait bien ordinaire dans cette boîte de nuit. Sauf qu'elle était réservée aux hommes.

– Vous avez retenu une table ? lui demanda un serveur.

– On l'a fait pour moi. Je m'appelle Desmond Miller.

– Ah, l'ami de Gaetano, dit le serveur. Il m'a dit de m'occuper de vous, il arrive dans cinq-dix minutes.

En observant autour de lui, le professeur Desmond Miller se demandait encore ce qu'il faisait dans ce bar pas comme les autres. Il était venu, se disait-il, en « pilotage automatique ». Il prit place derrière une petite table. Le serveur lui proposa un drink offert par la maison. Il choisit un Old Tom Gin. Heureusement, pensa-t-il, que la salle était plongée dans la pénombre et qu'on était à Rome, pas à Chicago ! Il avait passé toute la semaine à travailler au Vatican sur le projet *Sant' Agostino*. On était encore loin du but, mais les discussions étaient très excitantes. Ça le changeait de ses cours à l'Institut de recherches nucléaires qui, à force d'être répétés chaque année, devenaient lassants. Heureusement qu'il y avait Majorana pour mettre un peu de piment dans sa vie. Et aussi Gaetano.

Il avait croisé le jeune homme à plusieurs reprises en descendant du taxi qui l'amenait au palais du Vatican. Gaetano – quel joli prénom ! – l'avait regardé avec un sourire d'ange. Était-ce un hasard ? Il l'avait à nouveau rencontré deux fois au cours de la même semaine. Mais la deuxième fois, le jeune homme était venu vers lui :

– Pardonnez-moi, monsieur, vous êtes bien le professeur Desmond Miller, de l'Institut de Chicago ?

– C'est bien moi, répondit Miller, flatté d'être reconnu à des milliers de kilomètres de chez lui. Nous nous connaissons ?

– J'étudie la physique des particules, j'ai suivi plusieurs de vos cours à Chicago, l'année dernière. Je vous admire beaucoup. C'est une telle chance de vous rencontrer sur la place Saint-Pierre !

– Je suis venu au Vatican pour participer à un séminaire. Donc vous étudiez la physique ?

– Oui, mais sans trop savoir encore où cela me mènera. Puis-je vous poser quelques questions sur mes études, professeur ?

Le regard franc du jeune homme l'avait troublé.

– Avec plaisir, si je peux vous aider.

– Je m'appelle Gaetano. Gaetano Torelli.

Ils parlèrent en tournant autour de la place Saint-Pierre. Gaetano lui confia ses ambitions dans le domaine de la recherche nucléaire, Miller lui donna quelques bons conseils. Puis, insensiblement, leur relation se fit plus chaleureuse, plus personnelle. Gaetano évoqua sa nombreuse famille, qui vivait à Turin. Miller, une fois encore, raconta comment il avait mis au point la première bombe atomique avec Enrico Fermi. Il parla aussi de ses petits-enfants et de sa résidence secondaire en Californie. Leur conversation se poursuivit le temps de faire trois fois le tour de la place ! Ce qu'ils disaient n'avait aucune importance, la vérité était qu'ils avaient du mal à se séparer pour repartir chacun de leur côté. Desmond Miller en prit conscience avec une certaine gêne et se sentit obligé d'en rester là.

– Il se fait tard, monsieur Torelli, je vais être obligé de rentrer à mon hôtel.

Gaetano se rembrunit.

– Je comprends, monsieur le professeur.

Le jeune homme lui serra la main en souriant et s'éloigna. Miller constata que cette séparation le perturbait. Il secoua la tête et pressa le pas.

– Monsieur le professeur !

Il se retourna. Gaetano le rattrapait et lui glissait un bout de papier dans la main avant de repartir en courant. Il y avait une date et une adresse, celle d'une boîte de nuit romaine qui s'appelait *Estinzione*, « Extinction ». Et cette précision : « Dites que vous êtes invité et que vous venez de la part de Gaetano Torelli. » Il y avait aussi son numéro de téléphone.

– Je suis content que vous soyez venu, lui dit Gaetano en prenant place à sa table.

Il était vêtu d'un pull-over en cachemire trop grand pour lui, qui lui donnait un air à la mode.

– Je ne sais vraiment pas pourquoi je suis là, répondit Miller. Avez-vous besoin de nouveaux conseils pour vos études ?

Il faisait son possible pour donner un sens acceptable à cette nouvelle rencontre. Gaetano jeta un coup d'œil à sa montre et lui demanda :

– Vous savez, monsieur le professeur, pourquoi cet endroit s'appelle *Estinzione* ?

– Euh… non, bredouilla Miller.

– Vous allez le savoir.

Dans la seconde qui suivit, la salle fut plongée dans le noir complet. Dans l'obscurité, on entendait des sifflets de plaisir. Desmond Miller sentit alors des lèvres cherchant les siennes. Gaetano l'embrassait tendrement. Surpris, mais encouragé par l'obscurité, Desmond Miller lui rendit son baiser. La lumière revint.

– *Estinzione*, reprit le jeune homme, pour que, pendant quelques secondes, chacun laisse parler ses désirs.

Desmond Miller enfouit sa tête dans ses mains en pleurant et en riant.

– Monsieur le professeur, ce n'est pas si dramatique ! dit Gaetano. Je vous ai bien observé à Chicago. Nous avons tous nos envies, les mettre en cage ne sert qu'à nous pourrir l'existence.

– Laissez-moi le temps, monsieur Torelli.

– Tout le temps que vous voudrez, professeur.

Il l'embrassa à nouveau.

– *Ciao !*

Il fila alors vers la sortie, le laissant désemparé, mais brûlant de désir. Était-ce le but recherché ? Ces jeunes Italiens étaient des séducteurs-nés !

De retour à son hôtel, le professeur Desmond Miller alla au bar et commanda un double whisky. Il se dit qu'il avait attendu l'âge de soixante ans pour connaître une expérience dont (il pouvait se l'avouer, à présent) il avait rêvé depuis toujours. Il songea en souriant qu'il n'avait pas trompé tout le monde, certains de ses jeunes étudiants avaient compris. Une autre vie l'attendait peut-être, pleine d'incertitudes. Il frissonna d'angoisse et de plaisir. Il prit les clés de sa chambre à l'accueil et monta s'y enfermer. De là, il passa un coup de fil à son épouse, restée à Chicago. Un échange de banalités. Tout va bien, oui, je travaille beaucoup, il fait beau, Rome est une belle ville, je t'emmènerai la visiter cet été.

Au cours de la semaine qui suivit, il revit Gaetano. Le jeune homme l'attendait devant la basilique. Il lui demanda quel était le thème de son fameux « séminaire » du Vatican. Prudent, Desmond resta évasif. Il préférait s'attabler à la terrasse d'un café et parler pour le simple plaisir de bavarder. Cela faisait si longtemps, dans sa vie si rangée, qu'il s'était privé de ce qu'il considérait jadis comme une perte de temps.

– Quand reprends-tu tes cours à Chicago, Desmond ?

Oubliés le « monsieur le professeur » et le vouvoiement. Desmond se sentait glisser vers une situation qu'il ne contrôlait plus.

– Pas avant la rentrée. La semaine prochaine, je dois encore donner une conférence à Florence et je...

Tout en parlant au jeune homme, une idée lui traversa l'esprit. Mais oui, bien sûr, c'est ce qu'il fallait faire ! Deux jours et un coup de téléphone plus tard, il retrouva Gaetano dans la salle enténébrée de l'*Estinzione*.

– Tu voulais me revoir, Desmond ? lui dit Gaetano en lui frôlant l'avant-bras.

– À quelle heure l'extinction ? demanda Miller.

Gaetano fit signe au barman.

– Dans quelques secondes.

La lumière chuta. Ils s'embrassèrent à nouveau. Quand l'éclairage revint, il y avait sur la table un billet de train en première classe et une réservation de chambre d'hôtel.

– C'est un Rome-Florence et retour, avec une chambre dans le plus bel hôtel de la ville, lui dit Miller. Si cela te dit de m'accompagner...

34

Le professeur Tanaka était revenu du Japon en pleine forme. Sans même prendre le temps de saluer ses collègues, il alla tout droit au tableau noir qu'il effaça. Dans un silence épais, à peine troublé par le bruit de la craie, il écrivit une longue équation. C'était celle, au centre de la théorie de Majorana, qu'ils appelaient entre eux l'« équation mère ».

– Mais… on connaît cette équation, s'étonna le physicien australien.

Le professeur Tanaka ne prit pas la peine de se retourner.

– Ce que vous ne connaissez pas, c'est ceci.

Il la compléta par un segment de son cru.

– Je pense que c'est la clé pour débloquer la machine, conclut le professeur Tanaka.

Ce fut le point de départ d'une activité intense du groupe de chercheurs. On vérifia le fonctionnement théorique du nouveau système. Tanaka avait raison, l'équation corrigée libérait totalement la puissance du chronoviseur, jusqu'à plusieurs milliers d'années dans le passé ! Les seules limites, dorénavant, tenaient à la taille des collecteurs de neutrinos. Comme il s'agissait d'une construction théorique, les Douze ne s'en souciaient pas. Mais pour Pellegrino, qui travaillait sur la machine réelle, ce détail avait une importance cruciale. Même armé de l'équation de Tanaka, ses plongées dans le temps étaient freinées par les petits collecteurs dont il disposait. Pour y remédier, il commanda de nouveaux composants dont le prix effraya une nouvelle fois Montini.

– Vous êtes certain, père Ernetti, que nous avons besoin de dépenser tant d'argent ?

– « Crédit illimité », a dit le pape !

Montini s'inclina et commanda ce qu'il demandait. En attendant, Pellegrino effectua une modification « à la main », comme il disait, qui devait permettre d'augmenter provisoirement l'amplitude des sauts dans le temps. Elle ne lui demanda que quelques heures. Le lendemain, avant de se rendre au laboratoire, il alla à la bibliothèque Vaticane et consulta les archives de *La Stampa.* Il cherchait un événement relativement récent (moins d'une vingtaine d'années) qui pourrait être vérifiable. Il tomba sur un article du 24 février 1941 : « M. Mussolini s'adresse au peuple italien. » La veille, le 23 février, le dictateur avait prononcé un discours important au balcon du théâtre Adriano, sur la Piazza Cavour, à Rome. C'était parfait. Il avait l'événement, la date, le texte du discours et l'endroit où il avait eu lieu. Il se débrouilla pour trouver les coordonnées géographiques du théâtre : 41° 54' 21" N, 12° 28' 11" E. Il les programma dans le chronoviseur, puis régla l'échelle de temps. En SBP (*Seconds Before Present*) cela donnait cinq cent vingt-sept milliards et trois cent dix-sept millions de secondes. En introduisant patiemment ce chiffre énorme, il songea qu'il faudrait bien un jour simplifier la procédure. En dépit de sa machine à calculer, les chiffres se feraient monstrueux quand il faudrait sauter des siècles, voire des millénaires, or le chronoviseur était devenu tellement complexe que la moindre modification à introduire prendrait des mois. Et Montini était pressé.

Il mit en marche. La machine ne se mit pas en mode « hors service », comme lorsqu'il programmait il y a peu une date excédant la limite des trente jours. Cette fois, elle plongeait résolument dans le puits du temps. L'écran montra, vue du ciel, la façade du théâtre Adriano. Mais la Piazza Cavour était presque déserte, en dehors de quelques carabiniers. Des cordons de sécurité signalaient qu'un événement était sur le point de se produire. Pellegrino comprit qu'il était arrivé trop tôt. Il ajouta une cinquantaine de milliers de secondes. Cette fois, une foule se rassemblait. Les groupements fascistes étaient arrivés avec leurs drapeaux. Nous y sommes, mais on attend encore le Duce, se dit Pellegrino.

Il avança encore de quelques milliers de secondes dans le temps. Un homme s'adressait avec véhémence à la foule. Avec son chapeau, Benito Mussolini était reconnaissable. Le père Ernetti zooma sur son visage afin de pouvoir lire son discours sur ses lèvres :

« … Nous sommes en guerre depuis 1922, c'est-à-dire depuis le moment où nous avons hissé contre le monde maçonnique, démocratique et capitaliste le drapeau de notre révolution qui, alors, n'était défendu que par quelques hommes. Et depuis ce jour-là… »

Pellegrino coupa la machine. Il n'osait pas plonger plus loin dans le temps au risque de griller quelques circuits intégrés. Au prix qu'ils coûtaient, Montini ne le lui pardonnerait pas ! Pour l'instant, il fallait se limiter à des événements qui s'étaient produits il y a moins de vingt ans. Il se mit à rêver. Que feront les gens le jour – si ce jour arrive – où le chronoviseur sera devenu aussi banal qu'un magnétophone ? La réponse paraissait évidente. Avant de se précipiter à l'époque de Jules César, ils voudront voir leurs proches. Il y a quinze ans, pensa Pellegrino, j'étais un gamin. Je vivais avec ma mère à Rocca Santo Stefano, dans la banlieue de Rome.

Aujourd'hui, sa mère était décédée. La revoir vivante ? En aurait-il la force ? Il programma le chronoviseur qui montra une petite maison à laquelle était accolé un jardin, celle de son enfance. Il attendit. Une femme arriva avec une bassine de linge. C'était sa mère, telle qu'il la voyait aujourd'hui encore dans ses songes. Il se mit à pleurer comme un enfant. Elle posa sa bassine sur un tabouret, puis étendit deux grands draps de lit sur le fil installé dans la cour. Elle avait la quarantaine, elle ne portait pas encore les traces du cancer du poumon qui la terrasserait huit ans plus tard. Un jeune garçon jaillit de la maison, avec à ses pieds un ballon de football. C'était lui. Il se voyait, lui. La mère lui demanda de l'aider à étendre le linge. Le jeune garçon, sur l'écran, lui passa un…

Il préféra en rester là.

Cette scène, pourtant banale, lui parut monstrueuse. Il se sentit dans la position d'un voyeur. Ce que je fais, se dit-il, est peut-être un péché. Dieu a créé le temps, l'homme a-t-il le droit de l'abolir ? C'était une vraie question. Il demanda pardon à sa mère et pria pour elle. Mais, aussitôt après, le prêtre qu'il était passa le relais au chercheur. On aura tout le temps, demain, de se poser des questions morales, voire métaphysiques, sur le voyage dans le temps. En attendant, il fallait progresser. Et puisque le pape attend d'être convaincu, autant lui montrer une image du pape lui-même, vieille de quinze ans.

À la bibliothèque Vaticane, il trouva ce qu'il cherchait. Un discours de Pie XII daté du 24 décembre 1940, place Saint-Pierre. Dans une allocution adressée depuis son balcon à toute la chrétienté, le pape évoquait « la nécessaire victoire sur la haine, sur la propagande effrénée, sur la défiance envers le droit international et le respect des pactes ». Il conseillait à ses fidèles de distinguer la vérité des apparences trompeuses afin d'éviter « le péril de concevoir et former cet ordre nouveau comme un mécanisme imposé par la force, un ordre sans sincérité, sans plein consentement, sans joie, sans paix, sans dignité, sans valeur ». Pellegrino fut étonné. Ce pape, qu'on avait accusé d'indulgence, voire de complaisance envers l'Allemagne hitlérienne, avait adopté en

1940 une attitude critique et sans ambiguïté envers les dirigeants nazis. Elle n'alla pas, hélas, jusqu'à une condamnation formelle des déportations massives qui eurent lieu deux ans après.

Le jour suivant, Montini projeta le film seize millimètres devant le pape. Le Saint-Père parut content de se voir prononçant un tel discours.

– Il faudra rappeler ces paroles à ceux qui me critiquent, vous ne pensez pas, Montini ?

– Assurément, Saint-Père. Le chronoviseur contribuera à rétablir la vérité de l'Histoire.

Le pape lui adressa un sourire.

– Vous avez effectué un travail remarquable, père Ernetti.

– Sans le groupe de recherche, Saint-Père, je restais paralysé.

– Où en sont nos amis chercheurs, à présent ? demanda le pape.

– Sur la bonne voie, répondit Montini. L'essentiel est fait depuis que Tanaka a débloqué la situation.

– Dispersez-les dès que possible. Ils en savent déjà beaucoup trop. Et si l'un d'eux décidait d'en parler à son gouvernement ?

– Ils ont accepté sous serment de ne pas dévoiler nos recherches, dit Montini.

– Oh, vous savez, les serments..., soupira Pie XII.

– Par ailleurs, reprit Montini, nous avons pris soin de verrouiller le chronoviseur théorique avec un code chiffré. Pour que la machine fonctionne, il faut introduire ce chiffre et brancher les circuits dans un ordre précis. Sans cela, le chronoviseur reste inerte. Seuls le père Ernetti et moi-même connaissons le code chiffré et la disposition des circuits.

– C'est bien, Montini, vous pensez à tout. Père Ernetti, pourrons-nous reculer encore les limites temporelles de la machine ?

– Plus rien ne s'y oppose, Saint-Père. Les seules contraintes sont des contraintes techniques. L'amplitude des sauts dans le temps, expliqua Montini, dépend de la taille des collecteurs qu'il faut construire nous-mêmes… et dont les composants coûtent horriblement cher.

– Ce n'est pas l'argent qui manque !

– L'argent, non, mais il y a une limite à la taille des collecteurs. Par ailleurs, les sommes que nous demandons à la banque du Vatican sont de plus en plus importantes… et voyantes.

– C'est pourquoi, dit le pape, il va falloir ruser. Quand le groupe de recherche aura achevé sa mission, le père Ernetti poursuivra son travail en dehors de Rome, ce qui permettra d'égarer les soupçons. J'ai pensé à Venise.

– Venise ? dit Pellegrino. C'est une ville que je connais bien.

– Le Vatican vous trouvera un travail à la fondation Cini et vous logerez au monastère San Giorgio Maggiore. Vous le connaissez ?

– J'y suis passé, Saint-Père. C'est un bel endroit.

– Bien. Revoyons-nous tous les trois quand le père Ernetti sera prêt à partir à la rencontre de notre Seigneur.

35

La vie ne peut pas apporter que des mauvaises nouvelles, se dit Natacha. À force d'insister, le père de Meaux avait obtenu la présence sur le site de Qumrân de trois archéologues non dominicains : un Américain, un Allemand et une Israélienne. Le 24 décembre, tous trois montèrent dans une Jeep qui prit la direction du désert de Judée. Ils arrivèrent sur les bords de la mer Morte et obliquèrent à droite, vers Khirbet-Qumrân. La nuit était tombée. Vu de loin, le site archéologique semblait illuminé.

– Un arbre de Noël ! dit l'Américain.

Le « sapin » était en réalité un palmier de belle taille, décoré avec les moyens du bord. Autour de l'arbre, les archéologues dominicains, qui avaient cette fois revêtu leurs belles tuniques blanches, chantaient des chants de Noël. L'un d'eux se prépara à dire la messe. Natacha consulta sa montre.

– Il va célébrer la messe de minuit.

Discrètement, salués par ceux qui les reconnaissaient, les nouveaux venus s'accroupirent à leur tour autour du « sapin ».

– Natacha !

C'était Thomas. Elle s'approcha à quatre pattes. Il l'embrassa, faisant naître des sifflets parmi ses collègues.

– On m'avait prévenu que tu venais. Bienvenue à Qumrân, l'endroit de la Terre qui ressemble le plus à la planète Mars !

Une nuée de « chuuuut » leur intima le silence. Un frère dominicain de Marseille entonna (en provençal) *O Rei de Glori.*

Le 25 décembre était un jour férié, même à Qumrân. Dès le matin, Natacha demanda à Thomas de lui faire découvrir le site.

– Si tu veux. On commence par les grottes ?

– D'accord.

– Tu as de bons souliers ? Il va falloir grimper.

– Avec ce que j'ai aux pieds, je pourrais faire l'ascension de ton mont Blanc !

– Sauf qu'ici il fait plus chaud, tu verras !

Ils entreprirent l'ascension de la colline avant l'arrivée des fortes chaleurs.

– La grotte I, c'est la grotte historique, expliqua Thomas, celle où ont été trouvés les premiers manuscrits.

– Le petit Bédouin qui cherchait sa chèvre ?

– C'est ce qu'on raconte. Il a cru que l'animal s'était réfugié dans la grotte et il a trouvé des jarres qui contenaient sept rouleaux de manuscrits.

Ils étaient arrivés devant la grotte.

– Protège-toi les yeux ! dit Thomas.

– Pourquoi ?

Elle comprit très vite. À leur entrée dans la grotte, des dizaines de chauves-souris prirent leur envol.

– On les dérange. Dans la journée, elles dorment ici.

– Quelle chaleur ! On peut à peine respirer, dit Natacha.

– Cinquante degrés Celsius. C'est à cause de cet environnement très sec que les rouleaux ont été préservés du pourrissement.

– En plus, ça pue.

– Les crottes de chauve-souris. Pas la peine de nous attarder, tout le monde a fait son marché ici, les trafiquants comme les archéologues.

La grotte II, moins monumentale, était située à proximité. La III était celle où avait été trouvé le rouleau de cuivre. La IV, enfin, se trouvait sur un éperon rocheux dont le saillant faisait face aux vestiges du fameux « monastère ».

– Viens, on va le voir sur place, proposa Thomas.

Ils descendirent la colline et se dirigèrent vers les quelques murs exhumés par les archéologues.

– Tout le monde est à peu près d'accord, aujourd'hui, pour attribuer ce site aux Esséniens. La plupart étaient des hommes, des célibataires.

– Pourquoi la « plupart » ?

– Parce qu'on a retrouvé des ossements de femmes, mais elles n'étaient pas très nombreuses. Ces hommes formaient une communauté, comme des moines. Ils avaient mis leurs biens en commun et ils avaient décidé d'attendre ici la fin du monde.

– C'est l'endroit idéal, en effet !

Ils arrivèrent sur le site. Natacha suivit Thomas dans une grande pièce rectangulaire qui avait perdu son toit.

– Le père de Meaux appelle cet endroit un *scriptorium.* Il pense que les Esséniens recopiaient les manuscrits sur une longue table installée au milieu de la pièce.

Une petite esquisse, collée sur une planche en bois accrochée à un mur, reconstituait la scène telle que l'imaginaient les archéologues dominicains. On pensait irrésistiblement à une abbaye du Moyen Âge.

– On a retrouvé aussi des constructions très intéressantes, continua Thomas. Viens voir.

Il l'emmena devant ce qui ressemblait à une fosse creusée dans le roc, garnie d'un petit escalier comme pour une piscine.

– C'est un *mikvé,* un bassin d'ablutions. Il y en a un peu partout. Les Esséniens pratiquaient des rituels de pureté à toutes les heures du jour.

– Une sorte de baptême de l'eau ? suggéra Natacha.

– Dis ça au Patron et il te coupe la tête ! Tu penses à Jésus et à Jean le Baptiste ?

– Comment ne pas y penser ? Réfléchis : il y a deux mille ans une communauté de croyants, qui pratiquaient le célibat et le baptême de l'eau, s'est retirée ici pour attendre le Jugement dernier et le retour du Messie. Franchement, ça ne te trouble pas ?

– Il y a des ressemblances, mais rien ne dit…

– Jusque-là, à la lecture des textes, ce n'était pour moi qu'une hypothèse. Maintenant que j'ai vu le site, c'est une certitude. Tu te souviens de l'épisode de Jésus au désert, dans les Évangiles ? Le « désert », à mon avis, c'est une allusion à Qumrân.

– C'est un peu tiré par les cheveux, ton histoire !

Elle ne l'écoutait plus, partie dans la construction de son château d'idées.

– Et si Jésus avait appartenu à la communauté ? S'il avait vécu ici plusieurs mois, plusieurs années peut-être ? Si c'était ici, à Qumrân, qu'il avait forgé la doctrine qu'il allait propager en Galilée d'abord, puis à Jérusalem ?

– Natacha, tu t'emballes, là. Il faudrait des preuves.

– Je les trouverai. Je gratterai la terre à m'en écorcher les doigts, mais je les trouverai. Et je les mettrai tous devant l'évidence !

36

Ils ne passèrent que deux jours à Florence, mais ce furent des journées divines. À la sortie de la gare, Miller se mit au volant d'une voiture de location. Comme il était souvent venu à Florence, il emmena Gaetano sur une hauteur d'où on pouvait voir l'ensemble de la vieille ville. Le dôme gigantesque de la cathédrale Santa Maria del Fiore attirait immédiatement le regard. C'était le chef-d'œuvre de l'architecte Filippo Brunelleschi et l'une des réalisations majeures de la Renaissance. Ils visitèrent aussi l'intérieur de la cathédrale et le Ponte Vecchio, qui traversait le fleuve Arno.

– C'est là, au bord de l'Arno, dit Desmond à Gaetano, que le poète Dante rencontra Béatrice, qui n'était alors qu'une enfant. Il tomba amoureux d'elle au premier regard, en se disant que « Dieu la comble ». Et il fit un rêve, il la vit manger son cœur. C'est beau, n'est-ce pas ?

– Très beau, professeur, répondit Gaetano.

Le « cours » du professeur Desmond Miller continua tout au long de l'après-midi, consacré à la visite de la galerie des Offices. Ils y admirèrent *La Naissance de Vénus* de Botticelli, *L'Annonciation* attribuée à Léonard de Vinci et tant d'autres merveilles. En début de soirée, ils portèrent leurs bagages à l'hôtel. Gaetano, le premier, découvrit sa chambre qui était très coquette. Une vraie bonbonnière.

– Heureux qu'elle te plaise, lui dit Desmond. La mienne n'est pas loin. On se retrouve au restaurant ?

Gaetano, qui trouvait que ce jeu avait assez duré, retint Desmond par le bras et le fit entrer à l'intérieur. Il ferma la porte avec le pied et entraîna son amant sur le lit.

– Le restaurant attendra ! dit-il.

Le lendemain, ils reprirent le train pour Rome. Un taxi les conduisit à l'hôtel de Miller. Ils y déposèrent leurs bagages et se dirigèrent vers la basilique, que Desmond voulait visiter. Mais sur l'esplanade, il se trouva face à face… avec le père Pellegrino Ernetti.

Il aurait voulu être six pieds sous terre.

– Bonjour, mon père. Euh… notre réunion est bien prévue à dix heures demain matin ? bredouilla Miller.

– Oui, c'est bien cela, répondit Pellegrino. Vous faites un peu de tourisme ?

– Un peu, oui. Je n'avais jamais visité la basilique. Nous y allons avec mon neveu Gaetano, qui habite l'Angleterre.

– Gaetano ? Je ne savais pas que vous aviez un neveu italien ?

Nul ! Tu es nul, se reprocha Miller en suant à grosses gouttes.

– Euh… Mon frère a épousé une Italienne. Gaetano est italien de cœur. Je lui ai proposé de visiter Rome, qu'il ne connaissait pas.

– N'oubliez pas, professeur Miller, que vous serez très occupé dans les jours qui viennent. Votre présence devient indispensable.

– Je rattraperai le temps perdu, père Ernetti.

– Quant à moi, je repars demain, dit le « neveu ».

– Dans ce cas, bon retour en Angleterre, jeune homme. À demain, professeur !

Il s'éloigna. Desmond resta immobile pendant quelques secondes, comme si la rencontre l'avait paralysé. Il souffla :

– Il a compris.

– Qu'est-ce qui te fait dire ça ? Je pourrais très bien être ton neveu.

Miller se calma un peu.

– Je sais... mais quelque chose me dit qu'il a compris.

– Même si c'était le cas, quelle importance ?

– Tu as peut-être raison, ne le laissons pas nous gâcher notre journée !

Ils passèrent la soirée au restaurant de l'hôtel.

– Demain, hélas, je retourne à mon séminaire secret au Vatican, dit Desmond.

– Que de mystères ! s'amusa le jeune homme.

– Oui, et pour une histoire un peu folle, répondit Miller.

– Quelle histoire ? Sur quoi travailles-tu réellement ici ? demanda Gaetano.

– Je ne peux pas te le dire, répondit Miller, j'ai accepté sous serment de ne rien révéler.

– Oh, que c'est excitant !

– D'ailleurs, si je te le disais, tu ne me croirais pas.

– Attends, proposa Gaetano, on va jouer. Ne me dis rien, sauf si je chauffe ou si je refroidis.

Desmond sourit. Cinquante ans au moins qu'il n'avait pas joué à ça !

– Vas-y, dit-il.

– C'est une bombe, suggéra Gaetano.

– Tu gèles.

– Je m'en doutais. Alors c'est... une machine.

– Tu tiédis.

– Une machine qui a un rapport avec la religion catholique. Sinon, que ferais-tu avec un Monseigneur ?

– Tu te réchauffes encore.

Le jeu dura plusieurs minutes. Mais Gaetano, lassé, finit par abandonner.

– Tu me mets au supplice, mon oncle ! dit-il à Desmond.

Le professeur éclata de rire. Ils remontèrent vers leurs chambres. À nouveau, Gaetano l'attira sur son lit.

– Et si on essayait un autre jeu ? dit-il à Desmond.

Au matin, Gaetano Torelli connaissait dans ses grands principes le contenu du projet *Sant' Agostino*. Ils se séparèrent.

Notre histoire n'ira pas plus loin, pensa Desmond en voyant le jeune homme s'éloigner. Quant au projet *Sant' Agostino*, je parie qu'il ne m'a pas cru.

Sur ce point, le professeur Desmond Miller avait tort. Le jeune Gaetano Torelli trouvait ce projet complètement dingue, mais si le renseignement pouvait rapporter de l'argent, il n'hésiterait pas à le négocier. En arrivant dans son petit studio, il appela un de ses amis. Un Anglais, un vrai, qui vivait à Rome.

– Salut, Peter, dit Gaetano, je suis chez moi.

– Tu as les infos ?

– Oui, tu vas tomber à la renverse.

Il lui raconta ce qu'il avait appris de Miller.

– Incroyable ! dit l'Anglais.

– Tu crois que ça intéresserait les Russes ?

– Les Russes, en ce moment, c'est trop dangereux. J'ai un autre acheteur, qui a l'air de s'intéresser aux affaires du Vatican. Je lui en parle. On pourrait le voir ensemble demain soir à l'*Estinzione*.

Le lendemain soir, dans la semi-pénombre du club gay, ils guettèrent l'acheteur. Il arriva après les avoir fait attendre une bonne heure. Petit, âgé d'une cinquantaine d'années, il portait un long manteau qui dissimulait une soutane.

– Gaetano, je te présente Dom Alberto Pindare de Carvalho, évêque de Rio de Janeiro !

37

Conformément au souhait du pape, le groupe de chercheurs était parvenu au terme de sa mission. Toutes les grandes questions posées par les travaux de Majorana avaient été résolues, le groupe avait synthétisé son travail dans un gros volume de deux cent cinquante-six pages dont il n'existait qu'un seul exemplaire, que Montini emporta avec lui. Il remercia chaleureusement les membres du groupe pour cet exercice de « haute voltige intellectuelle » et les renvoya chacun chez eux avec leur chèque. Le père Ernetti prit alors le chemin de Venise, où son travail sur le chronoviseur pourrait continuer dans la plus totale discrétion. Grâce à l'entremise des services pontificaux, il emménagea dans une petite cellule du monastère bénédictin édifié à proximité de la basilique San Giorgio Maggiore. Parfois, en fin de journée, il montait en haut du campanile pour bénéficier d'une vue inoubliable sur la Sérénissime.

Afin de détourner l'attention, le Vatican l'avait fait nommer exorciste officiel du diocèse de Venise. L'accession d'un jeune prêtre à peine formé dans cette fonction à ce poste très envié fit naturellement des jaloux, mais chacun savait qu'il était un protégé de l'archevêque de Milan, promis un jour aux plus hautes fonctions. Le plus réticent, à la vérité, fut Pellegrino lui-même. S'il s'agissait de traiter de petites maladies mentales, il saurait s'y prendre. Mais saurait-il affronter le Diable s'il se manifestait ? Et plus encore, le combattre ? Il n'en savait trop rien.

Cette activité d'exorciste lui laissant beaucoup de temps libre, Pellegrino tint un séminaire sur les musiques antiques à la fondation Cini. Il n'avait que cinq étudiants les jours fastes, mais il sut leur transmettre sa passion. C'était aussi un vrai soulagement, pendant le déménagement de la machine, d'oublier un peu Majorana, ses équations et son chronoviseur !

On frappa à la porte. Un frère bénédictin vint lui annoncer qu'un visiteur l'attendait dans le hall du réfectoire. Pellegrino eut un pincement au cœur, les « vacances » n'avaient duré que quelques semaines. Montini patientait en admirant l'immense fresque accrochée au mur, les *Noces de Cana*, de Véronèse.

– Ce n'est qu'une copie, Monseigneur, dit Pellegrino. L'original a été dérobé par le général Bonaparte en 1797, au cours de sa campagne d'Italie.

– Une belle copie, en tout cas. Comment allez-vous, mon cher Pellegrino ?

– Bien, Monseigneur. J'imagine que vous venez me parler du déménagement ?

– Il est terminé, dit Montini. Tout a été rangé et transporté dans des caisses anonymes. Elles vous attendent dans votre nouveau laboratoire. Je vais vous y emmener.

Le district de l'Accademia est l'un des plus agréables de la vieille ville de Venise. C'est le quartier des artistes. Loin de l'agitation de la place Saint-Marc, il s'offre comme un havre de paix, seulement troublé par le bruit des bateaux à moteur qui passent sous le pont qui enjambe le Grand Canal. Montini entraîna le père Ernetti derrière le musée. L'atelier se trouvait Calle Larga Nani, une voie presque silencieuse. Montini fit signe à deux hommes de haute taille qui discutaient dans la rue.

– Ce sont des hommes à nous, dit Montini. Ils surveillent en permanence l'entrée de l'immeuble et sont armés. Vous pouvez leur faire confiance.

Ils passèrent sous le porche et firent face à un hangar astucieusement maquillé en atelier de mécanique. Montini ouvrit la porte de fer qui donnait sur une seconde porte en acier, sécurisée par une serrure trois points. La pièce était vaste, plutôt agréable, mais sans fenêtres. Tout était arrivé, emballé dans huit caisses closes, sans aucune indication d'origine ni de contenu. Comme il ne pouvait être question de se faire aider par un tiers, les deux hommes passèrent plusieurs heures à déclouer les caisses et à installer eux-mêmes le matériel du chronoviseur. Voir l'archevêque de Milan manipuler le marteau et le balai était un spectacle plutôt insolite, mais Pellegrino devait reconnaître qu'il ne rechignait pas à la tâche.

– C'est bon pour aujourd'hui, dit Montini. Demain, on remontera la machine. En attendant, je vous propose d'aller dîner dans un restaurant près de la Piazza San Marco où je vous ferai goûter à des *linguini alle vongole* qui n'ont pas d'équivalent en Italie.

– Avec plaisir, Monseigneur.

Ils retournèrent vers le Grand Canal. Montini héla un bateau-taxi.

– *Piazza San Marco, prego !*

Ils embarquèrent. Le bateau avait un moteur puissant, mais ne se dirigeait pas vers la Piazza.

– Eh ! Je vous ai dit Piazza San Marco. Où allez-vous ?

De la cabine émergea alors un second homme qu'ils avaient aperçu, mais qu'ils avaient pris pour un autre passager. Il était armé.

38

Le bateau-taxi accosta à un quai reculé de la Venise moderne. On les fit débarquer, on leur passa des menottes et on les poussa sans ménagement dans une Lancia Appia qui démarra aussitôt.

– Mais enfin, que voulez-vous ? s'énerva Pellegrino. Savez-vous qui est la personne près de moi ?

– Nous sommes au courant, mon père, c'est l'archevêque de Milan.

– Vous vous rendez compte ? Vous arrêtez un archevêque ! Êtes-vous de la police ?

Montini essaya de calmer le père Ernetti en posant la main sur son épaule.

– Ce ne sont pas des policiers, mon ami.

– Nous sommes plus dangereux pour vous que la police, ajouta celui qui était au volant.

Après un court trajet en banlieue, l'auto s'arrêta devant une maison isolée. Un homme plus âgé au crâne rasé les attendait sur le seuil.

– On les descend à la cave, Timour ?

L'homme approuva. On les poussa dans un petit escalier, puis dans une pièce sombre aux murs lépreux, fermée par une lourde porte de fer. Le nommé Timour, qui semblait commander aux deux autres, prit la parole :

– Pardon pour ces manières, Monseigneur. Pour gagner du temps et pour notre confort à tous, je serai direct.

Ils savaient que Montini, le père Ernetti et les physiciens qu'ils avaient réunis au Vatican travaillaient sur un projet secret. S'agissait-il de l'installation de missiles balistiques PMG-19 américains ? Montini répondit par la négative. L'homme, faussement patient, lui demanda quelle autre arme ils mettaient au point.

– Vous êtes un agent soviétique ?

– Monseigneur, je m'en voudrais de tourmenter un archevêque, mais je n'hésiterai pas à le faire si cela doit sauver des millions de vies soviétiques d'un holocauste nucléaire.

Ils passèrent à l'offensive. Puisque le père Ernetti conduisait techniquement le projet, ils pensaient obtenir des aveux en malmenant son ami Montini. Un des deux sbires asséna à l'archevêque une énorme gifle, puis une autre. Ils le martelèrent ensuite de coups de poing. Montini tomba à terre. Des coups de pied suivirent. Les deux hommes, qui étaient de vrais techniciens de la torture, frappaient sur toutes les parties du corps, en ciblant les endroits où le pauvre Montini était déjà blessé.

L'homme au crâne rasé leur fit signe d'arrêter. Ils relevèrent Montini et l'attachèrent par les bras à deux crochets fichés dans le mur, à environ trois mètres de haut. Le malheureux pendait à présent au-dessus du sol, les bras écartés, les jambes dans le vide. Cette position rendait sa respiration difficile.

– Descendez-le, il s'asphyxie ! cria Pellegrino.

Personne ne l'écouta. Ils sortirent de la pièce pour laisser les deux prisonniers réfléchir. Pellegrino se précipita vers Montini. Celui-ci, le visage tuméfié, eut un pauvre sourire.

– Ils m'ont pendu les bras en croix, père Ernetti. Comme les Romains l'ont fait avec notre Seigneur…

Pour lui permettre d'aspirer un peu d'air, Pellegrino soutint ses jambes et tenta de redresser son torse. Il suppliait Montini de tout leur dire ou d'inventer quelque chose. Tout plutôt que mourir dans ces conditions. Montini perdit connaissance.

Après quelques minutes, les trois agents soviétiques revinrent dans la cave. L'un d'eux était muni d'un seau d'eau avec lequel il aspergea le visage de Montini, qui ouvrit les yeux. Il arriva alors quelque chose d'inattendu. Montini se mit à gémir. Il dit qu'il avait mal, qu'il n'en pouvait plus, qu'il étouffait. Il implora qu'on le détache. Timour esquissa un sourire.

– Votre Christ a tenu plus longtemps que vous, Monseigneur. Détachez-le !

Montini fut décroché et installé sur une chaise. Il baissa la tête, épuisé. Un des ravisseurs s'approcha pour l'inciter à parler.

Montini se redressa alors comme un fauve et, avec le tranchant de la main, frappa l'homme à la base du nez. Timour, lui, reçut un violent coup de pied entre les jambes et tomba sur les genoux en hurlant. Pellegrino essaya de barrer le passage au troisième homme, mais fut projeté à terre. Les précieuses secondes gagnées permirent à Montini de s'emparer du revolver de Timour. Celui-ci ordonna à son complice valide de reprendre l'offensive. Mais l'homme hésitait.

– Il a une arme, Timour.

– C'est un curé. Il ne tirera pas !

Montini tira. La balle frôla l'homme et se ficha dans le mur. Impressionné, il recula. Montini ordonna à Pellegrino de prendre les clés de la cave et celles de la voiture. Elles pendaient à la ceinture du premier ravisseur, toujours inconscient. Puis les deux prêtres reculèrent vers la porte de fer et la fermèrent en la claquant brutalement. Aussitôt, le père Ernetti tourna la clé dans la serrure. Les trois agents soviétiques se ruèrent sur la porte. En vain, ils étaient prisonniers de leur propre cave. Montini et Pellegrino grimpèrent l'escalier quatre à quatre et s'engouffrèrent dans la Lancia. L'archevêque, toujours armé, jeta un œil derrière eux et ordonna à Pellegrino de démarrer. Quelques minutes plus tard, ils avaient gagné la route nationale.

– Une question, Monseigneur : vous, un homme de foi, vous auriez tué cet homme s'il n'avait pas obéi ?

– Dieu seul le sait, mon ami. Regardez la route, ce n'est pas le moment d'avoir un accident.

Mais Pellegrino avait tant de questions à poser à cet archevêque si… surprenant.

– Comment avez-vous réussi à étourdir le premier homme ?

– Être archevêque, père Ernetti, n'exclut pas d'être huitième dan de karaté !

39

Fou furieux, Timour Kouprian cogna dans tout ce qu'il pouvait trouver dans la cave. Il n'aimait pas l'échec et ses supérieurs encore moins. Soudain, un de ses complices attira son attention. Il avait entendu du bruit. Un paysan, intrigué par la porte de la maison que Montini avait laissée grande ouverte et par le bruit, était descendu à la cave.

– Qui est là ? demanda-t-il derrière la porte.

– Nous sommes prisonniers dans la cave ! cria Timour.

Il parlait italien couramment, mais ne pouvait dissimuler son accent.

– Il faut nous sortir de là, monsieur !

– Je n'ai pas la clé. Qui êtes-vous ? Des amis de Pastrone ?

Timour se dit que Pastrone devait être le paysan qui avait mis la maison en location.

– Oui, c'est ça, Pastrone. Sans y prendre garde, il nous a oubliés dans la cave. Il n'a pas de tête, Pastrone !

– Il est mort depuis trois ans, dit le paysan.

Il remonta l'escalier et disparut. Timour balança un grand coup de pied dans la porte.

– *Tchiort*[1] !

---

1. Merde ! en russe.

Une heure plus tard, quatre hommes se présentèrent devant la porte. L'un d'eux avait apporté des outils pour forcer la serrure. Les trois autres étaient des carabiniers armés.

*

– Cette histoire est sérieuse, Sidney.

Trois jours plus tard, Joe Fincher faisait son rapport à Gottlieb *via* le téléphone sécurisé.

– Notre ambassade a appris, par la police italienne, que des agents soviétiques ont essayé d'enlever deux ecclésiastiques étroitement mêlés à l'affaire du Vatican. L'un d'eux était l'archevêque de Milan.

– Rien que ça ?

– Le Vatican a insisté auprès du ministre de l'Intérieur pour étouffer l'affaire. Tu imagines ? Un archevêque enlevé par le KGB ! Les carabiniers ont retrouvé les trois gars dans une cave, dans la banlieue de Venise, ils étaient salement amochés.

– Par les prêtres ? demanda Gottlieb.

– Il faut croire que oui.

– On voit de tout à Rome ! s'amusa Gottlieb. Nous sommes nous-mêmes comme les Russes, Joe. Nous voulons savoir à quoi ils jouent autour du pape. Cette affaire cache peut-être quelque chose de vraiment important.

– Je pourrais aller trouver le prêtre, proposa Fincher, je sais où il enseigne.

– Et alerter tout le monde ? Non, j'ai une autre idée.

Sidney Gottlieb avait une préférence pour les histoires « sales ». Il avait appris par un agent du FBI qu'un des physiciens ayant participé aux séances du Vatican était mêlé à une affaire de mœurs.

– Qui ?

– Miller, Desmond Miller, un physicien de Chicago.

– Il est toujours à Rome ? Il y a plus d'un mois que leur groupe de recherche s'est dissous.

– Il est rentré à Chicago. Puis il a raconté un bobard à sa femme et il est reparti pour Rome.

– Il la trompe ?

– Oui, mais pas avec Gina Lollobrigida !

40

Chacun à Qumrân avait sa tâche définie par un plan de travail. Natacha fut chargée de faire un rapport sur les systèmes d'irrigation du site. Elle soupira parce qu'elle trouvait le travail ennuyeux, mais elle devait faire ses preuves. Pour survivre dans cet enfer brûlant et alimenter les bassins d'ablutions, il fallait de l'eau. D'où venait-elle ? La jeune femme passa des jours entiers à arpenter le sol. Elle finit par détecter les traces de canaux d'irrigation creusés dans la colline. Elles étaient très faibles, atténuées par l'érosion, mais elles existaient en grand nombre. Elle en parla à Sacha de Saint-Laumer, le prêtre dominicain qui supervisait l'ensemble des fouilles.

– À mon avis, ces canaux n'alimentaient pas la communauté directement. Ils recueillaient l'eau de pluie et convergeaient vers un système de rigoles qui transportaient l'eau jusqu'à des réserves de stockage. Ici, par exemple, et ici, précisa-t-elle en lui montrant un plan.

– Tu nous fais un rapport ? proposa Sacha.

Elle passa une semaine à rédiger un texte très technique d'une cinquantaine de pages, illustré par de nombreux dessins. Sacha le trouva brillant. Elle venait de gagner ses galons d'archéologue de terrain.

– Sur quoi aimerais-tu travailler à présent ? lui demanda-t-il. Sur le site même ou dans le voisinage ?

Elle avait son idée mais y alla doucement.

– Sur Qumrân il y a beaucoup de monde, dit-elle. J'ai entendu parler d'une fouille qui vient de s'ouvrir pas loin d'ici, à Kasser al-Yahoud.

– Oui. C'est une collaboration avec des archéologues anglais. Je proposerai ta candidature. Quel serait le thème de ta recherche ?

– Trouver l'endroit où Jean le Baptiste a baptisé Jésus, répondit Natacha.

Dès le lendemain, Thomas emmena Natacha en repérage à Kasser al-Yahoud. Ce n'était pas un grand voyage, à peine quelques kilomètres. En arabe, *Kasser al-Yahoud* se traduit par « La traversée des Juifs ». C'est à cet endroit que, selon la tradition, les enfants d'Israël venant d'Égypte auraient franchi le fleuve Jourdain avant de prendre possession de la Terre promise. Mais des découvertes récentes suggéraient que le site aurait pu être le théâtre d'un autre événement, tout aussi important, il y a moins de deux mille ans : les baptêmes de Jean le Baptiste.

Ils parcoururent une vaste étendue désertique, barrée de fils de fer barbelés et surveillée par des soldats jordaniens armés. Ils furent arrêtés par un garde qui examina leurs papiers, s'attarda sur Natacha, qui était israélienne, et lui posa quelques questions de routine. Puis ils arrivèrent au bord d'un cours d'eau d'une dizaine de mètres de large.

– Le Jourdain, commenta Thomas.

– Arrête-toi, dit Natacha. Je vais vérifier.

– Vérifier quoi ?

Pour toute réponse, elle enleva sa robe et se retrouva en culotte et soutien-gorge. Le soldat de faction regarda la scène avec surprise.

– Mais… tu es folle ? lui dit Thomas.

Elle plongea dans l'eau gris-vert du Jourdain.

– On a pied sur au moins quatre ou cinq mètres, dit Natacha dans l'eau. Donc, c'est possible.

– Qu'est-ce qui est possible ? demanda Thomas.

Elle sortit et se rhabilla. Un collègue archéologue anglais vint vers eux.

– Il y a des endroits plus propres pour se baigner, mademoiselle !

Elle se présenta.

– Je voulais vérifier si l'hypothèse du baptême de Jésus tenait la route. Si on avait pied dans le fleuve.

– C'est incontestable, répondit l'Anglais. Ils pouvaient être des dizaines, immergés dans l'eau, à attendre de se faire baptiser. Il y a aussi nos découvertes archéologiques. Venez voir…

Il les emmena un peu plus loin sur un chantier de fouille qui semblait très récent.

– On a trouvé ça, la semaine dernière. Les vestiges d'une église byzantine et d'un monastère qui prouvent que ce site était vénéré depuis les débuts de l'ère chrétienne.

– Tu peux me laisser, dit Natacha à Thomas. Ils me ramèneront ce soir à Qumrân.

Thomas paraissait troublé. Il la prit à part.

– Qu'est-ce que cela changerait pour toi, lui dit-il, si c'est ici que Jean a baptisé Jésus ?

– Tout. Les chrétiens, à l'époque, n'existaient pas. Le baptême de Jean était donc un rite essénien. N'oublie pas que Qumrân n'est qu'à trois kilomètres.

– Et alors ?

– Si je trouve ce que je cherche, j'aurai la preuve que Jean le Baptiste était un Essénien et qu'il baptisait les Juifs de l'époque pour qu'ils adoptent ses croyances d'Essénien, Jésus comme les autres !

– Mais que pourrais-tu trouver ? C'était il y a deux mille ans...
– Et alors ? Que fais-tu de la chance ?

Elle rentra très tard à Qumrân. Tout le monde était couché, sauf Thomas qui lisait à la lumière d'une lampe à pétrole.
– Alors ?
– Rien pour l'instant. Des bouts de céramiques du sixième siècle.
– Ah, six siècles de trop ! dit-il en riant.
– Ne te fiche pas de moi, Thomas.
Il comprit qu'elle était à cran. Il posa son livre et la regarda.
– Viens t'asseoir à côté de moi.
Elle soupira.
– N'essaie pas de me draguer, je ne suis pas d'humeur.
– Je n'y ai même pas pensé. Je voulais juste te dire...
Elle prit place à côté de lui.
– D'un côté, parce que je t'aime bien, j'aimerais que ta recherche débouche sur une trouvaille bouleversante...
– OK. Et de l'autre ?
– De l'autre, je pense que tu ne trouveras rien.
– C'est encourageant ! Merci, Thomas.
– Quand je t'entends dire « Jésus était un Essénien », j'entends moi « Jésus n'était qu'un Essénien ». Tu ne trouveras rien, Nat, parce que tu te trompes. Jésus était bien plus que ce que tu crois.
– C'est toi qui te trompes, petit Thomas-qui-a peur-de-l'orage. Moi, quand je cherche, je trouve !

41

Quand il voyageait loin de son épouse, Desmond Miller se livrait sans restriction à son péché de gourmandise : les pâtes. Il avait repéré les meilleurs restaurants italiens à New York ou à Los Angeles. Ici, à Rome, il était à la fête. Son restaurant préféré se trouvait sur la Piazza Navona. Il pouvait y manger des spaghettis à la napolitaine, préparés avec une sauce réellement succulente. Installé sur la terrasse ensoleillée, près de la fameuse fontaine du Bernin, il avait fait son choix (« comme d'habitude, *signore* ») et attendait d'être servi. Il avait revu Gaetano trois fois depuis son retour dans la capitale italienne. À chaque fois, c'était le même enchantement. Le jeune homme, qui se disait intrigué par cette histoire de machine à voir dans le passé, avait essayé d'en savoir plus. Mais Miller, en riant, avait fermé la porte aux confidences. Cette histoire, qui n'avait aucun lendemain, avait donné un autre goût à sa vie. Il gonfla ses poumons en respirant le bon air du printemps.

Un homme corpulent vint alors s'asseoir à sa table, en face de lui.

– Il y a d'autres tables libres sur la terrasse, dit Miller.

– Je le vois bien, répondit l'inconnu, mais j'ai quelques questions à vous poser, monsieur Miller.

– À quel titre ? demanda Miller, inquiet.

Fincher lui montra sa carte de la CIA.

– Est-ce en relation avec mon séjour à Rome ?

– Pas directement.

Prenant son temps, Fincher bourra sa pipe en silence. C'était une vieille astuce qui lui permettait de voir comment réagissait son « client ». Avec Miller, le test fut concluant. Sa pâleur laissait deviner une proie facile. Le serveur les interrompit pour servir à Miller son plat de spaghettis. Il demanda à Fincher s'il voulait déjeuner.

– Non, je n'ai pas faim, merci.

Le serveur s'éloigna.

– Professeur, reprit Fincher, vous êtes un de nos meilleurs physiciens. Vous avez travaillé avec Enrico Fermi à la réalisation de la première bombe atomique.

– C'est exact, répondit Miller, rassuré par ce préambule flatteur.

– Des gens comme vous sont aussi utiles pour notre pays que dangereux à cause de ce qu'ils savent. C'est pourquoi nous vous surveillons en permanence. Que faisiez-vous au Vatican ? demanda Fincher abruptement.

– Monsieur Fincher, je…

– *Agent* Fincher.

– Agent Fincher, le travail que j'ai effectué au Vatican était purement théorique. Il ne présentait aucun danger, absolument aucun pour la nation américaine.

Fincher hocha la tête, insatisfait.

– Dites-m'en plus.

– J'ai signé avec les services du pape un serment de confidentialité. Néanmoins… je vous dirai qu'il s'agissait d'examiner quelques équations du physicien Ettore Majorana, restées inédites jusqu'ici. Ce travail est à présent terminé, chacun est rentré chez soi.

– Très bien, monsieur Miller. Je crains de vous avoir dérangé pour rien.

– Ce n'est pas très grave, répondit un Miller rassuré. Puis-je commencer mon repas, agent Fincher ?

– Allez-y.

Il y eut un instant de silence. Miller attendait que Fincher s'en aille, mais il restait vissé sur sa chaise.

– Au fait, que pouvez-vous me dire de Gaetano Torelli ? demanda Fincher.

Un frisson parcourut l'échine de Desmond Miller.

– Je ne vois pas de qui vous voulez parler.

– D'un jeune homosexuel de vingt et un ans, étudiant en physique, que vous avez rencontré à plusieurs reprises à l'*Estinzione* avant de lui offrir une escapade à Florence.

Miller fixa son assiette et se mit à bredouiller :

– Je… ne sais pas ce qui m'a pris, monsieur Fincher. Je suis un homme marié, j'ai…

– Professeur, votre vie sexuelle vous regarde. Vous avez revu Gaetano ?

– Non, pas depuis deux jours.

– Alors, écoutez-moi bien : Gaetano Torelli appartient à une organisation internationale de maîtres chanteurs qui recueillent des informations sur l'oreiller auprès de « cibles » intéressantes. Ils monnayent leurs renseignements. Nous sommes en pleine guerre froide, monsieur Miller, c'est une situation favorable à l'émergence de ce genre de commerce !

– Mais… comment sont-ils arrivés jusqu'à moi ?

– Le plus souvent, ils sont renseignés par le KGB. Mais ils ont aussi leurs propres réseaux. Gaetano a suivi vos cours à Chicago. Il connaissait votre… point faible. Et comme vos allées et venues au Vatican les intriguaient…

Le sol sembla se dérober sous les pieds de Desmond Miller.

Évidemment, se dit-il, voilà pourquoi Gaetano a tant insisté pour savoir ce que je faisais à Rome. Et moi, je suis tombé dans le piège. Pauvre, pauvre vieil imbécile !

– Vous vous êtes confié à Gaetano Torelli ? insista Fincher, comme s'il avait lu dans ses pensées.

Miller n'osait plus regarder Fincher en face.

– Oui, reconnut-il, embarrassé.

– Que lui avez-vous dit ?

– Oh, juste des bricoles, bredouilla Miller. Vous l'avez arrêté ?

– Nous préférons continuer à le surveiller. Dites-moi à présent sur quoi vous avez travaillé à Rome.

– C'est un secret professionnel, monsieur Fincher. Des recherches scientifiques que je ne puis dévoiler.

– Vous vous fichez de moi ? rugit Fincher. Vous venez de me dire à l'instant que vous en avez parlé à votre amant !

Il avait crié si fort que les autres clients du restaurant se tournèrent vers eux. Joe Fincher maniait avec talent l'art de troubler les suspects en les mettant en contradiction avec eux-mêmes. Desmond Miller se sentit mal. Il desserra son nœud de cravate. Il transpirait. Le serveur observait, debout, la scène avec inquiétude.

– Laissez-moi, monsieur Fincher, je crois… que je fais un malaise.

– Professeur Miller, reprit Fincher d'un ton menaçant, si vous gardez le silence, je vous garantis que cette affaire sortira dans la presse. Mme Miller sera informée de votre goût pour les jeunes gens. Mais vous n'aurez guère l'occasion d'en discuter avec elle, car on vous fichera en prison et on vous inculpera de haute trahison. Vous vous souvenez des Rosenberg ? Ils ont grillé sur la chaise !

Là, Fincher avait marqué un point, Miller était en train de craquer.

– Monsieur Fincher, si je vous dis de quoi il retourne, vous ne me croirez pas.

42

Quand Desmond Miller retourna dans sa chambre d'hôtel, il n'était pas loin de la crise de nerfs. Le téléphone sonna. Sa femme l'appelait de Chicago. Elle sentit vite, à son ton, que son mari n'était pas au meilleur de sa forme.

– Tout va bien, Desmond ?

– Des équations qui résistent, répondit-il, mais j'en viendrai à bout.

Elle n'insista pas. Quand il raccrocha, il pensa un instant au suicide. Mais c'était une solution pour les courageux et Desmond Miller ne l'était pas. Qu'une telle aventure lui tombe dessus à son âge était le signe qu'il était bon pour la retraite. Après tout, il avait fait une belle carrière de physicien, avait participé à l'aventure de la bombe atomique, possédait une jolie maison à Chicago dans un quartier résidentiel, une gentille épouse et des revenus qui lui permettaient de vivre confortablement jusqu'à la fin de ses jours. Il n'empêche, il gardait un goût d'inaccompli et cette histoire avec Gaetano le montrait bien. S'il l'avait pu, à cette seconde, il aurait bien étranglé le jeune homme. Il se contenta de l'appeler et de lui donner un nouveau rendez-vous à l'*Estinzione*.

– Bonjour, Desmond, lui dit Gaetano. Oh, tu as l'air fâché ! Il l'avait vu au premier coup d'œil.

– Gaetano, je suis un vieil homme, mais pas un imbécile !

Le jeune homme parut ébranlé.

– Pourquoi dis-tu ça ?

– Tu t'es moqué de moi. Je sais tout sur toi.

À ce moment, la lumière s'éteignit. Mais ni l'un ni l'autre n'étaient d'humeur câline. La conversation continua dans l'obscurité.

– Qu'est-ce que tu sais ?

– Qu'as-tu fait des renseignements que je t'ai donnés sur le projet *Sant' Agostino* ?

– Mais rien ! Que veux-tu que j'en fasse ?

– Ne mens pas, Gaetano ! Je sais que tu appartiens à une organisation qui vend des renseignements aux plus offrants.

La lumière revint. Tout le monde – sauf eux – applaudit. Miller nota que Gaetano avait changé de visage. Le petit ange avait à présent l'expression redoutable d'un joueur de poker qui s'apprête à abattre ses dernières cartes.

– Qui t'a parlé ?

– Peu importe qui me l'a dit, je le sais.

Desmond décida d'effrayer son jeune ami comme Fincher l'avait effrayé, lui.

– Nous sommes en pleine guerre froide, Gaetano. Si je raconte ce que je sais à ton sujet, tu finiras en prison. Donc, je te le redemande : qu'as-tu dit et à qui ?

Gaetano garda un instant le silence, puis sortit un stylo à bille de sa poche supérieure.

– Écoute, Desmond…

– Professeur Miller !

Gaetano esquissa un sourire.

– Professeur, la situation ressemble à un problème de physique, comme vous les aimez.

Il commença à tracer un schéma heuristique sur la nappe de papier.

– Un : si on se sépare ce soir sans trouver un accord, mes amis iront vous trouver et vous élimineront. C'est le meilleur moyen pour vous empêcher de parler. Deux : si vous nous prenez de vitesse et si vous nous dénoncez, nous irons en taule pour pas mal d'années. Trois : mais vous ne nous aurez pas tous, professeur. Il restera toujours l'un d'entre nous pour s'occuper de vous. Cette fois, ce ne sera pas pour vous empêcher de parler, mais juste pour le plaisir. Quatre : on trouve un accord.

– Quel accord ? demanda Desmond, fébrile et méfiant.

– Contrairement à ce que vous pensez, reprit Gaetano, nous n'avons rien vendu aux Russes. C'est trop risqué par les temps qui courent.

– Qui vous a payé ? insista Miller.

– Un évêque.

Le professeur tomba des nues.

– Quel évêque ?

– Un drôle de type, dit Gaetano. Un Brésilien qui dispose de beaucoup d'argent. J'ignore pourquoi, mais il rôde autour du pape.

– Pour qui travaille-t-il ?

– Pour son propre compte, à ce que j'ai compris. Il voudrait vous rencontrer et vous faire une proposition. Et s'il vous paye aussi bien qu'il nous a payés, vous ne le regretterez pas. De toute façon, professeur Miller, vous n'avez pas le choix.

Sur ce point, il fallait reconnaître qu'il avait raison.

– Dites-lui de m'appeler.

– Je le ferai. Mais attention en sortant d'ici. Si vous faites une bêtise…

– Pas de menaces ! répliqua Miller. Dites à votre évêque que j'attends sa proposition.

Le lendemain soir, un homme appela Desmond Miller à son hôtel. Il avait, en effet, un fort accent brésilien.

– J'ai entendu dire que vous aviez une proposition à me faire, dit Miller.

– Oui, monsieur Miller. Pourrais-je vous rencontrer ce soir ?

– Où cela ?

– Il y a un petit restaurant napolitain à deux pas de chez vous, la *Pizzeria Nerone.*

– Oui, je vois où il est.

– Je vous y attends.

Miller enfila une veste, traversa deux rues, entra dans la pizzeria… et se trouva face à un colosse de deux mètres de haut qui l'avait vu venir de loin. Il lui proposa de s'asseoir.

– Bonjour, monsieur Miller. Je m'appelle João Santos.

– Bonjour. Allons droit au but. Que proposez-vous ?

L'homme fouilla dans son sac et en sortit un journal plié en quatre dans lequel on pouvait deviner des liasses de dollars.

– Dix mille dollars pour un aller-retour.

– Je ne comprends pas, répondit Miller.

– Je ne suis qu'un messager, professeur. Si vous acceptez de faire un voyage au Brésil et d'y rencontrer celui qui m'envoie, cet argent est à vous.

– Dix mille dollars, juste pour parler ? s'étonna Miller.

– Juste pour parler, confirma João.

– Impossible. Je dois rentrer à Chicago. Mon épouse m'attend.

– Vous trouverez une excuse, professeur. Votre séjour ne durera pas longtemps.

– Et si je ne suis pas d'accord avec la proposition de votre patron ?

– Vous serez libre de rentrer chez vous et vous pourrez garder l'argent.

Miller prit le journal et le fourra dans sa poche.

– Je déposerai votre billet d'avion demain matin à l'accueil de votre hôtel, dit João. Départ vendredi pour Belém, au nord du

Brésil. Nous vous y attendrons. Nous ferons le reste du voyage en hélicoptère.

– Jusqu'où ?

– Vous le verrez bien.

Desmond Miller revint dans sa chambre d'hôtel avec l'argent. Il regarda l'heure et décrocha son téléphone. À Chicago, c'était le début de l'après-midi, Anna devait être à la maison.

– Oui, Desmond ?

Il lui expliqua qu'il devait partir en urgence pour une réunion secrète initiée par le gouvernement américain à propos d'une arme nouvelle, à mi-chemin entre la bombe A et la bombe H.

– Ah ? Tu ne peux pas me dire où tu vas ?

– Une réunion *secrète*, chérie.

Elle se résigna. Depuis que Desmond avait participé au projet *Manhattan*, elle avait l'habitude de le voir partir pour des conférences classées secret-défense. Sa seule crainte était de le voir enlevé par des espions soviétiques, comme dans les films. Mais elle se consola en se disant que ça n'arrivait qu'au cinéma !

43

Elle n'avait rien trouvé.

Pendant des semaines, avec ses collègues anglais, Natacha avait fouillé le site de Kasser al-Yahoud. Ils avaient exhumé d'autres vestiges byzantins, mais aucun évoquant de près ou de loin la présence de Jean le Baptiste. Les Anglais penchaient à présent pour un autre site, Al-Maghtas, situé de l'autre côté du Jourdain. Natacha en avait parlé avec Sacha qui préférait, lui, la localisation traditionnelle de Yardénit en Galilée, au débouché du lac de Tibériade.

Bref, c'était désespérant.

Après la frénésie des fouilles des premiers jours, la jeune femme fut gagnée par une réelle lassitude, majorée par la chaleur insupportable qui régnait dans ces coins désertiques. En grattant le sol, elle trouva un gros tesson de poterie décorée. Elle appela Andy, un des Anglais, pour qu'il l'aide à dégager sa trouvaille.

Soudain, quelque chose s'engouffra dans sa gorge. Un taon, une grosse mouche noire. Elle se mit à tousser et à s'agiter en indiquant sa bouche. Andy lui conseilla de l'avaler. Il lui apporta de l'eau et des biscuits à grignoter.

– Ne t'inquiète pas, dans quelques minutes, elle sera digérée !

L'incident était assez banal sur les terrains de fouilles, mais il déclencha chez Natacha une crise nerveuse. Andy lui proposa de l'emmener en voiture à Qumrân. Elle craignait surtout les bactéries que cet horrible insecte pouvait transporter. Elle n'avait pas tort. Le lendemain, elle se mit à trembler et fut prise de crampes abdominales. Sacha, l'assistant de De Meaux à Qumrân, constata qu'elle avait une forte fièvre.

– Nous n'avons pas ce qu'il faut ici. Je vais t'envoyer à Jérusalem.

Elle passa quelques jours au centre médical Hadassah, sur le mont Scopus. On diagnostiqua une dysenterie. On lui fit des piqûres d'antibiotiques et on lui imposa un régime de réhydratation sévère à base de riz, de carottes cuites et d'eau.

Compte tenu de l'état dépressif de Natacha, l'incident arrivait à un mauvais moment. Le père de Meaux, qui s'inquiétait de son état, lui demanda si elle voulait revenir travailler au musée. Elle refusa. Elle n'avait pas attendu toutes ces années pour s'enfermer à nouveau dans un laboratoire. Il la renvoya donc sur les rives de la mer Morte.

En sortant de son bureau, elle vit du haut de l'escalier que Thomas attendait dans le hall. Il fut rejoint par une jeune Anglaise, qui travaillait comme attachée de presse au musée. Quand Thomas vit Natacha, il prit de ses nouvelles et lui souhaita bonne chance. Puis il s'éloigna avec la jeune femme, avec qui il semblait très complice. Natacha n'était pas jalouse, non, mais c'était une petite vexation dont elle se serait bien passée en ce moment. Car la solitude commençait à devenir pesante. Trois ans auparavant, elle avait largement usé de son physique avantageux pour multiplier les aventures. Puis le temps consacré à sa thèse et sa passion pour l'archéologie avaient pris le dessus. À présent, elle avait besoin de s'occuper un peu d'elle-même pour retrouver le moral.

Pour se changer les idées, elle se laissa entraîner par ses amis du musée au Deborah's Club, une célèbre boîte de nuit de Jérusalem. Dans la pénombre, on pouvait boire un verre et surtout danser sur les tubes du moment. Elle ne s'en priva pas. C'est ainsi qu'elle rencontra Dov Sitbon. Ce jeune séfarade, originaire du Maroc, était drôle, athée et surtout préoccupé par l'idée de profiter au maximum de la vie.

Toute cette génération, qui avait déjà connu deux guerres et vivait dans des kibboutz en état de tension permanente, allait le dimanche soir s'éclater à Tel-Aviv sur la musique de Bill Haley, Little Richard ou Buddy Holly. Dov adorait le rock n'roll et le dansait divinement bien. C'est lui au début qui la guida. Puis les rôles s'inversèrent, ce qui faisait rire Dov aux larmes. Après la fête, ils firent l'amour sans chichis, simplement pour le plaisir. C'était exactement l'homme qu'il lui fallait pour le moment.

Comme Dov travaillait dans le Néguev, à cent cinquante kilomètres de Jérusalem, ils ne se voyaient pas souvent. Elle savait qu'il était ingénieur électronicien, mais il se fermait comme une huître dès qu'elle essayait d'en savoir un peu plus. Tout s'éclaira quand elle apprit que Dov était employé à la centrale de Dimona, à une trentaine de kilomètres de Beer-Sheva. Dov faisait partie des équipes qui mettaient au point la première bombe atomique israélienne. En échange de l'aide de l'État hébreu pendant la crise de Suez, la France lui avait fourni la technologie nécessaire pour construire un réacteur nucléaire. Les Israéliens avaient choisi un site isolé, en plein désert du Néguev. Le but était de disposer rapidement d'une arme dont l'efficacité serait principalement dissuasive. Natacha s'en fichait. L'important était que Dov soit drôle, pas collant et surtout pas compliqué.

Elle avait repris son travail et continuait à gratter le sol dans le désert de Judée. Mais elle se tenait informée de l'état des recherches au Rockefeller. Car les manuscrits de la mer Morte continuaient de livrer des renseignements précieux sur la communauté des Esséniens. On trouva ainsi dans leurs écrits des règles régissant les repas communautaires, qui faisaient penser de manière troublante à la Cène de Jésus et ses apôtres. Hélas, ces découvertes ne se communiquaient que confidentiellement de chercheur à chercheur, sans être rendues publiques. Pour expliquer les retards des traductions, le père de Meaux mettait en avant les mêmes arguments : la difficulté de reconstituer des écrits éclatés en des centaines de fragments, le besoin d'en faire des traductions scrupuleuses, la nécessité de livrer au public un travail scientifique incontestable. Des prétextes, selon Natacha. Qui se changeraient en une censure pure et simple le jour où serait découvert un document jugé réellement gênant par les décideurs du Vatican, qui pourraient avoir la fâcheuse idée de le cacher ou de le détruire.

Cette situation ne pouvait s'éterniser. Après en avoir parlé avec ses complices Yoni et Thierry, Natacha se décida à écrire une longue lettre au rédacteur en chef de *Bible Archaeology*, un magazine bimensuel américain spécialisé dans l'actualité des recherches archéologiques en Terre sainte. Puisque les politiques n'osaient pas bouger, les trois amis décidèrent de dénoncer eux-mêmes ce qui avait l'allure, désormais, d'un énorme scandale scientifique.

44

Le 29 septembre 1958, le pape Pie XII fut pris d'une violente crise de hoquet. Ce qui aurait été banal pour une personne en bonne santé devint inquiétant pour ce vieillard diminué par l'arthrose et l'anémie. Depuis quelques mois, la maladie l'avait de plus en plus isolé. Montini accourut au Vatican après un malaise plus grave que les autres. Le pape était allongé sur son lit. Le docteur Marinesco, son médecin personnel, était auprès de lui.

– Comment va-t-il ? demanda Montini au praticien.

– Il a récupéré. Il a encore eu ses visions. Ne lui parlez pas de son état, Monseigneur. Il le connaît et cela le déprime.

– Entendu.

Montini s'approcha du pape.

– Saint-Père, lui chuchota-t-il à l'oreille, je viens vous donner de bonnes nouvelles de notre machine.

Pie XII fit un effort pour rassembler ses souvenirs.

– Ah oui, la machine…

– Nous sommes installés à Venise, à présent. Le père Ernetti poursuit ses travaux.

– Méfiez-vous, Montini, dit le pape d'une voix à peine perceptible. Ils veulent nous voler nos secrets.

– Ne craignez rien, Saint-Père. Ils ont essayé, mais nous nous sommes bien défendus. Bientôt, nous pourrons…

Le docteur Marinesco lui posa la main sur l'épaule.

– N'insistez pas, Monseigneur, il ne vous écoute plus.

– Quel est votre pronostic ? demanda Montini.

– Pessimiste, Monseigneur.

Il voyait juste. Le lendemain, le Saint-Père refusa de s'alimenter. Quelques heures après, il entra dans un coma profond. Son confesseur lui administra l'extrême-onction. Dans la soirée, pourtant, il reprit connaissance.

– Comment vous sentez-vous, Saint-Père ? lui demanda le médecin.

– *C'est mon jour*, répondit le pape.

C'était son jour… mais pour la presse seulement. Le lendemain, alors que Pie XII était toujours vivant, quatre journaux à grand tirage annoncèrent prématurément son décès en grosses lettres sur des « unes » encadrées de noir : « Le pape est mort. » Il ne mourut en réalité que le jour suivant, à trois heures du matin. Il était âgé de quatre-vingt-deux ans. Ses funérailles furent télévisées et regardées par des millions de fidèles.

*

Pellegrino appela Montini au Vatican.

– Monseigneur, que va-t-il se passer ?

– Ce qui arrive habituellement, père Ernetti. L'assemblée des cardinaux va élire un nouveau pape.

Pellegrino essaya de formuler la question qui lui brûlait les lèvres.

– Pensez-vous que…

Montini le coupa :

– Non, pas moi. Vous savez que je ne suis pas cardinal. Je n'ai donc aucune chance.

– Et la machine ?

– Attendons le nouveau pape. Nous verrons ce qu'il décidera.

– Donc, on arrête tout ?

– Au contraire, il faut pouvoir le convaincre. Comment améliorer l'amplitude des sauts dans le temps ?

– J'y pense jour et nuit, Monseigneur. Le problème est toujours le même, c'est celui de la taille des collecteurs.

– Je sais. Mais avez-vous une solution ?

– Peut-être.

La solution consistait à combiner plusieurs collecteurs entre eux en utilisant les principes de base de l'interférométrie[1]. Il avait lu dans *Nature*, un magazine spécialisé dans la recherche scientifique de pointe, un article très informé sur la possibilité d'utiliser cette technique en radio-astronomie[2]. Les astrophysiciens qui recouraient à des radiotélescopes pour scruter les galaxies lointaines se heurtaient eux aussi à la taille de leurs antennes. L'un d'eux proposait dans cet article de combiner plusieurs radiotélescopes pour créer un radiotélescope virtuel, un hypertélescope de plusieurs kilomètres de diamètre. Pourquoi ne pas en faire autant avec les collecteurs de neutrinos ? Paradoxalement, la nature très particulière des neutrinos transtemporels, qui étaient à la fois des particules et des ondes, rendait le système assez facile à réaliser. Montini, qui était pressé, accepta le poids financier de cette innovation. En attendant, avec les moyens dont il disposait, Pellegrino bricola en combinant trois collecteurs standard. Leur puissance associée devait permettre de franchir un ou deux siècles. Ainsi, en ajoutant les petits pas, il approcherait du but : visiter la période évangélique.

1. Il s'agit d'une méthode consistant à combiner plusieurs ondes entre elles.

2. Cette technique sera, en effet, utilisée quelques années plus tard par l'astronome Antoine Labeyrie pour combiner plusieurs petits radiotélescopes entre eux et obtenir des images que seul un radiotélescope géant aurait pu capter.

45

Le voyage de Desmond Miller au Brésil lui parut interminable. Il lui fallut changer d'avion pour aller de Rio à Belém. Il passa la douane et alla chercher son bagage. Quand il se retourna, il vit que João était derrière lui, avec deux camarades du même gabarit. L'un d'eux se saisit de sa valise et ils l'accompagnèrent au parking où ils s'engouffrèrent dans une auto qui les déposa devant un hélicoptère posé à sept cents mètres des pistes principales. On lui donna un casque qui ne servait pas à grand-chose, car ses accompagnateurs n'étaient guère bavards. Heureusement, le trajet depuis l'aéroport de Belém jusqu'à sa destination finale ne dura pas plus d'une heure. En regardant par le hublot, Miller vit que l'appareil survolait la jungle amazonienne et qu'il perdait de l'altitude.

– Nous arrivons, professeur Miller, lui dit João.

– Où sommes-nous ?

– Dans le Nordeste !

Enfin l'amorce d'un dialogue, se dit Miller. Espérons que la suite sera plus explicite. Quand l'hélicoptère atterrit, la chaleur intense et les bruits d'oiseaux lui firent comprendre que la jungle n'était pas loin. Un homme vint à leur rencontre. Il affichait un sourire chaleureux et portait une soutane !

– Bienvenue à Macapa, professeur.

Une voiture américaine les emmena jusqu'à une grande demeure qui mêlait bizarrement le style bourgeois britannique à celui du ranch argentin. Des chevaux étaient parqués dans un enclos. Il vit aussi quelques hommes armés. Une pensée le traversa : était-il aux mains d'un baron de la drogue ? Il songea, avec un sourire triste, qu'en un seul mois le professeur respecté qu'il était avait commis un adultère homosexuel accompagné d'un acte de haute trahison. Pouvait-il tomber encore plus bas ? Comme être mêlé à une histoire de narcotrafiquants ? La seule chose qui le rassurait, c'était la soutane.

Ils entrèrent dans un vaste salon où des rafraîchissements les attendaient.

– Pardon pour ce voyage épuisant depuis Rome, professeur Miller. Voulez-vous de cette citronnade ou quelque chose de plus fort ?

– La citronnade suffira, père… ?

– Dom Alberto Pindare de Carvalho, évêque de Rio. Mais vous pouvez m'appeler Dom Alberto.

– C'est donc vous le donneur d'ordres.

– Il n'y a aucun ordre, professeur. Seulement une demande d'assistance.

– Je vous écoute, dit Miller.

– Prenez place dans ce fauteuil, il est juste dans l'axe du ventilateur. J'ai l'habitude de la chaleur, mais vous êtes de Chicago, la « cité des vents ».

– Je suis vraiment curieux de savoir pourquoi vous m'avez fait venir jusqu'à Macapa, demanda Miller.

Carvalho se saisit d'un petit dossier, attaché avec un trombone.

– Nous savons par votre ami Gaetano Torelli que vous avez travaillé pendant plusieurs mois au Vatican sur un projet fascinant, qui porte le nom d'un de nos plus grands philosophes chrétiens.

Comme l'homme était bien informé, Miller jugea inutile de finasser.

– Ce n'était qu'un travail théorique, mon père. Ne vous fiez pas à ce qu'a pu vous dire Gaetano. Il a une certaine tendance à fabuler, comme tous les jeunes gens.

– Gaetano Torelli n'est pas un mythomane, professeur. Nous avons vérifié. En plus, il est très joli garçon !

Desmond sentit le rouge lui monter aux joues.

– Pas de problème avec nous, professeur, nous avons les idées larges ! dit Carvalho. Il s'agit donc d'un projet de machine à voyager dans le temps ?

– Pas à « voyager », corrigea Miller. À voir dans le temps, et uniquement dans le passé.

– Vous avez donc mis six mois à mettre ce projet au point avec vos collègues physiciens, sans jamais rien construire ?

– Je vous le répète, dit Miller, nous nous sommes limités à examiner la *faisabilité* d'une telle machine.

Carvalho consulta son dossier à la dernière page.

– Je vous crois, professeur. Et aujourd'hui votre groupe de recherche s'est séparé ?

– Nous avons fait ce pour quoi nous étions payés. Nos travaux ont abouti à un engin plausible sur le papier, mais il faudrait le construire pour savoir si c'est autre chose qu'un rêve.

– Que veut faire le pape avec cet étrange objet ? demanda Dom Alberto.

– Franchement, je l'ignore, répondit Miller. Peut-être en faire cadeau aux historiens ?

– Je connais Montini, dit Carvalho. C'est un homme brillant, mais c'est aussi un grand diplomate. Et comme tous les gens de son espèce, c'est un menteur.

– C'est possible et ça m'est égal. Pourquoi m'avez-vous fait venir, Dom Alberto ?

– Pour vous demander de construire la machine pour moi !

Miller ne fut pas vraiment surpris. Dès le début, il avait pensé à une proposition de ce genre.

– Mais… c'est un travail colossal !

– Et vous êtes un colosse en physique, non ? lança Carvalho avec un grand sourire. Je vous propose de passer de la théorie à la réalité. Vous serez le premier physicien dans l'Histoire à offrir à l'humanité ce nouveau miracle de la science : vaincre la barrière du temps. Exaltant, non ?

– Le Vatican va me traiter de parjure !

– Non, car ils devraient expliquer pourquoi ils voulaient fabriquer cette machine. Mon intuition me dit qu'ils ne le feront pas.

– Admettons que j'accepte. Cela vous coûtera très cher, ajouta Miller.

– L'argent n'est pas un problème, monsieur Miller. Et si la machine fonctionne, je vous paierai un million de dollars !

Desmond Miller n'en revenait pas. C'était une somme faramineuse, mais qu'en ferait-il à son âge ? Il avait déjà tout ce qu'il lui fallait pour vivre. Par ailleurs, cet évêque brésilien lui inspirait peu confiance. Et tous ces gardes armés autour de la maison ! Il serait bien plus prudent de décliner son offre. Et pourtant, c'est étrange, il avait envie d'accepter. Mais d'abord, il fallait éclaircir un mystère.

– Que voulez-vous faire avec cette machine, Dom Alberto ?

– Je pourrais vous débiter les mêmes mensonges que Montini, mais ce n'est pas mon genre. Je vous révélerai mes intentions quand la machine sera prête à fonctionner, répondit l'évêque. Pas avant.

– Et si je refuse votre proposition ?

– João vous l'a dit, vous pourrez rentrer chez vous.

– Avec ce que je sais ?

Carvalho hocha la tête avec un sourire qui n'était guère rassurant.

– Maintenant que j'y pense, professeur, c'est un problème, en effet !

Pas certain qu'il me libère facilement, se dit le professeur Miller. Mais, encore une fois, ce n'était pas la crainte qui dominait ses pensées.

– Vous me laissez un moment pour réfléchir ?

– Faites, professeur, faites !

Miller se leva et alla regarder la jungle à travers la baie vitrée du salon. Les idées se bousculaient dans son esprit. Cette machine, après tout, ce n'était ni la bombe A ni la bombe H. Ce que Carvalho voulait en faire était son problème. Et surtout, l'argument massue : Si je refuse, je le regretterai toute ma vie. Jusqu'ici, il n'avait été finalement qu'un brillant second, le collaborateur d'Enrico Fermi. Enfin, la vie lui offrait l'opportunité de devenir un numéro Un, de construire une machine appelée à bouleverser l'humanité. Un mois auparavant, il avait cru pouvoir remplir le quotidien un peu gris de sa vie en découvrant l'amour avec Gaetano. Échec sur toute la ligne ! Mais cette fois, il passait à un échelon supérieur, il allait peut-être laisser son nom dans l'histoire de la physique. Pas de précipitation, se dit-il. Auparavant, il faut vérifier si la proposition de l'évêque est bien sérieuse.

– Je veux une garantie, Dom Alberto. Une avance de deux cent cinquante mille dollars.

– Vous les aurez. Nous avons préparé un contrat. L'argent sera viré sur votre compte à la signature. Aujourd'hui même, si nous concluons aujourd'hui.

– Où travaillerons-nous ? demanda Miller.

Un grand sourire illumina la face de Carvalho.

– Ici. Vous aurez des appartements privés et une équipe entière pour vous assister. Nous allons vous construire le plus beau laboratoire du Brésil !

46

Après trois jours de conclave et dix tours de scrutin, Angelo Giuseppe Roncalli, le patriarche de Venise, fut élu pape le 28 octobre au onzième tour par le Sacré Collège. Il avait soixante-seize ans et prit le nom de Jean XXIII.

– Pensez-vous que ce soit une bonne nouvelle pour notre projet ? demanda Pellegrino à Montini.

– Je ne sais pas encore, répondit l'archevêque.

On voyait bien qu'il était inquiet.

– On dit qu'il voudrait convoquer un concile œcuménique.

– C'est-à-dire ?

– Demander à tous les évêques du monde d'envoyer une délégation à Rome pour discuter en commun de l'avenir de l'Église.

– C'est toujours une bonne chose de discuter, dit Pellegrino.

– Oui, mais nous sommes très loin, là, de notre chronoviseur. Attendons, ce n'est pas encore fait.

Trois mois à peine après son élection, la décision de convoquer un concile était prise. Ce serait le concile Vatican II. Le mot d'ordre du pape était clair : « *aggiornamento* ». La mise à jour de l'Église était en route.

Peu de temps après l'annonce de la nouvelle, Montini et le père Ernetti furent convoqués au palais pontifical. Ils arrivèrent en avance et patientèrent dans la salle des audiences. Précédé par son cardinal secrétaire d'État, Jean XXIII fit son entrée. Il affichait un grand sourire débonnaire, étonnamment vif compte tenu de sa corpulence et de son âge. Il présenta son anneau à Montini, qui le baisa avec respect.

– Monseigneur Montini, dit le nouveau pape, sachez que j'ai pris toutes les dispositions nécessaires pour vous faire nommer cardinal. Chacun s'est étonné, lors de mon élection, de votre absence. Je considère, moi aussi, qu'il s'agit d'une injustice. Elle sera réparée lors du consistoire du 15 décembre.

– Je vous remercie, Saint-Père, répondit Montini en s'inclinant.

Le pape, aidé par son secrétaire, prit place dans un fauteuil. Il tenait un dossier dont il feuilleta les premières pages.

– Nous sommes là pour parler du programme *Sant' Agostino*, initié par mon prédécesseur. Est-ce vraiment sérieux ?

– Très sérieux, Saint-Père, dit Montini. J'ai suivi l'affaire dès le début et nous avons obtenu de bons résultats. Naturellement, j'ai tout interrompu à la mort du pape Pie XII. Il fallait vous informer et attendre votre décision.

Jean XXIII continua à examiner les comptes rendus de Montini.

– J'ai lu très attentivement votre rapport, Monseigneur, dit le pape. Cette affaire est très troublante. Vous pensez vraiment pouvoir rapporter des films des temps évangéliques ?

– Nous l'espérons, Saint-Père.

– Mais… qu'est-ce que cela apportera aux chrétiens ?

Montini fut surpris. Il attendait tout sauf cette question.

– Eh bien… nous pensions, avec Sa Sainteté Pie XII, que la découverte du vrai visage de notre Seigneur raviverait la foi chrétienne, qui en a bien besoin. Cela va dans votre sens, Saint-Père. Les temps ont changé. À l'heure du cinéma et de la télévision, les écrits ne suffisent plus, il faut des images.

– En ce qui me concerne, répondit le pape, Jésus est dans mon cœur. Je n'ai pas besoin d'images.

Il se tourna alors vers Pellegrino :

– Et vous, père Ernetti, qu'en pensez-vous ?

– Je suis un chercheur, Saint-Père. Je serais très curieux de découvrir à quoi ressemblait la Judée au temps de Jésus de Nazareth.

– Attention à la curiosité, père Ernetti, dit Jean XXIII. Le Diable s'en sert parfois pour nous attirer dans son camp.

Montini, de plus en plus inquiet, insista :

– Quelle est votre décision, Saint-Père ?

– Pour l'instant, mettre ce projet de côté !

Il remarqua les mines dépitées de ses deux interlocuteurs.

– J'ai dit « mettre de côté », pas « arrêter » ! Il faut faire une pause. L'urgence, aujourd'hui, c'est l'*aggiornamento*. Réformer l'Église, la mettre au diapason de l'évolution des mœurs et des sciences. La ferveur mystique que pourrait provoquer votre expérience sera sans doute utile, mais plus tard.

– Entendu, Saint-Père, dit Montini.

– Pour autant, vous ne resterez ni l'un ni l'autre inactifs.

Il s'adressa d'abord à Montini :

– Je souhaiterais, Monseigneur, que vous prépariez le déroulement du concile. Je vais nommer dix commissions, une par thème, ainsi qu'une commission centrale pour coordonner leurs travaux. Vous superviserez tout cela.

– Je vous remercie de votre confiance, Saint-Père, répondit Montini.

– Quant à vous, reprit le pape en se tournant vers Pellegrino, vous suivrez le concile en tant que théologien expert.

– Merci, Saint-Père, dit Pellegrino.

Une fois revenus sur la place Saint-Pierre, les deux hommes gardèrent le silence un long moment. Chacun était perdu dans ses pensées. Pellegrino fut le premier à parler :

– Vous êtes déçu, Monseigneur ?

– Pas vraiment, répondit Montini, je m'attendais à une décision de ce genre. Et vous ?

– Un peu, oui. Nous avions bien progressé. Mais ce sont les ordres du pape.

Il y eut un autre silence, comme si Montini hésitait à continuer. Finalement, il se décida :

– Père Ernetti, nous allons désobéir !

Ils s'arrêtèrent de marcher. Pellegrino était surpris.

– C'est vous, un archevêque, qui me demandez de désobéir au pape ?

– Pour le bien de la chrétienté, uniquement pour cela, répliqua Montini. Je pense que le pape se trompe. Il va réformer l'Église, mais ce ne sera jamais assez. Les gens demanderont toujours plus, on ne pourra plus les arrêter. Ils voudront avorter en toute liberté, abolir le sacrement du mariage, faire naître leurs bébés dans des éprouvettes, abolir le célibat des prêtres. L'Église sera toujours en porte-à-faux, car elle n'en fera jamais assez. Pendant ce temps, la foi disparaîtra et le matérialisme triomphera.

Pellegrino approuva.

– Le vieux curé de ma paroisse disait que la foi est comme une fleur qu'il faut arroser chaque jour. Sans quoi, elle meurt.

– Exactement. Père Ernetti, je vous livre le fond de ma pensée : Jean XXIII n'est qu'un pape de passage, il ne vivra pas longtemps. L'important, c'est celui qui lui succédera.

– C'est tout le problème, répondit Pellegrino. Qui pourrait lui succéder ?

– Là aussi, je serai direct. Je vais être nommé cardinal. Sans être un familier de la curie romaine vous savez que, dans ces conditions, j'ai toutes mes chances. Et je compte bien les augmenter au cours du concile.

Montini pape ? se dit Pellegrino. Il est certain que cela faciliterait bien les choses.

– Donc on continue ?

– On continue. C'est mon archevêché de Milan qui vous fournira discrètement les fonds dont vous aurez besoin. Vous suivrez les travaux du concile, mais vous irez aussi à Venise, sous le prétexte de poursuivre votre enseignement et d'exercer votre fonction d'exorciste.

– Bien, Monseigneur.

Étaient-ce l'autorité et l'assurance de Montini qui l'amenaient à désobéir au pape ou le fait que le chronoviseur était devenu son enfant ? Tout ce dont Pellegrino était sûr, c'est que l'abandonner aujourd'hui serait un crève-cœur.

47

Ils s'étaient donné rendez-vous dans la banlieue de Jérusalem, dans l'arrière-salle d'un petit café. En arrivant, Natacha alla vers Yoni et Thierry, qui avaient déjà étalé plusieurs documents sur la table.

– Il n'est pas là ? demanda Natacha, anxieuse.

– On avait dit seize heures, dit Yoni.

– Il *est* seize heures ! s'étonna Natacha.

– Laisse-lui le temps, Nat. Tu connais les embouteillages à Jérusalem.

Natacha embrassa Thierry.

– Merci, Thierry, de nous avoir rejoints.

– La situation au Rockefeller était devenue invivable, dit Thierry.

– On va les faire bouger, crois-moi !

– Ah, le voilà ! dit Yoni.

Michael Kershaw était américain, professeur d'histoire religieuse dans une université du Nebraska. Il était aussi l'un des principaux rédacteurs de *Bible Archaeology*, un magazine bimensuel américain, spécialisé dans l'actualité des recherches archéologiques en Terre sainte, qui était très lu dans l'Amérique religieuse et dans le monde.

– Heureux de vous voir, Michael, dit Yoni. Vous avez atterri ce matin ?

– Vers onze heures. J'ai avalé un sandwich à l'aéroport et j'ai sauté dans un taxi qui m'a conduit à Jérusalem.

– Merci d'avoir répondu à notre appel.

Kershaw s'adressa à Natacha :

– C'est vous, Natacha, qui nous avez envoyé ce courrier ?

– C'est bien moi, oui.

– Je peux vous dire qu'il a excité toute la rédaction !

Il sortit un magnétophone de sa valise.

– Je peux enregistrer ?

– Allez-y, vous avez une prise à côté du bar.

– Pas la peine, c'est un Nagra[1] à piles.

Il installa son engin sur la table et disposa son micro sur un support tripode.

– Comme à la radio ? dit Yoni.

– Ce que vous allez me dire, personne ne l'a encore dit, à la radio ou ailleurs. On y va ?

– Quand vous voulez.

– Bonjour ! Vous êtes trois, dans un petit café de Jérusalem. L'un est épigraphiste, c'est-à-dire un spécialiste des écritures anciennes. Les deux autres sont des archéologues professionnels. Vous avez souhaité garder l'anonymat et vous travaillez tous les trois sur les traductions des manuscrits de la mer Morte ou sur les fouilles de Qumrân. Aujourd'hui, vous avez décidé de dénoncer publiquement ce que vous jugez être une manipulation de la vérité commise par les personnes qui supervisent l'ensemble de ces travaux. Il est vrai que, depuis quelques années, les traductions se font plus rares. Sont-elles aussi compliquées qu'on veut bien le dire ?

---

1. Un magnétophone professionnel, beaucoup utilisé au cinéma et à la télévision.

Ce fut Thierry qui ouvrit le feu :

– La reconstitution des manuscrits est longue et fastidieuse, c'est un fait. Mais les difficultés pratiques sont une chose, la rétention d'informations en est une autre.

– C'est une accusation grave. Vous voulez dire qu'on nous cache une partie de la vérité ?

Natacha prit la suite :

– Oui, et qu'on le fait de manière délibérée ! De nombreux manuscrits ont été traduits, mais sont pour le moment interdits de publication. Nous voulons dénoncer ces pratiques d'un autre âge.

– Pouvez-vous nous dire de quels manuscrits il s'agit ?

– Exclusivement des manuscrits dits « sectaires », continua Natacha, ceux qui ont été rédigés par la secte des Esséniens. Ils concernent leurs croyances, leurs rituels, leur vision de l'Histoire. Ils sont si proches, par l'esprit et par la lettre, des croyances chrétiennes qu'ils pourraient nous amener à réviser de fond en comble l'histoire de la naissance du christianisme.

– Pour autant, objecta Kershaw, peut-on parler comme vous le faites de « censure » ?

– Quand on détient une vérité scientifique et qu'on refuse de la rendre publique, je pense que oui, on peut parler de censure, dit Yoni.

– Qui sont les censeurs ? Le père de Meaux ?

– Le père de Meaux a sa part, dit Yoni, mais ceux qui ont pris la décision de cacher certaines vérités sont au-dessus de lui dans la hiérarchie catholique.

– Disons les choses clairement : pour vous, ils sont au Vatican ? suggéra le journaliste.

– Ils *étaient* au Vatican au temps de Pie XII, précisa Thierry. Il est possible que l'arrivée du nouveau pape change les choses dans le monde catholique. Si nous avons décidé de rendre le scandale public, c'est pour inciter le Saint-Père à rectifier rapidement une situation devenue insupportable.

– Donnez-moi des exemples d'informations que vous dites « censurées ».

Natacha revint sur le manuscrit de Dayoub évoquant, plus de cent ans avant Jésus, la béatitude des « pauvres d'esprit ». Thierry cita, lui, le document essénien qui annonçait l'arrivée d'un messie présenté comme le « fils de Dieu ». Yoni insista sur le baptême de l'eau, pratiqué à Qumrân sur une grande échelle.

– C'est troublant, en effet, admit le journaliste. Et personne n'a l'autorisation de parler de ces textes ?

– Personne. Celui qui désobéit est renvoyé du musée Rockefeller, dit Natacha.

– Il faudrait quand même une contre-expertise. Avez-vous des photographies de ces manuscrits ?

– Oui, répondit Thierry, mais elles sont bouclées dans un coffre-fort. Seul Hubert de Meaux en possède le code.

Yoni lui tendit une série de notes.

– Je vous ai apporté une transcription fidèle des textes concernés en hébreu, avec leur traduction en anglais.

Kershaw les refusa, l'air contrarié.

– Je ne pourrai rien en faire. Vos détracteurs diront que vous avez mal compris ou mal déchiffré ces documents. Il faudrait des photos. Et si…

– Oui ?

– Si je vous obtenais un petit appareil discret, pourriez-vous faire des clichés ?

Il y eut un silence gêné.

– Nous ne sommes pas des espions, monsieur Kershaw, dit Thierry.

Tout le monde se mit à rire pour détendre l'atmosphère. Puis Natacha montra un texte tapé à la machine.

– Nous préparons un manifeste que nous ferons signer par tous les chercheurs qui travaillent sur les manuscrits afin de dénoncer la mainmise du Vatican. Nous vous le transmettrons dès que nos collègues auront signé.

Hélas, personne ne signa. Aucun chercheur du musée Rockefeller ne voulut ratifier un texte qui leur paraissait outrancier. Quant à l'article de *Bible Archaeology*, il fut rédigé… mais mis en attente. Le rédacteur en chef, réputé pourtant pour son ouverture d'esprit, trouvait les accusations exagérées et dénuées de preuves. Il préférait attendre que les changements en cours au Vatican aient produit leurs effets et que les traductions tant attendues soient publiées. Ce coup d'épée dans l'eau accentua le sentiment d'impuissance de Natacha.

48

Dévoré. Il était dévoré par les insectes. Il se tartinait le visage et les bras de crème répulsive, mais rien n'y faisait. Qui aurait reconnu le distingué professeur Desmond Miller, de l'Institut de recherches nucléaires de Chicago, dans cet homme mal rasé, en sueur, habillé d'un short et d'une chemise froissée ? Mais comment se vêtir autrement dans cette moiteur insupportable ? Évidemment, le laboratoire en sous-sol que Carvalho avait mis à sa disposition à Macapa était équipé d'un puissant système d'air conditionné, mais qui n'était réglé que pour les machines. Pour y entrer, Miller devait enfiler un pantalon de laine et une veste doublée de fourrure. Pour en sortir, il se remettait en short et en chemisette, un va-et-vient excellent pour la santé !

Il avait informé son épouse Anna que le gouvernement américain exigeait de lui une collaboration de plusieurs mois sur ce projet d'arme nouvelle dans une base secrète du Montana. Il pouvait lui écrire. Son courrier était adressé à un correspondant aux États-Unis qui le faisait suivre à Chicago pour brouiller les pistes. Quand il tendit sa première lettre à Joaquin, il fut surpris de voir le responsable des gardes l'ouvrir et la parcourir.

– Vous lisez ma correspondance, *senhor* ? demanda Miller.

– C'est un ordre de Dom Alberto, répondit Joaquin. Notre

projet doit rester secret. Je vérifie que vous ne commettez pas d'imprudence.

Miller se remit au travail. Pour commencer, il fallait reconstituer l'ensemble théorique auquel avait abouti le groupe de recherche. Il ne pouvait se fier qu'à ses notes et à sa mémoire. Pour la plupart des gens, ce serait insuffisant. Mais Desmond Miller était un grand physicien, un vrai premier de la classe. Dans son domaine, peu pouvaient se glorifier d'une maîtrise aussi parfaite des *mind maps*, ces cartes mentales aptes à résumer un raisonnement complexe en un dessin arborescent aux multiples branches.

À sa grande surprise, Carvalho lui envoya rapidement un collaborateur. Un Italien recruté au CERN, le Conseil européen pour la recherche nucléaire. Il s'appelait Tomaso Castaldi et parlait couramment l'anglais.

– Je suis très honoré de vous rencontrer, professeur Miller, dit le jeune physicien.

– Carvalho vous a dit ce que nous faisons ici ? demanda Miller.

– Oui. L'idée m'a paru un peu… étrange. Mais comme il s'agissait de vous et que le contrat était très généreux, j'ai accepté sans discuter.

– Parlez-moi de votre formation, demanda le professeur. Vous me paraissez bien jeune.

Castaldi avait suivi un cursus de physicien à l'université de Padoue, puis avait présenté sa candidature au CERN au moment de sa création. Il y avait travaillé cinq ans.

– Vous êtes un bon connaisseur de la physique quantique ?

– Je n'ai pas l'âme d'un théoricien, professeur. Au CERN, j'étais affecté à la détection des particules dans une chambre à bulles. Je pense être un bon ingénieur, ça oui.

Desmond avait le sentiment de se trouver face à l'un de ses élèves. Au premier regard, il les classait en trois catégories descendantes : « Niveau Enrico Fermi » à l'étage supérieur, « Niveau Desmond Miller » juste en dessous, « Niveau prof de physique-chimie dans un lycée » au bas de l'échelle. Tomaso Castaldi appartenait de toute évidence à la troisième catégorie. Mais il ferait avec.

– Avant d'entreprendre quoi que ce soit, nous avons besoin de reconstituer la théorie qui permet à cette machine d'exister. Ce sont des notions difficiles, Tomaso, qui proviennent en partie de Majorana, en partie des chercheurs qui ont travaillé sur le projet *Sant' Agostino*. Si je m'y emploie seul, il me faudra des mois. À deux, nous irons plus vite. Et Carvalho est pressé.

Il tendit à Castaldi une partie de ses notes, à charge pour lui de les transformer en éléments utilisables. Le jeune homme parut inquiet.

– Tout cela peut vous sembler un peu difficile, le rassura Miller, mais si vous êtes astucieux, vous vous y retrouverez.

Hélas, Tomaso Castaldi n'était pas astucieux. Miller le comprit très vite en découvrant son travail truffé d'erreurs. Il était inutile d'insister. Il ne dit rien au jeune homme, mais prévint Joaquin qui lui passa Carvalho au téléphone.

– Professeur, dit la voix de Carvalho, j'ai appris que Castaldi ne convient pas ?

– Il est plein de bonnes intentions, Monseigneur. Mais il n'a pas le niveau. Avec lui, je perdrai plus de temps que si je travaille seul.

Il y eut un silence.

– C'est ma faute, reconnut l'évêque, j'ai fait un mauvais choix. Je vais vous trouver quelqu'un d'autre. Pouvez-vous me repasser Joaquin ?

Ils échangèrent quelques mots en brésilien à voix basse. Puis Joaquin raccrocha.

À la tombée du jour, Joaquin revint dans le laboratoire. Il se pencha à l'oreille de Desmond Miller.

– Professeur, votre nouveau collaborateur, Manfred Ehrlich, sera à Macapa vendredi prochain. Le père Carvalho vous assure qu'il a choisi, cette fois, une personne de grande valeur.

– Bravo, il a été rapide. Vous allez renvoyer Tomaso Castaldi en Italie ?

Joaquin eut un sourire fataliste.

– Avec ce qu'il sait ?

Desmond eut un mauvais pressentiment.

– Vous n'allez quand même pas… le garder ici toute sa vie ?

– Je ne sais pas. Certaines vies sont courtes, vous savez.

Ils emmenèrent Castaldi avec eux. À nouveau, Miller se sentit plonger dans un cauchemar. Il monta l'escalier et sortit du laboratoire. L'obscurité était totale. On n'entendait que le concert interminable et saoulant des animaux sauvages.

Soudain, il y eut un cri en italien. C'était la voix de Tomaso Castaldi. Des silhouettes s'agitèrent dans les fourrés. Deux coups de feu claquèrent, puis un silence pesant. Des voix chuchotèrent en brésilien. Miller eut un frisson dans le dos. Il venait de comprendre qu'on ne quittait pas Macapa vivant.

49

Comme il préférait ne pas attirer l'attention, Montini avait demandé au père Ernetti de ne pas reprendre immédiatement le travail sur le chronoviseur. Pellegrino recommença donc à enseigner les musiques antiques à la fondation Cini à Venise. Même s'il n'avait que peu d'étudiants, c'était un vrai plaisir pour lui de réfléchir avec eux aux harmonies et aux sonorités des Babyloniens ou des anciens Perses. Quant à sa fonction d'exorciste, elle ne l'occupait que quelques heures par mois. Les troubles qu'il avait à traiter auraient très bien pu l'être par un psychiatre, même débutant. Mais les paysans qui demandaient son aide ne croyaient qu'aux vertus curatives de la foi. Il joua donc le jeu, aspergeant le ou la malade d'eau bénite et donnant à ses proches des conseils de comportement utiles, assortis d'une série de prières. En général, c'était suffisant.

L'ouverture du concile Vatican II le rappela à Rome. La cérémonie fut grandiose. Deux mille quatre cents pères conciliaires, coiffés de mitres blanches, traversèrent la place Saint-Pierre et entrèrent dans la basilique. Ils arrivaient du monde entier, chacun avec sa langue et sa culture. Tandis que Montini s'affairait dans les coulisses, déployant toute l'habileté politique dont il était capable, le père Ernetti se contenta de son rôle d'observateur. À neuf heures trente précises, le pape Jean XXIII, coiffé de la tiare, fit son entrée solennelle et prononça un discours d'ouverture qui dura sept heures ! Le pauvre homme, qui avait du mal à rester debout, termina son allocution complètement épuisé.

Le surlendemain, alors que l'assemblée se préparait à entamer les discussions, il y eut un coup de théâtre. Plusieurs évêques contestèrent le « menu » que les commissions préparatoires avaient concocté pour le concile. Les plus bruyants se trouvaient dans la délégation brésilienne et le plus provocateur de tous fut évidemment Dom Alberto Carvalho, l'évêque de Rio.

– Mes pères, dit-il en s'adressant à l'assistance, nous ne pouvons accepter ce concile ficelé d'avance ! Les thèmes ont été définis sans nous consulter, les membres des commissions ont été prédésignés !

À la surprise générale, il fut très applaudi. La majorité des participants exigea un report de quelques jours du concile afin que les thèmes des discussions puissent être rediscutés. Depuis son estrade, Pellegrino voyait Montini qui bouillait. Le pape prit acte de ces demandes. Cette première séance du concile dura moins d'une heure[1] !

En sortant, l'évêque de Rio se dirigea directement vers Montini, qui descendait les marches en compagnie du père Ernetti.

– On ne s'est pas salués ce matin !

– Une fois de plus, Alberto, tu as provoqué une belle pagaille dans cette assemblée !

Quelques prélats s'agrégèrent autour des deux anciens amis.

– C'était une pagaille méritée, répondit Carvalho assez fort pour que tout le monde puisse l'entendre. Comment pouvez-vous parler d'*aggiornamento*, Monseigneur, si vous continuez à utiliser les mêmes ficelles que par le passé ? La démocratie est bonne pour tout le monde, même pour l'Église !

– Tu ne changeras jamais, dit Montini. Venez, père Ernetti.

1. Tous ces faits sont authentiques.

Ce nom attira l'attention de Carvalho qui s'adressa directement à Pellegrino :

– Vous êtes le père Pellegrino Ernetti ?

– Euh, oui.

– Nous ne nous connaissons pas, dit Carvalho, mais j'ai beaucoup entendu parler de vous, père Ernetti. On m'a dit que vous étiez un excellent musicologue, un physicien brillant et un ingénieur habile. Cela fait beaucoup de qualités pour un seul homme !

Pellegrino, interdit, vit que Montini perdait patience.

– Pardonne-nous, Alberto, mais nous avons à parler.

– Faites, faites. Nous nous reverrons dans une semaine, il faudra au moins ce temps pour remettre ce concile sur ses pieds, rétorqua le Brésilien avec un sourire moqueur.

Montini entraîna Pellegrino à l'écart.

– Fuyez cet homme comme la peste, il est capable de tout !

– Vous pensez qu'il connaît nos projets ?

– Hélas, tout est possible avec lui.

Cette rencontre avec Carvalho venait sonner comme une alerte pour Montini.

– Je pense que nous avons assez attendu, père Ernetti, il faut reprendre le travail sur la machine. Jusqu'où votre système d'interférométrie vous permet-il de la pousser ?

– Peut-être un millier d'années, mais il faudrait faire l'expérience. Pour la date, je pensais au 15 juillet 1099, le jour de l'entrée des croisés à Jérusalem.

– Une journée redoutable !

– On a raconté tant de choses sur ce jour-là, Monseigneur, que j'aimerais en avoir le cœur net.

– Les armées du Christ ont eu la main lourde, je crois, dit Montini. Mais allez-y et rendez-moi compte.

Le soir même, Pellegrino prit le train pour Venise. Il lui fallut quelques jours pour connecter un nouveau collecteur au système global. Puis il programma sa machine sur la date de l'assaut des croisés. Il avait positionné son angle de vue sur le mont Sion, au sud-ouest de la ville. L'écran montra la cité de David illuminée par le soleil de l'été. Il avait réussi à établir une sorte de « direct », comme à la télévision, avec un passé vieux de huit siècles et demi. Il manipula son levier de pilote pour suivre l'événement de haut, mais dans tous ses détails.

Ce fut horrible.

Trois machines de siège furent traînées contre les murs de protection, leur sommet arrivant à la hauteur des remparts. Peu à peu, les tours se remplirent de soldats. Soudain, un trait de feu zébra l'air et plongea sur une tour des assaillants. C'était un feu grégeois, l'ancêtre du lance-flammes. La tour était en feu, les soldats essayaient à présent de sauver leur vie en sautant à terre. Certains ne se relevaient plus.

Les assiégés tirèrent d'autres feux grégeois contre une deuxième tour, qui s'enflamma elle aussi. Pellegrino se demanda comment, dans ces conditions, le siège de Jérusalem pouvait réussir. En manipulant ses roues crantées, il avança de quelques heures. Il vit alors que la troisième tour était recouverte de peaux de bêtes qui la protégeaient des flammes. Depuis le sommet, quelques croisés audacieux réussirent à lancer une passerelle vers le chemin de ronde. À partir de là, ce fut la ruée.

D'autres soldats sautèrent sur les remparts et commencèrent à frapper les défenseurs avec leurs lourdes épées. Pellegrino observait avec effroi le sang gicler et les croisés faire de la charpie humaine. Les films à la Cecil B. DeMille étaient à cent lieues de la réalité.

Il avança de quelques heures. Des centaines de croisés et de pèlerins armés, vêtus d'une simple tunique, se répandaient dans la ville, massacraient hommes, femmes et enfants, musulmans, juifs et même chrétiens. Le glaive nu, ils frappaient indistinctement tous ceux qui se trouvaient sur leur passage, n'épargnant ni l'âge ni le rang. Les têtes détachées des corps s'amoncelaient. On ne pouvait progresser dans les rues qu'en marchant sur des monceaux de cadavres. Cela dura des heures. Horrifié, le père Ernetti fixait l'écran sans pouvoir détacher les yeux de ce spectacle d'êtres humains devenus des bêtes. Non, même les bêtes les plus féroces ne se conduisent pas ainsi.

Soudain, le calme revint. Les croisés déposèrent leurs armes, se débarrassèrent de leurs cottes de mailles et de leurs chaussures. Le cœur rempli d'humilité et de contrition, ils se mirent en devoir de prier le Seigneur Jésus et de glorifier Dieu.

Pellegrino ne put en supporter plus. Il coupa le chronoviseur.

50

À Macapa, grâce à la collaboration très efficace de l'Allemand Manfred Ehrlich, le travail sur la machine avait progressé. Il faut dire que Carvalho leur avait adjoint quatre collaborateurs, de simples ingénieurs brésiliens. Ils ne savaient pas ce qu'ils construisaient, mais la main de fer d'Ehrlich, devenu l'assistant du professeur Miller, les avait menés dans la bonne direction. La « machine de Majorana », comme ils l'appelaient, ressemblait à une grosse sphère installée sur un cube. Le père Carvalho vint sur place constater les progrès effectués. Quoi qu'il en dise – et malgré sa très bonne santé –, ces nombreux allers-retours entre l'Italie et le Brésil finissaient par l'épuiser. Ce jour-là, il était particulièrement fatigué, donc irascible.

– Combien de temps, professeur, pour un premier test ?

– Une semaine, peut-être moins.

– Réduisez à trois ou quatre jours, s'il vous plaît, je dois retourner au concile.

– Je ferai mon possible, mais ce ne sera qu'un test. Il nous faudra encore plusieurs mois pour finaliser la machine.

– Un test réussi est la promesse d'une réalisation heureuse, dit Carvalho.

– Si notre test est positif, Dom Alberto, j'aimerais beaucoup retourner quelques jours à Chicago pour revoir mon épouse.

– Plus tard, professeur. Vous n'êtes pas bien avec nous ?

– Oui, mais ma femme…

Dom Alberto n'écoutait plus.

Comme il voulait en finir, Miller mit les bouchées doubles. Trois jours après, la machine était prête pour un premier essai.

– Je branche ? demanda Manfred Ehrlich.

– Allez-y, oui.

Ehrlich brancha le câble d'alimentation, puis pressa le gros bouton de mise en marche. La machine s'illumina faiblement et fit entendre un ronronnement, celui des gros ventilateurs qui évacuaient l'air chaud de sa carcasse. Miller activa alors le système de visualisation. Après quelques secondes, l'image montra leur petit groupe dans le laboratoire, vu en plongée et en noir et blanc. Il y eut un « ooohhhhh » général et des applaudissements.

– On voit quelque chose, c'est au moins ça, dit Desmond Miller. Je vous rappelle, Dom Alberto, qu'il ne s'agit pas d'une image de télévision banale. Il n'y a pas de caméra accrochée au mur. Le chronoviseur ne capte pas des photons, mais les neutrinos rémanents renvoyés par les objets. Vous, moi, nous, la machine, les murs du laboratoire.

– J'ai compris, dit Carvalho, il capte les neutrinos d'aujourd'hui. Mais ceux du passé ?

– Pour ceux du passé, nous allons voir, répondit Miller.

Il montra une table vide.

– Il y a trois jours, à neuf heures du matin précises, nous avons posé sur cette table un gros réveil et un calendrier ouvert à la date d'avant-hier. Puis nous les avons retirés. Je vais demander à Manfred de programmer une plongée de deux cent soixante mille secondes dans le temps. Nous verrons bien si nos accessoires sont au rendez-vous !

– Très bien, allez-y, dit Carvalho en croisant les bras.

Dans un silence épais, Ehrlich fit les réglages demandés et lança la machine.

Rien.

– Ah ? s'étonna Manfred.

Il relança la machine.

Toujours la même image de leur petit groupe attendant le miracle.

– Un problème, Manfred ? demanda Desmond, inquiet.

– Aucun pour moi, professeur. Tout fonctionne parfaitement.

– Tout va bien, sauf que ça ne marche pas ! dit Carvalho, excédé.

– Chez nous physiciens, dit Miller en essayant maladroitement de plaisanter, on appelle cela l'« effet visiteur ». C'est précisément quand on fait une démonstration au commanditaire que tout se déglingue.

– Je ne suis pas d'humeur à rire, professeur Miller, menaça Carvalho. Que comptez-vous faire à présent ?

– Prendre quelques heures pour tout vérifier.

Ils firent leur inspection et conclurent que tout était en ordre… sauf que ça ne marchait toujours pas ! Carvalho accourut au laboratoire pour la quatrième fois de la journée. Il semblait au bord de l'explosion.

– Alors, professeur ?

– Ce n'est pas un problème technique, lui répondit Miller. Le système a été volontairement bloqué par un « verrou » électronique programmé dans la machine. C'est lui qui l'empêche de fonctionner.

– Une sorte de code secret ?

– Exactement.

– Je reconnais bien Montini, dit Carvalho. À sa place, j'aurais agi de la même manière. Comment débloquer la machine ?

– Sans le code, c'est impossible. J'ai bien une idée…

– Dites toujours.

– Le père Pellegrino Ernetti. En dehors de Montini, c'est la seule personne qui pourrait détenir le code, dit Miller. C'était le pôle de synthèse de notre équipe.

– Ernetti, évidemment ! s'écria Carvalho. J'aurais dû y penser.

– Si j'ai raison, dit Miller, il faudra le convaincre.

– Cela, professeur, j'en fais mon affaire !

51

En ce moment, tout lui tapait sur les nerfs. Même Dov. Il lui avait proposé un jour de venir vivre avec lui dans le Néguev, mais Natacha avait dit non. Qu'irait-elle faire dans ce coin perdu ? Il n'avait pas insisté, faussement fataliste comme beaucoup d'Israéliens. Ou pas envie de prendre les choses au sérieux. Elle aimait toujours le retrouver pour le week-end, mais elle appréciait aussi quand il reprenait l'autobus pour Beer-Sheva avec son sac à dos.

Un dimanche, après son départ, elle eut un nouveau coup de blues. Qu'allait-elle faire de sa vie ? Tout virait à l'inutile. Son « mini-putsch » s'était soldé par un échec. Même le père de Meaux, qui avait pourtant l'oreille fine, n'en avait eu aucun écho. Ses fouilles à Kasser al-Yahoud, qui ne livraient aucune trace de Jean le Baptiste, étaient une perte de temps. Pour couronner le tout, Yoni lui apprit au téléphone que Thierry, qui faisait partie de leur trio de « rebelles », venait d'accepter un poste d'assistant à l'université de Haïfa grâce à l'entremise du père de Meaux.

– Les trente deniers de Judas, avait-elle dit, amère.

– Ne parle pas comme ça, Nat. Toi aussi, de Meaux t'a aidée.

– Mais moi, je continue à me battre. Je suis certaine que Thierry est rentré dans le rang ou qu'il va le faire. C'est un dominicain, ne l'oublie pas.

Elle se sentait plus seule que jamais. Et la solitude, elle le savait, n'était pas bonne pour son équilibre mental. Sacha, qui coordonnait le travail des archéologues, s'en aperçut. Il lui suggéra de prendre quelques jours de repos. Elle refusa, elle ne voulait pas retourner à Jérusalem. Pas maintenant.

Un soir, à Qumrân, Sacha invita un géologue de l'université à faire une conférence improvisée sur le thème de « Qumrân et les séismes ». Il avait longuement exploré la région. À l'appui de ses thèses, il avait disposé sur une table une série d'échantillons de roches ainsi que des relevés de terrain.

– Selon moi, dit-il, les Esséniens sont arrivés sur un site qui avait sans doute été détruit par un tremblement de terre. Ils sont fréquents par ici.

– À quelle date sont-ils arrivés ? demanda un archéologue.

– En 134 avant l'ère commune. Le séisme qui s'était produit l'année précédente avait vidé le site de tous ses habitants, sans doute une tribu du désert. Les Esséniens, qui sont venus pour la plupart de Jérusalem, ont relevé quelques bâtiments et construit ceux que nous connaissons, à l'intérieur desquels ils ont confectionné les manuscrits. Et mon idée…

Il hésita et regarda Sacha.

– Notre ami a une petite révélation à vous faire, dit Sacha, basée sur ses échantillons de terrain.

– Je pense que la communauté des Esséniens a été détruite par un nouveau tremblement de terre en 31 avant notre ère. Tout le monde est parti.

Natacha réagit au quart de tour.

– Attendez ! Vous voulez dire qu'à l'époque du Christ il n'y avait plus personne ici ?

– Je pense, en effet, que le site a été déserté après ce séisme. Et qu'il est resté dans cet état jusqu'à notre époque.

– Comment pouvez-vous dire une chose pareille ? s'énerva-t-elle.

– Natacha, dit Sacha, c'est une hypothèse, pas une certitude. Qu'est-ce que ça changerait à notre travail sur la communauté ?

– Tout, évidemment, ça changerait tout !

Ella s'adressa directement au géologue :

– Quelle est votre formation, monsieur ?

Le géologue, surpris par cette question, déclina son cursus universitaire. Il était solide.

– Je poserai ma question autrement : qui vous paye pour avancer de telles inepties ?

Cette fois, Sacha se sentit obligé de l'arrêter.

– Natacha, je t'interdis…

Elle détourna la tête. Elle tremblait de rage.

– Pardon pour cet incident, dit Sacha au géologue, notre jeune amie a un sérieux coup de fatigue. Le travail ici est éprouvant.

– Ce n'est pas grave, répondit le chercheur. Encore une fois, mademoiselle, je ne suis certain de rien.

Natacha sortit sans répondre.

Le lendemain, elle vint s'excuser auprès de Sacha.

– Je ne sais pas ce qui m'a pris, j'ai eu le sentiment que tout notre travail était remis en question.

– Natacha, dit Sacha, si je parle de cet incident au père de Meaux, c'est fini pour toi ici.

– J'en suis consciente.

– Je ne lui dirai donc rien. Mais je t'ordonne de prendre dix jours de repos.

– C'est d'accord, Sacha.

Elle se prépara à partir.

– Attends ! Je connais bien mes archéologues, depuis le temps que je travaille avec eux. Depuis un moment, tu ne vas pas bien.

– Mais non, c'est de la fatigue !

– J'ai l'œil, Natacha. Comme je suis prêtre, je t'aurais bien proposé une confession, mais…

– Les Juifs ne se confessent pas, Sacha.

– Non, mais ils ont inventé la psychanalyse ! Tiens…

Il lui tendit une feuille de cahier sur laquelle il avait inscrit un nom et un numéro de téléphone.

– C'est un vieil ami à moi, il était psychologue dans l'armée, à présent il exerce à son compte. Va le voir, il pourrait t'aider.

Elle parut étonnée.

– Un psy ?

– Non, un ami. Il m'a bien soutenu, il y a trois ans, quand j'ai eu un gros coup de mou. Il est de bon conseil. Promets-moi de l'appeler.

– D'accord, Sacha. On se revoit dans dix jours ?

– Surtout, repose-toi.

*

– Docteur, je peux vous parler franchement ?

– Vous êtes là pour ça.

– C'est moi qui suis folle ou c'est la situation qui ne tourne pas rond ?

Elle lui avait raconté ses déconvenues. Le médecin lui répondit de sa voix douce, à peine audible :

– Je pense, mademoiselle, que votre travail d'archéologue est devenu… une affaire personnelle. Il remplit un peu trop votre vie.

– Je ne vous dirai pas le contraire.

– Je n'ai aucune compétence dans votre domaine, mais j'ai le sentiment que votre hypothèse sur le rôle des Esséniens dans l'apparition du christianisme prend chez vous l'allure d'une véritable obsession. Tous ceux qui ne pensent pas comme vous sont soit des ennemis qui complotent contre la vérité, soit des traîtres ou des lâches, prêts à rejoindre vos adversaires.

– Vous savez, docteur, même les paranoïaques peuvent avoir de vrais ennemis, dit-elle en riant.

Il sourit.

– Cette blague-là, ma chère amie, on me l'a servie plusieurs fois ! Encore une fois, je ne discute pas de la validité de vos thèses, à la limite je m'en fiche. Je pense seulement que vous ne progresserez ni dans votre travail ni dans votre vie personnelle si vous vous laissez envahir par une obsession, si vous devenez monomaniaque. Et c'est bien ce qui vous arrive en ce moment.

– Conclusion ?

– Si vous continuez comme ça, vous vous ferez de plus en plus d'ennemis, ce qui n'arrangera pas votre moral. Vous devez impérativement équilibrer cette passion dévorante qu'est devenue votre recherche par d'autres pôles d'intérêt.

– Par exemple ?

– Si ce n'était pas vous, je vous aurais suggéré un mari, des enfants, une maison.

Elle rit.

– Pas trop pour moi, ça.

– J'avais compris ! Alors, oubliez un moment vos Esséniens, lisez des romans, faites du sport, rencontrez des gens, mais occupez-vous autrement. C'est vital dans votre cas.

– OK, docteur, je vais essayer. Vous ne m'internez pas ?

– Si j'internais pour si peu, mademoiselle, c'est la moitié d'Israël que je mettrais à l'asile !

Très bien, mais comment « équilibrer », comme il disait ? Retravailler sa thèse pour en faire un livre ? Non, elle resterait dans le cadre de ses obsessions. Et puis s'asseoir à une table pour écrire pendant des semaines la rebutait. Elle avait besoin de bouger. Elle passa au musée pour retrouver ses amis. Elle commença par chercher Yoni, mais on lui annonça qu'il avait rejoint Thierry à l'université de Haïfa. Elle se sentit découragée.

Tous ceux en qui elle avait confiance étaient partis. En feuilletant son carnet d'adresses, elle trouva le téléphone d'un ami officier, le colonel Yaïr Regev, qui l'avait prise en charge lors de son séjour à l'armée. Il avait une qualité rare, il savait écouter et elle avait besoin de se confier. Elle le retrouva à la terrasse d'un café à Jérusalem.

– Quand un soldat n'a plus confiance en lui, dit-il, il devient une cible facile. Aujourd'hui, tu as besoin de t'impliquer dans d'autres projets.

Il griffonna un numéro de téléphone sur un papier.

– Il s'appelle Zvi Eizer. Téléphone-lui de ma part. Va le voir, tu verras ce qu'il te propose.

C'est ce qu'elle fit dès le lendemain. Au téléphone, on lui proposa un rendez-vous à Tel-Aviv. Zvi Eizer avait besoin, auparavant, de prendre quelques renseignements sur elle. Rien d'étonnant à cela car l'homme était un des responsables de l'Institut pour les renseignements et les affaires spéciales. On disait plus simplement l'Institut. En hébreu, *Mossad.*

52

– Et les athées ?

Deux mille pères conciliaires furent stupéfaits en découvrant cette proposition de Carvalho.

Le concile, qui avait repris ses séances, abordait à présent une question délicate, celle des positions du Vatican sur la liberté religieuse. À cette occasion, Carvalho, revenu une nouvelle fois de Rio, fit entendre sa grosse voix :

– Que faites-vous, ô mes pères, des milliards d'hommes dans le monde qui ont choisi de croire en l'homme plutôt qu'en un dieu inconnaissable ? Les Chinois, les Soviétiques, tous ceux qui ont adopté une vision du monde matérialiste ?

– Ce n'est pas à notre concile de parler pour eux ! s'exclama un cardinal, choqué par la proposition de Carvalho.

Celui-ci le regarda droit dans les yeux.

– Ce sont pourtant des hommes de chair et de sang, monsieur le cardinal ! Des hommes et des femmes que l'Église réprouve parce qu'ils croient que le royaume des cieux se trouve ici-bas, pour peu qu'ils décident de transformer la société et de construire eux-mêmes leur destin. Pourquoi ne pas leur tendre la main ?

L'ouverture d'esprit des pères conciliaires était réelle, mais elle avait tout de même des limites. Carvalho fut néanmoins applaudi par quelques évêques appartenant à ce qu'on appelait alors le tiers-monde. Le tohu-bohu créé par cette intervention fut tel que le cardinal qui présidait la séance préféra l'interrompre. Quant au Saint-Père, il semblait au comble de la souffrance.

Le père Ernetti vit Montini calmer tout le monde avec le brio d'un excellent diplomate. Cette fois, pourtant, Carvalho ne lui avait pas ménagé la tâche. C'était un tel provocateur que, par certains côtés, Pellegrino le trouvait stimulant. Après tout, avait-il vraiment tort ? Pourquoi ignorer plus de deux milliards d'hommes sur la Terre ? C'était une vraie et bonne question.

– Père Ernetti !

La voix qui l'appelait venait d'une Mercedes noire qui roulait à sa hauteur.

– Approchez, père Ernetti.

Pellegrino se souvint des avertissements de Montini. Il salua de loin l'évêque de Rio et pressa le pas. Mais l'auto de Carvalho le rattrapa. Il ne pouvait tout de même pas partir en courant !

– Qu'avez-vous pensé, père Ernetti, de mon intervention ?

Pellegrino ne sut quoi dire.

– Venez boire un verre avec moi, père Ernetti. Après, mes camarades vous raccompagneront chez vous. Il y a si longtemps que je voulais vous parler en privé. *Faça entrar, Gilberto*[1] *!*

Le nommé Gilberto, un gaillard à la carrure impressionnante, sortit de la voiture et poussa presque Pellegrino sur la banquette arrière. Puis il regagna son siège à l'avant et l'automobile partit en trombe. Pendant le trajet, Carvalho distribua ses (rares) bons points et ses (très nombreux) mauvais points aux différents intervenants du concile.

– Ah, que j'aime bousculer les programmes tout faits ! C'est le fumet de la vraie vie, père Ernetti, que nous avons respiré aujourd'hui au concile.

1. Fais-le entrer, Gilberto !

Pellegrino ne répondit rien. Il était inquiet. La voiture avait gagné l'autoroute et prenait à présent la direction de la banlieue de Rome.

Trente minutes plus tard, le véhicule s'arrêta devant une belle maison dans un quartier calme.

– Elle appartenait autrefois à mon père, dit Carvalho. J'y habite chaque fois que je viens à Rome, ça me change de Rocinha ! Saviez-vous, père Ernetti, que je vis dans la plus grande *favela* de Rio ?

– Je l'avais entendu dire, Excellence, répondit Pellegrino. C'est un beau geste de charité chrétienne.

On l'introduisit dans un salon coquet, mais sans luxe. Au mur, la photo d'un homme entre deux âges, sans doute son père.

– Asseyez-vous, père Ernetti. Que puis-je vous offrir ?

– Rien, Excellence, je n'ai pas soif.

– À votre aise.

Il s'installa face à Pellegrino et le regarda avec insistance.

– Vous êtes très proche de l'évêque Montini, n'est-ce pas ?

– Je le connais un peu, oui, répondit Pellegrino.

– Je l'ai longtemps fréquenté au séminaire. C'est un esprit brillant. Pensez-vous qu'il ait ses chances, au cas où (Dieu nous en préserve !) le Saint-Père aurait quelque difficulté à terminer sa mission ?

– Je n'en sais rien, Excellence, je ne m'intéresse pas à la politique.

– Et vous faites bien, père Ernetti. Sur quoi travaillez-vous en ce moment ?

Carvalho le fixait comme un serpent hypnotise sa proie avant de la gober.

– Je… j'assiste au concile comme observateur. C'est une demande du pape.

– Et cette fameuse machine à explorer le temps ?

À ces mots, Pellegrino eut un frisson. *Il savait.* Et il en parlait comme de la pluie et du beau temps. Montini avait raison, cet homme était redoutable.

– Je ne vois pas de quoi vous voulez parler, Excellence.

Il n'avait trouvé que cette pauvre repartie. Si pauvre qu'il s'empressa d'ajouter une précision :

– Je ne lis pas de science-fiction. Et je dois bientôt rentrer, dit-il en jetant un coup d'œil à sa montre.

– Libre à vous, père Ernetti, mais parlons quand même de votre machine.

Pellegrino se leva, franchement inquiet.

– Je ne travaille sur aucune machine, Excellence.

Il se retourna pour gagner la sortie, mais Gilberto lui barra le passage. Quelqu'un l'immobilisa par-derrière en le tenant par le cou. On lui plaqua sur les narines un mouchoir à l'odeur désagréable, qui le plongea très vite dans une demi-conscience.

53

En fin de matinée, quand le cardinal Montini eut enfin un court moment de libre, il chercha Pellegrino. On lui répondit qu'il avait quitté le concile, mais un évêque l'avait vu monter dans la voiture de Carvalho, ce qu'il avait trouvé surprenant. Saisi d'inquiétude, Montini appela le monastère de San Giorgio Maggiore. Le père Ernetti n'était pas rentré.

Il était toujours à Rome, mais dans une voiture qui roulait à vive allure sur l'autoroute. Il avait conservé le sens de la vue et celui de l'audition, mais le reste de son corps était comme paralysé. Il comprit bientôt qu'on le faisait entrer dans un petit avion, une sorte de jet privé. Une fois installé, Carvalho en personne boucla sa ceinture.

– *Me dê a seringa*[1] !

Il le piqua au cou et Pellegrino s'endormit profondément.

Le jet privé prit son envol. Il finit par atteindre Belém après plusieurs escales. Carvalho testa le pouls de Pellegrino, il dormait toujours profondément. Un hélicoptère vint les chercher pour les conduire en direction du Nordeste.

*

1. Passe-moi la seringue !

Le père Ernetti se réveilla dans une petite chambre avec le sentiment d'avoir fait un long voyage, mais jusqu'où ? Au-dessus de lui, un gros ventilateur brassait l'air chaud de la pièce. Il toucha son cou. Il était en sueur. Par la fenêtre ouverte, on entendait des bruits qui ressemblaient à ceux d'un zoo. Il était vêtu d'un simple caleçon. Péniblement, il s'assit sur son lit. La chambre était sommairement meublée. Un lavabo sale et une armoire bon marché. Il se regarda dans le miroir. Il avait un visage fatigué à faire peur. Il ouvrit le robinet. L'eau était chaude, sans doute à cause de la chaleur qui régnait au-dehors. Les idées reprirent peu à peu leur place dans sa tête. On l'avait enlevé, comme dans les faits divers qu'on peut lire dans les journaux. Et l'auteur de cet enlèvement était l'évêque de Rio !

Une clé tourna dans la serrure. Il reconnut l'homme qui entra.

– Professeur Miller ? Mais comment… ?

– Calmez-vous, père Ernetti.

Miller se voulait rassurant. Il alla vers le lavabo et remplit un verre d'eau.

– On vous a enlevé vous aussi, professeur ?

– Personne n'a été enlevé, père Ernetti. Nous ne sommes pas au cinéma.

Il lui tendit le verre avec deux cachets.

– Prenez cette aspirine, ça va aller mieux dans quelques minutes.

Pellegrino le regardait sans comprendre. Le professeur ouvrit l'armoire et lui tendit deux cintres auxquels étaient accrochés des vêtements.

– Votre soutane est là, mais nous vous proposons ce pantalon et cette chemise, ce sera plus pratique là où nous sommes.

« Nous » ? Miller aurait-il partie liée avec ses ravisseurs ?

– Justement, où sommes-nous ?

– Au Brésil, dans le Nordeste, chez Dom Alberto Carvalho.

– Ah, Carvalho !

Des images de son inquiétante rencontre avec l'évêque de Rio lui revinrent en mémoire.

– Professeur, êtes-vous complice de ce fou ?

Miller ne répondit rien. Il aida Pellegrino à s'habiller et lui proposa de sortir. Ils étaient dans un bungalow au milieu de nulle part. On devinait que la jungle était proche à cause des cris d'animaux. La chaleur était étouffante. Face à eux, une grande maison délabrée. Ils la dépassèrent pour gagner une sorte de bunker en béton. Miller l'entraîna au sous-sol et ouvrit une lourde porte. Une bouffée d'air climatisé lui arriva au visage. Mais le plus étonnant fut de découvrir au milieu de la pièce… un chronoviseur. Ce n'était pas le sien, Pellegrino le constata à quelques détails. Mais c'était le même genre de machine, élaboré à partir des plans d'Ettore Majorana.

– Vous aussi, vous l'avez construit ?

– Nous l'avons fait, oui. Une belle invention, vraiment.

– Quand ça marche !

Il avait reconnu la voix de Carvalho.

– Mon père, dit Pellegrino, vous… vous m'avez drogué et enlevé !

– Père Ernetti, si je vous avais demandé poliment de venir chez moi au Brésil, seriez-vous venu de votre plein gré ?

– Non, mais…

– Et si je vous avais proposé de venir pour dix mille dollars ?

– Pas plus.

– Vous voyez, dit Carvalho à l'adresse de Miller, le père Ernetti est moins facile à acheter que vous. Pour dix mille dollars, le professeur Miller est venu me voir. Pour un million, il travaille pour moi !

Miller fut agacé par la pointe de mépris qu'il sentait dans le ton de l'évêque.

– Qu'attendez-vous de moi, Dom Alberto ? demanda Pellegrino.

Carvalho fut direct. Il avait besoin de cette machine. Le professeur Miller l'avait construite pour lui à grands frais. Mais ils avaient découvert, au stade des premiers essais, que l'engin était verrouillé par un code qu'ils ignoraient.

– Et ce code, père Ernetti, vous le connaissez.

Pellegrino tenta une échappatoire.

– Vous vous trompez, Dom Alberto. Dans notre organisation, c'est l'archevêque Montini qui centralisait tout.

– Faux ! répliqua Carvalho. Le professeur Miller m'a certifié que toutes les informations passaient par vous.

Pellegrino jeta un coup d'œil à Miller qui baissa la tête, un peu honteux.

– Je sais que Montini aime garder ses petits secrets, continua Carvalho. Mais vous avez travaillé sur cette machine, père Ernetti. Vous connaissez forcément le code, c'est impossible autrement. Ne jouez pas avec moi, je déteste ça !

Miller, silencieusement, fit comprendre à Pellegrino que la situation pouvait s'envenimer.

– Que comptez-vous faire avec cette machine ? demanda Pellegrino.

Il se tourna vers Miller.

– Vous le savez, professeur ?

– Non, et je m'en fiche ! répondit Miller.

– Eh bien, pas moi.

– Le père Ernetti a raison, professeur Miller. Vous avez tous les deux le droit de savoir. Suivez-moi à l'étage, je vais tout vous dire.

54

C'était la première fois que Joe Fincher pénétrait dans l'enceinte du Vatican. Il fut étonné par le luxe des jardins et la beauté des édifices. Il se dirigea vers le palais pontifical. Un garde suisse lui prit ses papiers et l'emmena à l'accueil. Quelques minutes plus tard, un prélat lui proposa de le suivre au premier étage. Il était attendu par l'archevêque de Milan, Monseigneur Montini.

– Mais… j'avais demandé à parler au Saint-Père ? s'étonna Fincher.

– Sa Sainteté est très occupée par le concile. Par chance, l'archevêque est de passage à Rome. Il a l'oreille du pape, ne vous inquiétez pas.

Le cardinal Montini l'invita à s'asseoir.

– Je vous écoute, agent Fincher. Votre Agence nous a fait savoir que vous avez des informations de première importance à nous communiquer ?

– Oui, Monseigneur. Je pense que vous connaissez le professeur Miller ?

Montini ne broncha pas.

– Desmond Miller, le physicien, insista Fincher.

– J'ai entendu parler de lui dans les journaux, répondit Montini. Je m'intéresse un peu aux sciences d'aujourd'hui.

– Monseigneur, ne perdons pas de temps. Vous avez travaillé pendant plusieurs semaines avec Desmond Miller et onze de ses collègues sur un projet ultrasecret baptisé *Sant' Agostino.*

– Vous êtes bien informé, monsieur Fincher.

– C'est mon métier, Monseigneur. Nous sommes en compétition avec le camp communiste, chacun cherche à marquer des points. Les Russes ont cru en obtenir en vous enlevant, vous et le jeune Pellegrino Ernetti.

– Et… ?

– Et vous leur avez échappé. Ces hommes appartenaient au KGB. Ils ont été interrogés par la police italienne, dont les méthodes ne sont pas moins efficaces que les nôtres ou celles des Russes. Le KGB pensait que vous construisiez une arme au Vatican !

– Une arme, ici ? s'amusa Montini.

– Je sais à présent que ce n'est pas une arme, mais une machine à explorer le temps.

Là, Fincher avait marqué un point. Montini fut légèrement déstabilisé.

– Vous savez vraiment beaucoup de choses, agent Fincher.

– Je l'ai appris grâce au professeur Miller.

Cette fois, Montini eut de la peine à réprimer un mouvement de colère.

– Le professeur Miller avait signé un serment de confidentialité avec le Saint-Siège. Je suis stupéfait d'apprendre qu'il l'a trahi.

– Pour être franc, nous l'avons aidé, Monseigneur. Ce qui nous ennuie aujourd'hui, c'est qu'il a disparu.

– Il est mort ?

– Non, il travaille au Brésil après avoir dit à son épouse qu'il était en mission pour notre gouvernement dans le Montana.

– Il n'est pas à un mensonge près. Je crois inutile de vous raconter des histoires, agent Fincher. Je vous parlerai donc franchement.

– Voilà qui est mieux !

– Une telle machine était à l'étude, c'est exact. Mais uniquement sur le papier.

– Alors, quelqu'un a décidé de la fabriquer. Et a engagé Miller, sans doute contre une grosse somme d'argent.

– Pour qui travaille Miller ?

– Vous l'avez deviné quand je vous ai parlé du Brésil.

– Dom Alberto Carvalho ?

– Oui. Nos services m'ont appris qu'il aurait construit un magnifique laboratoire à Macapa.

– Tout grand physicien qu'il est, dit Montini, pâle de rage, Miller ne parviendra pas à faire fonctionner la machine.

– Je vous crois, dit Fincher. Car, depuis, Dom Alberto a fait appel à un autre de vos collaborateurs.

Il y eut un silence.

– Le père Ernetti ?

– Oui. Quel rôle jouait-il dans cette affaire ?

– Il faisait partie de notre équipe de chercheurs. On m'avait signalé sa disparition il y a quelques jours, j'étais inquiet. A-t-il trahi lui aussi ?

Fincher secoua la tête.

– Je crois plutôt que Carvalho le retient contre son gré.

Cette fois, Montini était réellement inquiet.

– Agent Fincher, vous devez savoir que Carvalho est lié aux services secrets soviétiques. Entre les mains de ce dément, la machine qu'il est en train de construire pourrait devenir une arme redoutable.

– C'est pourquoi, Monseigneur, nous ne devons pas perdre de temps.

Au cours des jours suivants, dans le secret du palais du pape, un plan d'action fut mis au point. La première phase consistait à libérer Miller et le père Ernetti. La seconde serait plus délicate : détruire la machine de Carvalho.

55

Carvalho fit entrer ses « invités » dans sa maison, une grande bâtisse délabrée. Elle avait certainement été belle au siècle dernier, mais l'humidité de la jungle l'avait dégradée.

– Mon père avait passé sa jeunesse dans une maison bourgeoise à Londres, expliqua-t-il. Comme il avait quelques moyens, il a fait construire sa réplique ici par un architecte britannique qui le tenait pour un excentrique. Mais mon père payait bien. Comme moi, dit-il en riant.

Pellegrino remarqua au passage que l'ensemble du site était gardé par des hommes armés.

– Mais que préparent-ils ici ? demanda-t-il en aparté à Miller. On se croirait dans un camp de guérilleros, pas chez un évêque !

– Vous n'êtes pas loin de la vérité, répondit Miller. Au début, je le prenais pour un simple mythomane. Je sais maintenant qu'il est capable de tout. Méfiez-vous !

Le salon était meublé d'une haute bibliothèque, qui courait sur deux étages. Au centre de la pièce, sur une table en bois massif, étaient éparpillés de nombreux documents. Derrière la table, un vieil homme en costume blanc examinait une photographie avec une loupe. À leur arrivée, il se leva. Carvalho fit les présentations.

– Je vous présente le professeur Tullio Giordano, de l'université de Bologne. Le professeur est un spécialiste de l'histoire de la papauté.

– Enchanté, père Ernetti, dit le professeur Giordano. Comment allez-vous, Desmond ?

– Plus pressé que vous de rentrer chez moi, répondit Miller.

– En tant qu'historien, reprit Carvalho, le professeur Giordano est très intéressé par la machine de Majorana.

Il prit une des photos étalées sur la table. Il s'agissait de gros plans d'un même document.

– La machine aura aussi la vertu de démasquer quelques belles impostures. Celle-ci, par exemple : la donation de Constantin. Savez-vous de quoi il s'agit, messieurs ?

– J'en ai vaguement entendu parler, dit Pellegrino. Mais j'ai oublié les détails.

– Connais pas, dit Miller.

– C'est pourtant un document très important de l'époque romaine, dit Carvalho. Je vais laisser le professeur Giordano vous en parler, il le fera bien mieux que moi.

Celui-ci glissa la main droite dans une poche de son veston, ce qui lui donnait une allure solennelle, et leur parla comme s'il s'adressait à ses étudiants :

– La donation de Constantin, messieurs, est la plus grande imposture de l'Histoire. C'est un document par lequel l'empereur romain Constantin le Grand aurait accordé au pape de l'époque l'autorité politique et administrative sur Rome et une partie de l'Occident. Or ce document est un faux !

Il montra une pile de textes.

– Dans ce travail, qui m'a demandé trente années de recherches, j'ai démontré que la pseudo-donation avait été forgée de toutes pièces, cinq siècles après la mort de l'empereur, par le roi Pépin le Bref et le pape Étienne II. Les deux étaient complices.

– Pourquoi auraient-ils commis un faux ? demanda Pellegrino.

– Un échange. Le pape voulait la protection de Pépin et le roi voulait être couronné par le pape à la place des Mérovingiens. En réalité, les termes de…

– Peu importent les détails, interrompit Carvalho, c'est un faux qui arrangeait tout le monde !

Mécontent, Tullio Giordano manifesta son irritation :

– Si vous ne me laissez pas exposer la situation à nos invités, Dom Alberto, ils seront vite perdus.

– Continuez, professeur, dit un Carvalho boudeur. Mais venons-en vite aux faits !

– Je simplifie, donc. Le pape et le roi rédigèrent un « contrat ». Le voici.

Il exhiba la photo d'un parchemin.

– Il s'agit de la fausse donation de Constantin. Je pense, après avoir épluché des centaines d'archives, que ce faux a été forgé en l'an 753 de notre ère. Soit à la cour du pape, soit par les scribes de Pépin.

– Professeur Miller, intervint Carvalho, je sais que votre machine peut voir loin dans le passé. Elle peut donc atteindre l'an 753 ?

– Rien ne s'y oppose, mais je…

– Alors, elle prouvera que la papauté a usurpé ses droits et que le pape actuel n'est pas le vrai propriétaire du Vatican.

Le professeur Giordano se crut obligé d'insister :

– Jusqu'ici, tous les historiens qui ont dénoncé ce faux – je ne suis pas le premier – ne sont pas parvenus à convaincre l'opinion. Votre machine fera la différence. Nous irons voir ce qui s'est réellement passé en l'an 753 à la cour de Pépin et à celle du pape.

– Vous aurez un problème, dit le père Ernetti. La machine de Majorana ne peut capter les sons ni traverser les murs. Je vous le précise, si votre intention était d'épier les conversations du pape et de Pépin le Bref.

Carvalho, qui ignorait ce détail, fut ébranlé. Il interrogea Giordano du regard.

– Nous ferons ce que vous avez sans doute fait, dit Giordano. Nous engagerons des spécialistes qui liront sur les lèvres des protagonistes. Avec un peu de chance, certaines conversations commencées à l'intérieur des murs se poursuivront aussi à l'extérieur. C'est souvent comme cela dans la vie, non ? On parle, on parle… et on se trahit.

– Vous voyez, reprit Carvalho, rien n'échappera à la justice de l'Histoire !

– Cette perspective a l'air de vous réjouir, Excellence, reprit Pellegrino. Quel sera votre rôle dans ce bouleversement ?

– Mon rôle ?

Carvalho se mit à arpenter la pièce en évoquant à haute voix le projet qui le hantait depuis si longtemps :

– Nous filmerons l'imposture et nous diffuserons ce film partout. Quand chacun saura la vérité, nous exigerons la destitution du pape en l'accusant d'être un usurpateur. Il finira sa vie en exil. S'il s'agit du pape Jean XXIII, il ne terminera même pas le voyage. S'il s'agit de Montini, je…

L'idée de s'en prendre à Montini semblait lui procurer une telle jouissance qu'il n'osait même pas en parler.

– Je verrai bien comment nous le traiterons, dit Carvalho. L'État italien, bien évidemment, reprendra possession du Vatican et de toutes les richesses de l'Église.

– Et vous, Dom Alberto, que deviendrez-vous ?

– Je proposerai à l'assemblée des cardinaux de me nommer cardinal, puis d'organiser une nouvelle élection.

– Et de vous élire pape ?

– Ils voteront pour qui ils voudront.

– Mais s'ils élisent quelqu'un d'autre ? insista Pellegrino.

– Vous pensez vraiment qu'il y aura beaucoup de candidats, mon jeune ami ?

Pellegrino et Miller échangèrent un regard entendu. Cet homme nageait en plein délire.

– Depuis le Brésil, continua Carvalho, je proclamerai la naissance du « Vatican des Pauvres ». Son siège ne sera plus à Rome, mais à Recife, l'ancienne capitale du Brésil. Je convoquerai un nouveau concile qui proposera de réviser de fond en comble le credo de l'Église. Nous voulons une Église sociale et anticapitaliste, soucieuse de respecter la parole révolutionnaire du Christ. Les riches et les exploiteurs iront en Enfer, pas seulement au Ciel mais sur Terre aussi !

Le professeur Giordano l'écoutait avec le sourire ravi de celui qui a la chance de côtoyer un saint.

– Et que devenons-nous là-dedans, Dom Alberto ? demanda Miller.

– Vous, professeur Miller, retournerez à Chicago plus riche que jamais. Quand tout sera dévoilé, plus rien ne s'opposera à votre retour. Quant au père Ernetti, ses services lui vaudront de grimper jusqu'au sommet de la hiérarchie de l'Église. Qu'en dites-vous, père Ernetti ?

Pellegrino s'apprêtait à répondre quand Desmond Miller lui coupa la parole :

– Cela mérite réflexion, Dom Alberto.

Pellegrino était stupéfait.

– Professeur Miller, comment pouvez-vous…

Miller, d'un geste, l'empêcha d'en dire plus.

– Dom Alberto, laissez-moi négocier avec le père Ernetti. C'est un homme de talent, mais sa fougue l'emporte parfois sur sa raison. Je vais lui parler, j'ai la certitude que nous trouverons un terrain d'entente.

– Prenez la soirée, dit Carvalho. Et donnez-moi votre réponse demain matin.

Miller entraîna Pellegrino à l'orée de la jungle.

– Ici, il ne pourra pas nous entendre, dit-il.

– Décidément, vous n'êtes plus à une trahison près, professeur Miller !

– Père Ernetti, j'ai découvert en même temps que vous le projet de ce fou furieux. Si nous refusons, compte tenu de ce que nous savons à présent, nous sommes morts.

– Vous croyez vraiment qu'il nous tuerait ?

– J'en ai la certitude. Il y a quelques mois, j'ai renvoyé un collaborateur parce qu'il n'avait pas le niveau scientifique suffisant. Hélas, j'ai commis l'imprudence de le dire à Carvalho. Comme il ne voulait pas laisser le jeune homme rentrer chez lui, il l'a fait abattre de sang-froid par ses hommes de main.

– Mais comment est-ce possible ? Un évêque !

– Non, un mégalomane qui n'a aucun respect pour la vie humaine. Cet homme n'est habité que par son rêve mystique. Il mettrait le feu à la planète si cela pouvait lui servir.

– Mais… que pouvons-nous faire ?

– Gagner du temps.

*

Le lendemain, tout le monde se retrouva dans le même salon. Les domestiques avaient préparé un magnifique *café da manhã*[1] qui les attendait sur la table.

– Alors ? demanda Carvalho.

– Nous sommes d'accord sur le principe, Dom Alberto, dit Desmond Miller. Mais à une condition…

– Laquelle ?

– Un premier versement de cinq cent mille dollars pour chacun de nous, immédiatement, sur nos comptes en banque respectifs, avec preuve d'envoi. Le solde de cinq cent mille dollars sera versé sur nos deux comptes quand la machine sera opérationnelle.

1. Un petit déjeuner.

– Je vous ai déjà payé un acompte de deux cent cinquante mille dollars, professeur Miller.

– Nous le déduirons, bien entendu.

– Deux millions de dollars au total ? C'est plus cher que notre accord de départ, dit Carvalho.

– Un prix modique comparé à vos ambitions mondiales ! Si vous n'avez pas cet argent, Dom Alberto, demandez-le à vos alliés soviétiques.

Même s'il trouvait le prix exorbitant, Carvalho était rassuré par leurs demandes. Les gens avides sont fiables, pensait-il, car ils ont toujours un prix. Il suffit de trouver lequel.

– Vous aurez l'argent. Mais que signifie « quand la machine sera opérationnelle » ? demanda l'évêque de Rio. Si le père Ernetti nous donne le code, elle le sera immédiatement, non ?

– Ce n'est pas si simple, répondit Pellegrino. Pour entrer le code, il faut reconfigurer une partie des circuits dans le cœur de la machine.

Carvalho avait du mal à maîtriser son impatience.

– Combien de temps ?

– Trois semaines, dit Pellegrino.

– Prenez-les, mais je doublerai la garde. N'essayez surtout pas de me tromper.

Il se tourna vers Joaquin et lui parla en brésilien. Le pouce qu'il fit glisser sur sa gorge était évocateur.

– Au moindre signe suspect, Joaquin s'occupera de vous. Et Joaquin n'est pas un tendre.

– J'en ai la certitude, répondit le professeur Miller.

Quand Carvalho sortit de la pièce, Miller se pencha vers Pellegrino.

– Nous l'avons berné.

– Ne rêvez pas. Nous avons gagné trois semaines tout au plus.

Miller regarda vers la jungle.

– Trois semaines pour quitter cet enfer !

56

Natacha prit l'autobus pour Tel-Aviv. Elle avait rendez-vous dans le Neve Tsedek, le « Petit Paris », près du front de mer. C'était le quartier des artistes. Elle arriva dans une ruelle aux bâtisses colorées, plantée d'oliviers et d'orangers. Au second étage d'un immeuble, elle frappa à la porte. L'homme qui lui ouvrit devait avoir entre trente-cinq et quarante ans. Il était de petite taille, presque chauve, et semblait avoir vieilli prématurément. Ce qui frappait était son regard, pétillant d'intelligence et de ruse. Son ami officier lui avait confié que Zvi Eizer était mathématicien de formation, diplômé de l'université de Bar-Ilan et qu'il avait participé – mais de manière décisive, lui – à la courte équipée de 1956 dans le Sinaï. Sa rigueur et son sens de l'organisation lui avaient valu de devenir un des principaux dirigeants du Mossad.

– Entrez, mademoiselle. Allons dans mon bureau.

C'était un trois-pièces-cuisine d'une grande banalité. La seule originalité, c'était le nombre de téléphones. Il y en avait cinq au moins dans son bureau. Il perçut son trouble.

– Quelque chose vous étonne ?

– Euh… je ne voyais pas le Mossad comme ça !

– Vous attendiez quoi ? Un building de trente étages, truffé de techniques futuristes, comme dans les romans de Ian Fleming ?

– Euh… je ne pensais pas à un bureau à côté de la plage.

– C'est bien ici, c'est tranquille. Et tout le monde me fiche la paix. Rassurez-vous, nous avons une douzaine de bureaux éparpillés dans Tel-Aviv. Mais les premières rencontres, je préfère les avoir ici. On ne sait jamais qui on reçoit.

Natacha se sentait un peu intimidée par cet homme au regard si perçant que rien ne semblait pouvoir lui échapper.

– Asseyez-vous.

Il s'installa derrière son bureau et lui montra un courrier.

– Le colonel Yaïr Regev, qui vous a eue sous ses ordres, pense le plus grand bien de vous. Pourquoi êtes-vous venue me voir ?

– Je m'ennuie dans ce que je fais, je veux être utile à quelque chose.

– Le Mossad n'est pas un club de vacances !

– Je sais, mais…

– Vous êtes archéologue, je crois ?

– Oui, je suis rattachée au musée Rockefeller.

– Avec les dominicains ?

– Oui, sous la direction du père Hubert de Meaux.

– Une forte personnalité, à ce qu'on m'a dit. Vous vous entendez bien avec lui ?

– C'est un père dominicain.

– Que voulez-vous dire ?

– Il a sa vérité, j'ai les miennes.

– Développez…

Elle commença à lui parler de ses difficultés, mais il avait une étrange manière de mener la conversation. Il sautait volontiers d'un sujet à l'autre, sans la laisser aller jusqu'au bout, comme s'il voulait la désarçonner, lui ôter ses certitudes. Il lui posa des dizaines de questions sur son travail, sa vie personnelle, sans trier, comme ça lui venait. Elle lui parla de son enfance en Ukraine, de sa fuite en Israël avec son parrain, Yuval, puis de son adolescence au kibboutz. Et de ses études d'histoire et d'archéologie, de son séjour à l'armée et…

– Et le sexe ? demanda Zvi.

– Pardon ? s'étonna Natacha.

– Tu as eu beaucoup d'aventures ?

Il me tutoie, maintenant ?

– Un peu, mais ce n'est pas le plus important dans ma vie.

– Tu n'aimes pas faire l'amour ?

Mais de quoi se mêle-t-il ?

– Je ne suis pas venue pour parler de ça.

– Tu es là pour répondre à mes questions ! Parle-moi de tes amants.

– Je ne vois vraiment pas…

– Combien ?

– Tous, même ceux d'une fois ?

– Tous !

Elle calcula mentalement.

– Treize ou quatorze, je crois.

– Jamais de fille ?

Et si c'était un pervers ?

– Non, je n'ai jamais couché avec une fille.

– Tous israéliens, tes amants ?

– Non. Un Américain, un Anglais, deux Français.

– En moyenne, tu les gardes combien de temps ?

– On a bientôt fini avec ça ? lui dit-elle, furieuse.

– Je te dirai quand ce sera fini.

– Je n'ai jamais vécu avec un garçon. On couche et ils dégagent.

– Personne n'est jamais tombé amoureux de toi ?

– Non, pas vraiment.

– Tu es très belle, tu le sais ?

– On me l'a souvent dit.

– Belle, très attirante, mais invivable. Les gars ont un radar pour détecter ça. C'est pourquoi ils n'insistent pas.

Elle esquissa un sourire.

– Tant pis pour moi, alors !

– Un problème avec ton parrain ?

– Que voulez-vous dire ?

– Un problème de sexe avec ton parrain ?

Elle garda le silence. Elle avait du mal à respirer. Il attendit, puis passa à autre chose :

– Parle-moi de tes recherches archéologiques.

Le souffle court, elle raconta ses trouvailles sur les manuscrits, ses fouilles dans le désert de Judée, ses hypothèses sur les relations possibles de Jésus avec la secte des Esséniens, sa tentative ratée de faire bouger les choses au musée Rockefeller, ses soupçons sur une censure possible du Vatican.

– Je trouve tes recherches intéressantes, dit-il, mais je te conseillerais la prudence.

– Pourquoi ?

– Je suis un pragmatique, pas un idéologue. Notre problème, aujourd'hui, ce sont les Arabes, pas les chrétiens. Je ne vois pas l'intérêt de nous les mettre à dos en proclamant que Jésus n'était qu'un Essénien dissident. Si c'est faux, c'est une connerie. Si c'est vrai, c'est une provocation inutile.

– Monsieur Eizer, c'est de la science, pas de la politique, protesta-t-elle.

Il haussa le ton :

– Ce sera de la science quand tu trouveras une preuve ! Tu en as ?

– J'ai… des présomptions.

– Des suppositions sans preuves, c'est… – il prononça un mot en yiddish qui devait être un équivalent de « de la merde ».

– Ah ? dit Natacha, les mains moites.

– Quant au « complot » du Vatican, tu lis trop de romans policiers.

– Je ne lis que des livres sur l'histoire et l'archéologie.

– Alors, mets-toi aux bandes dessinées, ça te changera les idées !

Elle ferma les yeux et respira profondément pour ne pas exploser. Il s'en rendit compte.

– J'ai tout faux, selon vous ?

– Réfléchis. Pour l'instant, tes hypothèses n'ont servi qu'à te mettre les gens à dos. Je pense, moi, que tu aimes ça.

Elle haussa les épaules.

– Mon psy me l'a déjà dit.

– Tu peux remercier tes collègues du musée d'avoir refusé de signer ta pétition. Non seulement ça n'aurait rien changé, mais tu aurais été virée et tu ferais la dactylo, aujourd'hui, pour survivre. Tu as de la chance que le père de Meaux ait reconnu en toi une bonne archéologue sans tenir compte de tes élucubrations dont tout le monde se fiche !

Elle se leva, tremblante de rage.

– Je ne t'ai pas dit de t'en aller.

Elle reprit place sur sa chaise et enfouit son visage dans ses mains.

– Regarde-moi, lui ordonna-t-il.

Quand elle posa à nouveau ses yeux sur lui, il arriva quelque chose qui ne s'était pas produit chez le psychiatre : elle se mit à pleurer. Il garda le silence. C'était cela, une première rencontre avec le Mossad : un strip-tease moral. Elle avait eu son compte. Il lui tendit un mouchoir en papier pour qu'elle sèche ses larmes.

– Pardon de t'avoir un peu bousculée, mais je tiens à savoir avec qui je travaille. Je pense maintenant qu'on pourra collaborer.

La sentence était tombée. À sa grande surprise, elle était favorable. Elle finit de s'essuyer les joues et renifla un bon coup.

– Je ferai quoi ?

– Des enquêtes, du renseignement. On te le dira quand on aura besoin de toi. Pour le moment, garde ton métier d'archéologue, c'est une excellente couverture. On s'arrangera avec tes employeurs pour qu'ils acceptent tes absences.

– Dans ce cas, c'est d'accord pour moi, répondit Natacha.

57

Il avait compté : c'était son huitième vol Rio-Rome de l'année. Cette machine aurait sa peau ! Mais Carvalho avait le sentiment, comme nombre de leaders tyranniques, que sans lui tout s'en irait à vau-l'eau. Peu après l'atterrissage, il s'engouffra dans sa Mercedes où l'attendait son chauffeur. À cause de la fatigue, il ne s'était pas rasé. Un de ses gardes du corps lui tendit un rasoir électrique, branché sur la prise de la voiture. Le résultat n'était pas fameux, mais c'était mieux que rien. Il s'aspergea de « Maracuja », une eau de toilette brésilienne délicatement acidulée qui dissimulait avec bonheur les effluves moites de la nuit.

En dépit de l'efficacité de son chauffeur, il arriva en retard au Vatican. Les débats de la session *Nostra aetate* portaient cette fois sur les relations de l'Église avec l'Islam. L'orateur, un évêque portugais, évoquait les conflits qui avaient divisé les deux religions au cours de l'Histoire. Carvalho vit que Montini, deux rangs devant, l'observait. Il le salua joyeusement d'un geste de la main, puis se cala confortablement sur son siège et s'assoupit. Quand il se mit à ronfler, son voisin, un archevêque de Dakar, lui toucha discrètement le bras.

– Ah, pardon, Monseigneur ! dit Carvalho.

L'orateur arrivait heureusement à la fin de son discours.

– … une compréhension mutuelle avec l'islam afin de protéger la justice sociale, les valeurs morales, la paix et la liberté.

– *Amen !* dit Carvalho, moqueur.

– Chuuuuttt, s'agacèrent ses voisins.

Il y eut des applaudissements. Le président de séance proposa une courte interruption avant de mettre plusieurs motions au vote. Carvalho se dirigea vers la sortie de l'église pour aller boire un café sur la place, il en avait besoin. Montini le rattrapa.

– Tu reviens du Brésil ?

– J'ai atterri ce matin, ce qui explique mon allure. Je n'ai pas manqué grand-chose, il me semble. Montini, quand ce concile cessera-t-il de nous noyer sous des litres d'eau sucrée ? Quand aborderons-nous les vraies questions ?

Montini consulta ostensiblement sa montre.

– Au concile, Alberto, je ne sais pas. Mais à Macapa, à cet instant précis, nous venons d'aborder la vraie question !

Carvalho blêmit.

Au même moment, à Macapa, une forte explosion fit sauter la porte du bâtiment du laboratoire. Des coups de feu claquèrent. Pellegrino et Miller se regardèrent, affolés. Les gardes de faction se précipitèrent dans le couloir et furent promptement abattus. Un commando armé pénétra dans le laboratoire.

– Monsieur Fincher ! dit le professeur Miller.

– On vient vous sortir de là. Suivez-moi !

Trois hommes des forces spéciales brésiliennes suivaient Joe Fincher.

– Vous le connaissez ? demanda Pellegrino à Miller en parlant de Fincher.

– CIA, répondit Miller.

Tandis que des coups de feu se faisaient entendre un peu partout, l'agent de la CIA entraîna Miller et Ernetti vers la jungle.

Des gardes de Carvalho tirèrent dans leur direction. Un membre du commando tomba, criblé de balles. Puis un autre.

– À terre ! hurla Fincher.

On entendit le bruit assourdissant d'un avion de chasse Skyhawk de l'armée brésilienne. Il semblait plonger directement vers eux. Dans la seconde qui suivit, un missile pulvérisa le bâtiment en béton du laboratoire.

– Adieu, la machine de Majorana ! dit Miller.

– Restez plaqué au sol, cria Fincher, ce n'est pas fini.

En effet, le chasseur vira sur l'aile puis revint cette fois pour détruire, avec un nouveau missile, la demeure de Carvalho.

– C'est bon, on dégage ! dit Fincher.

Ils se relevèrent et se mirent à courir.

– Aaah !

C'était Miller. Il avait reçu une rafale dans le dos. Pellegrino voulut prendre soin de lui, mais Fincher l'entraîna.

– Laissez-le, il est mort.

– Mais… on ne peut pas l'abandonner ici !

– Vous voulez lui tenir compagnie ? Allez, venez !

– Où allons-nous ?

– Dans la clairière, juste devant. On vient nous chercher !

Un hélicoptère d'évacuation sanitaire Bell-Iroquois fit alors son apparition dans un bruit assourdissant. Il se posa tout près d'eux. Pellegrino, Fincher et le dernier survivant du commando s'engouffrèrent dans l'appareil qui prit de l'altitude.

– Attention, lance-roquettes ! dit le pilote avant de virer sur la gauche.

La roquette les rata et alla s'écraser dans la jungle.

– Ils remettent ça ! cria Fincher.

Cette fois, l'hélicoptère fut rudement secoué. Terrifié, Pellegrino vit de la fumée s'échapper du ventre de l'appareil.

– Tu pourras rentrer à la base ? demanda Fincher au pilote.

– Je ne crois pas, le moteur est touché. Le mieux serait d'aller se poser près de la frontière guyanaise.

Pellegrino cria à l'oreille de Fincher :

– Pourquoi la frontière ?

– Pour se faire récupérer par les Français… si on y arrive.

Sous l'hélicoptère, masqué par la fumée qui se dégageait du moteur, Pellegrino pouvait voir défiler des kilomètres carrés de jungle, formant un entrelacs serré de grands arbres et de plantes tropicales.

– On arrive près du poste-frontière, dit le pilote.

– Essaye d'atterrir sans nous tuer !

Le pilote parvint tant bien que mal à poser son engin. Mais le feu avait repris de plus belle.

– On évacue, dit Fincher.

Avec des gestes fébriles, Pellegrino parvint à s'éjecter au sol. Fincher le tira par la manche et l'entraîna à une dizaine de mètres, puis lui plaqua une main sur la nuque et l'obligea à s'allonger sur le ventre. Une puissante explosion pulvérisa une partie de l'appareil.

Alors que plusieurs policiers français se précipitaient à leur rencontre, arme au poing, Fincher s'avança les mains en l'air en montrant sa carte de la CIA. On leur passa des menottes et on les entraîna vers le poste de douane.

– Vous parlez français, père Ernetti ?

– Un peu, oui.

– Je connais les Français. Il faudra remplir des tas de papiers. J'en ai déjà la migraine. Je vous laisse faire…

Pellegrino ne répondit rien. Encore en état de choc, il pensait au malheureux professeur Miller qui avait perdu la vie dans cette horrible aventure. Il regarda vers la jungle, recommanda son âme à Dieu et se signa.

Comme Fincher l'avait prévu, l'interrogatoire dura de longues heures, complété par des coups de téléphone au ministère de l'Intérieur à Paris et à l'ambassade des États-Unis. Évidemment, le douanier, intrigué, chercha à savoir quelle était la nature de cette machine qui intéressait tellement la CIA et le Vatican.

– Si je vous le disais, dit le père Ernetti, vous ne me croiriez pas. Et si M. Fincher vous le disait, il finirait sa vie dans une prison militaire !

Comme ils avaient la bénédiction du ministre de l'Intérieur français, le fonctionnaire n'insista pas. Ils passèrent la soirée devant la télévision, en compagnie des douaniers français. Ils apprirent ainsi que le monde venait d'échapper de justesse à une guerre nucléaire avec la crise des fusées de Cuba. La nouvelle effraya Fincher qui s'inquiétait pour sa famille en Amérique.

– Votre jeune président a tenu bon, lui dit Pellegrino.

– Je ne l'aurais pas cru capable de ce sang-froid. Je suis un vieux républicain, vous savez…

Le lendemain, une Alouette-III vint les chercher pour les emmener à l'aéroport de Cayenne. De là, ils regagnèrent Rome, loin de toute cette folie.

58

– Finalement, tout s'est bien terminé ?

Pellegrino trouva le manque de compassion de Montini plus que choquant, indécent.

– À ceci près que Desmond Miller est mort à Macapa et que son cadavre est en train de pourrir dans la jungle ! Deux jeunes soldats brésiliens ont aussi perdu la vie pour nous tirer de là !

Montini perçut le reproche.

– Toutes les vies sont précieuses, père Ernetti. Mais vous devez reconnaître que Miller avait joué avec le feu. Vous avez informé son épouse ?

– Oui, je l'ai appelée à Chicago. Elle est effondrée. Pour ne rien arranger, elle a découvert que son mari ne cessait de lui mentir. Elle le croyait dans le Montana, en mission pour le gouvernement américain !

– Vous lui avez dit sur quoi il travaillait ?

– Non, seulement qu'il est mort au Brésil, sans qu'on sache exactement comment et pourquoi.

– Cette histoire est très triste. L'agent Fincher vous a posé des questions sur la machine ?

– Quelques-unes. Je lui ai raconté qu'elle ne marchait pas, que…

Il hésita.

– Oui ? l'encouragea Montini.

– ... que c'était une élucubration ruineuse et inutile de l'archevêque de Milan !

– Vous êtes un excellent menteur, père Ernetti.

– Le mensonge est l'arme des faibles, Monseigneur.

– Vous n'êtes pas un faible, Ernetti. Miller, oui, en était un. Pas vous.

– Et Carvalho ? Qu'allez-vous faire avec lui ?

– La CIA s'est entendue avec les Français pour garder secrète l'équipée de Macapa. Pour Carvalho, nous ne faisons rien. Nous sommes dans l'illégalité autant que lui, je vous le rappelle. Si nous portions plainte, il faudrait tout déballer sur la place publique et nous ne le pouvons pas. Par ailleurs, si nous voulions exclure Carvalho de l'Église à cause de ses crimes, on y verrait une répression politique. Nous sommes coincés, père Ernetti. Mais cette aventure nous a montré que cet homme est pire que tout ce que nous avions imaginé. C'est un fanatique, d'autant plus dangereux qu'il est imprévisible. Je croyais le connaître, mais j'ignorais son besoin pathologique de revanche et de pouvoir.

– Quand il s'est mis à rêver tout haut à la destruction du Vatican, murmura Pellegrino, j'ai vu... une figure diabolique.

– Nous l'oublions trop souvent dans nos raisonnements, dit Montini, pensif. Mais le Diable est là, qui guette la moindre de nos faiblesses. Voulez-vous prendre un peu de repos, mon ami ? Je vois bien que les expériences terribles que vous avez vécues au Brésil vous ont atteint.

– Non, Monseigneur. Si je m'arrête, j'entrerai vraiment en dépression. J'ai hâte à présent de partir à la rencontre de notre Seigneur.

– Où en êtes-vous avec la machine ?

– J'ai enfin reçu le matériel électronique que vous avez commandé en Suède. C'est un matériel d'excellente facture.

– La facture aussi est excellente, répliqua Montini.

– Je vais mettre au point un nouveau collecteur, plus puissant que les précédents. En le connectant aux autres, je pense cette fois pouvoir plonger jusqu'à l'époque romaine.

– C'est bien. Mais évitez soigneusement la Judée au temps de Jésus, même si la tentation est grande. Nous n'explorerons cette époque qu'avec l'accord formel du pape.

En sortant du Vatican, Pellegrino éprouva le besoin de marcher. Il traversa le Tibre et fit à pied les quatre kilomètres qui le séparaient du Forum. Quand il était enfant, l'endroit qu'il trouvait le plus impressionnant n'était ni le Vatican ni le temple de Saturne, comme la plupart des gens, mais un bout de mur qu'on appelait pompeusement le « Temple de César ». C'est à cet endroit précis, en l'an 44 avant notre ère, que fut incinéré le corps du dictateur romain, percé de vingt-trois coups de couteau. En pleine nuit, devant la foule, son lieutenant Antoine fit un discours magnifique. Puis il mit le feu au bûcher, dont les flammes montèrent vers le ciel étoilé. Une comète salua l'événement. Depuis, chaque année à la même date, des hommes et des femmes venaient poser des roses rouges sur ces vieilles pierres.

Il y retourna. Il y en avait encore. Un peu fanées, mais elles étaient là. Il pensa alors à sa conversation avec Leonardo. Cette scène des funérailles de César avait certainement été embellie par la mémoire collective. Les Romains se l'étaient racontée pendant deux millénaires et en avaient fait une légende. Mais qu'en restera-t-il, se demanda Pellegrino, le jour où le chronoviseur nous la montrera avec la crudité nue du réalisme ? Y verra-t-on un Antoine roublard et opportuniste, un peuple versatile, un bûcher triste à moitié éteint par la pluie… et pas de comète ? Les faits, disait Leonardo, sont changés par la mémoire qu'on en a. Il en tirait cette conclusion : l'Histoire, qu'on le déplore ou non, est un mensonge partagé.

59

« Ecce adsum », me voici. Ce furent les dernières paroles du pape Jean XXIII à l'heure de sa mort, le lundi 3 juin 1963. Les journaux italiens titrèrent « Le bon pape Jean est mort ». Terrassé par un cancer de l'estomac, il s'était éteint après un court coma à l'âge de quatre-vingt-un ans. Cette nouvelle, songea le père Ernetti, allait probablement changer la donne. Mais en quel sens ? Il appela plusieurs fois, mais sans succès, l'archevêque Montini, puis décida de prendre le train pour Rome. Une foule immense s'était rassemblée pour pleurer son « bon pape ». À l'intérieur de la basilique, le provicaire de Rome servit une messe. Il rappela les dernières paroles du pape. Avec difficulté, malgré la foule, Pellegrino parvint à se rapprocher de Montini qu'il avait aperçu au premier rang.

– Vous êtes venu ? lui dit l'archevêque.

– Tout va changer, Monseigneur, si vous…

Montini l'arrêta immédiatement.

– Plus tard, père Ernetti. Laissons faire les choses.

On apporta un très gros cercueil. Le cadavre avait été traité au formol et placé dans trois cercueils emboîtés confectionnés en sapin, en chêne et en plomb. Ce procédé, qui tuait les microbes et empêchait l'oxygène de pénétrer, permettrait au corps de se conserver[1] parfaitement.

---

1. On peut le voir, aujourd'hui encore, à peu près intact.

– Pourquoi lui a-t-on fait subir ce traitement ? demanda Pellegrino.

– Sa Sainteté a pressenti sa mort longtemps à l'avance. Il l'a longuement préparée, répondit Montini. C'était son souhait de garder son corps intact pour la postérité. Un jour, peut-être, il sera canonisé[1].

L'élection du pape suivant fut moins facile qu'on le supposait. Le cardinal Montini, proche de Jean XXIII, partait favori. Mais il fallut attendre six tours de scrutin pour qu'il soit élu, par cinquante-sept voix sur quatre-vingts. Il prit le nom de Paul VI. Dès les premiers jours de son pontificat, il reçut le père Ernetti en audience privée.

– Je tiens à vous féliciter, Très Saint-Père. Je n'ose dire que je prévoyais cette élection, mais je l'espérais de tout mon cœur.

– Merci, père Ernetti. La situation va s'éclaircir à présent.

– Justement, Saint-Père, je venais vous consulter pour connaître vos intentions.

– Nous continuons ! Toujours dans les mêmes conditions de secret, mais en ayant à présent les coudées plus franches.

– J'en suis ravi, Saint-Père.

– Techniquement, où en êtes-vous ?

– J'ai connecté un quatrième collecteur aux trois autres. Je pense que nous sommes en mesure à présent d'atteindre l'époque où a vécu Jésus de Nazareth… si vous m'en donnez l'ordre.

– Il faut oser. Le concile Vatican II a ouvert bien des portes. Trop, je le crains. Il faudra songer à le clore rapidement[2]. Nous recevons tous les jours des pétitions exigeant les réformes les plus folles, notamment sur la contraception ou le mariage des prêtres. Il va falloir revenir à la raison. Je compte bientôt rédiger une

1. Ce sera le cas, en effet, le 27 avril 2014.
2. Le concile se terminera officiellement le 8 décembre 1965.

encyclique qui précisera mes positions sur tous ces sujets[1]. Mais si cela ne suffisait pas, si l'Église se trouve vraiment menacée, il faudra créer un choc.

– Et montrer les images ?

– Montrer que la vérité se trouve dans les Évangiles. C'est en voyant le vrai visage du Seigneur que chacun reviendra à l'intégrité de la foi.

– Je l'espère, dit Pellegrino.

– Nous l'espérons tous. Mais nous ne produirons ces images que si la situation l'exige, pas avant.

– Euh… nous restons à Venise ?

– Non, nous n'avons plus besoin de nous cacher. Je pense qu'il est préférable à présent de ramener la machine à Rome, dans votre laboratoire des archives secrètes. Il faut tenir compte des alertes de ces dernières semaines. On nous surveille, c'est certain. Je préfère qu'on sache que nous cachons quelque chose plutôt qu'on découvre ce que nous avons caché.

– Je m'occuperai du déménagement, Saint-Père.

– Parfait. Autre chose, père Ernetti ?

– Ce n'est qu'un détail, mais…

– Dites-moi.

– Au début, comme vous sans doute, je pensais qu'il suffirait de plonger en Galilée ou à Jérusalem à la bonne date pour obtenir des images de Jésus de Nazareth. L'expérience m'a montré que ce ne sera pas aussi simple. Même sur des lieux que je croyais bien connaître, comme la Rome antique, j'ai beaucoup erré avant de trouver ce que je cherchais. Or je ne suis jamais allé en Terre sainte, je connais mal les sites identifiés par les archéologues. Et surtout je ne parle pas l'araméen. J'ai des notions d'hébreu, mais vous savez que les gens du peuple, et Jésus lui-même, parlaient l'araméen, qui est très différent.

---

1. Ce sera l'encyclique *Humanae Vitae*.

Montini acquiesça.

– J'aurai peut-être du mal à identifier la personne de Jésus sans comprendre les paroles qu'il prononce, plaida Pellegrino. Surtout s'il faut les lire sur ses lèvres ! Je peux me mettre à l'étude, mais cela me prendra des mois.

– Il n'en est pas question, père Ernetti, je peux avoir besoin de vos images d'ici peu. Je vais vous trouver une aide de confiance.

– Au Vatican ?

– Surtout pas, le secret ne tiendrait pas longtemps ! Le plus simple est d'aller la chercher sur place. En Israël.

60

C'était le moment le plus chaud de la journée dans ce véritable four qu'était la grotte IV de Qumrân. Natacha décida d'aller se restaurer à la cafétéria improvisée au camp de base. La première phase des fouilles menées à Kasser al-Yahoud avec l'équipe anglaise était terminée. On attendait le feu vert des autorités jordaniennes pour s'attaquer à un autre site du voisinage. Quand elle avait appris que Thomas retournait en France, Natacha avait proposé à Sacha qu'il lui donne sa place à Qumrân. C'est ainsi qu'on lui avait attribué la grotte IV, où la chaleur montait à près de cinquante degrés.

– Natacha, un appel du Rockefeller !

Sacha lui tendit une tasse de son mauvais café, qu'elle accepta volontiers. Elle se servit du téléphone de campagne pour rappeler le musée. Elle tomba sur Nadia, la secrétaire du père de Meaux.

– Nat, tu peux être au musée vers dix-sept heures ? Il veut te voir.

– C'est si urgent ?

– Tu le connais, avec lui tout est urgent !

– Entendu, j'avale quelque chose et je saute dans la Jeep.

Deux heures plus tard, elle découvrit le père de Meaux en discussion animée dans le couloir.

– Ah, Natacha ! Attendez-moi dans mon bureau, j'arrive.

Comme chaque fois qu'elle rencontrait en face à face le père de Meaux, Natacha se sentait franchement intimidée. Il vint s'asseoir en face d'elle et alluma une cigarette, des Gitanes maïs qui empestaient.

– Comment avance votre travail dans la grotte IV ?

– À petits pas, mon père. Depuis une semaine, nous trouvons surtout des fragments de jarres, mais très peu de textes. Et ceux que nous trouvons ne sont guère significatifs.

– Vous pensez qu'on arrive au bout ?

– C'est possible, en tout cas pour ceux de la grotte IV. Il y a peut-être d'autres grottes.

Le père de Meaux avait l'air gêné.

– Natacha, tout le monde me loue votre travail. Et pourtant, je connais mes dominicains, ce ne sont pas des tendres.

– Ce sont des gens très dévoués.

– Bon. J'ai une bonne et une mauvaise nouvelle à vous annoncer. Je commence par laquelle ?

Elle eut un pincement au cœur.

– Partons sur la mauvaise.

– Vous connaissez la situation. Qumrân est toujours sous juridiction jordanienne. Nous avions conclu un compromis avec eux, mais la situation est en train de se tendre avec votre pays. Ils exigent maintenant qu'il n'y ait plus aucun Israélien sur les fouilles à Qumrân, ni parmi les épigraphistes qui travaillent sur les manuscrits. Yoni Landau est parti pour l'université, il reste Noam Hazzan et vous. Je vais être obligé de me passer de vous deux.

Sans qu'elle puisse s'en empêcher, elle eut les larmes aux yeux.

– Ne m'en veuillez pas, Natacha, ce sont les aléas des relations tordues dans cette région ! Mais j'ai aussi une bonne nouvelle. Cette lettre…

Il lui montra un courrier écrit en français.

– Elle vient du Vatican. C'est un vieil ami, Giovanni Montini, qui m'écrit. Montini, ça ne vous dit rien ?

Elle secoua la tête.

– Aujourd'hui, mon ami se fait appeler Paul VI.

– Le pape ?

– En personne. Il m'écrit pour que je lui trouve très vite un spécialiste d'archéologie biblique, connaissant parfaitement les fouilles de l'époque du second Temple et parlant couramment l'araméen. Le travail se fera au Vatican, avec un contrat à durée déterminée de six mois dans un premier temps, plus si besoin. Je lui ai parlé de vous, il me fait confiance. Donc le job est à vous.

– Je vais travailler pour le pape ?

Elle avait du mal à y croire. Les relations avec le dominicain de Meaux n'étaient pas toujours faciles, mais le pape…

– En quoi consistera mon travail ?

– Je n'en sais fichtrement rien ! Montini n'a jamais été bavard, encore moins depuis qu'il a été nommé pape. Je sais seulement que vous aurez à travailler sur l'époque et les lieux où a vécu Jésus de Nazareth. C'est votre travail de thèse. Vous devriez sauter de joie !

Elle avait le sentiment de passer du dragon de Meaux au dragon en chef, le pape en personne !

– Vous avez bien précisé au pape que je suis israélienne ?

– Ce qui l'intéresse, ce sont vos compétences. Il veut vous rencontrer à Rome dès la semaine prochaine.

– Si vite ?

– J'ai d'abord pensé à lui envoyer le père Ténard, qui est un bon archéologue. Mais il a moins de talent que vous et Montini est un homme exigeant.

– Vous me laissez réfléchir jusqu'à demain matin ?

– C'est bon, mais dites oui !

Il fallut quelques heures à Natacha pour digérer la nouvelle. Comme elle réunissait les talents d'une bonne chercheuse et ceux d'une femme d'action, elle envisagea de donner son accord, mais seulement après en avoir parlé avec Zvi Eizer, son contact du Mossad.

Celui-ci la reçut le soir même à Tel-Aviv. Il l'écouta et fut impératif.

– Acceptez !

– Vous savez de quoi il retourne ?

– Absolument pas. Le Mossad a des informateurs un peu partout, mais jusqu'ici nous n'étions pas entrés au Vatican. L'occasion est trop belle. Acceptez !

*

Le surlendemain, un avion d'El Al atterrissait à l'aéroport de Fiumicino. Natacha fut accueillie par un envoyé du Vatican qui l'attendait avec une voiture. Il l'accompagna à un hôtel proche du Vatican où une chambre lui avait été réservée. Elle fut reçue dès le lendemain dans l'appartement réservé aux audiences pontificales. Au premier coup d'œil, elle jugea que le nouveau pontife était un homme vif et intelligent, loin des clichés qui lui trottaient dans la tête. Le pape lui présenta un autre ecclésiastique, le père Pellegrino Ernetti. À peine plus âgé qu'elle, le visage ouvert et souriant. Comme ils étaient supposés collaborer, c'était plutôt rassurant. Mais sur quoi allaient-ils travailler ? Sur un signe du pape, le secrétaire d'État referma soigneusement la porte du bureau et sortit de la pièce. Paul VI se leva. Sa haute taille longiligne le rendait impressionnant dans sa belle tunique blanche. Il fixa longuement Natacha en silence. C'était très gênant. Elle eut la tentation de détourner le regard, mais décida finalement de faire comme lui et de regarder à son tour le Saint-Père droit dans les yeux. Montini, qui savait lire dans les âmes mieux que quiconque, eut le sentiment qu'il pouvait compter sur elle.

Deux heures plus tard, elle sortait du palais pontifical en connaissant l'objet de sa mission. Elle avait de la peine à réaliser. Il s'agissait d'aider le père Pellegrino Ernetti à arpenter la Judée de l'époque de Jésus avec… une machine à voir dans le passé ! Il fallait identifier Jésus de Nazareth, puis le suivre à la trace jusqu'à son arrestation à Jérusalem et à sa crucifixion. N'importe qui d'autre aurait pensé à une plaisanterie, mais le pape Paul VI n'avait ni l'allure ni le ton d'un plaisantin. Dès le lendemain, elle plongerait deux mille ans en arrière… pour rencontrer Jésus ! Elle secoua la tête. Elle ne rêvait pas. Elle fit signe à un taxi pour se rendre à son hôtel, puis se ravisa. Elle marcha jusqu'à l'Ufficio Postale Vaticano, la poste du Vatican. Elle appela en PCV Zvi Eizer, son contact du Mossad, et l'informa de la situation.

– Vous vous fichez de moi ?

– Zvi, je vous répète ce qu'on m'a dit. Libre à vous de me croire ou pas.

Il finit par penser qu'elle disait la vérité, même si elle semblait difficile à croire.

– C'est bon, dit-il, jouez le jeu. Et surtout, tenez-moi au courant !

Il y eut un silence.

– J'imagine, reprit-il, que vous allez en profiter pour vérifier vos petites hypothèses sur les relations entre Jésus et les Esséniens ?

– Vous pensiez que je manquais de preuves, Zvi ? Eh bien, je vais vous en trouver !

Elle raccrocha. C'était donc vrai, elle partait en voyage pour les temps évangéliques. Cette fois, enfin, la vie lui apportait son destin comme sur un plateau.

61

Dom Alberto Carvalho avait une qualité fort précieuse quand on veut compter parmi les dirigeants de ce monde : il savait recevoir des coups sans jamais se laisser abattre. La politique ignore la pitié et plus grandes sont les ambitions, plus terribles seront les épreuves à subir. Alerté par Joaquin, son homme de main, il était venu à Macapa constater les dégâts. Ils étaient considérables. Sa résidence était en grande partie détruite. Le distingué professeur Giordano, qui prenait son petit déjeuner dans sa chambre au moment de l'attaque, s'était retrouvé subitement assis au rez-de-chaussée ! Il attendit de pied ferme le retour de Carvalho pour lui présenter sa démission. Il n'était qu'un historien, lui dit-il, pas un aventurier. Il demanda donc qu'on le reconduise à Rio, d'où il prendrait le premier avion pour l'Italie. Carvalho hésita un instant sur le sort qu'il lui réservait, mais se contenta de lui faire jurer de garder le silence sur ce qu'il avait vu. Giordano, qui avait compris la menace, jura tout ce qu'on voulait.

Avec Manfred Ehrlich, Carvalho visita ce qui restait du laboratoire. Pas grand-chose. Les responsables de la CIA n'avaient pas lésiné sur la puissance de leur missile, la machine de Majorana n'était plus qu'un tas de ferraille. Carvalho ne savait pas qui avait monté l'opération, mais elle avait été bien préparée.

– Dom Alberto, que fait-on des cadavres ?

Joaquin parlait du professeur Miller et des deux membres du commando brésilien.

– Où sont-ils ?

– On les a enterrés pas loin d'ici en attendant votre arrivée. Que voulez-vous en faire ?

– Déterrez-les et brûlez-les. Qu'il n'en reste aucune trace. Si la veuve de Miller veut récupérer le corps de son mari, on inventera une histoire. On dira qu'il s'est enfui dans la forêt pour une raison inconnue et qu'on ne l'a jamais retrouvé.

Pensif, Carvalho reprit l'avion pour Rome. Quand il arriva à l'aéroport de Fiumicino, tous les journaux titraient sur l'élection du nouveau pape, le cardinal Giovanni Montini. Le concile Vatican II avait été interrompu en raison des événements et reprendrait dans quelques mois. Cela laissait à Carvalho le temps de mobiliser tous ses contacts sur place pour avancer. Mais comment ? Ne reculant devant rien, il chercha d'abord à rencontrer Montini en audience privée. Ses demandes restant sans réponse, il se dit qu'il était sans doute un peu tôt. Mais il reviendrait à la charge, Carvalho ne se décourageait pas facilement. Pouvait-il reprendre à partir de zéro le travail sur la machine ? Il en parla au téléphone avec Manfred Ehrlich, qui avait retrouvé son emploi d'origine au Conseil européen pour la recherche nucléaire. Il était pessimiste. Sans un physicien du calibre de Desmond Miller, et même munis d'une partie des plans, les chances d'aboutir étaient quasiment nulles. Carvalho abonda dans son sens. Il estimait aussi qu'il avait perdu assez de temps et d'argent avec cette opération, qui passa donc au chapitre des pertes et profits. Adieu, donc, le beau projet de dénoncer la donation de Constantin !

Il fallait cette fois s'attaquer au cœur même de l'entreprise de Montini et du père Ernetti : trouver ce qu'ils cherchaient à faire. Tant de moyens financiers et intellectuels, pendant tant d'années, consacrés à la construction d'une machine à voir dans le passé, ne pouvaient qu'être au service d'un projet grandiose. Mais lequel ? Offrir aux universitaires un nouvel outil technique pour explorer l'histoire des siècles révolus ? Ce n'était pas au Vatican de le faire. Et pas à ce prix. Et d'ailleurs… jusqu'où Pie XII, Paul VI et Ernetti voulaient-ils « voir » dans le passé ? Pour la donation de Constantin, il fallait « descendre » jusqu'à Pépin le Bref, en l'an 753 de notre ère. Ni le professeur Miller ni le père Ernetti n'avaient tiqué à cette idée. C'était donc possible. Et si l'intention était de remonter encore plus loin dans le passé ? Et si oui, jusqu'où ? Et pour quelle raison ? En quoi cette machine pouvait-elle servir la chrétienté et faire reculer l'assaut des forces progressistes et révolutionnaires du tiers-monde ?

La réponse lui apparut soudain, avec la force de l'évidence.

62

Tôt le matin, Natacha se présenta comme prévu à l'entrée du bâtiment réservé aux archives secrètes du Vatican. Un fonctionnaire, dans une guérite, examina ses papiers et trouva son nom sur une liste. Il garda son passeport et confia la jeune femme à un garde suisse qui la fit entrer dans le bâtiment. Elle retint un petit rire. Il ne lui manquait qu'une hallebarde ! Son béret et son pantalon bouffant, ainsi que le gros trousseau de clés qu'il tenait à la main, donnaient à Natacha l'impression d'avoir fait irruption dans un film de cape et d'épée. Elle se dit qu'elle n'allait pas s'ennuyer dans son nouveau job !

Au sous-sol, le garde ouvrit une première porte qui donnait sur un long couloir à peine éclairé. Des systèmes d'alarme, fixés environ tous les dix mètres, s'activaient à leur passage avec des clics électroniques. Le garde s'arrêta devant une porte blindée, frappa trois coups pour s'annoncer et tourna sa clé dans la serrure.

Elle eut le souffle coupé.

Le film avait changé. Du cinéma de cape et d'épée, on passait à un film de science-fiction. Au centre de ce qui était à l'évidence un laboratoire trônait une machine qui ne ressemblait à rien de connu. Elle semblait faite de deux niveaux reliés par une quantité invraisemblable de fils électriques. Il devait y en avoir autant que de cheveux sur un crâne humain ! Au-dessus d'une armoire d'acier en forme de cube se dressait une sphère massive d'au moins deux mètres de diamètre. Il en jaillissait une multitude de protubérances de différentes natures. Certaines faisaient penser à des antennes, mais plus courtes et plus épaisses que des antennes classiques. D'autres étaient des tubes fluorescents qui émettaient une faible lumière bleutée et donnaient à l'ensemble l'allure d'un lustre baroque, un « Murano » particulièrement ouvragé. C'était sans doute le fameux chronoviseur du père Ernetti. La machine, qui émettait un grésillement permanent, évacuait par ses portières laissées entrouvertes une forte chaleur, heureusement absorbée par le puissant système d'air conditionné de la pièce. Elle était reliée par un gros câble à un boîtier lui-même connecté à un petit écran de télévision disposé sur un support articulé, qui paraissait bien misérable à côté de cette technologie impressionnante, mais déconcertante.

Le garde suisse ferma la porte à clé derrière elle, ce qu'elle ne trouva guère rassurant. Elle s'avança vers la machine. Elle était brûlante. En la contournant, elle découvrit le père Ernetti agenouillé, en train de prier. Elle recula, gênée de l'avoir surpris dans une telle situation. En la voyant, le prêtre embrassa son crucifix et se releva.

– Pardonnez-moi, mademoiselle Yadin-Drori, c'est… un moment important pour moi.

Contrairement au pape qu'elle avait trouvé très froid, l'embarras du père Ernetti le rendait plutôt sympathique et touchant. Il défroissa sa soutane et contourna la machine.

– Vous pouvez m'appeler Natacha, père Ernetti. Souhaitez-vous que je vous laisse seul un moment ?

– Non, j'ai terminé. Voulez-vous un peu de ce café ? C'est moi qui l'ai préparé. Du vrai café italien, comme ma mère le faisait.

– Avec plaisir.

Elle alla s'asseoir derrière une petite table. Le café avait en effet une bonne odeur familiale. Natacha en but une gorgée. Elle le trouva très fort et eut les larmes aux yeux. En cherchant un petit mouchoir dans son sac, elle jeta un coup d'œil furtif au prêtre. Il y avait dans son regard une expression de perpétuelle inquiétude qui révélait sa nature fragile.

– Le café vous plaît ? C'est celui du pape. Pas le pape actuel, mais le pape Pie XII.

– Il est très bon, dit-elle. Cela fait donc des années, père Ernetti, que vous travaillez sur cette machine ?

Il prit place en face d'elle et se servit lui aussi une tasse.

– La cinquième depuis ce matin ! Oui, des années de travail pour aboutir à notre voyage d'aujourd'hui.

– Je vous avoue que j'ai un peu de mal à réaliser ce que nous nous apprêtons à faire, reconnut-elle.

– Je suis comme vous. Et pourtant, je m'y prépare depuis longtemps !

Elle vit que ses mains tremblaient. Les cernes qui marquaient ses yeux étaient éloquents.

– Vous n'avez pas beaucoup dormi ?

– Pas trop, non. Il y a tant de choses qui se bousculent dans ma tête !

Ce qu'il restait à Natacha de réflexes militaires lui soufflait que le pauvre homme n'était certainement pas en état de se lancer dans l'aventure, en tout cas pas tout de suite. Il fallait le lui faire comprendre sans le bousculer.

– Père Ernetti, je peux vous parler franchement ?

– Oui, bien sûr.

– J'ai compris que le pape était pressé, mais nous devons réussir notre mission. À nous deux, nous allons former une sorte de commando. Ce que j'ai retenu de mon passage dans l'armée israélienne, c'est qu'un commando doit s'entraîner.

– Quelle est votre idée ?

– Je vous propose d'y aller à petits pas. Nous devons reconnaître le terrain, vous apprendrez à décrypter l'araméen, moi à le traduire. L'araméen, ce n'est pas du latin.

– Vous voulez annuler notre plongée d'aujourd'hui ?

– Pas du tout ! Je suggère seulement de commencer par nous immerger dans l'époque en simples touristes, sans nous préoccuper de Jésus. Qu'en pensez-vous ?

– Je ne sais pas. Oui, c'est peut-être plus sage.

Elle le sentit faussement déçu, mais réellement soulagé.

– Et si nous visitions Jérusalem… disons vers l'an 50 de notre ère ?

– Donc vingt ans après la crucifixion ?

– Oui. Pour autant que je sache, c'était une période à peu près calme. J'ai toujours rêvé de voir à quoi ressemblait la cité avant sa destruction par les Romains.

– C'est d'accord, Natacha. Faisons du tourisme aux frais du Vatican !

Son visage était passé si vite de l'anxiété à un enthousiasme d'enfant qu'elle ne put s'empêcher de rire. Il avait quelque chose d'attendrissant.

– L'an 52, ça vous irait ? proposa-t-il.

– Pourquoi pas ? Le mieux serait de « viser », si vous pouvez, l'esplanade du Temple.

– J'irai où vous voulez, il me faut juste les coordonnées géographiques.

Elle tira de son sac un gros livre d'archéologie.

– J'ai apporté avec moi tout ce qu'il faut.

Elle feuilleta le livre.

– Allez en 31° 46′ 40″ Nord, 35° 14′ 07″ Est.

Le père Ernetti programma la machine. Il introduisit d'abord la latitude et la longitude, puis les coordonnées de temps.

– Prenez un siège, Natacha, il est inutile de rester debout.

Il appuya sur un gros bouton rouge et prit place lui aussi sur un siège. Ils attendirent en regardant l'écran.

– Parfois, précisa Pellegrino, l'image se forme rapidement. D'autres fois, c'est plus long, je n'ai jamais compris pourquoi. Cette machine, c'est encore du bricolage !

Elle n'en doutait pas. Elle sentait le souffle chaud exhalé par les entrailles du chronoviseur.

– C'est bon, dit Pellegrino, on a une image…

63

Une grosse bâtisse apparut, toute blanche, vue en plongée comme si elle était filmée depuis un hélicoptère. Natacha laissa échapper un cri de surprise.

– Mon Dieu, il est magnifique !

Ce n'était pas une maquette, comme il y en avait tant dans les musées de la Jérusalem moderne. C'était le temple d'Hérode tel qu'il était avant d'être réduit à ce fragment informe qu'on appelle le Mur des lamentations. Pellegrino aussi était stupéfait.

– Il est bien plus grand que je pensais !

Natacha était doublement émerveillée. Par le Temple et par cette machine qui avait réussi à franchir la barrière du temps. Elle lui répondit sans quitter l'écran des yeux :

– Il y a une phrase dans le Talmud qui dit : « Celui qui n'a pas vu le temple d'Hérode n'a jamais vu un beau bâtiment de sa vie. »

– Vous avez lu le Talmud ? s'étonna Pellegrino.

– Pensez-vous ! Juste un résumé dans le *Reader's Digest.*

Il rit avec elle. Ils avaient rompu la glace.

– Oui, je l'ai lu, dit-elle. Mais seulement quelques passages sur cette époque. Personne n'a lu le Talmud en entier, père Ernetti, au risque d'y passer des années… ou de s'endormir dessus !

Pellegrino était sous le charme. Elle était cultivée, mais sans la prétention compassée de ses collègues du Vatican. Il aimait aussi son côté direct et drôle, qui avait quelque chose de rafraîchissant.

Le temple d'Hérode était une construction typiquement romaine. Ses hauts murs lui donnaient l'apparence d'une forteresse. À l'intérieur de l'enceinte, les colonnes de marbre blanc et les décorations d'or et de cuivre, qui reflétaient la lumière du soleil, dessinaient un ensemble éblouissant.

– Quel dommage de voir ça en noir et blanc ! dit Natacha

– Un jour, ne vous en faites pas, j'ajouterai la couleur. Pourquoi ces échafaudages ? Le Temple n'est pas terminé ?

– Non. Et pourtant la première pierre a été posée vingt ans avant la naissance de Jésus. C'est un énorme chantier. Le tragique, c'est qu'à peine achevé le Temple sera incendié en 70 par les Romains !

Le père Ernetti était sincèrement choqué.

– Comment des hommes ont-ils pu détruire une pareille merveille ?

Elle le regarda avec un air de reproche amusé.

– Demandez à vos ancêtres, père Ernetti. C'étaient des gens implacables, vous savez ?

– Les Romains ont changé depuis Jules César, Natacha ! rétorqua-t-il, un peu piqué.

– Je vous taquine, dit-elle en souriant. En réalité, on ne sait pas comment le feu a pris. C'était pendant la révolte juive. Tandis que les armées de Titus attaquaient l'extérieur du Temple en essayant d'enfoncer les portes, à l'intérieur les différentes factions juives se massacraient entre elles.

– Quelle folie !

– Vous pouvez le dire, je crois qu'on a rarement vu un tel chaos dans l'Histoire. Pendant la Révolution française, peut-être… Père Ernetti, pourriez-vous vous rapprocher un peu de ce bâtiment ? demanda-t-elle en désignant une partie du Temple sur l'écran.

En manipulant son levier de commande, Pellegrino effectua un lent mouvement vers une construction de forme cubique, entourée de plusieurs cours. Ses murs étaient couverts de ce qui semblait être des dorures et son toit, avec ses pointes et ses aiguilles argentées, le faisait étinceler comme un feu d'artifice.

– C'est le Saint des saints, le cœur même du Temple. Personne n'est autorisé à y entrer, sauf le grand prêtre le jour du Grand Pardon.

– C'était la résidence supposée de l'Éternel ?

– Oui, un peu comme ses appartements privés. Lorsque Pompée a conquis Jérusalem avec ses légions, il est entré de force dans le Saint des saints parce qu'il croyait que les prêtres y cachaient un trésor. Et vous savez ce qu'il a trouvé ?

– Non, dites-le-moi ?

– Rien ! Juste un espace vide. Comme Dieu, pour les Juifs, était impossible à représenter, il n'y avait rien. Pompée en a été pour ses frais.

– C'est une belle histoire.

– Très belle, dit Natacha. Mais c'est peut-être une légende.

Elle eut alors une intuition.

– Si vous élargissez le champ de vision, je pourrai vous montrer quelque chose qui vous intéressera.

– À vos ordres, madame, plaisanta Pellegrino en desserrant son zoom.

– Vous voyez cette grande cour ?

– Celle bordée de portiques ?

– Oui. C'était la seule partie accessible aux non-Juifs.

Sous les portiques, on voyait une série de tables couvertes de marchandises. Il y avait beaucoup de monde autour.

– Les hommes que vous voyez sont des marchands. Ils vendent des souvenirs ou des objets de culte.

Pellegrino réalisa d'un coup où elle voulait en venir.

– Les marchands du Temple ! s'écria-t-il.

– Oui. Et juste à côté d'eux…

Elle montra sur l'écran des tables plus petites derrière lesquelles des hommes comptaient des pièces de monnaie.

– Les changeurs de monnaie ! Ceux que Jésus a chassés.

Ce qui n'était qu'un détail dans la visite du Temple était pour Pellegrino un véritable émerveillement. Les Évangiles, qu'il avait lus des dizaines de fois, commençaient à prendre vie devant lui. Il cita de mémoire l'Évangile de Matthieu :

– « Il est écrit que la maison de mon Père est appelée une maison de prière. Et vous, vous l'avez transformée en un repaire de brigands ! »

Natacha hocha la tête.

– C'est ce qu'il aurait dit, oui. Personnellement, je le trouve un peu sévère. Les changeurs avaient leur utilité. Les pèlerins arrivaient de tout le Bassin méditerranéen, chacun avait sa monnaie. Il fallait bien la changer pour acheter des animaux pour les sacrifices.

– Oui, mais dans le Temple, s'indigna Pellegrino, des changeurs de monnaie à l'intérieur du Temple !

Elle décida de lui laisser le dernier mot.

– Vous êtes de parti pris, père Ernetti. Ça alors…

Elle avait remarqué un détail qui l'intéressait.

– Pourriez-vous zoomer vers le bas de l'écran ?

Elle se saisit d'un calepin et commença à prendre des notes, ce qui fit sourire Pellegrino.

– L'archéologue se remet au travail ?

– Oui, un détail d'architecture que j'avais étudié à l'université. Regardez…

Elle montrait le grand escalier donnant accès aux trois entrées du Temple. Il était couvert de dizaines de silhouettes qui montaient et descendaient.

– Chaque marche de l'escalier a une largeur différente. Ce n'était pas une malfaçon, mais une astuce pour éviter les bousculades.

En effet, sur une grande portion de l'escalier, le mouvement de la foule se trouvait sensiblement ralenti. Natacha était émerveillée.

– J'avais proposé cette hypothèse dans ma thèse, elle se vérifie devant nous. Quel plaisir de faire de l'archéologie en vrai !

– Au moins, mon chronoviseur aura servi à quelque chose, soupira Pellegrino.

– Ne soyez pas trop modeste, père Ernetti. Votre machine est une invention géniale ! Elle va bouleverser le travail des historiens et des archéologues. Pendant des dizaines d'années, les étudiants en histoire vont faire la queue pour pouvoir bénéficier d'une séance de chronoviseur.

Ce compliment réchauffa le cœur de Pellegrino. Il valait tous ceux du pape ! En bas du grand escalier, la foule se fit encore plus nombreuse. Il y avait une sorte de souk. À la différence du marché du Temple, on y vendait de tout. Des animaux, des étoffes colorées, des vêtements de toutes tailles, de la laine, de la vaisselle. Il y avait aussi des traiteurs qui mijotaient des ragoûts appétissants dans de grandes marmites.

– Profitons-en pour nous exercer un peu à l'araméen, dit Natacha. Que dit celui-là ?

Le père Ernetti essaya de décrypter, en les lisant sur ses lèvres, les paroles d'un marchand de fruits et légumes. Par chance, il répétait en permanence le même slogan. Il le rapporta à Natacha, qui traduisit.

– Il vante ses pastèques. Il faut dire qu'elles semblent bien mûres. Il propose aussi du lait de ses chèvres. Vous voyez, dit-elle joyeusement à Pellegrino, on y arrive !

– Vous aviez raison, reconnut Pellegrino, il fallait s'entraîner. Si j'étais tombé aujourd'hui sur un sermon de Jésus, j'aurais été tellement ému que…

Natacha l'interrompit :

– Attendez, il y a un groupe qui s'est formé juste à côté.

C'était une discussion animée. Un jeune homme en colère s'adressait à la foule.

– Pouvez-vous me répéter ce qu'il dit ? demanda Natacha.

Pellegrino répéta les paroles du jeune homme.

– Il insulte le gouverneur romain de la Judée, traduisit Natacha.

– Ah, la politique, comme partout... Le gouverneur de la Judée est toujours Ponce Pilate ?

– Non, à cette date, Pilate a été rappelé à Rome, il faisait trop de bêtises. En 53, c'est Antonius Felix qui gouverne. Il ne vaut pas mieux que Pilate. Vous avez lu les *Actes des Apôtres* ?

– Oui, mais il y a longtemps.

– C'est le même Felix qui envoya Paul de Tarse en prison.

En entendant prononcer le nom de l'apôtre, Pellegrino fut gagné par une soudaine fébrilité.

– Mon Dieu, c'est vrai qu'à cette époque l'évangélisation a commencé. Saint Paul est peut-être dans cette foule ?

Natacha le coupa :

– Je ne crois pas. En 52, selon les *Actes*, Paul est en Asie Mineure.

Elle se tourna vers lui et le rappela à l'ordre.

– Père Ernetti, souvenez-vous qu'aujourd'hui nous avons décidé de faire du tourisme. C'est mieux pour vous, je vous l'assure. Attendons demain pour commencer nos explorations en Galilée.

Elle regarda sa montre.

– Dites, il est midi passé. Si vous m'emmeniez déjeuner ?

64

Le père Ernetti conduisit Natacha à quelques centaines de mètres seulement du Vatican, dans un petit restaurant sarde bondé où elle goûta à une *focaccia*, une sorte de pizza blanche accompagnée d'un jambon cru du pays et de copeaux de *peccorino*, du fromage de brebis.

– C'est délicieux, dit-elle.

– Attendez d'avoir goûté au vin. Celui-ci vient de Sassari, au nord de l'île. Pour moi, c'est le meilleur du monde !

– Vous semblez aller mieux que ce matin, dit Natacha avec satisfaction.

– Bien mieux. Vous avez eu raison de me freiner, répondit Pellegrino d'un ton reconnaissant. Sans quoi, je serais parti directement à la rencontre du Seigneur !

– Je l'ai bien vu.

– C'est que… ce que nous faisons là est très difficile pour moi, Natacha. Je vais me trouver en face de la figure divine qui a fait de moi un prêtre, la lumière qui éclaire ma vie.

– À chacun ses épreuves, père Ernetti. Vous ne vous en êtes peut-être pas rendu compte, mais pour moi elles ont commencé ce matin.

– Ah bon ? Vous m'avez semblé pleine d'enthousiasme…

– L'archéologue, oui, était ravie. Mais la fille d'Israël a éprouvé une impression étrange.

– De quoi parlez-vous ?

Elle essayait de préciser ses sentiments.

– À Jérusalem, chaque fois que j'allais voir le *Kotel*, le Mur des lamentations, j'étais émue aux larmes. Et pourtant, ce n'était qu'un bout d'un mur de soutènement. Mais quand j'ai vu le temple ce matin, tout neuf…

– Il vous a déçue ?

– Au contraire ! Il était très impressionnant. Mais j'ai découvert un bâtiment romain un peu lourd et prétentieux. Le roi Hérode le Grand l'avait construit, d'ailleurs, pour complaire à ses amis de Rome. Ces murs sont romains, ils ne sont pas juifs.

– On y célébrait le culte, pourtant ?

– Les Juifs venaient juste de s'y installer, comme dans un nouvel appartement. Puis, en 70, les Romains l'ont démoli. C'est seulement à ce moment-là que le Temple est devenu ce qu'il est, un souvenir impérissable dans la mémoire de mon peuple.

Il avait compris. Cette fois, c'est lui qui était devenu le psy.

– Vous voulez dire que le vrai Temple, pour vous, c'est le *Kotel* ?

– Le Mur, oui, parce que des millions de Juifs ont pleuré sur lui. Ce sont nos émotions accumulées au cours du temps, père Ernetti, qui donnent aux choses leur valeur particulière. On s'émeut sur un vieux jouet, pas sur un jouet tout neuf.

Cette jeune femme était très fine. Pellegrino voyait ce qu'elle cherchait à faire.

– Vous me préparez à ce que nous verrons demain ?

– C'est possible, père Ernetti, vous allez peut-être vivre des moments… difficiles.

– Impossible de reculer à présent. Mais j'aurai certainement besoin de votre aide.

– Vous pouvez y compter, mon père.

C'était la première fois qu'elle – une Juive – l'appelait « mon père ». Il trouvait cela touchant. Elle jeta un coup d'œil au menu.

– Que me conseillez-vous pour le dessert ?

– Rien de compatible avec votre ligne.

Elle sourit.

– Alors, un café. Et une petite liqueur napolitaine au melon.

– Ah, vous connaissez ça ? C'est plein de sucre, vous savez ?

– Eh, on ne part pas tous les jours à la recherche de Jésus !

En sortant du restaurant, Pellegrino lui dit qu'il voulait prendre quelques heures pour réparer le système de visualisation qui décrochait trop souvent. Il voulait que tout soit parfait pour le « plongeon » du lendemain, qui serait entièrement filmé. Elle décida d'en profiter pour faire un peu de tourisme. Après tout, elle n'avait jamais visité Rome.

65

Comme il pleuvait, Natacha prit un taxi qui la laissa au musée du Capitole. Elle acheta un billet et monta au premier étage. À l'intérieur, toute une civilisation l'attendait, âpre et raffinée. Il y avait tant d'œuvres exposées qu'on ne savait où regarder. Elle vit un écriteau qui indiquait la direction de la « salle des empereurs ». C'était tout au fond du couloir. Elle y alla. Soixante-sept bustes, exposés dans l'ordre chronologique sur une double étagère, résumaient l'histoire de l'Empire. Ils étaient tous là, les pires comme les meilleurs. Les empereurs divins comme Auguste ou Tibère, les redoutables comme Néron, Vespasien et Titus, les empereurs philosophes comme Marc-Aurèle, les empereurs soldats comme Maximin le Thrace. Elle les observa l'un après l'autre, comme on inspecte des troupes. En se retournant, elle put les embrasser tous du regard.

Et elle comprit pourquoi elle ne les aimait pas.

Elle avait vu d'autres portraits de souverains, au Musée national d'Athènes, par exemple. Mais les Grecs avaient une chaleur, une profondeur dans l'expression qui manquaient cruellement aux Romains. Ces bustes arrogants et froids semblaient ne respecter qu'une valeur, la force. En sortant de la salle, elle contempla au passage bien des merveilles, comme une Vénus sortant du bain, sans doute inspirée d'un modèle grec. L'exécution était parfaite, d'une remarquable finesse. Mais rien, dans cette admirable statue, ne parvenait à l'émouvoir. La seule qu'elle trouva touchante était à l'autre bout du couloir. Une sculpture très réaliste d'un guerrier galate en train de mourir, la main posée sur un genou, le visage exprimant une douleur sobre et retenue. Oui, les Romains pouvaient être sensibles à la souffrance… quand c'était celle de leurs ennemis !

En redescendant au rez-de-chaussée, elle découvrit depuis un balcon toute l'étendue du Forum romain. Impossible de passer à côté. Comme la pluie avait cessé, elle prit un autobus qui la mena d'abord au Colisée. Sa visite fut rapide. Le bâtiment lui parut vraiment immense, mais ce n'était qu'un cirque. Il exhalait encore la douleur des combattants ou des martyrs qui avaient laissé leur vie dans ces arènes. Puis elle visita les vestiges du Forum. Le guide en hébreu qu'elle avait apporté identifiait avec précision toutes les ruines fameuses qu'elle découvrait. La plupart n'étaient réduites qu'à quelques fragments. L'arc de Titus, en revanche, avait assez bien résisté au temps. Il portait encore, gravé sur sa face interne, le bas-relief célébrant le pillage du Temple de Jérusalem après la défaite des insurgés en l'an 70. Jadis, cette fresque était peinte de couleurs vives, ce qui devait la rendre encore plus crue. Des prisonniers portaient le grand chandelier à sept branches ainsi que les trompettes en argent qui provenaient du trésor du Temple. C'était cela, peut-être, l'apocalypse qu'annonçaient les Esséniens. Ils parlaient dans leurs écrits d'une guerre sans pitié, celle des armées du Bien contre celles du Mal. Hélas, à voir ces vestiges, c'était le Mal – et Néron – qui avait gagné. Tout cela était très déprimant.

Afin de se changer les idées, elle se fit conduire en taxi vers les boutiques au sud de la Piazza di Spagna. Elle craqua pour une robe d'été qui soulignait agréablement la minceur de sa ligne. Comme le ciel s'était dégagé et qu'il s'était mis à faire très chaud, elle courut s'enfermer dans le premier cinéma qui affichait « air conditionné ». Il proposait un film qui avait fait l'ouverture du festival de Cannes, *La Chute de l'Empire romain*. Un titre vengeur après sa visite à l'arc de Titus. Hélas, c'était une pitrerie. Le film était très bien fait, mais il lui paraissait en « toc » après les images du chronoviseur. Et surtout, le scénario était inepte, déformant à un point insupportable la vérité historique. Elle somnola en oubliant le fracas des batailles en soixante-dix millimètres et en stéréophonie. Elle fut réveillée par la présence d'un homme entre deux âges qui était venu s'asseoir juste à côté d'elle.

– Il y a d'autres places libres, dans ce cinéma, lui dit-elle.

La salle, en effet, était presque vide. Mais l'homme ne répondit rien et continua à la regarder.

– Si vous cherchez à me draguer, je vous préviens que vous êtes tombé sur la mauvaise personne !

Il se pencha alors vers elle :

– Que préférez-vous ? L'histoire en Technicolor ou la vraie, sur petit écran ?

Que voulait-il dire ? Faisait-il allusion à la machine du père Ernetti ?

– Que voulez-vous ?

Il lui parla à voix basse car des « chut » se faisaient entendre.

– Si on allait discuter dans le petit square juste en face du cinéma ? On embêtera moins les voisins.

Elle accepta. D'abord, parce qu'elle savait se défendre. Ensuite, parce qu'il semblait bien informé. Ils sortirent du cinéma sans se parler, traversèrent le boulevard et s'installèrent sur un banc dans un jardin où jouaient des enfants.

– Je vous écoute, dit-elle, le visage fermé.

– Je sais qui vous êtes et ce que vous faites ici. C'est mon métier.

– CIA ?

– Bien vu. Nous ne sommes pas en compétition, puisque votre Mossad nous communique des informations et que nous en faisons autant.

Ce n'était plus un jeune homme. La face était burinée par une longue expérience, c'était sans doute un ancien militaire.

– Que voulez-vous ?

– Laissez-moi vous dire d'abord ce que nous vous offrons. Le colonel Nasser prépare une opération d'envergure. Je peux vous dire ce que nous savons et vous me direz ce que vous savez.

– Qu'est-ce que je sais ?

– Le détail de vos expériences avec le père Ernetti aux archives secrètes.

Il était bien renseigné, en effet. Elle ne prit même pas la peine de démentir ou de lui lancer un « je ne vois pas de quoi vous parlez ».

– Vous comprendrez que je ne puis en décider seule. Laissez-moi prendre des instructions.

– C'est normal, j'en ferais autant. Pardon d'avoir gâché votre séance de cinéma.

– Aucune importance, le film était mauvais.

Il lui tendit une petite feuille de papier sur laquelle il avait griffonné un numéro de téléphone.

– Vous pouvez m'appeler à ce numéro. Bonne soirée.

En fin d'après-midi, elle retourna au bureau de poste et rappela Zvi Eizer. Elle lui raconta sa rencontre avec l'agent de la CIA. Sa réponse fut immédiate.

– Je prends !

– C'est-à-dire ?

– Acceptez son offre et dites-lui ce que vous savez, nous avons vraiment besoin de ses informations. Qu'il soit brun ou blond, le vrai visage de Jésus ne changera rien à nos problèmes avec les Arabes.

Natacha acquiesça et raccrocha. Mais elle n'aimait pas ce qu'on lui faisait faire.

66

Il avait pris l'avion pour Cracovie, au sud de la Pologne. Il ne savait plus trop quoi penser. Le projet du pape, aussi fou qu'il paraisse, avait quand même une chance de réussir. Et le Vatican pourrait en sortir renforcé. Cela, Carvalho le refusait. Il lui fallait l'avis d'un théologien intelligent, qui n'avait pas encore choisi son camp. C'est ainsi qu'il avait pensé à l'archevêque de Cracovie, Karol Wojtyla[1].

À peine arrivé à Cracovie, il sauta dans un taxi et se rendit au diocèse installé dans la basilique Saints-Stanislas-et-Venceslas. C'était une petite cathédrale que les Polonais n'avaient pas pu agrandir à cause du manque de place sur la colline du Wawel, juste au-dessus de la Vistule. Elle avait conservé l'apparence baroque que lui avait donnée le roi Ladislas Ier au quatorzième siècle. C'était aussi un sanctuaire où étaient conservés les restes de quelques personnages prestigieux de l'histoire du pays.

Il s'annonça à l'entrée. On lui répondit que l'archevêque viendrait l'accueillir. Son regard fut attiré par une série de gros ossements suspendus à des chaînes. Comme ils étaient identifiés par une inscription en polonais, il se demanda de quoi il pouvait bien s'agir.

---

1. Le futur Jean-Paul II.

– C'est un mammouth, dit une voix aux accents virils.

C'était Karol, qui s'était déplacé pour le recevoir. Il lui avait parlé en italien, mais il s'exprimait aussi en français, en anglais, en allemand, en polonais, en russe, en espagnol et en latin !

– Les paléontologues disent qu'il a au moins vingt mille ans. Les os ont été trouvés près d'ici, il y a presque deux siècles. L'archevêque de l'époque l'a fait pendre à l'entrée de la cathédrale pour chasser le démon. On dit que le jour où ces ossements tomberont, Cracovie puis l'humanité seront détruites.

– Comment te sens-tu, Karol, dans ton nouvel habit d'archevêque ? lui demanda Carvalho amicalement.

Paul VI l'avait nommé archevêque pour faire pendant au cardinal Wyszynski, dont l'anticommunisme hystérique rendait les relations de l'Église polonaise avec le régime socialiste très difficiles. Wojtyla, lui, restait neutre. Ce n'était certes pas un homme de gauche, mais le régime le voyait comme un interlocuteur convenable.

– Tu as fait tout ce voyage pour venir me parler ? Rien qu'on n'aurait pu se dire au téléphone ?

– Les téléphones chez toi sont sur écoute, mon ami. Et ce que j'ai à te dire est grave.

– Suis-moi.

Wojtyla le fit entrer dans une pièce modeste où le portrait du pape Paul VI était affiché bien en vue au-dessus de son bureau.

– Tu veux boire quelque chose ?

– Qu'est-ce que tu proposes ?

– Une vodka. J'en ai de bonnes. Ou une bière. Tiens, essaye celle-ci.

Il décapsula une petite bouteille.

– C'est une Tyskie, les amateurs disent qu'elle est excellente.

– Tu ne m'accompagnes pas ?

– Seulement de l'eau et du thé. C'est le secret pour garder le souffle.

– Ce que je vais te dire, Karol, doit impérativement rester entre nous.

– Tu connais ma discrétion. C'est parce que Wyszynski était trop bavard que Staline l'a condamné à mort. Et maintenant, c'est encore pire pour lui, il est obligé de me supporter !

Ils rirent de bon cœur.

– Vas-y, dit Wojtyla. Tu peux parler sans crainte.

Carvalho lui raconta la machine du pape, en se gardant bien d'évoquer la sienne et sa destruction à Macapa. D'abord, comme il l'avait prévu, Wojtyla se montra incrédule. Cette histoire lui paraissait totalement invraisemblable, mais Carvalho avait l'air sincère. Et l'archevêque de Cracovie savait qu'il était très bien renseigné.

– Montini m'étonnera toujours, dit Wojtyla. Sa manie du secret, son appétit de pouvoir auraient fait merveille dans un pays comme le nôtre. Car c'est de cela qu'il s'agit, n'est-ce pas ? Il veut dégoupiller l'arme Jésus en pleine guerre froide, comme on active une bombe H ?

– C'est un peu ça, oui, dit Carvalho. Il veut donner un nouveau départ au christianisme.

– Il se trompe, répliqua Wojtyla, ce n'est pas ainsi qu'on ravivera la foi des chrétiens. C'est en luttant contre l'égoïsme, à commencer par celui des puissants.

– Si mon hypothèse est la bonne, Karol, et s'il arrive à ses fins, que peut-il se passer ?

Parmi tous les théologiens qu'il connaissait, Wojtyla était le mieux indiqué pour répondre à cette question. En plus de ses cours de théologie, il enseignait aussi la phénoménologie et la philosophie de l'histoire. Il joignit ses mains et garda le silence un long moment.

– La guerre, Alberto. Il y aura la guerre.

– Pourquoi ? s'étonna Carvalho.

– Parce que les hommes n'aiment pas la vérité, ils préfèrent vivre avec leurs illusions.

– Que veux-tu dire ?

– Il y a au moins une chose que je retiens de ma lecture de Karl Marx, c'est ce qu'il dit sur la fausse conscience, cette idée déformée que les hommes se font de leur temps et des forces qui les font agir. Mais j'ajoute…

Il eut un temps de réflexion.

– Nous sommes bien payés en Pologne communiste pour savoir que les illusions ne sont pas seulement des erreurs, mais qu'elles sont souvent de confortables mensonges. Quand on a révélé la vérité sur les crimes de Staline, des gens à Cracovie se sont suicidés. Staline, le bon père Staline, faisait partie de leur vie.

– Tu penses qu'il en sera de même avec Jésus ?

– Ce sera pire ! Notre conception du christianisme est largement mythique, tu le sais aussi bien que moi. Elle a été forgée par deux mille ans d'Histoire. Non seulement, elle a façonné nos esprits, mais elle a bâti notre civilisation.

– Tu veux dire que les hommes, quand ils verront la vérité, ne la supporteront pas ?

– Ils ne la supporteront pas. Quelle qu'elle soit.

Il s'était levé et s'emporta :

– La vérité est comme le soleil, Alberto, on ne la regarde pas en face. Quand ils verront le vrai visage de Jésus, les hommes le trouveront trop humain, ou trop marqué par ses origines, ou trop gros ou trop maigre. Aucun Jésus vivant ne pourra rivaliser avec celui forgé pendant deux mille ans au feu des souffrances et des sacrifices. Paradoxalement, en voyant le Jésus de chair, ils diront que Jésus n'a jamais existé, qu'il est un faux véhiculé par des textes menteurs. On clamera que la culture occidentale, fondée sur l'amour du prochain, est une vaste fumisterie. L'Afrique se rebellera, elle a déjà commencé. L'Asie se moquera de nous, les sabres des musulmans pointeront vers la nouvelle Constantinople,

New York ou Washington. Montini obtiendra le contraire de ce qu'il attendait. Il voulait le triomphe du christianisme, il aura l'apocalypse !

– Et les os du mammouth pendu à l'entrée s'effondreront ! dit Carvalho.

Wojtyla éclata de rire et quitta aussitôt son costume d'imprécateur.

– Pardon d'avoir été si véhément, Alberto. Mais je crois bien que Montini joue avec le feu.

– Je le crains aussi. Pour te parler franchement, je ne sais pas trop où ils en sont et ce qu'ils ont découvert. Mais je vais garder un œil ouvert. Surtout, pas un mot de ce que je t'ai dit, Karol.

– N'aie pas d'inquiétude. Nous sommes au dernier étage du bâtiment et les murs datent du quatorzième siècle. Ils sont épais.

Certes, les murs étaient épais. Mais pas assez pour les techniciens du régime polonais. Méfiantes envers le nouvel archevêque, les autorités avaient pris soin de truffer son bureau de micros.

67

Le lendemain matin, quand elle retourna dans la salle du chronoviseur, Natacha ne fut pas étonnée de trouver à nouveau le père Ernetti en train de prier. Discrètement, elle alla se servir une tasse de son bon café. Quand il se releva, il se tourna vers elle. Mais cette fois, il semblait plein d'entrain.

– Je crois que nous pouvons y aller, dit-il.

Elle fut ravie de le voir de si bonne humeur.

– Pour que notre recherche ait une chance d'aboutir, père Ernetti, il faut d'abord décider de l'année que nous voulons explorer. Je peux ?

Elle désigna un paperboard au fond de la pièce.

– Faites, dit Pellegrino.

Elle se leva et le rapprocha. Avec un gros feutre, elle dessina une ligne qui allait de « naissance » à « mort ». Au début et à la fin de la ligne, elle avait inscrit des points d'interrogation.

– Par quelle période de la vie de Jésus voulez-vous commencer ?

– Pas la Passion, c'est trop tôt. Je pensais aux débuts du ministère de Jésus en Galilée, suggéra Pellegrino.

– Quel âge avait-il ?

Il montra sa bible.

– Dans son Évangile, Luc écrit que lorsque Jésus a commencé à prêcher, il avait environ trente ans.

Elle nota « 30 » un peu avant le bout de la ligne qu'elle avait tracée. Elle avait une rigueur toute militaire, comme si elle préparait un plan d'attaque.

– Partons de là. Mais pour programmer la bonne date, il faut savoir quand Jésus est né.

Le père Ernetti s'avança et désigna le début de la ligne.

– Eh bien… trente ans avant, l'*Anno Domini* ?

– C'est peu probable, père Ernetti. Quand Jésus est né, le roi Hérode le Grand était encore vivant.

– Et alors ?

– Les archéologues ont établi avec certitude qu'Hérode est mort en l'an -4.

Elle inscrivit cette date au tableau noir, un peu avant le zéro.

– Selon vous, donc, Jésus serait né quatre ans… avant lui-même ? s'étonna Pellegrino.

– Oui, s'il est né l'année de la mort d'Hérode. Mais peut-être est-il né avant ?

– Comment savoir ?

– Je vous propose un indice, dit-elle en montrant le ciel : l'étoile.

– L'étoile de Bethléem ? Je croyais que c'était une légende.

– Pas forcément, dit Natacha. Quand je travaillais sur ma thèse, un ami astrophysicien m'a informée qu'il s'est vraiment passé quelque chose d'inhabituel dans le ciel en l'an -7.

– Une explosion d'étoiles ?

– Non, les astronomes n'en voient pas à cette époque. En revanche, ils signalent une triple conjonction entre Jupiter et Saturne.

Elle mima le phénomène avec ses poings. Ils symbolisaient deux planètes qui se rapprochaient lentement l'une de l'autre.

– Compte tenu des rotations des planètes autour du soleil, il arrive que deux d'entre elles, vues depuis la Terre, semblent se rapprocher et se confondre. C'est ce qui s'est passé en l'an -7 avec Saturne et Jupiter. Le phénomène était parfaitement visible depuis la Judée.

– Ce serait cela, l'étoile des bergers ?

– Peut-être. D'autant que la conjonction s'est produite trois fois la même année, ce qui n'arrive que tous les cent quatre-vingts ans. C'était une bonne raison, à l'époque, pour penser que le ciel faisait des signes.

– C'est drôle, dit Pellegrino, c'est vous la scientifique qui me ramenez aux Évangiles !

Il lui prit des mains le feutre et écrivit sur le paperboard « -7 », « triple conjonction ».

– Posons que Jésus est né en l'an -7, dit-il. S'il est mort à trente-trois ans, comme on le pense généralement, il a été crucifié en l'an 26 de notre ère.

– Oui. C'est d'ailleurs l'année où Ponce Pilate a été nommé gouverneur de Judée, dit Natacha.

– Donc ça concorde ?

– Tout à fait !

– Alors, on avance, s'amusa Pellegrino.

Ils étaient comme deux étudiants à l'université, travaillant sur un problème de physique.

– Si nous voulons voir Jésus au début de son ministère en Galilée, reprit Natacha, il faut par conséquent reculer de quelques années. Mais combien ?

– Je vous fais une proposition. Quand j'étais au séminaire, les exégètes ont calculé qu'il s'était écoulé environ trois ans entre la rencontre de Jésus avec Jean le Baptiste et sa crucifixion à Jérusalem.

Elle lui reprit le feutre et nota des chiffres au tableau.

– Donc nous aurions 26 – 3 = 23. Nous devons chercher Jésus en Galilée en l'an 23.

– Allons-y, dit Pellegrino.

Il commença à programmer la machine. Natacha l'arrêta.

– Attendez, père Ernetti ! Je ne voudrais pas que notre recherche de Jésus commence par un échec. Je vous propose de prendre un peu de marge et de commencer par l'an 21, deux ans avant.

– Mais c'est bien trop tôt !

– Quelle importance ? Nous défrichons. Si nous ne trouvons rien à cette date, nous progresserons dans le temps à petits pas.

Natacha ne lui disait pas tout à fait la vérité, elle travaillait aussi pour elle. Si Jésus, pensait-elle, a séjourné à Qumrân, s'il a suivi l'enseignement des Esséniens, il l'a fait *avant* de commencer son ministère en Galilée. D'où l'intérêt de prendre la chronologie légèrement en amont. Elle commençait déjà à trahir le père Ernetti. Et ce n'est pas fini, se dit-elle, un peu honteuse, en pensant à l'agent de la CIA.

– Très bien, dit Pellegrino, faisons comme vous dites. Quel jour ?

– Celui que vous voudrez. Disons le 15 mai. Le printemps en Galilée, ça doit ressembler au Paradis !

– Où allons-nous ?

– Essayons la petite ville de Capharnaüm, sur les bords du lac de Tibériade. C'est là que vivait Pierre.

– Saint Pierre ?

– Oui, c'était le point de rassemblement du groupe des apôtres.

– Entendu.

Elle consulta ses relevés archéologiques.

– Je vous donne les coordonnées : 32° 52′ 52″ Nord, 35° 34′ 30″ Est.

Pellegrino programma le saut temporel, puis installa sa caméra Bell & Howell face à l'écran du chronoviseur.

– À partir de maintenant, dit-il, tout ce que nous verrons sera filmé pour le pape.

Il prépara plusieurs magasins de pellicule vierge et confia à Natacha le soin de les changer à mesure qu'ils s'épuiseraient.

– Moteur !

Le lac de Tibériade était une étendue si vaste qu'on l'appelait aussi « la mer de Galilée ». Quelques pêcheurs tirant des filets, des enfants sur les berges, des femmes triant le poisson, tout respirait la tranquillité. À côté, on apercevait les maisons de Capharnaüm. Natacha indiqua l'une d'entre elles.

– Essayez de vous approcher, mon père.

Pellegrino fit « planer » son chronoviseur dans la direction qu'elle indiquait.

– Je pense que c'est la maison de Pierre, dit Natacha.

– Mais… Comment le savez-vous ?

– Il y a quelques années, avec des frères franciscains, nous avons fouillé le terrain. Cette maison a été vénérée très tôt par les premiers chrétiens. On a retrouvé des inscriptions et des graffitis. Certains portaient le nom de Pierre, d'autres celui du Christ. Nous en avons déduit que si l'apôtre a existé, il a certainement habité dans cette maison[1].

– Bien sûr qu'il a existé ! dit Pellegrino en fronçant les sourcils.

– On va donc faire sa connaissance, proposa Natacha. Pourriez-vous resserrer légèrement le cadrage ?

Avec le levier de commande, Pellegrino grossit l'image. La maison de Pierre était faite de gros blocs de basalte posés les uns sur les autres. Elle ressemblait à une petite ferme bâtie autour d'une cour intérieure. Pellegrino arrêta son zoom devant le seuil. Natacha se tourna vers lui en souriant.

– Bienvenue chez Simon Bar-Jona, Simon fils de Jonas, surnommé Pierre par Jésus parce qu'il avait la tête dure !

Le père Ernetti était fasciné. Comme avec les changeurs du Temple, l'Évangile qui avait bercé son enfance retrouvait vie devant lui.

---

1. Authentique. Aujourd'hui, la plupart des spécialistes estiment que c'était bien la maison de Pierre.

– Elle est un peu plus grande que les autres maisons, remarqua-t-il.

– Oui, Pierre devait être un bon pêcheur !

Par la porte principale, on accédait à une petite cour où était installé le four à bois qui servait à la cuisine. Justement, quelque chose était en train de cuire.

– Pierre et sa famille vivent sans doute dans la grande pièce de gauche, commenta Natacha. L'autre, à droite, est réservée au frère de Pierre ou aux invités. C'est peut-être là que réside Jésus quand il est de passage à Capharnaüm.

Pellegrino scruta le petit écran avec attention.

– Pour l'instant, je ne vois personne.

– Attendons, père Ernetti. L'archéologie demande une longue patience.

Ils attendirent une bonne dizaine de minutes. Elle en profita pour changer le magasin de la Bell & Howell.

– Là..., fit Pellegrino en montrant l'écran.

Natacha s'approcha. Deux personnages entraient par la gauche du champ. Ils étaient chargés de sacs de poissons. Pellegrino s'agita.

– Vous croyez que c'est Pierre ?

– Peut-être.

Les deux hommes s'arrêtèrent sur le seuil. Barbus tous les deux, ils portaient de simples tuniques attachées à la taille. Une femme sortit de la maison et embrassa celui qui paraissait le plus âgé.

– Porphyrée, dit Pellegrino. Son épouse.

– J'ignorais son nom, répondit Natacha. Celui qu'elle a embrassé est certainement Pierre.

Le père Ernetti faisait les yeux ronds, comme un enfant devant une vitrine de Noël.

Porphyrée se saisit des deux sacs de poissons et disparut à nouveau dans la maison.

Pellegrino sortit de sa sidération. Il désigna l'autre homme.

– Et son compagnon, croyez-vous que ce pourrait être...

– Jésus ? Non, je ne crois pas. Lui aussi est habillé comme un pêcheur. Je pense plutôt à André, le frère de Simon-Pierre.

Une petite fille sortit en courant de l'habitation et s'élança dans les bras de Pierre. Autour d'eux, un chien jappait joyeusement.

– Une scène de la vie ordinaire en Galilée, commenta Natacha.

– Mais où sont les apôtres ?

– Si nous sommes arrivés à la bonne date, ils ne sont sûrement pas loin.

Pour l'instant, le village était plutôt désert. Natacha leva la tête et réfléchit quelques secondes.

– J'ai une idée, père Ernetti. Je vous propose de passer sur l'autre rive du lac, en...

Elle consulta son livre d'archéologie.

– En 32° 50′ 21″ Nord, 35° 30′ 27″ Est.

– Tibériade ?

– Non, juste à côté, Magdala.

– Pourquoi Magdala ?

– Vous vous rappelez Marie-Madeleine ?

– Oui.

– Son vrai nom, c'était Marie de Magdala !

68

Situé sur la rive occidentale du lac de Tibériade, Magdala était un village un peu plus « bourgeois » que Capharnaüm. Les maisons d'artisans ou de négociants, aux murs lisses et colorés, voisinaient avec les habitations frustes des pêcheurs. La synagogue, construite au bord du lac, n'était certes pas luxueuse, mais ses dorures lui donnaient une apparence plus soignée que celle de Capharnaüm. Autour, de nombreuses échoppes où s'attardaient quelques passants.

– C'est ici que vivait Marie-Madeleine, dit Natacha. Ou plutôt Myriam de Magdala. Qui sait ? Jésus l'a peut-être rencontrée dans cette synagogue.

– L'Évangile dit qu'il l'aurait guérie de « sept démons », précisa Pellegrino.

– Qu'en pense l'exorciste ? demanda-t-elle en souriant.

– Que c'était probablement une maladie nerveuse. Qu'est-ce que les archéologues ont découvert sur Marie-Madeleine ?

– À vrai dire, mon père, nous n'avons aucune trace de son existence. Selon les textes, c'était une femme riche puisqu'elle finançait les déplacements des apôtres.

Pellegrino la regarda, amusé.

– Finalement, Natacha, vous connaissez les Évangiles bien mieux que moi !

– C'est que je les ai beaucoup lus pour écrire ma thèse.

Sur l'écran, quelques ménagères regardaient les étalages. D'autres préparaient un repas dans la cour de leur maison.

– Comment reconnaître Marie-Madeleine parmi tous ces gens ? dit Pellegrino. Nous n'avons aucun portrait.

– J'espérais la trouver dans la synagogue avec le groupe des apôtres, répondit Natacha. Douze hommes accompagnés d'une femme, à l'époque, ce n'était pas banal. Mais personne n'est là.

– Je ne suis pas étonné, répéta le père Ernetti, nous sommes arrivés trop tôt. En l'an 21, Jésus n'a pas encore commencé à prêcher. Il est… je ne sais où.

– À Nazareth ? proposa Natacha.

– Oui, peut-être en famille à Nazareth.

– Alors, qu'est-ce qu'on attend ?

– Allons-y, dit Pellegrino. Vous avez les coordonnées ?

Elle consulta son guide.

– Les voici : 32° 42′ 07″ Nord, 35° 18′ 12″ Est.

À l'époque, Nazareth était un village de petite taille. Il comprenait une cinquantaine de maisons, toutes très modestes et construites sur le même modèle, des habitations à quatre pièces. Au bout du village, ils virent une échoppe.

– Vous croyez que… ?

– Peut-être, dit-elle. Regardez !

Sur un établi installé sur le seuil de la maison, un homme habillé d'un tablier en peau était en train de percer des trous dans une planche avec une sorte d'arc inversé. Le fil de l'arc était entortillé autour d'un foret en métal fixé sur un montant. Un mouvement régulier de va-et-vient permettait de faire tourner la mèche, comme une perceuse moderne.

– C'est l'atelier du menuisier, dit-elle. À l'époque de Jésus, les menuisiers étaient aussi charpentiers et tailleurs de pierre.

Pellegrino approcha son visage de l'écran.

– Cet homme, selon vous, pourrait être… Joseph ?

– C'est bien possible. Compte tenu de la taille du village, je ne pense pas qu'il y ait deux menuisiers.

L'homme, la soixantaine, était vêtu d'une tunique longue au col en V serrée à la taille et coiffé d'une kippa, comme la plupart des Juifs de cette époque. Son visage, orné d'une barbe fournie et presque entièrement blanche, était creusé de nombreuses rides et hâlé par de longues journées de travail au soleil. Il avait les gestes rapides et sûrs des professionnels. Natacha se pencha alors vers Pellegrino et lui chuchota à l'oreille :

– Père Ernetti, regardez…

Une femme sortait de la maison avec une bassine de fils de laine peignée qu'elle venait de laver. Elle la posa sur le sol.

– *Elle* ? dit Pellegrino.

– Probablement, fit Natacha.

La voix du père Ernetti était devenue sourde et ses yeux se mouillèrent de larmes. Munie d'une pince en bois, la femme préleva une partie de la laine vierge dans sa bassine qu'elle trempa dans une cuve contenant une teinture sombre. D'autres cuves, avec des teintures qui semblaient de différentes couleurs, étaient disposées à côté.

Pellegrino se signa, quitta son siège et s'agenouilla. En fermant les yeux, il prononça entre ses lèvres un *Salve Regina* en latin :

– « *Salve, Regina, mater misericordiae vita, dulcedo et spes nostra, salve. Ad te clamamus, exules, filii Evae. Ad te suspiramus, gementes et flentes in hac lacrimarum valle*[1]. »

Natacha garda pudiquement le silence. Puis Pellegrino reprit sa place à côté d'elle.

– Je m'y attendais, mais j'ai du mal à croire que…

---

1. « Salut, ô Reine, Mère de Miséricorde, notre vie, notre consolation, notre espoir, salut ! Enfants d'Ève, de cette terre d'exil nous crions vers vous, vers vous nous soupirons, gémissant et pleurant dans cette vallée de larmes. »

– Je comprends votre émotion, mon père.

Mentalement, Natacha lui donnait environ quarante-cinq ans. En l'an 23, si son fils avait trente ans, elle pouvait l'avoir eu vers quinze, seize ans. Ses longs cheveux bruns, dissimulés sous un voile, étaient devenus gris. Elle avait un regard étonnamment vif. Marqué de quelques rides, son visage était fin et pâle. Tout en elle respirait la douceur.

– Elle est belle.

– Oui, elle est belle, répéta Natacha.

Pellegrino pouvait à peine parler.

– Et… Jésus ?

– Pour le moment, je ne vois personne d'autre. Ah, Joseph quitte la maison !

L'homme âgé, en effet, avait passé sur son épaule un sac empli de quelques outils.

– Où va-t-il ?

– Il emporte ses outils. Donc, il va travailler chez un client.

– Il ne se dirige pas vers le village, remarqua Pellegrino.

– Alors, je pense qu'il va à Sepphoris, répliqua Natacha. La capitale de la Galilée, à cinq kilomètres de Nazareth. À l'époque, beaucoup de Galiléens travaillaient là-bas. On y va ?

– Vous croyez qu'on y trouvera Jésus ?

– Il n'y a qu'une manière de le savoir.

Elle consulta son manuel d'archéologie.

– Vous faites 32° 45′ 11″ Nord, 35° 16′ 46″ Est et vous arriverez au centre de la ville. Pour la programmation du temps, gardez la même date mais avancez de deux heures. C'est à peu près le temps que mettra Joseph pour s'y rendre à pied.

Pellegrino manipula la machine avec une telle hâte… qu'il créa un court-circuit ! Natacha éclata de rire. Ils étaient plongés dans le noir. Le garde suisse frappa à la porte.

– Un problème, mon père ?

– Pouvez-vous appuyer sur le bouton du disjoncteur, mon ami ? demanda Pellegrino. Dans le couloir, juste au-dessus de vous.

La lumière revint. Il fallut remettre la machine en marche.

Pellegrino semblait vexé.

– Qu'est-ce qui vous fait rire ?

– Votre nervosité !

– Je voudrais vous y voir, vous, si vous vous trouviez en face de… je ne sais pas, moi, Abraham ou Moïse.

– Oh, moi, vous savez, dit Natacha, en dehors de Clark Gable, aucun homme ne m'impressionne !

69

– Je suis venu aussi vite que j'ai pu.

Carvalho pensa que l'argent qu'il lui devait encore pour sa collaboration avait été pour beaucoup dans la précipitation de Manfred Ehrlich. Mais peu importe, il était là, à Rome, fraîchement arrivé de la frontière suisse[1].

– Je suis très content de vous revoir, Manfred. J'ai de nombreuses questions à vous poser.

– Euh, moi aussi, mon père, je voulais vous dire…

– Votre chèque ? Bien entendu, je vous l'ai préparé. Pas encore signé, mais préparé.

Manfred Ehrlich se rembrunit.

– Des problèmes, Dom Alberto ?

– Aucun, sauf ceux que vous connaissez déjà. J'ai appris qu'au CERN vous avez acquis une bonne réputation en matière de physique quantique.

Ehrlich, qui ne voyait pas où Carvalho voulait en venir, fit le modeste.

– Oh, je suis loin du niveau du professeur Miller, Dom Alberto, mais je me défends. Vous m'avez fait venir pour un cours particulier ? demanda-t-il en riant.

1. Le CERN se trouve à la frontière entre la France et la Suisse.

– Presque, répondit Carvalho sur le même ton. Pendant que nous construisions la machine, Desmond Miller m'a parlé des mystères de cette drôle de physique. Le monde de l'atome n'est pas le même que le nôtre, apparemment ?

– Non, il semble obéir à des lois différentes. C'est un milieu où les particules sont partout et nulle part, où les choses n'existent que si on les observe. Et encore, ce n'est pas certain. Certains physiciens un peu extrémistes pensent que, dans l'univers de l'atome, les réalités se divisent à l'infini.

– C'est là où je voulais en venir, Manfred. Miller m'a parlé des théories physiques d'un certain Hugh Everett. Vous le connaissez ?

– Bien sûr, c'est le physicien à la mode en ce moment ! Il fait partie des extrémistes dont je vous parlais. Je l'ai rencontré l'année dernière aux États-Unis. Gros buveur et gros fumeur… pas seulement de tabac.

– C'est quelqu'un de sérieux ?

– Ce qu'il raconte peut certainement surprendre, mais il a des arguments.

– Manfred, vous me connaissez, vous savez que je n'aime pas les longs discours : en deux mots, quelle est son idée ?

– En deux mots, mon père, c'est difficile. Il pense que la réalité, ce que nous appelons la réalité, n'est pas une, mais multiple.

– Ne faites pas de philosophie, Manfred. Des faits !

– Des faits ? Eh bien, une nuit de 1954, Everett s'est saoulé avec deux camarades de cours à l'université de Princeton. C'est à cette occasion qu'il a eu l'idée des univers multiples…

Ils parlèrent toute la soirée. Rebuté au début par l'extrême abstraction des théories quantiques que Manfred Ehrlich essayait de vulgariser, Carvalho se dit que son intuition, une fois de plus, ne l'avait pas trompé. Et que, sans en avoir conscience, le pape était en train de préparer, avec son complice Ernetti, un désastre de première grandeur pour l'ensemble du monde chrétien.

70

Comme le Temple de Jérusalem, la ville nouvelle de Sepphoris avait été construite par Hérode sur le modèle romain. Elle était toute proche de Nazareth, mais c'était vraiment un autre monde, bien loin de l'aspect austère des villages de Judée.

– Ils ont même un *cardo*, observa Natacha.

– Qu'appelez-vous un *cardo* ? demanda Pellegrino.

– Dans une ville romaine, le *cardo maximus* est la rue principale, le grand axe nord-sud d'une cité.

Le *cardo* de Sepphoris était fait de larges pavés sur lesquels circulaient des chars tirés par des chevaux et d'autres, plus gros, tirés par des bœufs. Il débouchait latéralement sur des voies plus petites, garnies d'échoppes. On y voyait déambuler des hommes et des femmes vêtus à la romaine, de tuniques blanches ou colorées. Le père Ernetti remarqua avec plaisir que Natacha était émerveillée.

– On se croirait à Pompéi, dit-elle. Un Pompéi tout neuf !

La comparaison n'était pas fausse. Pellegrino avait visité la ville ensevelie quelques années auparavant. Il y avait les mêmes immeubles collectifs à étages, les *insulae*, et de luxueuses villas à la romaine aux cours décorées de mosaïques. Quatre aqueducs alimentaient des réservoirs et des bassins ainsi que ce qui était sans doute, vu en plongée, un établissement de bains publics.

– Comment trouver Joseph dans cette foule ? se plaignit Pellegrino.

– C'est un menuisier, il suffit de trouver un chantier en cours. J'en vois un gros.

– Où cela ?

– Sur la partie haute de la ville, dit Natacha, à gauche de votre écran.

On apercevait en effet un amphithéâtre en construction. Passé maître dans l'art de la navigation au moyen du levier du chronoviseur, Pellegrino obliqua vers le chantier comme le ferait un hélicoptère.

– Pouvez-vous descendre vers le *proscenium*, mon père ?

Il zooma sur la grande scène, faite en bois. Une dizaine d'ouvriers travaillaient sur les finitions du plancher.

– Approchez-vous encore, je crois que je vois Joseph.

Pellegrino s'avança avec le chronoviseur. Le menuisier était là, avec ses ouvriers.

– L'un d'eux est peut-être Jésus, suggéra Natacha.

– Ils sont au moins une dizaine. Comme pour Marie-Madeleine, nous n'avons aucun moyen de le reconnaître.

– Pouvez-vous resserrer encore votre cadre, mon père ?

– Je suis au maximum.

Joseph était clairement le patron. Il supervisait le travail de ses ouvriers, donnant des conseils ou rectifiant un détail. Il s'avança vers un jeune homme en train de raboter une planche posée sur des tréteaux et lui prit affectueusement la main sur l'épaule.

– Et si c'était lui ? dit Natacha. Les autres sont trop âgés.

Joseph quitta le jeune homme pour examiner le travail d'un autre menuisier.

– Regardez son visage…

– Qu'est-ce que vous lui trouvez ?

– Son regard. C'est le même que celui de Marie.

Comme la plupart des habitants de Judée, le jeune homme était brun et avait les cheveux frisés, mais coupés court. Petit et plutôt trapu, il était habillé d'une simple tunique sous laquelle on devinait un châle de prière, un *talit* pourvu de *tsitsits*, des franges tressées comme en portent les Juifs religieux. Sur le crâne, il portait une kippa. Son visage était en partie caché par une épaisse barbe brune frisée. Sa peau était mate, ses yeux bruns, mais son regard était empreint de la même douceur que celui de sa mère.

Pellegrino fronça les sourcils.

– Ce serait lui, Jésus ? Mais… il ne ressemble pas à Jésus !

– Parce que vous savez, vous, à quoi ressemblait Jésus ?

– Non, mais…

– Jésus ne ressemblait pas aux images des livres de catéchisme, mon père. Il n'avait ni les cheveux ondulés ni les yeux bleus. Jésus était un Juif qui ressemblait à un Juif.

À court d'arguments, Pellegrino s'exclama :

– Mais… Il est gros !?

– Pas gros, mais costaud. Il le fallait pour aller à Jérusalem à pied ou pour chasser les marchands du Temple. Jésus a fait le coup de poing, père Ernetti, ce n'était pas un freluquet !

Le père Ernetti était réticent. Il ne pouvait admettre que l'homme qu'il voyait sur l'écran, si différent du Jésus de la tradition, était le vrai Jésus de Nazareth.

– Ne nous emballons pas sur cet homme, dit-il, nous n'avons aucune certitude.

– Nous allons vérifier, proposa Natacha. Je pense que vous aviez raison, nous sommes arrivés trop tôt dans le temps. En 21, Jésus n'est pas encore devenu Jésus. Il travaille comme menuisier chez son père, mais c'est déjà un rabbi, on le voit à la façon dont il est habillé.

Pellegrino était déjà en train de programmer la machine.

– J'avance de deux ans ?

– Oui, revenons à Capharnaüm.

Ils retournèrent à la maison de Pierre, mais cette fois en l'an 23. Devant le seuil, une dizaine d'hommes et de femmes entouraient un homme qui leur parlait avec le souci de les convaincre. C'était le même homme qu'à Sepphoris.

– Vous voyez ? dit-elle à Pellegrino qui fixait l'écran, immobile.

Cette fois, comme pour Marie, il avait des larmes aux yeux.

– Mon Dieu…

– Pourriez-vous lire sur ses lèvres ? demanda Natacha.

Pellegrino répéta mécaniquement les paroles qu'il devinait. Natacha traduisit le mot à mot.

– « Je dois… annoncer la nouvelle… du… aux villes aussi. »

Le père Ernetti feuilleta hâtivement sa bible.

– « Je dois annoncer la bonne nouvelle du royaume de Dieu aux autres villes aussi, car c'est pour cela que j'ai été envoyé. » C'est dans Luc, en 4,43.

– Vous voyez ? dit Natacha. C'est vraiment lui.

Pierre sortit alors de la maison et parla à Jésus. Tous deux disparurent à l'intérieur.

– Que font-ils ? demanda Natacha.

À nouveau, Pellegrino consulta sa bible.

– Je pense que Jésus est en train de guérir la belle-mère de Pierre.

Il continua de lire l'Évangile : « Le soir venu, après le coucher du soleil, on lui amenait tous ceux qui étaient atteints d'un mal ou possédés par des démons. La ville entière se pressait à la porte. »

– Voilà pourquoi le nom de Capharnaüm évoque le désordre, dit Natacha. Quand Jésus est là, on se bouscule à la porte de Pierre !

Elle fut surprise, alors, de voir que Pellegrino avait du mal à respirer.

– Qu'avez-vous, père Ernetti ?

– Je… J'ai besoin de prendre l'air.

Il était devenu très pâle. Elle le soutint, de peur qu'il perde connaissance. Elle apporta une chaise.

– Asseyez-vous. Voulez-vous un peu d'eau ?

– Pouvez-vous couper la machine, Natacha ? Il suffit d'appuyer sur ce gros bouton.

Elle fit ce qu'il demandait.

– C'est beaucoup pour un même jour, dit-il en dégrafant le col de sa soutane.

– Je comprends. Voulez-vous qu'on aille voir un médecin au palais du pape ?

– Non, je voudrais juste sortir.

– Allons sur la place Saint-Pierre. Appuyez-vous sur moi, dit-elle.

71

Ils marchèrent un moment en silence. Il était à peu près dix-sept heures. Une légère fraîcheur rendait cette fin de mois d'août à peu près supportable. Pellegrino semblait perdu dans ses pensées. Natacha alluma une cigarette.

– Vous aviez raison Natacha, dit Pellegrino. Il n'est guère facile de se retrouver en face de ses croyances.

– La foi n'aime pas la pleine lumière, répondit la jeune femme. Elle préfère le clair-obscur des lieux de culte.

– J'ai encore du mal à réaliser. Cet après-midi, je les ai vus tous les trois, dans une petite salle, à trois cents mètres d'ici, sur un pauvre écran de télévision en noir et blanc. Je les ai vus comme je vous vois. Joseph, Marie et le Seigneur Jésus.

– C'était merveilleux, non ?

– Oui, c'était merveilleux. Mais ils sont si…

– Si humains ? l'aida Natacha.

– Oui, reconnut-il, c'est à peu près ça.

– Ils n'ont pas d'ailes dans le dos, non. Mais rien ne vous oblige à diffuser ces images.

– C'est le pape qui en décidera. Mais je crois qu'il faut les montrer à tous les chrétiens.

Il se retourna vers la basilique, illuminée par la lumière dorée du soir.

– Cette place est magnifique, vous ne trouvez pas ?

Natacha fut surprise par sa question.

– Elle est très belle, oui.

– Vous saviez que c'était Le Bernin qui l'avait conçue ?

En riant, elle montra son guide touristique.

– Mais oui, je le sais grâce à lui. Même s'il est imprimé en hébreu, mon guide m'a tout dit sur le Vatican !

– Pour Le Bernin, reprit Pellegrino, ces colonnades symbolisaient les bras tendus de l'Église qui embrasse le monde.

Il ferma les yeux en détachant ses mots, comme s'il voulait se convaincre de ce qu'il disait.

– C'est cela qui compte, Natacha, les bras tendus. L'Église va vivre une grande épreuve, elle la surmontera en gardant les bras ouverts.

Natacha se dit que le moment était peut-être venu de parler au père Ernetti.

– Mon père, je voudrais vous demander un grand service…

– Demandez-moi ce que vous voulez, Natacha. Sans vous, je me serais égaré et je serais encore en train de chercher Jésus.

Natacha respira un grand coup.

– Pendant des années, en tant qu'archéologue, je me suis posé la même question : comment Jésus est-il devenu Jésus ? Est-ce une révélation céleste ou son enseignement s'inscrivait-il dans un courant de l'histoire juive ?

– Le saurons-nous jamais, Natacha ? Qu'est-ce qui vous préoccupe ?

– J'ai travaillé sur les manuscrits de la mer Morte et j'ai fouillé pendant plusieurs mois le site de Qumrân. Avez-vous entendu parler de la communauté des Esséniens ?

– Oui, comme tout le monde. Qu'avez-vous en tête ?

– À présent que nous connaissons l'apparence de Jésus, je voudrais savoir s'il a vécu parmi les Esséniens, s'il a subi leur influence et même… s'il était l'un d'eux.

– Qui dit cela ?

Il avait un regard si franc qu'elle avait du mal à lui mentir. Elle répondit dans un souffle :

– Je… des archéologues.

Il avait compris.

– Vous voulez que je programme la machine sur le site de Qumrân entre l'an 21 et l'an 23, c'est cela ?

– Oui. En 21, Jésus travaille encore chez son père. En 23, il a commencé son ministère en Galilée. S'il a vécu chez les Esséniens, c'est en l'an 22.

– Nous pouvons vérifier ce point, mais cela ne fait pas partie de ma mission. Il faudrait demander une autorisation au pape.

– Il n'acceptera jamais, dit Natacha. Il dira que nous voulons diminuer l'originalité de Jésus en faisant de lui un Essénien ou un de leurs disciples.

– C'est ce que vous voulez, Natacha ?

– Non, je ne cherche que la vérité. Et cette merveilleuse machine nous en dira plus en quelques images que vingt ans de fouilles dans le désert. Mon père, faites-le pour moi, c'est la recherche qui a occupé toute ma vie !

Il la fixa de son air malicieux.

– Nous irons à Qumrân, Natacha, mais ce sera notre petit secret. Vous ne me trahirez jamais ?

Le visage de la jeune femme s'illumina d'un grand sourire.

– Jamais !

72

– Cette fois, on ne filme rien ? dit Natacha.

– Surtout pas ! Nous sommes dans la plus totale illégalité.

– Alors, tant pis pour mes preuves !

– Ce que nous allons voir doit rester dans votre tête. C'est déjà beaucoup.

Il mit en marche la machine.

– Le 7 mai de l'an 22, ça vous va ?

– Pourquoi pas ?

Elle consulta son manuel.

– Vous trouverez Qumrân en 31° 44′ 27″ Nord, 35° 27′ 31″ Est, dit-elle.

Les images de Qumrân se formèrent sur l'écran. Le paysage était celui qu'elle connaissait par cœur. Mais cette fois, les bâtiments n'étaient plus des ruines. Peu nombreux, ils avaient leurs toits faits de poutres, de plâtre et de paille. Les murs étaient montés avec les pierres locales, scellées par une grosse couche de plâtre.

– Regardez, père Ernetti, c'est dans cette pièce qu'ont été confectionnés les manuscrits de la mer Morte.

Elle lui montra le *scriptorium*. On ne pouvait pas voir à l'intérieur, mais un homme sortit du bâtiment avec un rouleau sous le bras, qu'il examina attentivement à la lumière du soleil.

– Un des manuscrits de la mer Morte… tout neuf, dit Natacha. J'en connais qui paieraient cher pour voir ça !

À quelques mètres de là, une tour de guet aux murs épais permettait de donner l'alerte en cas de raid d'une tribu du désert. Il y avait aussi un atelier de potier, avec sa cuve où il préparait l'argile, une roue en pierre et deux fours à cuisson. On y confectionnait les jarres si caractéristiques dans lesquelles avaient été conservés les manuscrits retrouvés en 1947. Éparpillées dans le paysage, des citernes et des piscines captaient les eaux de pluie pour les bains rituels. Quant aux Esséniens…

– C'est curieux, dit Pellegrino, ils se croisent, mais ne se parlent pas. Comme s'ils avaient fait un vœu de silence.

– C'était leur manière d'être, mon père.

– Bien austère !

Tous, le visage fermé, portaient une longue tunique blanche et un voile blanc autour de la tête. Ils allaient et venaient, semblant occupés seulement par leur mission. Certains se regroupaient pour prier ou écouter un prêche. D'autres se livraient à leurs ablutions rituelles. Aucun enfant, aucune femme parmi eux.

– Je crois qu'ils mangeaient et dormaient dans des tentes ou dans les grottes voisines, dit Natacha.

– Pas de femmes ?

– La plupart étaient célibataires. Mais quelques-uns avaient amené leurs épouses, nous le savons à cause des ossements trouvés dans leur cimetière.

– Apparemment, elles ne se mélangaient pas aux hommes.

– Non, elles restaient dans les tentes.

– Natacha, c'est très différent du groupe qui suivait Jésus !

Exactement ce qu'elle se disait. Jésus était suivi par ses apôtres, mais aussi par des femmes comme Marie de Magdala, Jeanne veuve de Chouza, Suzanne, peut-être même des prostituées ! Chez les Esséniens, on observait clairement une ségrégation.

Les femmes, sans doute considérées comme impures, restaient reléguées au bout du village.

– Et que faisaient-ils dans ces bâtiments, en dehors d'écrire leurs manuscrits ? demanda Pellegrino.

– Ils se préparaient pour la fin du monde. Ils pensaient qu'elle pouvait survenir d'un moment à l'autre. Depuis un siècle et demi, ils se purifiaient pour être prêts à affronter le Jugement dernier. Ils croyaient que le reste de l'humanité allait disparaître, comme au temps du Déluge. Eux seuls, parce qu'ils étaient des élus, étaient appelés à survivre et à repeupler la Terre.

– Des célibataires pour repeupler la planète ? s'amusa Pellegrino.

Elle n'aimait pas son côté badin.

– Ne vous moquez pas, père Ernetti.

– Natacha, lui dit Pellegrino, voyez les choses en face : vos Esséniens, c'est une secte !

Elle ne répondit pas, mais l'impression était curieuse. D'un côté, c'est bien ainsi qu'elle les imaginait lorsqu'elle déchiffrait leurs textes. De l'autre côté, ces images les montraient tels qu'ils étaient : sinistres. Oui, c'était bien une secte comme il en existe aujourd'hui encore au Texas ou en Amérique du Sud.

– Je ne crois pas que vous trouverez le Christ dans un endroit pareil, renchérit Pellegrino.

Elle pensa à ce que lui avait annoncé Thomas à Qumrân : « Tu ne trouveras rien, Nat, parce que tu te trompes. »

En se tournant vers elle, Pellegrino vit qu'elle se décomposait à mesure qu'elle observait les images. Il regretta ses paroles et chercha à l'aider.

– Peut-être arrivons-nous trop tard ? Voulez-vous que je recule de six mois ?

– Allez-y, dit-elle, sans trop y croire.

Six mois avant, le spectacle était le même. Ils scrutèrent l'écran de longues minutes. Les membres de la communauté n'étaient pas nombreux, Jésus aurait été facile à reconnaître. Il n'était pas là.

– J'ai peut-être trop reculé dans le temps. En décembre 21, Jésus est peut-être encore en Galilée. J'avance de trois mois ?

– Oui, s'il vous plaît, dit Natacha, au bord des larmes. Et après, on arrête.

Il mit le cap sur le mois de mars de l'an 22.

Soudain, Natacha s'agita.

– Regardez ! L'homme sur la colline…

Un homme était assis à une centaine de mètres du village communautaire. Pellegrino manipula le chronoviseur pour se rapprocher de lui. L'homme était vêtu comme les autres d'une tunique blanche. Les yeux dans le vague, il était en train de prier.

– C'est le même homme que nous avons vu à Sepphoris, dit Natacha.

– C'est vrai, reconnut Pellegrino.

– Je ne m'étais pas trompée !

Elle laissa éclater sa joie. Il aurait été content pour elle… si la présence de Jésus dans un endroit pareil n'était pas si dérangeante pour lui.

– Quel dommage de ne pas pouvoir prendre une photo, dit-elle. Je tiendrais ma preuve.

– Ce n'est pas possible, Natacha.

– Au moins, je *sais* que j'avais raison. Jésus a bien appartenu à la communauté.

Pellegrino ne l'écoutait plus. Elle le remarqua.

– Que regardez-vous ?

– Jésus. Il prie… mais pas avec les autres.

– Il vient d'arriver, dit Natacha. Il n'a pas encore tissé de liens avec la communauté.

– Ou il n'en a *déjà plus*, suggéra Pellegrino.

– Que voulez-vous dire ?

– Nous allons voir. J'avance de trois semaines, je passe au début avril.

L'écran montra à nouveau le site de Qumrân. Jésus n'était plus là.

– Je crois qu'il est parti, Natacha.

– Attendez un moment, il va revenir.

Ils attendirent. Il ne revint pas.

– Il a bien vécu chez les Esséniens, dit Pellegrino, mais pas longtemps. Il les a fréquentés comme un jeune homme, aujourd'hui, fait son expérience dans un parti extrémiste. Il est reparti en Galilée quand il a compris que ce ne serait pas ici, à Qumrân, qu'il trouverait sa voie. Jésus aimait la vie, Natacha. Dans cette communauté, il n'a rencontré que des morts vivants.

Natacha était comme paralysée. La démonstration du père Ernetti était imparable. Elle était bâtie sur la force des images, pas sur des hypothèses discutables à l'infini. Elle se leva, jeta son manuel à terre et frappa à la porte. Le garde suisse ouvrit, adressa un coup d'œil interrogatif au père Ernetti, mais la laissa passer. Pellegrino, pensif, coupa le chronoviseur. Il n'avait pas voulu lui faire de mal, mais c'est du Christ qu'il s'agissait. Il ne pouvait pas lui mentir pour lui faire plaisir. Il sortit à son tour. Elle était assise sur un banc de la place Saint-Pierre, le regard dans le vague, et se détourna à son approche.

– Pardon, Natacha, pardon. Je vous ai peinée, je le vois bien. Pardon !

Il découvrit qu'elle avait pleuré.

– Vous n'avez pas à vous excuser, mon père, vous aviez raison. Mais pour moi, c'est… une telle déception !

Il la sentait vraiment affectée.

– J'ai été brutal, je m'en veux.

Les yeux de la jeune femme étaient encore humides.

– Pendant des années, père Ernetti, je me suis épuisée sur cette question, je l'ai tournée dans tous les sens. J'ai polémiqué, je me suis fait des ennemis, j'ai même risqué ma carrière… et il a suffi de quelques minutes avec votre machine pour tout balayer. C'est une partie de ma vie qui s'en va en fumée.

– C'est vous qui avez insisté, Natacha.

– Je le sais bien.

Plus tôt dans la journée, c'est lui qui avait eu besoin de son aide, à présent, c'était elle. Il s'assit sur le banc et la prit par l'épaule, comme le ferait un grand frère.

– Mais vous n'aviez pas complètement tort. Jésus est bien venu à Qumrân... même s'il n'est pas resté longtemps.

– Jésus n'était pas un Essénien, père Ernetti. Sur ce point, je me suis lourdement trompée !

– Saura-t-on jamais qui était Jésus ? Même pour le prêtre que je suis, il reste une énigme.

Elle le regarda avec un sourire doux-amer.

– J'ai au moins fait un heureux.

Il sécha ses yeux avec un mouchoir.

– La vie est si belle, Natacha, quand elle garde une part de mystère !

73

– Encore lui ? s'exclama le pape, excédé.

– Il dit que vous êtes de vieux amis, Votre Sainteté. Il insiste pour vous rencontrer. Il patiente dans l'antichambre. Voulez-vous que je le fasse expulser ?

– Non, puisqu'il tient tant à me voir.

Et c'est ainsi que le nouveau pape alla au-devant de son « vieil ami » Dom Alberto Pindare de Carvalho. Quand il entra dans la salle des audiences, il tendit sa main à l'évêque de Rio qui embrassa avec une humilité feinte l'anneau du pêcheur.

– Saint-Père, je tenais à vous féliciter pour votre élection… et aussi pour votre habileté. À l'heure qu'il est, à Macapa, ma pauvre maison familiale n'est qu'un gros tas de cendres. Vos amis de la CIA ont été très efficaces !

Paul VI afficha son sourire de premier de la classe qui, il le savait, horripilait Carvalho.

– Monseigneur, pensiez-vous vraiment pouvoir balayer le Vatican avec cette vieille histoire de donation de Constantin ? Cela fait des siècles qu'on incrimine ce document sans que cela ne change rien à la vie de l'Église. Tout ce que vous auriez pu faire en montrant quelques pauvres images muettes n'aurait rien changé non plus.

Carvalho n'insista pas.

– Oublions ces querelles, Très Saint-Père. Vous êtes le pape, à présent. J'ai échoué et je m'incline. Si j'ai demandé à vous voir, c'est d'abord pour retrouver des liens d'amitié avec un vieil ami.

Paul VI acquiesça. Évidemment, il n'était pas dupe.

– Et ensuite ?

– Ensuite, parce que je suis un homme curieux.

– Continuez.

– Puisque nous nous parlons franchement, vous savez à présent pourquoi le chronoviseur m'intéressait. J'imagine que si je vous demande à mon tour ce que vous comptez en faire, vous me répondrez en me servant des fariboles.

– Votre perspicacité force mon admiration, Dom Alberto.

– Que voulez-vous, Saint-Père, nous sommes faits dans le même métal. Cela étant…

– Oui ?

– J'ai, voyez-vous, une petite idée de vos desseins.

– Ah oui ?

– Je voudrais vous dire ceci, Saint-Père, et cette fois de chrétien à chrétien. Je viens d'avoir une longue discussion avec un physicien du CERN, un spécialiste de la physique quantique.

– Vous vous intéressez à la physique, à présent ?

– Je m'intéresse à tout, Votre Sainteté.

– Eh bien ?

Il ne voyait pas où Carvalho voulait en venir.

– Quand ce physicien m'a parlé de cette étrange physique, continua Carvalho, il a utilisé l'image d'une partie de pêche à la ligne. Le physicien qui observe le monde des particules est dans la situation d'un pêcheur qui trempe sa ligne dans un lac[1]…

Carvalho insérait des silences dans son récit, comme s'il voulait créer un suspense artificiel.

---

1. Je m'inspire ici de la belle métaphore proposée par Sven Ortoli et Jean-Pierre Pharabod dans *Le Cantique des quantiques* (Éd. de la Découverte, 1984).

– Imaginez que, dans ce lac, vit un seul poisson. Un gros, un beau poisson, mais un poisson solitaire. Dans la réalité habituelle, dans le monde macroscopique, le poisson est à tel ou tel endroit du lac, il a une existence bien réelle. Dans le monde des microparticules, c'est différent. Le poisson est disséminé dans le lac, son existence n'est qu'un nuage de probabilités. Il est partout et nulle part à la fois. Pour la mécanique quantique, son existence se confond avec une équation, que les physiciens appellent une fonction d'onde.

– L'équation de Schrödinger, je sais.

– Je vois que je ne vous apprends rien, Saint-Père.

– Sans être physicien, j'ai lu quelques livres de physique. Revenons à votre pêcheur.

– Oui. Tout change quand le pêcheur attrape le poisson…

Paul VI trouvait sa manière de raconter la fable franchement exaspérante.

– À ce moment-là, dit Carvalho, le poisson virtuel devient réel. Il se matérialise au bout de la ligne. Les physiciens disent que le pêcheur a « réduit la fonction d'onde ».

– Et alors ? répliqua le pape. À l'arrivée, il n'y a qu'un seul poisson, celui que le pêcheur va faire frire !

– Pas nécessairement, Saint-Père. Certains physiciens, comme l'Américain Hugh Everett, suggèrent que le poisson, dans le lac, existe dans une infinité de réalités parallèles. Quand le pêcheur trempe sa ligne, il « accroche » une de ces réalités.

– Où voulez-vous en venir, Carvalho ?

Dom Alberto le fixa droit dans les yeux. Son regard était devenu grave, presque dur.

– Prenez garde à ce que vous allez pêcher dans l'Histoire, Saint-Père. Votre pêche miraculeuse pourrait bien se révéler diabolique !

74

Comme c'était dimanche, le père Ernetti avait proposé à Natacha de l'emmener sur la plage d'Ostie, à une trentaine de kilomètres de Rome. Après avoir garé sa Topolino, il l'emmena découvrir « le meilleur glacier de tout le Latium ». Ce n'était qu'un petit glacier ambulant qui s'autoproclamait ainsi en lettres rouges sur sa roulotte. Pellegrino le connaissait depuis des lustres. Il leur confectionna de belles glaces à trois boules qu'ils allèrent déguster à la terrasse d'une brasserie. Le ciel avait un bleu d'Italie et la plage était noire de monde. Natacha ferma les yeux et livra son visage au soleil.

– J'ai passé un an dans le désert, dit-elle, et c'est la première fois depuis longtemps que j'apprécie le soleil !

– Celui de chez nous est une caresse, dit Pellegrino.

Natacha reprit la conversation de la veille :

– Père Ernetti, comment voulez-vous continuer nos explorations ?

– Je veux apporter au pape le Jésus qu'il réclame, celui qui remuera les foules et leur rendra la foi. Alors, j'ai pensé aux miracles.

– Pourquoi pas ? Quel miracle avez-vous en tête ?

– J'ai apporté notre outil de travail.

Il sortit une bible de son sac et un bloc-notes.

– Il faudrait commencer par les recenser…

– Moi, je vais me baigner !

Elle lui tendit son cornet de glace, se leva, dégrafa sa jupe et déboutonna son chemisier. Elle était en bikini et fila en courant vers la mer Tyrrhénienne, où elle plongea avec délices. Il resta un moment rêveur avec sa bible et ses deux cornets de glace entre les mains. Trente minutes plus tard, elle revint se sécher près de lui.

– Ma glace ?

– Dans le verre, dit-il. C'est une soupe, à présent.

– En Israël, on appelle ça un *sahlab*. C'est le milk-shake libanais.

Elle but la glace fondue à petites gorgées.

– Alors, ces miracles ?

– Il y en a beaucoup, dit Pellegrino, j'ai fait la liste. La femme hémorragique de Bethsaïde, l'aveugle de Jéricho, le paralytique de Bethesda, la résurrection de Lazare, les noces de Cana. Que penseriez-vous des noces de Cana ?

– La transformation de l'eau en vin ? Je ne vous le conseille pas, dit Natacha.

– Pourquoi ? C'était un miracle domestique, mais un miracle quand même.

– Vous seriez déçu. Les fouilles des archéologues ont permis de comprendre comment les anciens, à l'époque de Jésus, conservaient leur vin.

– Ah ?

– Ils tenaient la technique des Romains. Ils faisaient s'évaporer le vin et le transformaient en une sorte de sirop qui se gardait longtemps. Il suffisait d'y ajouter de l'eau pour…

– J'ai compris, dit-il. En somme, à Cana, Jésus se contenta d'être une sorte de sommelier ?

– Non, mais… ce n'est pas le plus convaincant des miracles. Je dis cela dans votre intérêt, mon père.

La conversation continua le long de la plage. Pellegrino avait retroussé le bas de son pantalon, Natacha avait passé son chemisier sur son bikini.

– Et la résurrection de Lazare ? proposa-t-elle.

– Impossible. Le miracle s'est déroulé à l'intérieur du tombeau, le chronoviseur ne perce pas les murs. Non, j'ai pensé à un autre miracle qui se déroule au grand jour, celui où il guérit le paralytique.

– La piscine de Bethesda ?

– Oui, vous connaissez ?

– J'habite dans un deux-pièces à Jérusalem qui se trouve dans le quartier de l'église Sainte-Anne. C'est là que les archéologues ont découvert les vestiges de la piscine de Bethesda. J'ai visité le site, c'est exactement ce qu'il nous faut !

Il se mit à rire.

– C'est bien vous, ça. Je vous parle d'un miracle de Jésus et vous me répondez que vous habitez juste à côté !

75

Il leur fallut plus d'une heure, à cause des embouteillages, pour se rendre au laboratoire. Pellegrino mit la machine en marche.

– Pour le lieu du miracle, nous savons. C'est l'actuelle église Sainte-Anne, en 31° 46′ 53″ Nord, 35° 14′ 11″ Est, précisa Natacha.

– Et la date ? demanda Pellegrino.

– C'est plus difficile. Je vous lis le texte de Jean, qui introduit les versets sur le miracle de Bethesda : « Après cela, il y eut une fête juive et Jésus monta à Jérusalem. » Jean dit aussi : « C'était un jour de shabbat. »

– Donc le miracle s'est déroulé un samedi après une fête juive. Mais nous ne savons pas laquelle, ni en quelle année ?

– Je continue, dit Natacha : « Or à Jérusalem, près de la porte des Brebis, il y a une piscine qui s'appelle en hébreu Bethesda et qui a cinq portiques. Sous ces portiques un grand nombre de malades étaient couchés : des aveugles, des boiteux, des paralysés. Ils attendaient le mouvement de l'eau car un ange descendait de temps en temps dans la piscine et agitait l'eau. Et le premier qui descendait dans l'eau après qu'elle avait été agitée était guéri, quelle que soit sa maladie. »

– Qu'est-ce que ça signifie ?

– Que les eaux de la piscine avaient la réputation d'être miraculeuses parce qu'elles se mettaient régulièrement à bouillonner. Je pense qu'il s'agissait d'un phénomène géologique, un peu comme les geysers. Israël est situé dans une zone sismique, mon père. Ce qui…

Elle s'interrompit. Elle avait une idée.

Elle alla décrocher le téléphone. La conversation qui suivit dura une bonne demi-heure. Comme elle se déroulait en hébreu, Pellegrino n'y comprenait rien. Mais il avait le sentiment, à l'intonation de la voix de Natacha, qu'elle avait trouvé une bonne piste.

– J'ai notre renseignement, dit-elle en raccrochant. J'ai appelé un ami géologue de l'université Bar-Ilan. Il a déterminé les périodes où le geyser se manifestait. Ces phénomènes sont comme des horloges.

– Il a reconstitué ce qui se passait il y a deux mille ans ? s'étonna Pellegrino.

– Nous avons un ordinateur à l'université. Il a la taille de cinq grosses armoires mais rend bien des services. J'ai les dates des éruptions. Il me reste à leur associer un samedi proche d'une fête juive. Laissez-moi dix minutes.

Un quart d'heure après, elle avait la réponse. Ou plutôt onze réponses possibles.

– Il faut les essayer toutes ?

– J'en ai bien peur, mon père.

Leur premier voyage à Bethesda leur montra la piscine. En fait, il y avait deux bassins, bordés de portiques. Au bord du plus grand, une foule de pèlerins attendaient le bouillonnement des eaux.

– C'est un peu comme à Lourdes, dit Pellegrino.

– Oui, quand les eaux s'agitent les pèlerins s'y baignent en espérant que ces eaux miraculeuses les guériront de leurs maladies. Et ils font ça depuis des lustres.

Hélas, lors de cette première plongée à Bethesda, ils ne virent pas Jésus. Ni lors de la deuxième, ni pendant la troisième. Mais leur quatrième plongée dans le temps fut la bonne. À une trentaine de mètres de la piscine, il y avait un paralytique. Quand les eaux bouillonnaient, personne ne lui venait en aide pour lui permettre de se tremper dans les eaux magiques. Un homme s'approcha de lui. Natacha serra le bras du père Ernetti.

– Regardez, mon père. C'est Jésus !

Il était suivi de quelques-uns des apôtres, dont Pierre.

– « Lève-toi, prends ton brancard et marche », dit Pellegrino. Je n'ai pas besoin de lire sur ses lèvres.

Aussitôt, le paralytique fut guéri. Il prit son brancard et se mit à marcher.

– Vous avez votre miracle, fit Natacha.

La foule, qui avait vu le miracle, se mit aussitôt à chercher Jésus qui avait disparu aussi vite qu'il était venu.

– Ils lui courent après, dit Natacha. Une vraie meute !

– Je crois qu'il est parti vers l'entrée de la piscine, dit Pellegrino. Je vais le suivre en vue aérienne.

Avec son levier, il prit de l'altitude pour repérer Jésus.

– Je le tiens. Il est dans mon cadre !

– Zoomez sur lui, lui enjoignit Natacha.

Jésus s'était réfugié dans une petite venelle de Jérusalem. Un jeune homme et une femme le suivaient. Pellegrino les cadra tous les trois d'assez près pour qu'on reconnaisse leurs visages. Ils avaient semé la foule. Jésus, à bout de souffle, s'était assis sur le sol, adossé à un mur. La femme alla lui éponger le front.

– Qui est-ce ? demanda Natacha.

– Je pense que c'est Marie de Magdala. Et l'autre, le jeune homme, c'est l'apôtre Jean.

– Continuez, dit Natacha. Essayez un gros plan. Je voudrais savoir ce qu'ils se disent.

Jésus leur parla. Des larmes coulaient de ses yeux. Il se plaignait d'être pris pour un magicien, pour un phénomène de foire. Même les apôtres le tenaient pour un chef de guerre, le futur roi d'Israël. Déjà, ils commençaient à se distribuer les places du royaume. La foi les avait menés jusqu'à lui, mais ils étaient redevenus à présent de simples humains, égoïstes et avides. Marie de Magdala embrassa Jésus sur la joue. Elle le caressa et se serra contre lui. Elle lui dit qu'elle croyait en lui, que ce qu'il annonçait allait bouleverser le monde. Jean pensait la même chose, mais il voulait savoir : « Maître, es-tu l'envoyé de Dieu ? » Jésus regarda son disciple dans les yeux : « Si je te le dis, Jean, tu perdras la foi. Dieu doit rester caché pour que ta foi subsiste. »

Natacha et Pellegrino étaient bouleversés.

– À présent, oui, nous pouvons montrer les images au pape.

76

– Techniquement, vos films ne sont pas fameux mon père, dit le responsable du labo photo du Vatican. La définition de l'image laisse à désirer.

– C'est normal, répondit le père Ernetti. Nous avons filmé un écran de télévision !

– Alors, je comprends mieux. Quel intérêt de filmer la télé ?

– Si je vous le disais, vous ne me croiriez pas, dit Pellegrino en riant.

– Toutes vos bobines sont dans le sac. Vous savez où sont les salles de montage ?

– Oui, au premier étage.

Accompagné de Natacha, Pellegrino gagna la salle qu'il avait retenue. Un monteur professionnel les attendait.

– Bonjour, père Ernetti, dit le jeune homme. Ce sont vos rushes ?

Il voulut s'en saisir, mais Pellegrino l'arrêta. Il était hors de question de laisser un tiers découvrir ce qu'ils avaient tourné.

– Je vous remercie, mon jeune ami, mais nous nous débrouillerons sans vous. Natacha connaît les rudiments du montage. N'est-ce pas, Natacha ?

Elle acquiesça en détaillant la table de montage, une vraie table professionnelle.

– C'est une Interciné « pro », la Rolls des tables de montage ! Je n'ai jamais travaillé dessus, mais je me débrouillerai.

Il fallut quand même parlementer, car le règlement imposait un monteur professionnel sur le matériel du Vatican. On fit venir le directeur du service. Excédé, le père Ernetti usa de la formule magique.

– Nous travaillons directement pour le Saint-Père ! Vous pouvez appeler son secrétaire. Son poste est le 45-21.

La réponse arriva très vite.

– Laissez-les faire, dit le directeur, c'est un ordre du pape.

– Très bien, dit le monteur. Voulez-vous quelques conseils techniques, mademoiselle ? demanda-t-il à Natacha.

– Avec plaisir, répondit la jeune femme.

En réalité, elle ne connaissait du montage que ce qu'elle avait appris empiriquement sur une table rudimentaire au musée Rockefeller. Le jeune homme lui expliqua les principes de base de l'Interciné. Comme il n'y avait pas de son à synchroniser, les manipulations étaient finalement assez simples. Une fois seuls, ils se mirent au travail. Après un premier tri, ils découpèrent les séquences à conserver dans le montage final, dont ils firent des petits bobineaux. Puis, armée de sa presse à scotch, Natacha fit un bout-à-bout d'environ soixante-dix minutes. Ils mirent la bobine dans une boîte en métal et s'en allèrent trouver le pape.

Natacha tremblait un peu en chargeant le film dans le projecteur 16 millimètres qu'un assistant avait installé dans le bureau de Paul VI. Celui-ci, visiblement tendu et anxieux, gardait le silence. Pellegrino, lui, fixait le bout de ses chaussures.

– C'est prêt ? s'impatienta le pape.

– Quand vous voulez, Saint-Père, répondit Natacha.

– Allons-y.

Elle mit en marche le projecteur. Les premières images apparurent sur l'écran.

– Les images que vous voyez, Très Saint-Père, sont celles du petit village de Capharnaüm.

– Là où vivait Simon-Pierre ?

– Exactement. Nous nous approchons…

Natacha nota que le pape serrait un chapelet autour de ses doigts. Il le manipulait avec nervosité. En dépit de sa réserve naturelle, on le sentait fébrile. Dans sa position, on le serait à moins, se dit-elle.

– Et voici Pierre. Votre prédécesseur, si vous préférez, ajouta Pellegrino en essayant un trait d'humour.

Aucun sourire. Puis…

– Je l'imaginais assez comme ça, commenta le pape.

– À côté de lui, c'est son frère André.

– Bien. Et Jésus ?

Fidèle à lui-même, Montini voulait en venir aux faits.

– Comme nous n'avons trouvé aucune trace de lui à Capharnaüm ni à Magdala, nous sommes allés voir à Nazareth.

– Ah, Nazareth…

Le pape se pencha en avant. Il serra son chapelet à s'en faire mal tant la tension était forte. Le film montra quelques plans larges du village.

– Voici la maison du charpentier-menuisier, Saint-Père. L'homme que vous voyez travailler est Joseph.

– Oh, Seigneur…, dit le pape en se signant et en joignant ses mains pour prier.

Alors apparut Marie.

– Et cette femme ? C'est…

– Marie, Saint-Père.

Cette fois, Paul VI s'agenouilla et pria en silence, les mains jointes contre son front. Le père Ernetti se joignit à lui. Natacha, par décence, arrêta provisoirement la projection.

Au bout d'un court instant, tous deux se relevèrent. Le pape proposa de remettre le projecteur en marche. L'écran montra alors des images de Sepphoris, puis celles du *proscenium* sur lequel travaillaient Joseph et ses ouvriers.

Pellegrino respira un grand coup.

– Très Saint-Père, dit-il, voici notre Seigneur Jésus !

Il y eut un silence qui sembla interminable. Pellegrino se pencha vers Montini et lui parla à voix basse :

– Comme vous, sans doute, j'ai été surpris par son apparence.

– Êtes-vous bien certain, père Ernetti, qu'il s'agit du Seigneur ?

– Certain. Pour le vérifier, nous avons sauté deux ans et nous sommes revenus à Capharnaüm.

Jésus apparut alors face à la foule réunie devant la maison de Pierre. Pellegrino cita les paroles qu'il avait lues sur les lèvres de Jésus, conformes à celles écrites dans l'Évangile de Luc.

– C'était bien lui, insista-t-il.

Le pape ne broncha pas.

– Un Jésus peu conforme à la tradition, finit-il par dire, mais Jésus est Jésus. Et les miracles ? ajouta-t-il.

– Nous en avons filmé un, celui de la guérison du paralytique à Bethesda.

Ils regardèrent la scène où la foule courait après Jésus pour réclamer de nouvelles guérisons.

– Que dit-il ? demanda le pape en voyant Jésus parler avec l'apôtre Jean et Marie de Magdala.

– Il est un peu amer. Il se plaint d'être considéré comme un simple magicien.

– Confirme-t-il qu'il est le Messie ?

– Jean lui a posé la question, mais il ne veut pas répondre, dit Pellegrino. Comme dans les Évangiles, finalement.

– Bon. Arrêtez la projection !

Le silence se fit. Le pape se leva et médita en silence en marchant dans la pièce, les mains croisées dans le dos.

– J'ai trouvé ces images très émouvantes, dit-il.

Pellegrino se détendit un peu.

– Elles apportent de l'humanité à ces personnages merveilleux avec lesquels nous avons grandi et grâce auxquels nous avons trouvé la foi. Hélas…

– Oui, Saint-Père ?

– Ce n'est pas du tout ce que nous cherchons !

Le père Ernetti en resta bouche bée.

– Mais… pourquoi ?

– Ce que j'ai vu est bien trop sage. Nous devons émouvoir la grande masse des catholiques, père Ernetti, du plus modeste paysan de Calabre au milliardaire de Milan. Je n'y parviendrai pas avec le Jésus que vous m'avez montré.

– Que lui reprochez-vous, Saint-Père ?

– Il est bien trop humain ! Quant à Joseph et Marie, dans votre film, ce sont de braves gens de Galilée, rien de plus. Je sais bien qu'il s'agit des figures authentiques, mais elles ne conviennent pas à notre projet, je ne puis rien vous dire d'autre.

Pellegrino et Natacha étaient stupéfaits par ce langage qu'ils n'attendaient pas du pape. Montini en prit conscience et se fit moins intransigeant.

– Ne vous méprenez pas, père Ernetti. Comme vous, j'ai trouvé ces scènes bouleversantes. Mais elles sont trop… ordinaires pour notre projet. C'est le problème de cette machine. En montrant l'Histoire crue, elle lui ôte sa magie.

– Nous avons tout de même le miracle du paralytique ?

– N'y comptez pas. Pour vous, c'est un miracle. Mais il y aura des psychologues pour dire qu'il n'y a pas eu de miracle, que Jésus a remis le paralytique debout en lui redonnant confiance en lui. Je les entends déjà.

Il s'adressa à Natacha.

– Qu'en dites-vous, mademoiselle ?

– Saint-Père, je suis juive. Je suis très embarrassée pour vous répondre.

– Je comprends, dit le pape qui se retourna vers Pellegrino. Père Ernetti, il nous faut des images plus fortes. Voyez le *padre* Pio. Ses stigmates ont déplacé des milliers de personnes parce qu'ils étaient magiques. L'instant d'avant, ses mains étaient intactes. L'instant d'après, il y avait les stigmates. Le miracle se voit au premier coup d'œil !

– Mais le *padre* Pio souffrait de névroses, objecta Pellegrino. Nos films montrent Jésus en personne !

– Hélas, quand on le dira, personne ne nous croira. Je le déplore, mais c'est ainsi. Il faut montrer un événement vraiment extraordinaire dans la vie de Jésus.

– Un autre miracle ? hasarda Pellegrino.

– Nous nous heurterons aux mêmes objections. Ceux qui y croient contre ceux qui préfèrent une explication naturelle. Je ne vois qu'une chose à filmer, à présent : la crucifixion de Jésus, suivie de sa résurrection. Je craignais que le chronoviseur, par son réalisme, ne rende cette scène trop cruelle. Mais il faut en arriver là. Nous nous sommes bien compris, père Ernetti ?

– Oui, Saint-Père.

Il était abasourdi.

– Ce n'est pas un pape, commenta Natacha en sortant. On dirait le rédacteur en chef d'un journal du soir !

Quoique meurtri, Pellegrino tenait à le défendre. Après tout, c'était le pape.

– Sa foi n'est pas en cause, Natacha. Son but est de s'adresser au plus grand nombre. Il faut que les catholiques, quand ils verront ces images, s'agenouillent et se mettent à prier en réclamant le retour du Messie.

– Évidemment, dit Natacha, avec ce que nous avons vu, nous sommes loin du compte.

– C'est pourquoi il faut y retourner. Et cette fois, nous irons jusqu'à la croix !

77

Depuis un moment déjà, le pape faisait les cent pas dans son immense bureau. Carvalho avait touché juste lors de leur dernière entrevue. Pourquoi l'avertissement de l'Évêque Rouge avait-il semé le doute dans son esprit ? Il se demandait s'ils n'étaient pas en train de manipuler avec imprudence ce qui était peut-être un énorme baril de poudre ?

Le père Ernetti lui obéissait scrupuleusement, mais c'était tout le problème. Si quelque chose de fâcheux arrivait, il pourrait dire qu'il avait suivi à la lettre les ordres du pape. Et cette jeune Israélienne ? Il l'avait choisie pour ses compétences, sans se poser la moindre question à son sujet. Mais elle n'était pas chrétienne. Pourrait-elle être manipulée par les services de renseignement israéliens, qu'il savait très habiles ?

Ah, que cette affaire devenait compliquée !

Pour la première fois, le pape douta de la vérité des Évangiles. La réalité historique n'était pas celle qu'on enseignait au catéchisme. Il s'attendait à des différences, certes, il n'était pas naïf. Mais là… ce Jésus au visage rond, à la barbe noire et au type sémite prononcé, si loin de la face nordique au teint pâle et aux cheveux longs qui habitait l'esprit des chrétiens d'Occident… c'était beaucoup.

Il reprit sa place derrière son bureau.

En dépit de toutes les précautions prises, cette image finirait par sortir des archives secrètes et ferait le tour du monde. Il y avait plus grave. Cette scène, après la guérison du paralytique, où Jésus se plaignait de l'attitude des apôtres, où il refusait, malgré l'insistance de Jean, de dire qu'il était le Messie[1].

Montini consulta sa montre.

À l'heure qu'il est, se dit-il, le père Ernetti et la jeune femme explorent les journées décisives de la Passion. Et s'ils ne trouvaient pas la confirmation des Évangiles ? Si c'était une énorme déception ?

Montini n'était pas homme à attendre passivement l'irréparable. Il devait trouver une solution en cas… d'imprévu. Et il devait agir maintenant, avant que le père Ernetti revienne lui montrer des films. Il ne pouvait pas porter cette affaire sur ses seules épaules. Il appuya sur un bouton et convoqua son secrétaire d'État.

– Je vous écoute, Saint-Père, dit le cardinal secrétaire d'État.

– Je vais vous confier une mission de la plus haute importance, Excellence. Vous allez appeler de ma part le président de la République.

– Le président en personne ?

– En personne. Vous lui demanderez de ma part d'avoir l'amabilité d'être présent dans mon bureau ce vendredi à dix heures précises.

– Mais… c'est après-demain ?

– Vous justifierez la rapidité de cette réunion en disant qu'il s'agit d'une affaire de la plus haute importance, dont je ne peux lui parler à l'avance. Il devra venir accompagné du ministre de la Défense et du ministre de l'Intérieur.

1. Il gardera ce secret jusqu'à sa comparution devant Pilate. C'est ce que les exégètes appellent le « secret messianique ».

Le cardinal secrétaire d'État était stupéfait par ces demandes vraiment inhabituelles.

– Ce n'est pas tout, ajouta le pape. Vous convoquerez à la même séance le responsable de l'Académie pontificale des sciences et deux de ses collègues, si possible de bons connaisseurs de l'histoire romaine.

– Je m'y emploie immédiatement, Votre Sainteté.

Les vérités difficiles doivent être partageables, se dit Montini, content d'avoir pris les devants. Après tout, la société civile aussi a son mot à dire !

78

– Si nous voulons assister à la Passion du Christ, dit Pellegrino, il faut commencer par l'entrée de Jésus à Jérusalem.

Un peu déprimés, ils étaient revenus à leur laboratoire. Le père Ernetti avait remis le chronoviseur en marche.

– Nous mettons donc le cap sur l'an 26 ? demanda Natacha.

– Oui. Reste à trouver le jour.

Il montra sa bible.

– Nous avons un indice. L'Évangile de Jean écrit que, six jours avant la Pâque, Jésus vint à Béthanie. Le lendemain, il entrait à Jérusalem. Cette entrée s'est donc faite cinq jours avant la Pâque juive. Commençons par là.

– D'accord, acquiesça Natacha. Calculons à rebours depuis le commencement de la Pâque. Dans le calendrier juif, le premier jour des azymes tombait le 15 nisan, ce qui nous donne… le 10 nisan.

– Et cela fait, en date civile ?

Elle consulta dans son livre un « convertisseur » de dates.

– Le 28 mars.

Le père Ernetti programma donc le 28 mars de l'an 26, sur l'esplanade du Temple. Après quelques minutes, l'écran montra une foule nombreuse.

– Normalement, dit Natacha, Jésus est monté sur un ânon qui circule au milieu de cette foule. Que dit le texte ?

Pellegrino lut l'Évangile à voix haute.

– « Jésus, trouvant un petit âne, s'assit dessus, comme il est écrit : ne crains pas, fille de Sion. Voici ton roi qui vient, assis sur le petit d'une ânesse. »

– Le voilà, dit Natacha.

Cette fois, les cheveux et la barbe de Jésus avaient poussé. Il était bien juché sur un petit âne et saluait la foule qui l'acclamait comme un roi.

– Que disent-ils ? demanda Natacha.

Pellegrino lui rapporta les paroles en araméen qu'il lisait sur les lèvres des hommes et des femmes qui saluaient Jésus.

– Ils acclament le nouveau Messie, traduisit-elle. « Béni soit celui qui vient au nom du Seigneur ! Béni soit le roi d'Israël ! » Ils pensent que Jésus, nouveau roi d'Israël, va les délivrer de l'occupation romaine.

– Ils se trompent, dit Pellegrino. Jésus était un pacifiste, il ne venait pas pour faire la guerre.

– Oui, mais c'est ce que croit le peuple, reprit Natacha.

Quelques audacieux voulurent franchir le cordon de sécurité formé par les gardes du Temple, mais furent refoulés.

– Qui sont ces hommes ? s'inquiéta Pellegrino.

– Des zélotes. Des résistants qui appellent à prendre les armes contre les Romains et se sont glissés dans la manifestation.

Les zélotes semblaient crier un slogan. Une nouvelle fois, le père Ernetti rapporta ce qu'il lisait sur leurs lèvres.

– Ce sont des imprécations contre le grand prêtre, dit Natacha. Ils l'accusent d'être complice des occupants.

Il y eut une bousculade, provoquée par l'arrivée d'une centurie romaine.

– Mais… que se passe-t-il ?

– Des soldats romains qui viennent en renfort pour aider les gardes du Temple.

Les soldats se rassemblèrent au pied du grand escalier.

– Ils forment un barrage entre le Temple et la foule, décrivit Pellegrino. Où est Jésus ?

– Je ne le vois plus, répondit Natacha en scrutant l'écran. Il a sans doute été mis à l'abri par ses partisans. Je pense que ça va se gâter…

Elle avait raison. Muni d'une fronde, un zélote projeta avec violence une pierre pointue qui frappa un légionnaire au visage. Il s'effondra en hurlant. En quelques secondes, le rassemblement pacifique dégénéra en émeute. Sur un geste d'un centurion, les soldats formèrent un groupe compact, protégés par leurs boucliers.

– On dirait qu'ils vont charger, dit Natacha.

En effet, sur un ordre du centurion, ils brandirent leurs javelots et les pointèrent vers la foule. La panique se généralisa.

– Mon Dieu ! souffla Pellegrino.

En reculant, certains des manifestants – surtout des femmes et des enfants – chutèrent. Ils furent piétinés par les fuyards. D'autres Romains, arrivés à cheval de la citadelle Antonia, percutèrent la foule et se mirent à frapper avec leurs glaives les émeutiers restés sur place.

– C'est un massacre, s'effraya Natacha.

Le père Ernetti semblait désarçonné.

– Je ne comprends pas. Ce… ce n'est pas dans les Évangiles.

– Les Évangiles ne sont pas des livres d'histoire, père Ernetti.

– Et dans les chroniques de cet historien, comment l'appelez-vous ?

– Flavius Josèphe ? Non, à ma connaissance il ne parle pas d'une émeute à cette époque. Et pourtant, il entre dans les détails.

Peu à peu, l'esplanade du Temple se vida. Le sol, couvert de sang, était jonché de nombreux cadavres.

– J'espère que Jésus n'a pas été blessé, dit Natacha.

– C'est impossible, répondit Pellegrino, parce qu'il y a la suite…

Natacha semblait inquiète.

– Justement, père Ernetti, que disent les textes après l'entrée de Jésus à Jérusalem ?

– Eh bien… il y a l'épisode du dernier repas avec les apôtres. Ce que nous, chrétiens, appelons la Cène.

– Oui, mais elle se déroule dans une pièce fermée, on ne pourra rien voir. Et après ce repas ?

– Jésus va se recueillir au jardin des Oliviers.

– Là, on pourra le retrouver. Programmez la veille de la Pâque, le 14 nisan. Je vous donne les coordonnées du jardin des Oliviers : 1° 46′ 46″ Nord, 35° 14′ 25″ Est.

Quelques minutes plus tard, Pellegrino et Natacha étaient face au jardin de Gethsémani, sur une colline de Jérusalem. On l'appelait le « jardin des Oliviers » à cause des oliviers multicentenaires qui y poussaient. Le jardin était désert.

– Il n'y a personne, constata Natacha. Que dit l'Évangile ?

Pellegrino reprit sa bible et lut à voix haute : « Jésus sortit pour se rendre, selon son habitude, au mont des Oliviers, et ses disciples le suivirent. Puis il s'écarta à la distance d'un jet de pierre environ. S'étant mis à genoux, il pria et sa sueur devint comme des gouttes de sang qui tombaient sur la terre. »

– Vous avez bien programmé la bonne date ? demanda Natacha.

– Oui, j'en suis certain. Mais dans les textes, Jésus est venu ici après le dîner. Je pense qu'il est encore un peu tôt. Attendons encore.

Ils patientèrent. Une heure, puis deux. Comme le chronoviseur captait le rayonnement rémanent des neutrinos et pas celui des photons, l'absence de lumière ne gênait pas. Bientôt, il fut vingt-trois heures à Jérusalem. Et toujours rien. Pellegrino, immobile, gardait les yeux rivés sur l'écran.

– Voulez-vous qu'on se relaie, mon père ?

– Non. J'attendrai toute la nuit s'il le faut !

L'air fataliste, elle se leva et alla préparer un café fort. Elle ouvrit aussi un paquet de biscuits. Elle en offrit un à Pellegrino.

– Mangez quelque chose, au moins.

Il l'ignora et continua à fixer le petit écran. Elle eut de la peine pour lui.

– Il faut s'y résigner, dit Natacha. Personne ne viendra.

– TAISEZ-VOUS !

Il avait crié. Cette brusque flambée de colère était si inhabituelle que Natacha recula instinctivement. Il garda un silence buté, sans la regarder. Les heures passèrent. Les paupières de Pellegrino s'alourdirent, mais la tension était telle qu'il ne pouvait dormir. Natacha posa doucement la main sur son épaule. Sur l'écran, à Jérusalem, l'aube s'était levée. Il bredouilla :

– Il n'est pas venu.

– Pas la veille, en tout cas.

Il lui prit la main, honteux.

– Pardon, Natacha. Je suis tellement…

– Je sais, vous êtes sur les nerfs. Il faut prendre un peu de repos.

– Non, je ne trouverai pas le sommeil. Je crois que… Il faut… (Il balbutiait, comme quelqu'un qui a trop bu.) Natacha, je veux en avoir le cœur net. Cette histoire commence à me hanter.

– Que voulez-vous faire ? lui demanda-t-elle.

– Nous devons aller voir…

– Voir où ?

– Sur le Golgotha.

79

Ils s'étaient donné rendez-vous dans le temple de Vesta, au cœur du Forum romain. Dom Alberto Carvalho détestait attendre, mais son interlocuteur était en retard, comme tous ces politiciens. Pour qui se prenaient-ils ? Il patientait en admirant les statues des vestales. Curieusement, alors que le temps n'avait pas épargné le reste du Forum, leurs représentations de pierre étaient à peu près intactes. Enlevées très jeunes à leurs familles, ces jeunes filles avaient la charge, jadis, de garder le feu de la déesse Vesta. Elles étaient tenues de rester vierges pendant un minimum de trente années. Celle qui trichait était vouée aux dieux infernaux et enterrée vivante. Les anciens Romains, se dit Carvalho, ne faisaient pas dans la demi-mesure ! On ne pouvait en dire autant de leurs successeurs de la Démocratie chrétienne, ces rois du compromis… et, parfois, de la compromission.

Sur ce point, celui qu'il attendait n'était pas en reste. Actuellement ministre de l'Intérieur, il occupait une place de choix dans le fichier d'infamies que Carvalho tenait sur les personnalités en vue. Des commissions en argent liquide obtenues pour des marchés immobiliers quand il était ministre du Logement, la rénovation de sa villa de Lombardie payée avec les fonds secrets de son ministère, peut-être – on le disait – des relations occultes avec la Mafia, Carvalho n'avait que l'embarras du choix pour en faire un homme à sa botte.

Enfin, il arriva, masqué par de grosses lunettes noires, comme une star de Cinecittà. Mais ce petit homme bedonnant n'avait rien pour séduire, en dehors du prestige de sa fonction.

– Pardon, pardon, Monseigneur, dit-il en accourant, une réunion qui n'en finissait pas au ministère !

– Ne perdons plus de temps, monsieur le ministre. Nous parlerons en marchant dans ce beau jardin.

Le ministre lui emboîta le pas en s'épongeant le front.

– Je vous écoute, Dom Alberto. En quoi puis-je vous rendre service ?

– Avez-vous des informations sur ce qui se trame en ce moment aux archives secrètes du Vatican ?

– Très parcellaires. C'est le pape qui gère personnellement cette affaire. On parle d'une machine installée dans le bunker, pilotée par un prêtre italien et une jeune Israélienne. C'est très mystérieux, en effet, mais rien n'a transpiré… pour l'instant.

– Pourquoi dites-vous « pour l'instant » ?

– Parce que le pape nous a convoqués ce vendredi à dix heures du matin dans son bureau. Vous le saviez ?

– On me l'a dit, oui. C'est précisément la raison pour laquelle je vous ai demandé de venir. Qui sera présent ?

– Le président de la République, le ministre de la Défense, le président de l'Académie pontificale des sciences et moi-même.

Carvalho s'arrêta. Il avait du mal à y croire.

– Tout ce monde ? Et pour vous dire quoi ?

– Le Saint-Père nous a seulement fait savoir qu'il nous fera une révélation très importante sur des recherches scientifiques en cours. Je suis prêt à parier qu'il s'agit de cette machine.

– Je le crois aussi. Il ne vous a rien dit de plus ?

– Uniquement que cette réunion doit rester confidentielle.

– Très bien. Alors écoutez-moi…

– Oui, Dom Alberto ?

– Dès que cette réunion sera terminée, avant même de regagner votre ministère, vous m'appellerez à ce numéro.

Il lui tendit une feuille de papier sur laquelle il avait inscrit un numéro de téléphone. Il la plia et la glissa dans la poche du veston du ministre.

– J'attendrai votre appel le temps qu'il faudra. Mais surtout, dites-moi tout.

Le ministre sembla inquiet.

– Est-ce si important que ça, Dom Alberto ?

– Bien plus que vous le croyez, monsieur le ministre !

80

Le lieu-dit du Golgotha, où se déroulaient les exécutions des condamnés, était situé sur une petite colline en dehors de la cité. Quand le christianisme devint la religion officielle des Romains, l'impératrice Hélène, la mère de l'empereur Constantin, vint à Jérusalem jouer les archéologues. Elle fit dégager le rocher qui est inclus, aujourd'hui, dans la basilique du Saint-Sépulcre.

– Voici les coordonnées, dit Natacha à Pellegrino, 31° 46′ 42,4″ Nord, 35° 13′ 47,1″ Est.

Un paysage désolé apparut sur l'écran. L'aspect sinistre du lieu était accentué par la pluie. De l'eau emplissait les nombreux trous creusés dans le sol, sans doute pour y planter les croix des crucifiés.

– Il n'y a personne, constata Natacha.

Ce jour-là, en effet, on ne voyait aucun condamné sur la colline.

– Ils vont peut-être arriver ? dit Pellegrino.

– Attendons. Le jour est en train de se lever.

Ils attendirent, les yeux rivés sur ce paysage de fin du monde.

– Ils vont peut-être le crucifier au petit matin ?

– Je ne crois pas, répondit Natacha.

– Pourquoi dites-vous ça ?

Elle ne répondit pas et fouilla dans les livres qu'elle avait apportés dans un gros cartable. Sur l'écran, la pluie redoublait de violence. Le sol n'était plus qu'un tas de boue. Natacha sortit un livre qu'elle ouvrit sur la table.

– Quel est ce livre ? lui demanda Pellegrino.

– Flavius Josèphe, les *Antiquités judaïques*. Je vais voir si je trouve quelque chose.

Flavius était un notable juif passé aux Romains après la répression de la révolte de 66-70. Il avait rédigé un compte rendu très détaillé de ces années. Le livre qu'elle consultait était une édition en hébreu comportant un index, ce qui facilitait la tâche. Elle trouva ce qu'elle cherchait.

– Inutile d'attendre. Nous sommes au petit matin, la fête de Pessah a commencé. Flavius Josèphe précise que la loi juive de l'époque interdisait les exécutions pendant les huit jours de célébration de la Pâque. Personne ne viendra à présent.

– Mais comment est-ce possible ? s'étonna Pellegrino.

Natacha fonça les sourcils en regardant l'écran.

– Il y a quelqu'un ! Là, à droite…

En dépit de la fatigue qui s'abattait sur lui, le père Ernetti bondit sur son levier de commande. Il fit un panoramique à l'endroit qu'elle indiquait. Un homme, en effet, remuait la terre.

– C'est un esclave, dit Natacha, il entretient la fosse commune. Il n'y a pas eu d'exécution aujourd'hui. Et il n'y en aura pas demain.

Pellegrino restait interdit. Sa tête tournait. Il avait du mal à rassembler ses idées.

– Natacha, quelle est la signification de tout cela ? bredouilla-t-il.

– Je l'ignore, mon père. Depuis l'émeute sur l'esplanade du Temple, l'Histoire n'est plus la même.

Pellegrino frappa le chronoviseur avec le plat de la main. Il était envahi par une rage à la mesure de son désarroi.

– Cette machine nous joue des tours !

– Calmez-vous. Nous savons au moins une chose, c'est que Jésus n'a pas été crucifié ce jour-là. Ce qui ne veut pas dire qu'il ne l'a pas été du tout.

– Où peut-il être ? Arrêté par les Romains ?

– C'est possible. Ou revenu en Galilée, pour se cacher parmi ses partisans.

– Voulez-vous que je retourne à Capharnaüm ?

– Essayez, oui. Et avancez de six jours pour lui laisser le temps de faire la route à pied. Je vous redonne les coordonnées ?

– Inutile, toutes les coordonnées géographiques des lieux que nous avons visités sont enregistrées dans la mémoire de la machine. Il suffit de les rappeler.

De retour à Capharnaüm, six jours après l'émeute, le village était désert, comme si les habitants s'étaient barricadés dans leurs maisons.

– Je crois que les gens se cachent, commenta Natacha. La rébellion de Jérusalem a déclenché une vague de répression qui a gagné tout le pays.

– Je vais voir la maison de Pierre, dit Pellegrino.

Ils attendirent devant la maison de l'apôtre, mais ils ne virent ni Jésus ni aucun de ses disciples.

– J'essaye Magdala ? demanda le père Ernetti.

– Inutile, ce sera pareil. Allez plutôt à Nazareth.

La maison de Joseph était barricadée par quelques planches clouées.

– Ils ont fermé la maison. Sans doute pour éviter les pillages.

Pellegrino était sur le point d'exploser.

– Mais où sont-ils passés, mon Dieu ?

Il implorait comme un homme qui cherche sa famille après un cataclysme.

– Tout le monde a fui, dit Natacha.

Elle fut soudain frappée par une idée.
– Père Ernetti, restez à Nazareth, mais sautez deux ans !
– Pourquoi ?
– Si Jésus s'est caché, il attend quelque part que l'orage passe. Deux ans, cela me paraît raisonnable.

Ils arrivèrent en l'an 28 devant la même maison. Cette fois, on pouvait voir un groupe de personnes sur le seuil. Pellegrino et Natacha reconnurent Marie, la mère de Jésus. Face à elle se tenait un homme, debout, avec un bébé dans les bras. C'était Jésus. Une jeune femme brune s'approcha et lui reprit délicatement le bébé. Puis Jésus se mit à poncer une planche sur un établi. Natacha se tourna vers Pellegrino.
– Vous avez compris ?
Il secoua la tête, mais une partie de son esprit avait très bien compris.
– Jésus s'est marié, reprit Natacha. Cette femme est son épouse et ce petit garçon est son fils.
Le père Ernetti restait incrédule.
– Mais… qu'est-ce que vous dites ? Jésus est mort crucifié !
– Il n'est pas mort. Après l'émeute de Jérusalem, les Romains ont donné la chasse aux rebelles. Jésus a fui je ne sais où. Dans la clandestinité, il a rencontré une femme qu'il a épousée. Deux ans après, quand le calme est revenu, ils sont rentrés à Nazareth. Joseph est mort, Jésus a repris le travail de son père.
– Vous voulez dire que le Seigneur… aurait renoncé à sa mission ?
– Je veux dire qu'il a pris la mesure de la puissance romaine. Il n'a pas voulu, en persistant, donner aux Romains le prétexte d'un nouveau massacre. Je ne sais pas s'il l'a fait de gaieté de cœur, mais oui, il semble bien qu'il ait renoncé.
Les mains tremblantes, Pellegrino coupa le chronoviseur. Sous le regard inquiet de Natacha, il se dirigea vers la porte et frappa

pour que le garde lui ouvre. Il était pris de nausées et se précipita pour vomir dans les toilettes. Le garde suisse, inquiet, interrogea Natacha du regard.

– Il a eu un malaise, dit-elle. Pouvez-vous appeler l'infirmerie ?

Le garde se précipita vers un téléphone et appela un médecin. Pendant ce temps, Pellegrino était sorti des toilettes et avait déjà quitté le bâtiment des archives.

81

Il marcha sans savoir où il allait, en état de choc. Il se perdit pendant quelques minutes dans les ruelles au nord de la place Saint-Pierre et entra dans une pharmacie pour demander un calmant. En le voyant si pâle, le pharmacien proposa d'appeler une ambulance. Il refusa, sortit vivement et héla un taxi qui l'amena à la gare. Il acheta un billet pour le prochain train en direction de Venise. Il entrait justement en gare. Il courut pour ne pas le rater.

Natacha, de son côté, le chercha pendant un moment sur la place Saint-Pierre, puis abandonna. Elle se rendit alors dans un bureau de poste d'où elle appela Zvi. Elle fit le numéro qu'il lui avait donné en cas d'urgence. Il sortait d'une réunion. Elle reconnut sa voix.

– Oui, Natacha ?

Elle raconta la séance de la matinée. Son rapport fut suivi par un long silence.

– Vous êtes sûre de ce que vous avez vu ? demanda Zvi.

– Sûre.

– C'est stupéfiant. Vous en avez parlé au pape ?

– Pas encore. J'attends le retour du père Ernetti.

– Laissez-lui le temps de digérer la nouvelle.

– Et pour Fincher, que fait-on ?

– L'agent de la CIA ? Dites-lui ce que vous savez, c'est notre accord. La situation se tend avec l'Égypte, nous avons besoin de ses informations.

– Entendu.

Elle raccrocha et appela Fincher. Elle lui donna rendez-vous sous le portique de la basilique Saint-Pierre, à côté de la statue de Charlemagne. Il demanda trente minutes pour arriver. En l'attendant, elle appela le monastère vénitien de Pellegrino et laissa un message pour qu'il la rappelle au laboratoire.

Fincher ne tarda pas. Ils parlèrent à voix basse, protégés par le brouhaha qui emplissait le narthex de la basilique. Quand Natacha lui apprit ce qu'ils avaient vu, il laissa échapper un long « *Jeez* ».

– J'imaginais tout, sauf ça. Où est le père Ernetti ?

– Parti. Il avait besoin d'être seul.

– Je le comprends. Savez-vous où j'ai une petite chance de le trouver ?

– Peut-être dans son monastère à Venise.

– Je vais appeler. Pour le moment, pas un mot à personne. Faites-vous invisible, perdez-vous dans Rome. Que même le pape ne puisse vous joindre !

– Compris !

Pellegrino entra dans l'église San Giorgio Maggiore. Il s'agenouilla devant la croix majestueuse de l'autel et commença à prier, puis s'arrêta et regarda la croix. Ce qu'il faisait avait-il encore un sens ? Il ne savait plus. Il se remit néanmoins à prier le Christ, comme par réflexe. Il en avait terriblement besoin. Un moine s'approcha et vint lui dire qu'on l'appelait de Rome. Trois personnes, dont le secrétaire d'État du pape, cherchaient à le joindre d'urgence. Pellegrino répondit qu'il rappellerait, mais qu'il avait encore besoin de prier.

– Mais… c'est le pape ! s'étonna le moine.

Pellegrino s'était déjà replongé dans sa prière. N'osant pas insister, le moine se retira. À la nuit tombée, Pellegrino prit le vaporetto pour traverser le Grand Canal. Il erra dans le dédale des rues qui cheminaient vers le centre de la vieille ville. Au bord du malaise (il n'avait rien avalé de la journée), il acheta un sandwich à un marchand ambulant. Dès la première bouchée, il se sentit renaître. Comment oublier les images qu'il avait vues quelques heures auparavant ? Le jardin des Oliviers vide, le Golgotha vide, et cette pluie incessante, cette pluie de cauchemar. Il traversa la Piazza San Marco. Le petit orchestre du café Florian interprétait, comme d'habitude, des valses de Strauss. À quai, les gondoles, bercées par le vent, grinçaient. Et si cette épreuve avait un sens ? Mais lequel ? Brusquement, comme sorti de l'ombre, un homme lui fit face. Il le reconnut immédiatement.

– Agent Fincher ! Que faites-vous ici ?

– Vous avez besoin qu'on vous aide, père Ernetti, je suis venu pour ça.

– Je ne peux pas vous parler. Pas ce soir. Laissez-moi seul, je vous en prie !

– Il y a des moments où la solitude est le pire des poisons. Venez avec moi, mon père.

L'humanité qu'il lisait sur le visage de Fincher finit par convaincre Pellegrino.

– Vous avez besoin de boire quelque chose de chaud.

Ils s'installèrent sur les banquettes de cuir du Florian.

– Père Ernetti, je serai franc avec vous. Je suis protestant, j'ai élevé mes enfants dans le respect des Écritures. J'ai compris depuis longtemps ce que vous cherchez à faire avec Montini, cela me concerne autant que vous. Dites-moi ce que vous avez vu.

Fincher ne pouvait lui dire qu'il était déjà au courant, au risque de trahir Natacha. Mais il n'eut pas besoin d'insister. Pellegrino avait tellement besoin de parler qu'il raconta ce qu'il avait sur le cœur.

Pendant quelques secondes, Fincher, les yeux fermés, resta immobile.

– Je ne peux pas croire que les Évangiles ont menti. Tous les évangélistes font à peu près le même récit de la crucifixion de Jésus. On n'invente pas une histoire pareille !

– Même Flavius Josèphe, agent Fincher ! J'ai vérifié à la bibliothèque du monastère. Dans ses chroniques, il parle de la mort de Jésus sur la croix. Ces gens ne peuvent avoir tous rêvé !

– Il s'est passé quelque chose que je ne comprends pas, admit Fincher. Il va falloir en parler au pape. Quand le verrez-vous ?

– J'ai demandé une audience. Il nous recevra vendredi matin, Natacha et moi.

– D'ici là, reposez-vous et prenez garde à Carvalho. Il a des hommes partout, jusque dans l'entourage proche du Saint-Père.

– Que peut-il faire ?

– En parler aux Russes.

– Mais… c'est un chrétien lui aussi ? Quel besoin aurait-il…

Fincher lui posa la main sur l'épaule.

– Vous êtes un brave homme, père Ernetti. Vous ne connaissez pas comme moi la noirceur de l'âme humaine.

82

Dans la salle des audiences du pape, Pellegrino et Natacha furent surpris de découvrir que Paul VI avait convié six personnes à cette réunion. Il reconnut le président de la République, le ministre de la Défense et le ministre de l'Intérieur. À leur gauche étaient assis le responsable de l'Académie pontificale des sciences et deux autres de ses membres. Pellegrino, affolé, prit le pape à part.

– Saint-Père, vous avez levé le secret ?

– Nous sommes arrivés au but de notre voyage, père Ernetti. Ce que vous avez vu concerne tous les citoyens, chrétiens ou non. Je ne peux pas et ne veux pas garder cela pour moi seul, on me le reprocherait. Nous devons partager ces vérités avec les responsables de la société civile.

– Ce que nous avons vu, Saint-Père, est… difficile, dit Pellegrino.

Il vit passer une ombre d'angoisse sur le visage du pape.

– Raison de plus, mon ami, pour ne pas le garder pour nous.

Pellegrino se dit que Montini, à son habitude, avait tout prévu pour se protéger. Y compris des mauvaises nouvelles !

Le pape présenta tout le monde et fit une brève introduction.

– Père Ernetti, mademoiselle Yadin-Drori, j'ai informé ce matin même toutes les personnes présentes de vos recherches dans le cadre du projet *Sant' Agostino*. Dites-nous ce que vous avez trouvé.

– Saint-Père, parvint à articuler Pellegrino, tout ce que je vous dirai sera confirmé par les films que nous avons faits. Souhaitez-vous les voir ?

– Nous les verrons, naturellement. Mais ces films sont muets, pas très nets, difficiles à interpréter. Je préfère d'abord que vous nous fassiez un résumé.

Le récit de Pellegrino dura une vingtaine de minutes. À mesure qu'il parlait, le silence s'épaississait. Quand il raconta l'émeute sur le parvis du Temple, qui n'était mentionnée nulle part dans les Évangiles, le désarroi devint palpable. *A fortiori* quand il avoua l'absence de Jésus dans le jardin de Gethsémani et sur le Golgotha. Si l'instant n'avait pas été aussi dramatique, il aurait trouvé comiques les mines qui s'allongeaient. Et quand il décrivit la scène familiale que lui et Natacha avaient découverte, deux ans plus tard à Nazareth, l'angoisse générale monta d'un cran.

– Mais c'est impossible, père Ernetti, dit le pape. Ou alors vous délirez !

Pellegrino était tétanisé.

– Je ne fabule pas, Saint-Père. Mlle Yadin-Drori vous confirmera ce que je viens de vous dire, plaida-t-il.

– Tout ce que le père Ernetti vous a rapporté est sur ce film, dit Natacha en montrant la bobine.

– Je n'ai pas besoin d'un film pour vous répéter que c'est impossible, répondit le pape d'un ton cassant. Ma raison y suffit. Réfléchissez un instant. Si je suis ici, c'est que Jésus est mort sur la croix. S'il a renoncé à sa mission, il n'a pu être crucifié et n'est pas ressuscité. Donc le christianisme n'existe pas. Et moi non plus, je n'existe pas. Mais j'existe et je porte cet habit de pape. C'est donc que Jésus a rempli sa mission et qu'il est mort sur la croix. Que puis-je vous dire d'autre ?

Après ce syllogisme d'une rigueur impeccable, il se leva comme pour évacuer son anxiété. Il fit quelques pas dans la pièce. Tous le regardaient en silence. Il tourna le dos à l'assistance, baissa la tête et posa son front sur l'index replié de sa main droite. On ne savait s'il méditait ou s'il priait. Il y eut un instant de flottement. Le président de la République chuchota à l'oreille du ministre de la Défense, qui s'adressa directement à Pellegrino :

– Père Ernetti, en tant que responsable de notre défense, je serai pragmatique. Je vous demande de bien peser la responsabilité qui est entre vos mains. Je ne sais pas ce que vous avez cru voir, mais si cela s'ébruitait, c'est tout l'Occident qui pourrait basculer.

Le président de la République prit la suite :

– En Italie, notre démocratie chrétienne repose sur le respect de la tradition et sur la force de la foi. Remettez-les en cause et les communistes, qui n'attendent qu'un signe de faiblesse de notre part, diront que nous sommes tous des imposteurs. Dans les conditions actuelles, ce serait l'allumette qui ferait exploser le monde !

– Il y a une autre hypothèse, Très Saint-Père.

C'était Silvio Capezzi, le président de l'Académie pontificale des sciences, qui avait pris la parole :

– Nous examinerons les films, évidemment. Mais je ne vois pas pourquoi le père Ernetti et Mlle Yadin-Drori nous auraient raconté des mensonges. Ils ont donc vu ce qu'ils ont vu.

– Quelle est votre hypothèse, professeur Capezzi ? demanda le pape en s'approchant de lui.

– Je prendrai les anomalies l'une après l'autre.

– Les « anomalies » ? s'exclama le ministre de la Défense.

– Ne cédons pas aux émotions, rétorqua Capezzi.

– Précisez vos idées, *dottore*, l'interrompit le pape sur un ton d'apaisement.

– D'abord, sur l'absence de crucifixion au jour dit : je rappelle que les Évangiles ne sont pas des livres d'histoire, il ne faut pas les prendre à la lettre. Peut-être Jésus a-t-il été jeté dans un cachot pendant plusieurs jours, le temps que les esprits se calment. Puis il aurait pu être crucifié discrètement, après la Pâque. Les Évangiles auraient arrangé cela à leur façon.

– Les Évangiles ne sont pas un roman, *dottore*, dit le pape.

– Certes, mais les Anciens n'avaient pas les mêmes exigences de rigueur que les historiens d'aujourd'hui.

– Je reviens sur l'hypothèse du professeur Capezzi, dit le président de la République. Elle me paraît vraisemblable. Tous les politiques vous diront qu'il est particulièrement maladroit de faire un martyr pendant une période d'agitation sociale.

– Et l'homme de Nazareth ? demanda Natacha.

– J'y arrive, reprit Capezzi. Est-ce le « bon » Jésus ? Les Évangiles disent que Jésus de Nazareth avait des frères et des sœurs. L'Église n'a jamais accepté l'idée que Marie ait pu enfanter après avoir donné naissance à Jésus, mais tous les exégètes savent qu'elle recule devant l'évidence. N'est-ce pas, Saint-Père ?

– C'est juste, professeur Capezzi, admit le pape.

Capezzi brandit une bible.

– L'Évangile de Marc cite même leurs noms. C'est au chapitre 6, verset 3 : « N'est-il pas le charpentier, le fils de Marie, et le frère de Jacques, de José, de Jude et de Simon ? » Cela fait quatre frères. Peut-être avez-vous confondu avec l'un d'entre eux ?

Paul VI se jeta sur cette explication comme sur une planche de salut.

– Qu'en pensez-vous, père Ernetti ?

– Je dois admettre que c'est possible, répondit ce dernier, sans avoir la force de les contredire.

– D'autant, appuya le président, que tous ces Galiléens portaient la barbe et se ressemblaient !

Tout le monde approuva.

– Quoi qu'il en soit, Jésus est allé jusqu'au bout, reprit le pape. On l'a peut-être crucifié plus tard, comme dit le *dottore* Capezzi, mais il a rempli la mission que Dieu lui avait confiée.

Le président s'adressa directement à Pellegrino :

– Père Ernetti, vous devez replonger dans le temps et corriger votre erreur. Puisque vous avez « perdu » Jésus au moment de l'émeute, reprenez l'histoire juste avant et suivez-le à la trace.

– Le président a raison, insista le pape. Quelque chose, manifestement, vous a échappé. Retrouvez Jésus !

– Mais faites vite, insista le ministre de la Défense. Nous avons la certitude que des agents soviétiques nous observent. Nous ne pourrons pas garder le secret longtemps. À ce sujet…

– Oui, monsieur le ministre ? s'enquit le pape.

– Sans vouloir être désobligeant, je m'interroge sur le rôle de Mlle Yadin-Drori. Elle est israélienne et…

– Si vous m'enlevez Natacha, s'écria Pellegrino avec force, je retourne ce soir à Venise enseigner la musique !

Le pape s'empressa d'intervenir :

– Parlez-vous l'araméen, monsieur le ministre de l'Intérieur ? Connaissez-vous les sites archéologiques de Judée ?

– Non, mais…

– Il n'est plus temps de changer à présent. Mlle Yadin-Drori continuera à vous assister, père Ernetti.

– Je vous remercie, Saint-Père. Mais je réalise aussi l'immense poids qui pèse sur mes épaules. Je ne voudrais pas le porter seul. Serait-il possible qu'un membre du gouvernement italien soit présent comme témoin pendant nos recherches ? Par exemple, le ministre de la Défense ? Ou celui de l'Intérieur ? Ou monsieur le président de la République lui-même ?

Paul VI consulta le président du regard. Celui-ci agita les mains négativement.

– Surtout pas ! répondit-il. Moins nous serons à savoir, mieux ce sera. Si par malheur votre chronoviseur ne retrouvait pas le Jésus que nous connaissons et si la nouvelle s'ébruitait, je ne veux pas que la démocratie chrétienne en subisse les conséquences.

Paul VI accusa le coup.

– Et vous laisseriez l'Église se débrouiller toute seule avec la vérité ?

Il y eut un silence. Chacun regarda alors le pape avec insistance. Celui-ci comprit ce qui trottait dans toutes les têtes.

– Vous vous demandez sans doute, dit-il, pourquoi je n'y vais pas moi-même.

– Pas du tout, Saint-Père, répondit hypocritement le président de la République. Je pensais… au professeur Capezzi, par exemple.

– Moi ? s'insurgea le *dottore*. Et pourquoi moi ?

– Le professeur Capezzi appartient à une institution du Vatican, dit le pape. J'estime que le Saint-Siège est parfaitement représenté par le père Ernetti. Lui adjoindre un autre membre du Vatican est inutile et ne ferait qu'accroître les risques d'indiscrétion.

Le professeur hocha la tête, un peu piqué.

– Je n'irai pas, Saint-Père, mais je sais garder le silence quand il le faut !

Le président de la République et le ministre de la Défense ne purent réprimer un sourire entendu.

– Quant à moi, ajouta le pape, mon rôle sera de jouer les arbitres si d'autres incidents surviennent. Je dois rester le gardien de la foi chrétienne, quoi qu'il arrive. Mais je n'ai aucun doute, messieurs. Jésus de Nazareth est mort, il est revenu d'entre les morts et je suis assis, moi, sur le trône de Pierre. Voilà les seules vérités qui comptent !

83

– Quel cirque, mon Dieu, quel cirque !

Natacha se laissa tomber sur une chaise. Ils s'étaient enfermés dans leur laboratoire des archives secrètes.

– Les hommes sont des hommes, Natacha, en Italie comme ailleurs. C'est mieux chez vous ?

– C'est pire !

– Jésus, lui, prenait les hommes tels qu'ils sont et leur pardonnait tout.

– Résultat, il a fini sur la croix !

Pendant quelques secondes encore, ils restèrent perdus dans leurs pensées. Puis Pellegrino rompit le silence :

– On y retourne ?

– Que faire d'autre ? répondit la jeune femme d'une voix lasse.

Le père Ernetti reprogramma la date du 28 mars de l'an 26, vers dix heures du matin. L'écran montra à nouveau la joyeuse entrée de Jésus à Jérusalem sur son ânon. Pellegrino avait pris soin de programmer la machine un peu en amont de l'émeute. La foule se faisait de plus en plus nombreuse, les gardes du Temple avaient du mal à contenir ceux qui voulaient forcer leur fragile barrage. Bientôt, à nouveau, les zélotes commencèrent à insulter les Romains. L'émeute n'allait pas tarder. Alors que Natacha scrutait l'écran, Pellegrino ferma les yeux.

– Père Ernetti…

Il sentit la main de Natacha sur son épaule.

– Quoi ?

– Regardez… c'est incroyable.

Il se releva et fixa l'écran.

– Cette fois… il n'y a pas d'émeute.

Sur l'écran, la foule s'agitait autour de Jésus, mais elle restait contenue.

– Comment est-ce possible ? C'est la même scène.

Natacha secoua négativement la tête.

– Non, c'est différent. Les partisans de Jésus ont réussi à barrer le passage aux zélotes, ils ont empêché l'émeute. C'est la même scène, mais elle ne se déroule pas de la même façon.

Un immense espoir éclaira le visage de Pellegrino.

– Natacha, vous croyez que, cette fois, si nous allons au jardin des Oliviers…

– Peut-être, essayez.

Elle était aussi fébrile que lui. Il programma un nouveau saut dans le temps et arriva au soir du 14 nisan, la veille de la Pâque, au jardin de Gethsémani. Cette fois, Jésus était présent.

Seul, agenouillé, le visage entre les mains, il priait. En dépit de l'intensité dramatique de la scène, Pellegrino était émerveillé.

– Le Seigneur est là, dans le jardin, comme dans l'Évangile.

Natacha attira son attention en montrant l'écran.

– Regardez, mon père, un groupe d'hommes arrive.

– Ils viennent arrêter Jésus !

En tremblant, il reprit sa bible et lut à voix haute l'Évangile de Luc : « Celui qui s'appelait Judas, l'un des Douze, marchait à leur tête. Il s'approcha de Jésus pour lui donner un baiser. Jésus lui dit : "Judas, c'est par un baiser que tu livres le Fils de l'homme ?" »

– C'est bien ce qu'on voit. Regardez, Pierre tire son épée !

L'apôtre frappa un garde, mais Jésus lui ordonna de reculer. Pellegrino lut la suite, qui s'accordait bien avec les images : « Jésus dit alors à ceux qui étaient venus l'arrêter, grands prêtres, chefs des gardes du Temple et anciens : "Suis-je donc un bandit, pour que vous soyez venus avec des épées et des bâtons ?" »

Mais les gardes ne l'écoutaient pas. Ils se saisirent de Jésus et l'emmenèrent.

– Ils le conduisent devant le grand prêtre, dit Pellegrino. Puis il sera présenté à Hérode Antipas et passera en jugement devant Pilate, comme le dit l'Évangile.

– Oui, admit Natacha. L'Histoire semble avoir pris un autre cours.

– Le bon, cette fois !

– Et…

Ils se regardèrent. Ils avaient eu la même pensée au même moment.

– Le Golgotha !

Pellegrino, fébrilement, programma un nouveau saut de quelques heures dans le temps. Ce qu'il vit le bouleversa. Sur la colline, malgré le brouillard et la pluie fine qui tombait, on distinguait trois croix portant des suppliciés. Celui du milieu était incontestablement Jésus. Les deux autres étaient sans doute les deux voleurs condamnés à mourir avec lui. Au-dessus de la tête de Jésus, les bourreaux avaient cloué le *titulus*, qui identifiait le crime du condamné. Il se résumait à ces quatre lettres, devenues fameuses : INRI, *« Iesus Nazarenus Rex Iudaeorum »*.

– Regardez, dit Pellegrino, il n'a pas les paumes clouées. C'est la vraie crucifixion, pas celle des peintres.

Il se rappela sa première rencontre avec Leonardo. Le vieil homme avait raison. Les bras de Jésus étaient solidement entravés par des cordes attachées au *patibulum* tandis que ses pieds étaient traversés, à la hauteur des talons, par deux gros clous.

– Il n’y a personne autour, sauf les gardes.

Il n’y avait aucune femme parce que les crucifiés étaient nus. Si elles étaient venues, Marie de Magdala, Marie mère de Jésus et Marie, femme de Cléophas (la sœur de Marie), avaient été écartées loin du lieu du supplice. Quant aux disciples, la plupart s’étaient enfuis, craignant d’être eux-mêmes arrêtés et condamnés. Il n’y avait même pas de curieux, sans doute à cause de la pluie.

– Il est mort seul, s’émut Pellegrino.

Il se mit à prier, des sanglots dans la voix. Son émotion se communiqua à Natacha. Elle était bouleversée par le spectacle atroce qu’elle voyait et heureuse pour le père Ernetti qui retrouvait les images de sa foi.

Soudain, un soldat romain arriva, suivi de deux hommes, apparemment des notables juifs. Le Romain s’adressa aux deux gardes.

– Que se passe-t-il, Natacha ? demanda Pellegrino.

– Je l’ignore, mon père. C’est un messager. Pouvez-vous lire ce qu’il dit sur ses lèvres ?

Il saisit quelques mots en araméen, qu’il répéta à Natacha. Elle semblait stupéfaite.

– Qu’y a-t-il, Natacha ?

– Une grâce. Jésus est gracié !

– Quoi ? Mais…

– Les deux autres sont des membres du Sanhédrin, des partisans de Jésus.

– Joseph d’Arimathie et Nicodème ?

– Peut-être. Je pense qu’ils ont obtenu une grâce de Pilate en le payant.

Avec une grosse tenaille, un des gardes arracha les clous qui fixaient les talons du supplicié. Le malheureux hurla de douleur. Puis les gardes adossèrent leur échelle à la croix. L’un d’eux monta à la hauteur du *patibulum* et, d’un coup de glaive, coupa les liens qui entravaient les bras de Jésus. Les deux membres du Sanhédrin saisirent alors son corps par le tronc et le firent descendre avec précaution. Des esclaves, qui arrivaient avec une civière, y installèrent le blessé.

– Vous croyez que Jésus est vivant ?

– Regardez, père Ernetti…

Tandis qu'un esclave pansait les pieds de Jésus, un autre lui essuyait le visage. On lui fit respirer des sels et du vinaigre pour le ramener à la conscience. Il cligna des paupières, puis ouvrit les yeux. Oui, il était vivant. Pellegrino et Natacha étaient éberlués. Encore une fois, l'Histoire leur jouait des tours. Natacha eut alors une intuition.

– Allez à Nazareth.

– Quoi ?

– Sautez deux ans et allez à Nazareth !

Les yeux hagards, avec des gestes automatiques, Pellegrino reprogramma la machine et ils se penchèrent pour voir apparaître l'image. L'écran montrait à nouveau le seuil de la maison de Joseph le charpentier.

– Les revoici ! s'écria Natacha.

Sur le seuil, Marie, Jésus, son épouse et le petit garçon.

– Je suis maudit ! dit Pellegrino.

Il se mit à pleurer, comme un gamin, la tête dans ses mains. Natacha lui serra le bras.

– Regardez…

Il ouvrit à nouveau les yeux. Jésus s'appuyait sur une béquille pour se déplacer.

– Il boite ?

– Les blessures de la croix, répondit Natacha.

84

Le père Ernetti était au désespoir. Seule une personne au monde pouvait lui venir en aide. Ce n'était pas Natacha. En dépit de sa gentillesse, elle était trop loin de lui. Ce n'était pas Montini, qui avait tout déclenché, mais refusait d'accepter les conséquences de son initiative. Ce n'était pas non plus l'agent Fincher, malgré son désir sincère de l'aider.

Pellegrino prit un train à la Stazione Termini qui l'amena à Bari en un peu plus de trois heures. Il avait avalé un somnifère pour s'obliger à dormir, mais put à peine fermer les yeux. Tant d'images défilaient dans sa tête ! Il ne pouvait plus demander de l'aide au Christ, ni même à Dieu. Alors, il pensa au visage bienveillant de sa mère et cette image effaça le reste. Il parvint ainsi à somnoler une petite heure. À peine arrivé à Bari, il sauta dans un taxi qui le laissa à la basilique de San Nicola. C'était un bel édifice blanc, récemment restauré, sobre et propice au recueillement. Pellegrino se présenta à l'entrée du monastère et demanda à parler au père Leonardo. Il ne l'avait pas revu depuis plusieurs années. Son ami avait certainement atteint les parages des quatre-vingts ans. Leonardo vint le rejoindre à l'accueil, en chaise roulante. Dans son visage vieilli, ses yeux avaient gardé leur malice et leur intelligence vive.

– Pellegrino ? Vous semblez bouleversé ?

Il l'avait vu. Ses cernes parlaient à sa place. Il soupira.

– Venez, mon fils, venez. Vous n'êtes pas frileux ?

– Non, mon père.

– Alors, venez sur la terrasse. Il y a du soleil et on voit la mer.

Ils s'installèrent de part et d'autre d'une petite table de fer.

– Voulez-vous boire quelque chose, Pellegrino ?

– Non, père Leonardo, je voudrais juste me confesser.

Leonardo marqua une seconde de surprise.

– Je n'ai pas apporté mon étole, mon fils. Mais on fera sans.

Il fit un signe de croix et l'invita à s'agenouiller.

– Je vous écoute. Parlez-moi de cette machine que je n'ai jamais aimée.

Pellegrino repoussa la petite table. Il s'agenouilla et se signa à son tour.

– Au nom du Père et du Fils et du Saint-Esprit. Amen. Bénissez-moi, mon père, parce que j'ai péché.

Il raconta tout. Sa première plongée en Judée ; la découverte du Temple dans les années 50 ; la deuxième plongée, le lendemain, à la recherche de Jésus ; Joseph et Marie à Nazareth, puis le Jésus qu'ils avaient découvert à Sepphoris, si peu conforme à celui qu'il avait en tête ; son entrée à Jérusalem ensuite ; l'émeute qui avait suivi et avait tout bouleversé, au point de conduire le Seigneur à renoncer à sa mission ; la réaction négative du pape qui les avait incités, Natacha et lui, à tenter une nouvelle plongée dans le temps ; les épisodes qui suivirent, à peu près conformes au texte des Évangiles… sauf cet épilogue inimaginable : Jésus gracié par Pilate ! Au milieu de son récit, Leonardo avait joint ses mains en fermant les yeux, comme s'il était assommé par ce qu'il entendait. À la fin, il bredouilla :

– Mon Dieu… pardonnez-nous.

Pellegrino attendit la suite, le visage congestionné par l'inquiétude.

– Qu'avez-vous fait ? chuchota Leonardo.

– Mais je n'ai rien fait, mon père ! Nous avons juste programmé les dates et regardé l'écran.

Le père Leonardo lui prit la main. Elle était glacée.

– Vous avez changé l'Histoire, Pellegrino. Vous avez changé l'Histoire parce que le chronoviseur altère la réalité !

Pellegrino n'était pas vraiment surpris par cette explication, qu'il pressentait. Mais il en espérait une autre.

– Comment est-ce possible, père Leonardo ? Éclairez-moi, je vous en prie !

– C'est un des effets prévus par la mécanique quantique. Des physiciens contemporains comme Hugh Everett et quelques autres estiment que toutes les réalités de l'univers existent à l'état superposé. Ils appellent cela la « théorie des mondes multiples ». Chaque observation saisit une réalité différente.

– Je l'ai appris à l'université, mon père. Mais je croyais que cet effet était réservé au monde subatomique.

– Oui, c'est ce que je pensais moi aussi. Mais le chronoviseur capte des particules que nous connaissons mal.

– Les neutrinos ?

– Majorana a montré qu'ils étaient multiformes. Il est possible que certains d'entre eux aient un pied dans chaque monde, le monde quantique des microparticules et le monde macroscopique, celui de la vie quotidienne.

Pellegrino eut l'intuition que Leonardo, en une phrase, avait formulé la bonne explication. Elle était plus catastrophique que tout ce qu'il aurait pu imaginer.

– Alors, j'ai démoli l'Histoire ?

Dans sa candeur, il n'avait trouvé que ce pauvre mot, « démoli ». Comme s'il avait cassé un vase. Sauf que ce vase, c'était un pan entier de l'histoire du monde !

– Vous, Majorana, Montini, le pape Pie XII et moi qui vous ai entraîné dans cette aventure. Nous sommes tous responsables. Nous avons déchaîné des forces que nous ne connaissions pas.

Pellegrino se leva et se mit à marcher de long en large. Il cherchait un moyen, n'importe lequel, de contredire son vieux maître.

– Père Leonardo, quelque chose ne va pas dans votre raisonnement. Chaque fois que j'ai plongé dans le passé, ce que j'ai vu était conforme à ce que disent les livres d'histoire. Le discours de Mussolini en 1941, celui de Pie XII en 1940, la prise de Jérusalem par les croisés en 1099. Ne me dites pas que la machine fait une exception pour l'histoire de Jésus !

Le père Leonardo sembla troublé par cet argument. Mais il trouva rapidement le moyen de parer à l'objection.

– Je vous répondrai que chaque fois que vous avez plongé dans le temps, en dehors des temps évangéliques, vous l'avez fait une seule et unique fois. D'ailleurs, lors de votre première plongée en Galilée et à Nazareth, tout était conforme.

– Oui, dit Pellegrino. Jésus était Jésus, Marie était Marie, Joseph et Simon-Pierre aussi. Alors ?

– C'est un phénomène que je constate comme vous, mais que je ne comprends pas bien. Peut-être s'agit-il d'une forme d'« usure » des neutrinos. Les flux liés à une ligne historique donnée pourraient, quand ils sont trop sollicités, perdre un peu de leur intensité au profit d'autres flux parallèles et légèrement différents. On assisterait alors à une commutation des lignes de temps, comme un changement d'aiguillage pour les rails d'un chemin de fer. C'est la seule explication que je puisse vous proposer. Je pense que Majorana, dans les derniers mois de sa vie, a soupçonné un effet de ce type et qu'il en a eu très peur.

Pellegrino joignit les deux mains devant son visage.

– Donc, mon père, jusqu'à notre première plongée en Judée, nous vivions dans un monde où Jésus était mort sur la croix ?

– Nous vivions, oui, dans une ligne de temps façonnée par les vérités des Évangiles. Mais avant-hier, en retournant à plusieurs reprises à la même époque, vous avez provoqué la substitution d'une réalité à l'autre. Cette fois, Jésus a renoncé à sa mission et s'est marié. La nouvelle ligne de temps a remplacé la précédente.

– Et ce matin, nous avons encore changé l'Histoire ?

– En replongeant dans le temps, vous avez fait surgir un troisième destin de Jésus. Cette fois, il a été gracié par Pilate. Il est probable que d'autres versions existent à l'infini dans l'écheveau des réalités alternatives. Une version où Jésus est mort pendant les tentations au désert, une autre où c'est Jean le Baptiste qui est devenu le Christ, tandis que Jésus est resté un de ses apôtres, une autre encore où il est devenu un zélote qui s'est battu contre les Romains, une nouvelle où il a collaboré avec Pilate pour briser la rébellion, une autre où Judas ne l'a pas trahi et a subi, lui aussi, le supplice de la croix. À chaque plongée du chronoviseur dans le passé, il « attrape » une réalité différente.

– Et cette réalité devient aussitôt la réalité vraie ?

– Elle devient *notre* réalité, celle dans laquelle nous vivons en ce moment. Il n'y a pas de « réalité vraie », Pellegrino, il n'y a qu'une infinité de mondes alternatifs ! Je sais, cela semble vertigineux. La plupart des physiciens ne croient pas aux théories d'Everett. Mais ce que nous sommes en train de vivre montre qu'il a raison.

Le père Ernetti se retourna et regarda vers la mer. Leonardo respecta son besoin de silence. Il était conscient du supplice que vivait le jeune prêtre. Comme le Christ sur la « Via Dolorosa », il portait sur ses seules épaules le malheur du monde. Il regarda à nouveau son vieux maître.

– Donc, père Leonardo, à… à cause de moi, nous vivons en ce moment dans un de ces mondes parallèles où Jésus a été gracié par les Romains et a terminé sa vie comme charpentier-menuisier à Nazareth ?

– Oui, à condition que vous en restiez là. Mais si vous replongez à nouveau dans le passé, vous changerez à nouveau la réalité.

Pellegrino enfouit son visage dans ses mains.

– Mon Dieu, mon Dieu, mon Dieu… Je deviens fou !
– J'ai toujours pensé, mon pauvre Pellegrino, que ce chronoviseur était comme la boîte de Pandore. Nous l'avons ouverte et les démons sont sortis !

85

Cette fois, la réunion avec le pape se déroula en comité restreint. En dehors de Natacha, n'étaient présents que le président de la République italienne, le professeur Capezzi et… l'agent Joe Fincher. Le pape remarqua la surprise de Pellegrino.

– Je crois que vous vous connaissez…

Pellegrino ne répondit rien. Le pape s'adressa aux autres :

– Si j'ai demandé à l'agent Joseph Fincher, de la *Central Intelligence Agency* américaine, d'être présent aujourd'hui, c'est parce que la situation internationale, vous le savez, est très tendue. On ne peut exclure l'imminence d'un conflit atomique avec le bloc de l'Est. L'État italien est lié à l'OTAN par un pacte de défense, et le Vatican, en dépit de sa neutralité, ne peut rester indifférent. Dans ces circonstances, l'exploration des temps évangéliques par le chronoviseur du père Ernetti présente une importance stratégique.

Il eut un regard vers Pellegrino et Natacha.

– Pouvez-vous nous résumer votre dernière visite à Jérusalem, père Ernetti ?

Avec un soupir, Pellegrino lui tendit une nouvelle bobine de film.

– Cette fois, Saint-Père, je préférerais *vraiment* que le film parle pour moi !

Le pape, qui pressentait encore de mauvaises nouvelles, coupa court.

– Vous avez une langue, père Ernetti ? Alors, dites-nous ce que vous avez vu. Nous examinerons votre film après.

– Comme vous voulez.

Pendant une dizaine de minutes, Pellegrino résuma leur nouvelle plongée en Judée. Quand il eut terminé, Paul VI posa les coudes sur son bureau et prit sa tête entre ses mains.

– Non, non, non…

– Père Ernetti, dit le président d'un air méfiant, si Jésus a été gracié, comment expliquez-vous que cet événement n'ait pas affecté l'histoire ultérieure ?

Pellegrino eut un geste d'impuissance.

– Je ne l'explique pas, monsieur le président. C'est un mystère pour moi aussi. Ce que nous avons vu n'a, en effet, rien changé au déroulement de l'Histoire. Ni le renoncement de Jésus, ni la grâce de Pilate.

– Ne nous en plaignons pas, dit le pape.

– Je suis moins optimiste que vous, Saint-Père.

C'était Silvio Capezzi, le président de l'Académie pontificale, qui avait pris la parole.

– Oui, *dottore* ?

– Il serait quand même étonnant que l'Histoire se transforme instantanément, comme…

Il claqua des doigts.

– Que voulez-vous dire ? demanda le pape.

– Il pourrait y avoir un poids inertiel de l'Histoire. Nous partons d'un phénomène initial lié à un événement infime à l'échelle de l'histoire du monde, la survie d'un seul homme il y a deux mille ans.

– Cet « homme » était le fils de Dieu, corrigea Paul VI d'un air sévère.

– Certes, Saint-Père. Mais si cet homme a survécu, les bouleversements engendrés par sa survie ne pourront se faire que progressivement. Ils affecteront d'abord le cercle de ses proches, puis prendront un peu d'ampleur à l'époque romaine et se propageront à travers les siècles comme une onde, une sorte de tsunami lent, mais irrésistible. La vague mettra peut-être un peu de temps à nous atteindre, mais elle déferlera sur nous un jour prochain. Dans un mois, ou dans un an.

– Vous n'êtes guère rassurant, professeur, dit le pape.

– Je le serai encore moins, Saint-Père ! renchérit le président de la République. Ce sera un raz-de-marée instantané quand les Russes sauront la vérité. Et ils la connaîtront un jour ou l'autre.

– Ils savent déjà !

En disant cela, l'agent de la CIA s'était levé.

– Quelqu'un s'est montré trop bavard, agent Fincher ? demanda le pape.

– Les Russes ont appris l'existence de la machine par les Polonais, répondit Fincher. Ne me demandez pas comment, je l'ignore. Quant aux développements récents je pense, en effet, monsieur le président, qu'un de vos ministres n'a pu tenir sa langue.

Le président se sentit piqué.

– Monsieur Fincher, répliqua-t-il, je vous rappelle que deux membres de l'Académie pontificale assistaient aussi à notre précédente réunion !

– Monsieur le président, je ne puis accepter ces insinuations ! s'insurgea le professeur Capezzi.

– Silence, messieurs, dit le pape, nous ne sommes pas dans un film de Don Camillo !

La repartie du pape eut l'heur de faire sourire et de calmer tout le monde. Natacha était ébahie par l'étonnante capacité des hommes politiques à « encaisser » les pires nouvelles.

– Comment voyez-vous la situation, agent Fincher ? demanda le pape.

– Si nous ne lançons pas immédiatement une contre-offensive, les Soviétiques déballeront toute l'affaire sur la place publique. Ils dévoileront l'implication au plus haut niveau du Vatican. Et surtout, père Ernetti, ils diront ce que vous avez découvert sur le destin réel de Jésus. Si, après ces révélations, l'Occident ne s'effondre pas, c'est qu'il est indestructible !

Le président de la République s'adressa directement au pape sur un ton de reproche :

– Qu'avez-vous fait, Saint-Père ? En voulant sauver la foi, vous l'avez condamnée ! Cette entreprise était très imprudente. Jamais vous n'auriez dû...

– Je vous en prie, monsieur le président, plaida le pape, nos destins sont liés à présent.

Puis il se tourna vers Joe Fincher.

– Monsieur Fincher, vous avez parlé d'une « contre-offensive ». Qu'aviez-vous en tête ?

Fincher eut un regard vers Natacha.

– Mlle Yadin-Drori m'a parlé d'une proposition qu'elle va vous faire à l'instant même. À vous, Natacha.

Elle prit la parole.

– Le 16 juillet 1941, au palais Mariyinsky, à Kiev.

– Pardon ?

– Je vous propose de pointer le chronoviseur sur ce lieu, à cette date. Nous aurons quelque chose à échanger avec les Soviétiques.

86

« Méfie-toi de tes collaborateurs. Ils n'ont qu'une idée en tête, c'est prendre ta place. » Tel était le sage conseil que donna un jour Nikita Khrouchtchev à… son collaborateur, Léonid Ilitch Brejnev. Ce dernier se trouvait seul dans le bureau du palais du Sénat réservé au Premier secrétaire du Comité central du parti communiste de l'Union soviétique. Et comme personne n'était là, il s'empesta lui-même avec un cigare cubain offert par Fidel Castro en personne, un gros cohiba savoureux, dont les feuilles avaient fermenté plusieurs mois dans des barriques.

Cet homme aux gros sourcils et aux allures tranquilles avait un tempérament de carriériste. Sa chance, dans la vie, ce fut justement Khrouchtchev. Grâce à lui, il n'avait cessé de monter dans la hiérarchie communiste jusqu'au jour où, comme dans un jeu de dominos, Khrouchtchev lui-même fut proprement « démissionné » par les membres du Politburo et remplacé par Léonid Brejnev qui forma une « troïka » avec Anastase Mikoyan et Alexis Kossyguine. La nouvelle équipe était consciente des retards pris par l'URSS dans beaucoup de domaines. Les succès spatiaux n'auraient qu'un temps et le jeune président Kennedy avait lancé la course à la Lune, que l'URSS n'avait évidemment pas la force économique de gagner. Par son tempérament, Brejnev était un gestionnaire. Il souhaitait avancer, mais en douceur.

– J'ai une nouvelle incroyable, lui annonça le colonel Tcherbychev, le nouveau responsable du KGB.

– Bonne ou mauvaise, ta nouvelle ?

– Intéressante. Un prêtre italien aurait inventé un appareil à voir dans le passé, camarade secrétaire général. Comme une caméra de télévision.

Léonid Brejnev fronça ses sourcils si épais qu'ils semblaient ne former qu'une grosse barre sur son front. En cet âge spatial où les merveilles de la technologie faisaient l'actualité, se dit-il, tout devenait possible, même ce vieux rêve du voyage dans le temps.

– La surprise, c'est qu'ils ont braqué leur machine sur l'époque de Jésus de Nazareth.

– Ce n'est pas étonnant. Et qu'ont-ils découvert ?

– Qu'après son entrée à Jérusalem, la veille de la Pâque, Jésus a regagné Nazareth et a fini sa vie comme un honnête charpentier !

Cette fois, Brejnev abandonna son cohiba et l'écrasa dans un cendrier. Il se leva.

– Grigory, répondit Brejnev, quand j'étais gamin à Kamenskoïe, j'avais une grand-mère très pieuse. Je lui aurais raconté ce que tu viens de me dire, elle m'aurait frotté la langue avec du savon noir en me traitant de tous les noms. Tu es sûr de ce que tu dis ? Qui t'a raconté ça ?

– Une source sûre : le père Carvalho, l'évêque de Rio. Il tient l'information du ministre de l'Intérieur italien, qui a participé à une réunion avec le pape. Nous pourrions monnayer cette information contre un recul de l'influence américaine au Moyen-Orient. Ils ne refuseront pas.

– Je vais en parler aux deux autres.

– Très bien, camarade secrétaire. Je vous tiens au courant s'il y a du nouveau.

Brejnev informa les deux autres membres de la Troïka. D'abord, ils furent incrédules. Mais quand Tcherbychev leur confirma l'information, ils se rendirent eux aussi à l'évidence. Cette affaire, pensaient-ils, serait une arme de premier plan dans la guerre idéologique… et moins coûteuse que la course à l'espace. On frappa à la porte. C'était de nouveau Tcherbychev. Il avait monté l'escalier en courant, ce qui n'était plus de son âge. Il avait un télex à la main.

– Camarade secrétaire général, les Américains savent que nous savons !

– Parlez plus clairement, colonel, ordonna Brejnev.

– Ils savent que nous nous apprêtons à utiliser ce que les Italiens ont découvert avec leur machine.

– Et alors ? Qu'est-ce que ça change ?

– Ils proposent un arrangement.

– Déjà ?

Brejnev trouvait la nouvelle plutôt positive, mais Tcherbychev, bizarrement, avait l'air ennuyé.

– Qu'est-ce qui vous chagrine, colonel ?

– Ils disent qu'ils ont une monnaie d'échange.

Brejnev fronça les sourcils. Il était d'un naturel méfiant.

– Attention au bluff, colonel !

– Je ne crois pas qu'ils bluffent. Ils parlent d'une révélation obtenue avec leur machine, qui pourrait équilibrer celle que nous avons sur Jésus.

Brejnev haussa les épaules.

– Qu'est-ce qu'ils ont trouvé ? Que Karl Marx était payé par Bismarck ? Qu'il vivait en couple avec Engels ? Tout le monde s'en fiche !

– Camarade secrétaire général, je connais l'agent de la CIA qui nous propose un marché. C'est quelqu'un de sérieux. Ils sont sûrs d'eux, ils ont vraiment quelque chose à échanger.

– Alors, qu'ils jouent cartes sur table ! s'énerva Brejnev.

– Justement, camarade. Ils proposent de venir à Moscou pour en parler avec vous.

Brejnev était en train de décrocher son téléphone pour avertir les deux autres.

– Qu'ils viennent ! John McCone sera là ?

John McCone, le directeur de la CIA, était un type dangereux. Pendant la crise des fusées, il avait été le premier à deviner que l'URSS livrait des missiles aux Cubains.

– Non, dit Tcherbychev. Pour garder le secret, il vous envoie un de ses agents, celui dont je vous ai parlé. Et une autre personne.

– Qui ?

– Une femme. Pas de la CIA, mais du Mossad.

87

Natacha appela Zvi Eizer depuis l'ambassade d'Israël à Rome.

– C'est d'accord pour que tu accompagnes l'agent Fincher à Moscou, lui dit Zvi. Je te fais parvenir par le premier avion d'El Al un dossier très complet. De ton côté, demande au service photo du Vatican de réaliser des photos agrandies de ton film.

– C'est déjà fait.

– Tu les ajouteras aux témoignages.

– Compris.

– Natacha…

– Oui ?

– Je n'ai pas l'habitude de faire des compliments, mais sur cette affaire, je reconnais que tu as été à la hauteur.

– Rien n'est gagné, Zvi. Les Russes peuvent refuser.

– Ils veulent négocier. Je les connais, c'est un signe positif. Bonne chance !

L'avion de la TWA qui amenait Fincher et Natacha à l'aéroport de Cheremetievo était attendu par trois agents du KGB, accompagnés d'un petit détachement de l'armée Rouge. Dès leur descente de la cabine, ils échappèrent aux formalités douanières et furent pris en charge par la police secrète. Leur voiture démarra en trombe, suivie par deux autres.

– Ne vous en faites pas, Natacha, ils savent conduire, dit Fincher en souriant.

– Je n'ai pas peur pour moi, mais pour les pauvres gens qui pourraient être renversés par ce chauffeur fou furieux !

Ils traversaient une large avenue bordée de grands immeubles.

– Les immeubles sont énormes, mais les appartements sont minuscules, lui apprit Fincher. Les Moscovites vivent fréquemment à deux familles dans le même appartement.

– Vous êtes venu souvent ici ?

– Une fois officiellement, deux autres fois en opération, sous des faux noms. À force, je connais un peu le pays. J'ai même des relations confraternelles avec le colonel Tcherbychev, que vous allez rencontrer. Ah, regardez…

La voiture traversait un quartier qui n'avait rien d'exceptionnel.

– C'est ici, à quatorze kilomètres de Moscou, que les Soviétiques ont stoppé l'avance allemande, en octobre 1941. On attribue souvent cet exploit au général Joukov, le tombeur de Berlin.

– Et ce n'était pas lui ?

– Non, le véritable héros était l'officier qui commandait la seizième armée, Constantin Rokossovski. Joukov était un proche de Staline, c'est lui qui a raflé tous les honneurs.

– Dites donc, ici notre chronoviseur ferait des ravages !

La voiture ralentit en arrivant sur la place Rouge. Natacha fut émerveillée.

– Quelle splendeur !

Derrière les murs du Kremlin, ils aperçurent les toits en forme d'oignon de la cathédrale Saint-Basile. La place, entièrement pavée, était vraiment immense. Elle n'avait rien de rouge car le mot *Krasny*, en russe, signifie à la fois « rouge » et « magnifique ». Sur la droite, Natacha aperçut le mausolée de Lénine, gardé par deux soldats armés qui se livraient à chaque heure du jour à une chorégraphie bien réglée. Une longue queue de visiteurs patientait devant l'entrée. Sur la gauche de la place, on pouvait voir le Goum, le grand magasin d'État.

– On ne trouve pas grand-chose à y acheter, lui dit Fincher, à part des lampadaires « *Octobre Rouge* » ou des tondeuses à cheveux « *Quarantième anniversaire de la Révolution d'octobre* ». Tous fabriqués dans la même usine !

– Pas de vêtements ?

– À peine. Vous avez déjà vu des jeans soviétiques ?

– Non.

– Tant mieux pour vous. Les habitants de Moscou ont l'habitude d'avoir sur eux un petit filet à provisions qu'ils appellent un *Avozka*, ce qui veut dire « au cas où… ».

– Au cas où quoi ? demanda Natacha.

– Au cas où il y aurait une arrivée de marchandises au Goum. Et ce n'est pas fréquent !

Après une brève halte au poste de surveillance, leur voiture et son cortège pénétrèrent dans l'enceinte du Kremlin. Depuis la révolution, Lénine puis Staline avaient emménagé dans l'ancien palais du Sénat, qu'on appelait le bâtiment numéro un. L'édifice était de forme triangulaire, dominé en son centre par une coupole de belle taille qui coiffait la salle du Sénat. On l'appelait le « Panthéon russe » par allusion au Panthéon de Rome. Le convoi s'arrêta dans la cour d'honneur. On les fit entrer dans le palais. Ils gravirent quelques marches et découvrirent un immense salon décoré de tapisseries luxueuses. Accompagnés par leur petite escorte, ils traversèrent plusieurs antichambres. Au passage, des officiers en uniforme regardaient Natacha avec curiosité. Fincher lui chuchota à l'oreille :

– Je les entends siffler intérieurement. Attention aux Soviétiques, Natacha, ce sont de grands dragueurs !

– S'ils savaient en plus que je travaille pour le Mossad, ils me regarderaient d'encore plus près, répondit Natacha. Vous avez vu la pendule ?

Elle désignait une grosse pendule en bronze. Elle avait la particularité d'indiquer les mois, les lunaisons et la position des signes du zodiaque à partir de son cadran, qui marquait les vingt-quatre heures de la journée. Une curiosité qui datait du tsar Pierre le Grand. Ils arrivèrent devant un grand escalier. On les fit monter au premier étage où ils traversèrent encore deux grands salons.

– J'ai compté à peu près trois cents mètres depuis l'entrée, dit Natacha.

Ils pénétrèrent dans une dernière pièce. Leur guide se tourna vers eux.

– Nous arrivons, dit-il dans un anglais parfait. Mais d'abord, une petite formalité.

Avant de les laisser entrer dans la salle du conseil, on les fit passer dans une antichambre où des agents les attendaient pour les fouiller. Natacha disparut dans une pièce voisine où une femme officier s'occupa d'elle. Dix minutes après, elle réapparut.

– Ce fut une fouille… complète, confia-t-elle à Fincher.

– Pour moi aussi. N'oubliez pas que nous allons pénétrer au cœur du dispositif de défense de l'URSS. Ils veulent être certains que nous n'avons pas sur nous d'appareils photographiques miniatures ou autre arsenal d'espionnage.

Dans la grande salle, une carte du monde faisait face à une grande table ronde d'au moins quinze mètres de diamètre.

– C'est ici que se réunit le Conseil de sécurité et de défense de l'Union soviétique, annonça leur accompagnateur.

Fincher, à nouveau, se pencha à l'oreille de Natacha.

– En cas de troisième guerre mondiale, c'est depuis cette salle qu'un officier à lunettes rondes et au crâne rasé prendra la décision de pulvériser New York ou Chicago.

– … en attendant d'être lui-même atomisé un quart d'heure plus tard, compléta Natacha.

– Oui, l'équilibre de la terreur est un drôle de jeu, dit Fincher.

On leur proposa de s'asseoir sur deux des innombrables fauteuils de cuir disposés autour de la table pour attendre le Premier secrétaire. Il ne tarda pas.

88

Le père Ernetti regarda sa montre.

– Il est 13 heures 54 à Rome. Compte tenu du décalage horaire avec Moscou, leur réunion va commencer. Elle était prévue à 15 heures, heure locale.

– Patientons, dit le pape. Que pouvons-nous faire d'autre ?

– Vous savez, Très Saint-Père, l'agent Fincher…

– Nous sommes entre nous, Pellegrino. Appelez-moi Giovanni.

Cette demande, venant d'un personnage aussi froid et distant que le pape Paul VI, lui parut surprenante. « Giovanni » avait-il besoin d'un peu de familiarité pour se sentir moins seul dans un moment aussi grave ?

– Je voulais vous dire, Giovanni, que l'agent Fincher est quelqu'un de tenace, j'ai eu l'occasion de m'en rendre compte au Brésil. Et Natacha a une proposition sérieuse à leur faire.

– Espérons-le. Depuis une semaine, je ne cesse de penser à ce que pourraient être les conséquences s'ils échouaient.

– Je serai le premier qu'on blâmera, dit Pellegrino.

– Non, on dira que vous avez agi sur mes instructions, ce qui est la vérité. Vous avez entendu le président ? « En voulant sauver la foi, vous l'avez condamnée. »

– Si nous remontons de cause en cause, alors le premier coupable était Sa Sainteté Pie XII. Et avant lui, Ettore Majorana.

– À la réflexion, j'avais bien raison de les convoquer tous, le président et les autres, pour vous écouter. Nos sorts sont liés, à présent.

Pellegrino ne put s'empêcher d'esquisser un sourire.

– Comme toujours, vous pensez à tout, Giovanni !

– J'ose à peine imaginer ce qui se passerait si les négociations échouaient. J'entends déjà ce que diront les Soviétiques sur toutes les ondes de la planète : « L'Occident chrétien reposait sur une imposture. Pendant deux mille ans, il a exercé sa domination en faisant croire à des mensonges. Fini l'Italie chrétienne, la France chrétienne, le Royaume-Uni et les États-Unis d'Amérique chrétiens ! » Ils réclameront vos images du chronoviseur et la petite scène de Jésus en famille à Nazareth tournera en boucle sur toutes les chaînes de télévision !

Le ton apocalyptique de Montini fit frissonner Pellegrino. Peut-être le pape avait-il raison ? Peut-être que l'Occident, tel qu'il s'était construit pendant des siècles, courait vraiment à sa perte ?

– Quand le monde bascule, poursuivit le pape, il a besoin de boucs émissaires. Après les Juifs, ce seront peut-être les chrétiens, ces fourriers du mensonge ! On les poursuivra, on les chassera, on les exécutera. Et Satan triomphera.

Pellegrino chercha des paroles apaisantes. Mais comment apaiser le pape ?

– Le christianisme ne repose pas que sur l'histoire d'un homme, Saint-Père… euh, Giovanni. C'est aussi une morale, celle de l'amour universel.

– Ce sont des mots, Pellegrino ! Cette morale, comme vous dites, a conquis le monde parce qu'elle s'incarnait dans une figure divine, celle d'un homme ressuscité d'entre les morts, celle du Christ. Vous vous rappelez ce que disait l'apôtre Paul ? « Si le Christ n'est pas ressuscité, notre foi est vaine. » Que dirait-il, Paul, si on lui apprenait que Jésus a été gracié par Ponce Pilate et qu'il a fini sa vie comme un brave charpentier à Nazareth, avec son épouse et ses enfants ?

– Les Russes aussi ont souffert de mensonges, objecta Pellegrino. Ils le reconnaissent aujourd'hui en dénonçant les crimes de Staline.

– Père Ernetti, vous pensez vraiment me rassurer en me donnant cet exemple ? explosa le pape. Nous ne sommes pas descendus si bas !

Pellegrino regretta ses paroles et fit aussitôt marche arrière.

– Alors, Saint-Père, nous n'avons qu'une chose à faire, prier…

Il eut un regard vers l'horloge.

– … car leur réunion vient de commencer !

89

La silhouette cambrée de Léonid Brejnev fit son apparition. Il était accompagné d'Alexis Kossyguine, le Président du Conseil des ministres, du colonel Tcherbychev et d'un traducteur. Autant l'un, Brejnev, avait le visage taillé à la serpe et respirait la brutalité, autant Kossyguine avait la physionomie d'un intellectuel tout droit sorti d'un roman de Dostoïevski. Lucide, d'un naturel pessimiste, c'était un réaliste, pas un idéologue. La conversation démarra au quart de tour, *via* le traducteur qui passait alternativement du russe à l'anglais.

– Monsieur Fincher, dit Léonid Brejnev, passons le stade des présentations. Je sais qui vous êtes et qui est la charmante jeune femme qui vous accompagne. Le colonel Tcherbychev, que vous connaissez je crois, me dit que vous avez une proposition à nous faire.

– Oui, monsieur le Premier secrétaire. Elle concerne cette découverte que nous avons faite récemment au moyen d'une machine nouvelle, mise au point par nos alliés italiens, appelée « chronoviseur ».

– La science est la magie des temps modernes, dit Brejnev. Elle nous a ouvert la route des étoiles, voici à présent qu'elle nous ouvre les portes du passé.

– C'est une invention extraordinaire, en effet. Mais le prêtre qui l'a utilisée a fait, comme vous le savez, une découverte à laquelle il ne s'attendait pas.

Brejnev eut un sourire.

– L'Histoire est parfois pleine de surprises, monsieur Fincher. On peut la déformer en la racontant, mais votre machine a l'inconvénient, à ce qu'on m'a dit, de la montrer telle qu'elle est ?

– C'est hélas vrai, monsieur le secrétaire. Les chrétiens du monde entier seront très surpris d'apprendre que Jésus de Nazareth n'a pas eu tout à fait le destin qu'ils croyaient.

– L'idéologie s'est substituée à la réalité, cela nous arrive aussi. Mais quand le réel reprend ses droits, il faut reconnaître que c'est désagréable, répondit Brejnev sur un ton faussement compatissant.

Fincher estima que les préliminaires avaient assez duré. Il adopta alors un ton solennel en s'adressant à la fois à Brejnev et à Kossyguine :

– Monsieur le Premier secrétaire, monsieur le Président du Conseil, si vous dévoilez au monde ce que nous avons découvert, ce sera pour l'Occident un traumatisme de première grandeur.

– Monsieur Fincher, répondit Kossyguine, nos pays sont en « guerre froide ». Il y a deux ans, nous avons même frôlé une guerre atomique. Pourquoi nous priverions-nous d'utiliser une pièce majeure dans le jeu d'échecs auquel nous jouons depuis la fin de la Seconde Guerre mondiale ? Le feriez-vous, de votre côté ?

– Je ne fais pas appel à vos bons sentiments, monsieur le Président du Conseil, répliqua Fincher. Nous avons quelque chose à échanger.

Il se tourna vers Natacha.

– Mlle Yadin-Drori, qui m'accompagne, a assisté le père Ernetti, l'inventeur du chronoviseur, dans toutes ses explorations du passé…

Tcherbychev le coupa et s'adressa directement à Natacha :

– Vous êtes israélienne, mademoiselle ?

– Oui, colonel.

– Archéologue ?

– Oui.

– Vous travaillez aussi pour le Mossad ?

Elle hésita. Tcherbychev eut un sourire.

– Ce n'est pas une honte, vous savez. Je dirige le KGB, l'agent Fincher appartient à la CIA et vous travaillez pour le Mossad. Nous sommes pour ainsi dire en famille !

Il y eut un rire général.

– Qu'avez-vous à nous dire, mademoiselle ? reprit Brejnev.

– Nous sommes mandatés, l'agent Fincher et moi, pour vous transmettre une proposition, dit Natacha. Votre silence sur Jésus contre notre silence sur la rencontre secrète du 16 juillet 1941, au palais Mariyinsky de Kiev.

Tcherbychev échangea brusquement son sourire contre son regard des mauvais jours.

– Que savez-vous de cette conférence ?

– Ce que supposait le Mossad, mais que nous avons depuis confirmé avec le chronoviseur.

Elle sortit une bobine de film de son sac.

– Monsieur le Premier secrétaire, j'ai apporté un petit film qui vous montrera tout. Serait-il possible de le projeter dans cette salle ?

– Oui, bien entendu, dit Tcherbychev.

Il fit un geste à l'intention d'un assistant.

– Le film est muet, précisa Natacha, pas la peine d'installer des haut-parleurs.

– Entendu.

Un silence épais suivit, tandis qu'on apportait un projecteur seize millimètres. Une commande électrique déroula un écran de projection en face d'eux. On baissa un peu les lumières.

Natacha reprit la parole :

– Le film que vous allez voir a été enregistré il y a six jours sur notre chronoviseur. S'il vous plaît…

Elle fit un signe à l'assistant qui actionna le projecteur. L'écran montra un palais de style baroque, vu du ciel. Sur sa droite, large et majestueux, coulait le fleuve Dniepr.

– Nous sommes le 16 juillet 1941, dans le beau palais Mariyinsky de Kiev…

90

Léonid Brejnev fronça les sourcils. Il s'adressa à mi-voix à Tcherbychev :

– Cette date vous dit quelque chose, colonel ?

Tcherbychev, qui avait passé ses années de guerre dans le grand état-major de Staline, fit la grimace.

– Je le crains, monsieur le Premier secrétaire.

– Notre chronoviseur, hélas, ne peut traverser les murs, commenta Natacha. Par chance, le 16 juillet de cette année-là était un jour ensoleillé à Kiev. Les participants à cette rencontre ont préféré discuter sur le balcon plutôt que dans une salle enfumée. Vous allez les reconnaître.

Le film montra un balcon sur lequel avait été installée une longue table grise en fer forgé. Sur les fauteuils, on reconnaissait aisément Joseph Staline en compagnie de quatre membres de son cercle proche : le ministre de la Défense Timochenko, le général Joukov, chef d'état-major, le maréchal Vorochilov et le conseiller Jdanov.

Cette fois, c'est Fincher qui prit la parole :

– À cette date, comme vous le savez, l'Allemagne nazie a envahi l'URSS depuis moins d'un mois. Partout, les armées soviétiques sont battues. Une seule arme, pense Staline, peut encore stopper les Allemands, c'est l'arme biologique. Il ordonne donc de mettre au point, dans l'urgence, des obus porteurs de l'anthrax, la maladie du charbon.

Sur l'écran, on vit une photo prise d'avion de bâtiments dévastés.

– Mais le 12 juillet, reprit Fincher, une explosion dans l'usine d'armement de Krasnovetsk, en Sibérie occidentale, libère dans l'atmosphère des quantités énormes de spores contenant le bacille de l'anthrax. Quatre mille personnes meurent en quelques jours d'une insuffisance respiratoire grave.

– Ce sont des légendes, opposa mollement Tcherbychev.

– Non, colonel, poursuivit Fincher. Et ce que disent les participants à cette conférence le prouve. Pour le savoir, les services de la CIA ont fait appel à un spécialiste de la lecture labiale. Nous savons exactement ce qu'a ordonné Staline ce 16 juillet 1941.

– Ah oui ? Et de quoi s'agit-il ? demanda Léonid Brejnev.

– Un black-out absolu sur cet accident, sous peine de mort. Il propose d'imputer l'épidémie à la consommation de viande contaminée. Et ce n'est pas tout…

– Qu'y a-t-il encore ? s'énerva Kossyguine, qui tapotait sur la table.

Cette fois, c'est Natacha qui prit le relais :

– Monsieur le Président du Conseil, personne à l'époque n'a osé parler de l'accident. Or les spores peuvent survivre des dizaines d'années dans le sol. Elles résistent à la sécheresse, à la chaleur, aux rayonnements ultraviolets et à la plupart des substances désinfectantes. Les Anglais ont fait en 1942 une expérience de contamination d'une île écossaise par le bacille du charbon. Quarante ans après, personne ne peut vivre sur cette île[1] !

– Veuillez nous préciser votre menace, mademoiselle, demanda Kossyguine.

– Aujourd'hui, monsieur le Président, vous avez décrété le périmètre de Krasnovetsk « zone militaire » et vous en avez inter-

1. Il s'agit de l'île Gruinard, sur la côte occidentale de l'Écosse.

dit l'accès. Mais pendant des années, des hommes et des femmes ont vécu dans cette ville et sont morts par dizaines de milliers. Tout cela parce que Staline, ce 16 juillet, a interdit de parler de l'accident.

Un brouhaha s'ensuivit. Léonid Brejnev se tourna vers Tcherbychev, qui baissa la tête.

– Vous le saviez, colonel ?

Tcherbychev, très ennuyé, lui répondit en gardant sa main devant sa bouche.

– J'en avais vaguement entendu parler, mais ce n'était qu'une rumeur.

Natacha montra un dossier.

– Le mot à mot de la réunion que vous voyez sur le film est contenu dans ce dossier, que nous vous remettrons. Bien entendu, nous vous laissons les bobines, vous pourrez vérifier.

– Nous le ferons, dit un Tcherbychev sur un ton grincheux.

– Depuis longtemps, renchérit Natacha, le Mossad avait réuni des indices qui allaient dans ce sens. Le chronoviseur nous a fourni la preuve qui nous manquait. Il incitera tous ceux qui savaient à parler.

Elle montra le dossier que Zvi avait préparé.

– Nos services ont réuni dans ce dossier six cent cinquante-trois témoignages d'officiers et de sous-officiers russes qui ont eu connaissance de l'accident.

Léonid Brejnev semblait sur le point d'exploser.

– Arrêtez ce projecteur ! ordonna-t-il.

Le bruit entêtant du projecteur cessa. On ralluma les lumières. Le silence qui suivit n'en fut que plus pesant. Brejnev prit la parole :

– Admettons que vous soyez dans le vrai. Vous savez que nous avons dénoncé depuis plusieurs années les erreurs de Staline.

– Il ne s'agit pas là d'une « erreur », monsieur le Premier secrétaire, mais d'un crime. Il a été commis par Staline et par tous ceux qui ont couvert l'accident après lui. Cela fait des dizaines de milliers de morts, au sujet desquels vos citoyens vous demanderont des comptes. Ce scandale rejaillira comme une tache indélébile sur le camp communiste. Il coûtera à votre pays des milliards de dollars d'indemnités.

Tcherbychev se tourna vers l'agent de la CIA.

– Si je comprends bien, monsieur Fincher, vous nous proposez un troc : nos secrets contre les vôtres. Un troc des Histoires, en quelque sorte !

– C'est exact.

Brejnev se leva. Il demanda à Kossyguine de le rejoindre. Tous deux s'éloignèrent de quelques mètres et se mirent à discuter à voix basse. Brejnev avait du mal à retenir sa colère. Natacha et Fincher se regardèrent, anxieux.

– J'y suis peut-être allée un peu fort, regretta Natacha, ils ont l'air furieux.

– Vous avez été parfaite, dit Fincher. Ils sont furieux contre eux-mêmes, ils ont compris qu'ils sont dans un sale pétrin.

Brejnev et Kossyguine revinrent s'asseoir en face d'eux. Brejnev s'adressa à Fincher :

– Dites au directeur de la CIA que j'accepte. Il n'est jamais bon de fouiller dans les poubelles de l'Histoire !

– C'est une excellente décision, monsieur le Premier secrétaire, répondit Fincher. Nos services mettront au point un document qui formalisera notre accord par écrit.

Alexis Kossyguine s'adressa alors à Natacha :

– Mademoiselle Yadin-Drori, vous êtes israélienne. Juive aussi, j'imagine ?

– C'est exact, monsieur le Premier ministre, juive d'origine ukrainienne.

– Vous êtes pratiquante ?

– Mon père et ma mère sont morts à Auschwitz. Si Dieu existe, je suis comme des millions d'entre nous, je me demande comment il a pu permettre ça. Mais je réponds à votre question : oui, je crois en un dieu créateur… dont il est difficile, parfois, de comprendre les desseins.

– C'est là où je voulais en venir. Puisque vous êtes juive, vous ne croyez pas que Jésus soit le Messie ?

– Je ne crois pas que Jésus soit un dieu incarné, je ne crois pas aux hommes-dieux. Mais Jésus était un grand homme, un grand prophète d'Israël.

– Que vous importe alors de confirmer ou non la vérité des Évangiles ?

– Pour cette question comme pour toutes les autres, monsieur le Président du Conseil, je crois aux vertus de la coexistence pacifique.

– Entendu, reprit Brejnev. Dites au pape que son message est passé.

Kossyguine, en se levant, tendit la main à Natacha.

– Bon retour, mademoiselle l'envoyée israélienne du Saint-Siège !

91

C'était une véritable oasis au centre de Rome. La flore généreuse des jardins du Vatican poussait, dit-on, sur une terre importée de Palestine, plus précisément du Golgotha. Le père Ernetti s'était assis sur un banc, non loin du palais de Sixte-Quint, où habitait le pape. Nous étions au début du printemps. Tandis qu'un personnel pressé, souvent habillé des uniformes austères des prêtres, sillonnait les allées, la nature reprenait vie. On percevait, confondus en un ensemble cristallin, les bruits des nombreuses fontaines qui répandaient leur fraîcheur sur une quantité incroyable de plantes. Des fleurs exotiques, des cactées, des palmiers, des arbustes méridionaux. Elles venaient du monde entier, depuis l'époque de la Renaissance.

Pellegrino se leva. Il aperçut, débouchant d'une allée, deux silhouettes familières qui arrivaient dans sa direction. Natacha et Joe Fincher sortaient de leur rencontre avec le pape. Elle courut vers lui pour l'embrasser. Il serra chaleureusement la main de Fincher.

– Bravo à tous les deux, dit-il. L'ambassade américaine nous a fait un rapport complet juste après votre réunion. C'était une vraie partie de poker avec les Russes et vous l'avez gagnée.

– Le pire a été évité, répondit Fincher. En tout cas, dans l'immédiat.

Natacha avait l'air soucieuse.

– Le pape est inquiet, mon père. Lui qui est d'habitude si maître de lui, je l'ai senti presque paniqué.

– Quand nous sommes arrivés, il était encore en audience avec le professeur Capezzi, précisa Fincher. Ils s'interrogeaient sur le rythme des transformations à venir après votre, euh...

– Après la catastrophe que j'ai provoquée ?

Fincher essaya de se rattraper.

– Après les altérations de l'Histoire dues à vos visites à l'époque de Jésus.

– Peu importe, répliqua Pellegrino, fataliste, je sais qu'on me rendra responsable de tout. Carvalho y aidera. Savez-vous s'il est au courant ?

– Il n'est pas informé des derniers développements, mais le sera bientôt, soyez-en sûr. Lui et ses hommes sont à l'affût de tout ce qui pourrait affaiblir le Saint-Siège. Il a même parlé à des journalistes, dit Fincher.

Il lui montra un journal du soir.

– L'article est modeste et en quatrième page, mais ce n'est qu'un début.

Il était titré : « Un prêtre italien aurait mis au point une machine à voir dans le passé. » L'article se contentait de rapporter des rumeurs, mais le nom du père Ernetti était mentionné.

– Il ne manquait plus que ça ! dit Pellegrino. Je vais en parler avec le pape, je le vois dans une trentaine de minutes.

– Alors, je vous quitte, dit Fincher. Vous aurez tout le temps de vous dire adieu.

Il avait dit cela en embrassant Natacha. Une grande déception assombrit soudain le visage de Pellegrino.

– Vous partez ? demanda-t-il à la jeune femme.

– Je dois rentrer en Israël. Je suis rappelée par le père de Meaux, mon patron au musée Rockefeller. Il m'a trouvé un poste de conservatrice adjointe.

– Vous pensez que le pape y est pour quelque chose ?

– C'est probable. Il commence à voir des espions partout. Je ne l'ai jamais vu dans cet état. Il se sent perdu, coupable de tout ce qui arrive. Il craint aussi d'être balayé, avec toute la chrétienté, par le tsunami annoncé par Capezzi.

Pellegrino avait de la peine à respirer, comme si sa poitrine était écrasée par un horrible poids. Le départ de Natacha ajoutait à ses soucis quelque chose qui ressemblait, oui, à du chagrin. Il essaya de cacher son trouble.

– Bien, je vais aller le trouver.

Il embrassa la jeune femme.

– Je vous regretterai, Natacha, lui chuchota-t-il, un sanglot dans la voix.

Elle le retint par un bras et le serra.

– Mon père, vous êtes le seul, dans cette affaire, à être resté humain. Par la force des choses nous avons l'habitude, en Israël, de ne pas faire de sentiment. Mais là, ce que j'ai vu en Italie dépasse l'entendement. Chacun rejette sa faute sur l'autre. Et tous, j'en suis sûre à présent, vont vous tomber dessus. Vous êtes le coupable idéal, père Ernetti, ne l'acceptez pas. Promettez-moi de vous défendre !

Pellegrino lui adressa un sourire ému.

– Que voulez-vous, Natacha, j'ai toujours cru en la bonté des autres. Je suis un vrai chrétien, vous savez !

Elle lui prit la tête à deux mains et l'embrassa tendrement sur le front.

– Ce sont des lâches, mon père. Et vous êtes un cœur pur.

Il la pressa un instant contre lui.

– Vous me manquerez, Natacha. Vous me manquerez vraiment.

– Vous aussi, père Ernetti.

– Bonne chance dans votre nouveau métier. Écrivez-moi !

– Vous aussi, dit-elle en se détachant lentement de lui. Et tenez bon !

92

– Il faut y retourner, père Ernetti.

– Vous voulez dire… retourner en Judée ? Après ce qui nous est arrivé ? Ce serait de la folie, Giovanni !

Il savait qu'il parlait au pape, mais l'heure n'était plus aux bonnes manières.

– J'en ai parlé avec le professeur Capezzi. Il pense qu'une vague de bouleversements est en train de monter du fond des âges. Depuis que nous savons que Jésus a été gracié, la transformation de la réalité est en route. Elle n'est pas encore arrivée jusqu'à nous, mais elle nous atteindra tous, tôt ou tard. Et elle signera la fin du christianisme.

– J'en suis conscient. Mais si nous replongeons dans le passé, nous prenons le risque de changer une nouvelle fois la réalité. La suivante sera peut-être encore pire !

– Je ne crois pas, dit le pape. Réfléchissez. Chaque saut dans le temps nous a rapprochés de la « bonne » histoire, celle que racontent les Évangiles. La première fois, Jésus a abandonné sa mission et a préféré la sécurité de Nazareth. La deuxième fois, il a été crucifié, mais a échappé à la mort. La troisième fois, nous assisterons peut-être à la Passion, telle qu'elle est contée dans les Évangiles.

C'était de la pensée magique, rien d'autre. S'il ne s'était pas agi du pape, Pellegrino aurait conseillé à Montini de prendre un peu de recul. Mais comment refuser ? Et s'il avait raison ? Si une troisième plongée dans les temps évangéliques rétablissait enfin la situation ?

– Très bien, je replongerai en Judée.

Montini fut rassuré.

– J'ai appris que Natacha retournait en Israël ?

– C'est ce qu'elle m'a annoncé, répondit Pellegrino.

– Alors, je vous assisterai, dit le pape.

Pellegrino fut étonné par cette proposition.

– Vous ? Mais…

– Je ne connais ni la Judée antique ni l'araméen, j'espère que les images suffiront. De toute manière, si je ne vous accompagnais pas, je ne tiendrais pas en place en attendant dans mon bureau !

– Vous êtes le pape, c'est vous qui décidez, dit Pellegrino.

– Nous ne ferons aucun film. Ce que nous verrons suffira.

Le garde suisse qui ouvrit la porte des archives secrètes fut étonné de voir arriver le père Ernetti en compagnie d'un autre homme qu'il ne connaissait pas. Quand il lui barra la route pour exiger son identité, il reconnut le pape en personne, curieusement habillé comme un simple prêtre. Il s'inclina, baisa son anneau et ouvrit la porte du laboratoire. Tandis que Pellegrino mettait le chronoviseur en état de marche, le pape commença à prier silencieusement. Puis il regarda le père Ernetti et lui proposa de programmer la date et l'heure de l'entrée de Jésus à Jérusalem.

Une fois de plus, peu avant la Pâque de l'an 26, ils virent Jésus sur son ânon, salué par le petit peuple de Jérusalem. Les uns, comme dit Matthieu dans son évangile, étendaient leurs manteaux sur le chemin, d'autres coupaient des branches et en jonchaient la route. Ceux qui suivaient le cortège criaient « Hosanna au fils de

David ! Béni soit celui qui vient au nom du Seigneur ! Hosanna au plus haut des cieux ! » Le pape était émerveillé. Il ne savait pas pourquoi, mais il reprenait espoir. Pellegrino se sentait moins optimiste, le chronoviseur lui avait joué tant de mauvais tours !

– Père Ernetti, avancez de quelques heures dans le temps. Allez voir ce qui se passe dans la grande cour du Temple, celle où sont installés les changeurs.

Pellegrino programma un saut dans le temps de quatre heures. Sous les colonnades, ils virent les tables des changeurs de monnaie, comme lors de la première plongée. Cette fois, il semblait y avoir du désordre. Un homme en colère renversait des étalages en vitupérant les marchands. Pellegrino se signa. Le pape, les larmes aux yeux, commenta cette scène en citant l'Évangile de Jean :

– « Alors il prit des cordes, en fit un fouet et les chassa tous de l'enceinte sacrée avec les brebis et les bœufs ; il jeta par terre l'argent des changeurs et renversa leurs comptoirs, puis il dit aux marchands de pigeons : ôtez cela d'ici ! C'est la maison de mon Père. N'en faites pas une maison de commerce ! »

Ils poursuivirent leur exploration, heure après heure. Cette fois encore, il n'y eut pas d'émeute sur le parvis du Temple. Cette fois encore, ils virent Jésus se recueillir, seul, au jardin de Gethsémani. Cette fois encore, au cours de la nuit, les gardes du Temple vinrent l'arrêter, sur les indications de Judas. Et à nouveau, comme dans un film qu'on revoyait pour la énième fois, Pierre sortit son glaive et blessa un des gardes. Cette fois encore, Jésus lui demanda de rengainer son épée. Pellegrino se tourna alors vers le pape, qui semblait rassuré. Il fut content pour lui.

– Hélas, dit-il au pape, nous ne pourrons pas voir la comparution de Jésus devant le grand prêtre, puis devant Hérode Antipas et Ponce Pilate. Toutes ces scènes se déroulent en intérieur. Le chronoviseur ne peut traverser les murs.

– Alors, sautez au lendemain sur la « Via Dolorosa ».

Il parlait de l'itinéraire que la tradition avait retenu pour être celui de la montée au calvaire de Jésus portant sa croix. Le chemin partait du Prétoire, c'est-à-dire de la forteresse Antonia, pour aboutir au Golgotha. Mais Pellegrino, avec toute la modestie dont il était capable, corrigea cette idée fausse.

– Nous ne verrons rien sur la « Via Dolorosa », Giovanni. Nous en avons parlé avec Natacha, ce n'est pas le bon endroit. Quand Pilate venait à Jérusalem, il ne logeait pas dans la forteresse Antonia, qui était froide et inconfortable, mais au palais d'Hérode Antipas. C'est donc là que Pilate a jugé Jésus. Le chemin du Golgotha devait débuter à la sortie du palais, à l'ouest de l'actuelle cité de David.

Le pape ne voulait pas s'encombrer de détails archéologiques. Il était pressé de voir se confirmer le récit des Évangiles.

– Allez-y, Ernetti. Vite !

Sur la route caillouteuse qui longeait les murailles de la cité, un petit groupe de soldats encadrait un condamné. C'était bien Jésus, coiffé d'une couronne d'épines, le corps marqué par les coups de fouet, portant le *patibulum* de sa croix jusqu'au sommet du Golgotha.

– Il ne porte pas la croix entière ? s'étonna le pape.

– Il n'y a rien d'anormal. La croix était trop lourde pour être portée par un seul homme. Jésus portait le tasseau transversal, qui était lui-même très lourd.

– Bon, bon, dit Paul VI, agacé. Avancez d'une heure dans le temps.

Pellegrino programma une heure de plus. Ils virent alors Jésus attaché par de grosses cordes à la croix plantée en terre. Les bourreaux perçaient deux gros clous dans ses talons. Le pape cita à nouveau l'Évangile :

– « Au-dessus de sa tête, ils placèrent une inscription indiquant le motif de sa condamnation : "Celui-ci est Jésus, le roi des juifs." Alors on crucifia avec lui deux bandits, l'un à droite et l'autre à gauche. »

Puis il s'agenouilla. Pellegrino en fit autant. Et tous deux se mirent à prier.

Le pape reprit :

– « Vers la neuvième heure, Jésus cria d'une voix forte : "*Éli, Éli, lema sabactani ?* Mon Dieu, mon Dieu, pourquoi m'as-tu abandonné ?" L'ayant entendu, quelques-uns de ceux qui étaient là disaient : "Le voilà qui appelle le prophète Élie !" »

Le père Ernetti cita la suite, qu'il connaissait lui aussi par cœur :

– « Aussitôt, l'un d'eux courut prendre une éponge qu'il trempa dans une boisson vinaigrée ; il la mit au bout d'un roseau et il lui donna à boire. Les autres disaient : "Attends ! Nous verrons bien si Élie vient le sauver." Mais Jésus, poussant de nouveau un grand cri, rendit l'esprit. »

Tout était fini. Jésus avait expiré, aucun messager n'était venu apporter une grâce de Pilate. Cette fois, le Christ était bien mort sur la croix. Les deux hommes se redressèrent lentement, les yeux emplis de larmes, et se regardèrent.

– Vous aviez raison de persévérer, Giovanni, dit Pellegrino. Cette fois, la scène est conforme, nous avons rectifié le cours de l'Histoire.

Montini, reconnaissant, le serra dans ses bras. C'est alors que…

93

– Que vient faire cette charrette ? dit le pape.

Conduite par un esclave, elle avait surgi du fond de la nuit. Elle s'arrêta juste devant la croix. Les deux gardes de faction se saisirent de grosses tenailles et déclouèrent les talons du supplicié, chacun de son côté. Comme la fois précédente, ils le détachèrent de sa croix. Puis, en le prenant par la tête et par les pieds, le jetèrent sans ménagement dans la charrette. L'esclave agita ses rênes et le véhicule se remit en route.

– Mais… où l'emmènent-ils ? demanda Pellegrino.

Montini était lui aussi perplexe. Dans les textes, Joseph d'Arimathie et Nicodème, deux membres influents du Sanhédrin, avaient obtenu de Pilate le droit de prendre soin de la dépouille de Jésus. Ils l'avaient eux-mêmes descendu de la croix, l'avaient recouvert d'un linceul et transporté dans le tombeau personnel de Joseph d'Arimathie, puis avaient fait rouler une grosse pierre devant l'entrée de la tombe. Le dimanche matin, quand Marie de Magdala était venue se recueillir devant le tombeau, elle découvrit que la pierre avait été roulée et que le corps de Jésus avait disparu. Elle alerta Pierre et Jean, qui allèrent à leur tour informer les disciples qui se trouvaient au Cénacle. Peu après, Jésus ressuscité apparut d'abord à Marie, puis aux autres apôtres. La bonne nouvelle se propagea alors dans tout Jérusalem : « Il est vivant ! »

Mais ce qu'ils voyaient à l'écran était bien différent.

Ni Joseph d'Arimathie ni Nicodème n'étaient venus. Juste cet esclave, et sa charrette. Avec son levier de commande, Pellegrino suivit son trajet. Elle s'arrêta à côté de la fosse commune. Un autre esclave l'attendait. Ils se saisirent du corps de Jésus et le déposèrent dans un trou fraîchement creusé. Puis, avec leurs pelles, ils remplirent le trou de terre. Le sol sembla se dérober sous les genoux de Pellegrino Ernetti et de Giovanni Montini. Pendant plusieurs minutes, le pape resta prostré, la tête entre les mains. Pellegrino avait arrêté la machine. Il n'osait déranger le pape, perdu dans ses pensées. Il fit à la hâte un peu de café, mais Montini ignora la tasse qu'il lui tendait.

– Cette fois, il est mort, père Ernetti. Il est mort, mais n'est pas ressuscité. Il a été enterré comme tous les hommes.

Le jeune prêtre chercha des paroles d'espoir, sans vraiment y croire.

– Pas forcément. Son corps n'a pas été déposé dans le tombeau de Joseph d'Arimathie, comme le dit l'Évangile, mais la résurrection a peut-être eu lieu ?

– Non, père Ernetti. Dans cette nouvelle réalité, son corps a pourri sous la terre.

– Je pourrais tout de même programmer la machine deux ou trois jours plus tard, pour nous en assurer ?

Le pape lui barra le chemin.

– Non ! Ne touchez plus à cette machine, je vous l'interdis. Encore une fois, vous allez changer l'Histoire !

Pellegrino n'aimait guère ce « vous ». *Homo humanum est.*

– Mais… sans la résurrection de Jésus, Saint-Père, il n'y a plus de christianisme ?

– À la grâce de Dieu, père Ernetti. À la grâce de Dieu. C'est lui, à présent, qui tient nos destins entre ses mains.

Ils se séparèrent. Pellegrino prit le train pour Venise et passa une semaine à méditer sur les bords du Grand Canal, au monastère de San Giorgio Maggiore. Il regrettait de ne pas avoir exploré les jours qui avaient suivi l'exécution de Jésus, mais le pape avait certainement raison d'être prudent. Replonger dans le passé était un risque qu'on ne pouvait plus prendre. Cette fois, Jésus crucifié était mort et enterré, comme un homme ordinaire. Qu'allaient faire les apôtres ? Pierre, Jean, André, Jacques ? Et la fidèle entre les fidèles, Marie de Magdala ? Allaient-ils abandonner leur foi toute neuve, retourner à leurs occupations quotidiennes ? Le christianisme était-il mort-né ? Pellegrino le redoutait. Dans ce cas, la grande vague des transformations de l'Histoire, prédite par Capezzi, allait-elle les atteindre ? Comment bouleversera-t-elle le monde ? À quelle vitesse ? Toutes ces questions étaient sans réponse. Tandis qu'il priait dans la basilique, un moine vint le chercher. Le pape, à Rome, l'appelait auprès de lui. Pellegrino soupira et se releva pour prendre une fois encore le chemin du Vatican. Il constata au premier coup d'œil que Montini était redevenu le pape Paul VI, autoritaire et distant.

– Père Ernetti, voici la décision que j'ai prise. D'abord, pas un mot sur cette dernière plongée dans le passé. Considérez-la comme un des grands secrets de l'Église.

– Très bien, je ferai comme vous dites.

– Ensuite, vous démonterez cette machine qui sera rangée dans des caisses et entreposée dans le coin le plus reculé des archives secrètes. Vous ferez une caisse à part avec tous les papiers de Majorana et les instructions de montage. Je vous demande une obéissance absolue.

– Vous l'aurez.

– Père Ernetti…, ajouta le pape.

Cette fois, Pellegrino sentit une hésitation dans sa voix.

– J'ai aussi un immense sacrifice à vous demander.

– Un sacrifice ?

Montini fut sur le point de continuer, puis se ravisa.

– Non, oubliez ce que j'ai dit. Nous en reparlerons plus tard, quand vous aurez démonté la machine.

Un « sacrifice » ? se demanda Pellegrino en quittant le bureau du pape. Qu'allait-on encore lui imposer ? Pouvait-il rester, encore et toujours, le Pellegrino qui disait oui à tout ?

94

Le Ponte dei Sospiri est le plus célèbre pont de la Sérénissime. On l'appelle le pont des Soupirs à cause des souffrances des prisonniers qui le traversaient avant d'aller vers leurs bourreaux.

Joe Fincher, qui aimait les belles choses, avait donné rendez-vous à Pellegrino sur le pont juste en face, le Ponte della Canonica.

– Savez-vous, père Ernetti, que lord Byron a écrit de beaux vers sur ce pont ?

– Non, je l'ignorais.

– Alors écoutez ça…

Fincher ouvrit un petit guide de Venise.

Je me tenais à Venise sur le pont des Soupirs
Un palais d'un côté, une prison de l'autre
Je vis sortant de la vague sa structure s'élever
Semblant venir d'un coup de baguette de l'enchanteur.

– Une belle métaphore, compte tenu de la situation où nous sommes.

– Le pape jette l'éponge ? demanda Fincher abruptement.

– Il ne veut plus entendre parler du chronoviseur. Il m'a demandé de le démonter.

Le visage de l'agent de la CIA se fit grave.

– Mon père, avez-vous replongé dans le passé avec cette machine ? En sachant ce que vous risquiez ?

– Non, éluda maladroitement Pellegrino, le pape faisait allusion aux précédentes expériences.

– Vous êtes un piètre menteur, père Ernetti. Cette fois, qu'avez-vous vu ?

– Je ne peux pas vous le dire, agent Fincher, le Saint-Père me l'a interdit.

Fincher frappa violemment sur la rampe du pont.

– Bon Dieu ! En tant que chrétien, j'ai besoin de savoir.

– Nous… nous n'avons rien vu de bon, souffla Pellegrino.

– Il m'a suffi de voir votre tête en arrivant pour l'avoir deviné. Donc, fini, les plongées dans le temps ?

– Je crois que c'est mieux, en effet.

– Je vous plains, père Ernetti. Je vous plains sincèrement.

Ils gardèrent le silence pendant qu'une gondole glissait gracieusement au-dessous d'eux.

– Et pendant ce temps, dit Fincher pensif, le monde continue de tourner… sans se douter qu'on a faussé ses engrenages.

– Il tourne, oui, mais jusqu'à quand ?

Fincher préféra changer de sujet.

– Natacha est partie ?

– La semaine dernière. Elle est employée au musée de Jérusalem, à présent. Elle m'a envoyé un petit mot.

– C'est une gentille fille. Elle a été très efficace à Moscou. Elle vous manque ?

Pellegrino hésita.

– Oui, elle me manque. Pendant quelques semaines ce fut ma meilleure amie, celle sur laquelle je pouvais compter. Sans elle, cette aventure m'aurait dévasté.

– Un prêtre est aussi un homme, n'est-ce pas ?

– J'ai fait un choix, agent Fincher, celui de me consacrer à Dieu et au…

– Au Christ ?

– Oui, au Christ.

– C'est votre affaire. Personnellement, je n'aurais pas votre force d'âme.

– Et vous, qu'allez-vous faire ? Partir sur une autre enquête ?

– Je vais sans doute retourner aux USA. La négociation réussie avec les Russes m'a valu de l'avancement. On me réclame à présent à Langley, en Virginie, notre nouveau siège.

– C'est plutôt une bonne nouvelle, non ?

– J'aurai plus de responsabilités et un meilleur salaire, mais je me trouvais bien à Rome. Ma femme m'a fait une scène, elle avait un bon travail ici. Mais nous partons quand même.

– Alors, bonne chance, monsieur l'agent Fincher. Et merci pour tout. Je n'oublie pas que vous m'avez sauvé la vie. Et j'ai beaucoup apprécié votre humanité, en plus de votre efficacité.

– Moi aussi, je vous aime bien, père Ernetti. En fait, je devrais vous appeler Pinocchio. Quand vous me mentiez, je voyais toujours votre nez s'allonger !

Quand le père Ernetti rentra au monastère de San Giorgio Maggiore, le concierge lui tendit un petit mot.

– Mon père, vous devez rappeler d'urgence ce numéro à Milan. Je n'ai pas noté le nom de la personne.

– À Milan ? Tiens…

– Vous pouvez appeler de mon bureau, lui dit le concierge. Je vous laisse un moment.

Pellegrino rappela. C'était le numéro d'Adriana Leonardo.

– Père Ernetti ?

– Que se passe-t-il, Adriana ?

– Mon frère vient de mourir.

C'était comme un nouveau coup de massue. Un de plus.

– Il était entré en dépression depuis plusieurs semaines. Les pères de la basilique San Nicola m'ont dit qu'il prononçait souvent votre nom. Il est mort cette nuit dans son sommeil. Nous l'enterrons mercredi au Cimetere Monumentale de Milan, dans le carré familial.

– J'y serai, Adriana. J'éprouve un immense chagrin.

– Il n'avait que des amis, vous savez ?

La cérémonie fut simple et émouvante. Le Vatican avait envoyé un représentant de l'Académie pontificale. Après la bénédiction, Adriana demanda au père Ernetti de prononcer quelques mots.

– C'est en perdant un ami, déclara Pellegrino, qu'on découvre quelle place il tenait dans la vie des autres. Même s'il avait choisi de se retirer loin du monde, la présence du père Leonardo était pour moi une source de consolation et d'espoir. Tu nous manqueras, Agostino.

Puis tous se dispersèrent. En revenant en autobus vers la gare, Pellegrino éprouva un terrible sentiment de solitude. Natacha et Fincher partis, Leonardo décédé, tous ceux qui avaient cherché à l'aider au cours de ces derniers mois avaient disparu. Il était seul, à présent, en face du pape.

95

– Je m'appelle Fabio. Fabio Lombardo, mais appelez-moi Fabio.

Le jeune abbé que le garde suisse avait introduit dans le laboratoire des archives secrètes était venu pour aider le père Ernetti à démonter la machine. Il n'avait reçu que des informations parcellaires, il savait seulement qu'il fallait faire vite.

– Très bien. Entrez, Fabio.

Le jeune homme resta interdit devant la machine.

– C'est… gros !

– Il nous a fallu des années pour la monter, pièce par pièce.

– Mais… à quoi…

– À quoi ça sert ? Si le pape ne vous a rien dit, je n'en ferai rien moi non plus.

– Je suis à vos ordres, mon père.

– Pour faire vite, nous nous contenterons de démembrer la machine en cinq parties, que nous rangerons dans des caisses de bois. J'ai numéroté les parties de 1 à 5. Nous allons d'abord prendre leurs mesures, que vous transmettrez à la menuiserie du Vatican. Pendant qu'ils fabriqueront les caisses, nous démonterons la machine. Avec un peu de chance, il nous faudra moins d'une semaine.

– Les services du pape m'ont parlé aussi de dossiers et d'instructions de montage.

Pellegrino comprit que le jeune abbé n'était pas seulement une paire de bras. En dépit de son allure innocente, Fabio était aussi un espion de Paul VI.

– Je les rangerai dans une valise à part, que j'apporterai moi-même au Saint-Père. À présent, au travail !

Cinq jours plus tard, le père Ernetti se rendit à une convocation du pape.

– Je vous remets cette valise, Saint-Père. Elle contient les dossiers de Majorana et les instructions de montage. Vous pourrez vérifier.

– J'ai confiance en vous, père Ernetti. Pour des raisons de sécurité, je ferai conserver la valise dans un autre endroit que la machine. Le démontage est terminé ?

– Pas totalement, il nous reste à déconnecter le système de programmation. C'est un travail délicat, qui me demandera au moins quarante-huit heures. Fabio ne peut pas m'aider.

– Je comprends. Demandez-lui d'emballer le reste dans les caisses et d'apposer mon sceau personnel sur les ouvertures. Vous en ferez autant avec la dernière caisse.

– Oui, euh… Giovanni ?

– Revenons à une relation plus officielle, si vous le voulez bien, père Ernetti.

– Oui, Saint-Père.

Le pape ouvrit un tiroir et en sortit un magazine populaire. Il l'ouvrit à la page qu'il avait cochée.

– Lisez cet article.

C'était plus un entrefilet qu'un article. Il était titré : « Un prêtre italien a-t-il mis au point une machine à voyager dans le temps ? » Pellegrino le parcourut rapidement.

– Ce n'est pas le premier de ce genre. L'agent Fincher m'en a montré un autre du même acabit.

– Vous savez qui communique ces informations à la presse ?

– Fincher me l'a dit. Carvalho, évidemment.

– Oui, il continue son travail de sape.

Pellegrino feuilleta le magazine.

– Saint-Père, cela n'ira pas très loin. C'est un magazine spécialisé dans l'ésotérisme et le paranormal. On y parle de soucoupes volantes, de maisons hantées, de la communication avec les morts. Personne ne prendra cette information au sérieux.

– Vous avez tort, père Ernetti, ce n'est qu'un début. Carvalho va continuer à alimenter la presse en rumeurs. Et il sera de plus en plus précis. Je ne sais pas à quel point il est informé sur ce que nous avons vu en Judée, mais je vous rappelle qu'il est lié au KGB. Un jour, je vous le dis, il révélera tout ! Il n'y a pas plus curieux que les journalistes, ils voudront savoir ce qu'il y a de vrai là-dedans.

– Mais comment arrêter ça ?

– Je ne connais qu'un moyen de couper court aux rumeurs, c'est d'allumer des contre-feux. C'est le sacrifice que je voulais vous demander, père Ernetti.

– Pourquoi parlez-vous d'un sacrifice ?

– Nous allons à notre tour communiquer des rumeurs à la presse. Nous vous ferons passer pour un inventeur légèrement mythomane, qui a exagéré les pouvoirs de sa machine. Pas un escroc, rassurez-vous, mais un chercheur emporté par son enthousiasme et son imagination. Vous accepterez aussi des interviews au cours desquelles vous esquiverez les questions en prétextant le secret. Je connais les journalistes, c'est le meilleur moyen d'éveiller leur méfiance.

Pellegrino était stupéfait par cette demande.

– Saint-Père, vous me demandez de me déconsidérer publiquement ! Et même de me ridiculiser.

– Je vous ai parlé d'un sacrifice, père Ernetti. Il faut oublier un peu votre ego pour sauver l'humanité d'une catastrophe. Je vais vous montrer autre chose.

Le pape rouvrit le tiroir et en sortit le magazine de science-fiction que Pellegrino avait jadis acheté chez un bouquiniste.

– J'ai pris le temps de lire *The Dead Past*, la nouvelle d'Isaac Asimov dont Majorana s'était inspiré pour imaginer le chronoviseur. C'est une histoire plutôt pessimiste, qui met l'accent sur la mauvaise utilisation qu'on pourrait faire d'une telle machine : nous transformer tous en voyeurs, faciliter la surveillance de chaque citoyen par une dictature, pulvériser toutes les barrières qui protègent encore notre vie privée.

– Je vous rappelle que la machine ne voit pas à travers les murs, Saint-Père.

– Elle le fera un jour. Pour ne rien arranger, nous savons à présent que le chronoviseur peut altérer la réalité. C'est une machine diabolique, père Ernetti !

– Il y a une solution plus simple : la détruire.

– Surtout pas, répondit le pape. Bien utilisée, elle pourrait rendre de précieux services. Mais il faut attendre que les hommes soient prêts à l'utiliser avec intelligence. Je ne serai pas le pape qui a détruit le chronoviseur, comme mon prédécesseur Urbain VII a condamné Galilée.

Pellegrino était effondré.

– Je… vous avez vu à quel point je savais obéir, Saint-Père. Je ne suis pas un rebelle. Mais là, ce que vous me demandez…

– N'en faites pas un trop grand cas, père Ernetti. Il suffira de quelques mois pour que tout le monde oublie cette malheureuse histoire. Une fois de plus, nous aurons vaincu Carvalho !

– Peut-être. Mais je ne peux pas vous dire oui… pas maintenant.

– Prenez quelques jours pour y penser. Et revenez me voir quand la machine sera complètement démontée.

96

– Oubliez votre ego ! Oublie-t-il le sien, lui ?

Natacha, à qui Pellegrino avait téléphoné à Jérusalem, l'avait rappelé de son bureau pour lui éviter de dépenser une fortune à la poste. Il avait gardé le silence sur sa troisième plongée en Judée, mais lui avait raconté son entrevue avec le pape. Elle était hors d'elle.

– Il ne pense qu'à fuir sa responsabilité dans ce qui est arrivé.

– Il ne pouvait pas se douter, Natacha, que le chronoviseur…

– Personne ne pouvait se douter. Personne ! Mais c'est à vous qu'on demande un sacrifice.

– Les dangers qu'il redoute sont réels, Natacha.

– Alors, qu'il détruise cette satanée machine !

– Il s'y refuse. Il ne veut pas prendre le risque, dans l'avenir, de passer pour un pape obscurantiste.

– Mais vous, vous devez accepter de vous ridiculiser publiquement. Refusez, mon père !

– C'est le pape, Natacha. C'est sur lui que reposent la cohésion et la survie de la chrétienté.

– Moi, je pense à vous, père Ernetti. Ils vont vous détruire et ensuite vous oublier. Votre vie, mon père, vaut celle des autres.

– Quand j'étais gamin, Natacha, je m'amusais avec mon voisin à faire des parties de bras de fer. Et vous savez qui gagnait ?

– Non ?
– Pas le plus fort, Natacha. Le plus malin !

*

Vers la fin de l'après-midi, Fabio avait rempli quatre caisses.
– Il est dix-huit heures, Fabio, dit Pellegrino, on va arrêter le démontage pour aujourd'hui. Rentrez chez vous.
– Merci, père Ernetti. Vous ne partez pas ?
Il hésitait. Sa mission consistait aussi à surveiller le père Ernetti. Mais comme on s'approchait de la fin…
– Je ne reste que cinq minutes, Fabio, le temps de déconnecter les derniers circuits. Demain, nous pourrons emballer la dernière partie dans la cinquième caisse.
– Très bien. À demain, mon père.

Huit heures ! Pellegrino passa huit heures à travailler sur les systèmes de programmation du chronoviseur. Ses circuits centraux étaient encore opérationnels, même si son corps démembré était disposé dans quatre grandes caisses. Délicatement, il délogea deux cartes électroniques du « cerveau » de la machine et les reprogramma de manière à les rendre complémentaires. Vers deux heures du matin, il fit un test. Il était positif. Les deux cartes étaient nécessaires pour rendre la machine opérationnelle. Il glissa l'une des deux dans sa poche, avec le sentiment d'être un saboteur ou un voleur, mais il n'en avait cure. Il était animé par un sentiment qu'il n'avait encore jamais connu. Ce n'était pas le désir de vengeance, Pellegrino était une âme qui ignorait la haine, c'était plutôt une rage intérieure contre tous ceux qui avaient cru pouvoir le manipuler, un cri de sa liberté.
À l'aube, il avait terminé. Il n'alla pas se coucher car il savait qu'il ne trouverait pas le sommeil. Il marcha longtemps dans les rues de Rome encore endormies. Vers sept heures du matin, il

entra dans la première brasserie ouverte et commanda un grand café. La tension qui l'avait animé la veille commençait à tomber. Il s'assoupit sur la banquette. Bientôt le brouhaha des conversations mêlées des travailleurs du matin, ponctuées par le bruit des percolateurs, le réveilla. Il regarda l'horloge. Il était neuf heures trente. À dix heures, il avait rendez-vous avec le pape. Tant pis, il irait le voir non rasé !

– J'accepte la nouvelle mission que vous m'avez confiée, Saint-Père, dit Pellegrino le visage grave. Même si elle me fait horreur.

Le pape se leva pour lui donner l'accolade. Mais le père Ernetti se détourna. Giovanni Montini était sorti de sa vie.

97

Au cours des mois qui suivirent, comme l'avait prédit le pape, les rumeurs sur le chronoviseur s'amplifièrent, sans doute alimentées par Carvalho. Un grand journal du soir en fit état sur une demi-page en multipliant les points d'interrogation, notamment sur d'éventuelles visites du père Ernetti aux temps évangéliques. Pellegrino tentait comme il pouvait de se faire une raison. Il partageait son temps entre quelques exorcismes et son travail de musicologue. Il enseignait au conservatoire Benedetto Marcello de Venise, organisait des concerts de musique ancienne, participait à des colloques spécialisés. En dépit de cette activité plutôt valorisante, le chronoviseur ne le lâchait pas. Trop souvent, dans ses conférences à Rome ou à Venise, il se heurtait à un curieux dans l'assistance qui lui demandait si cette histoire de machine à voir dans le passé était vraie, s'il avait rapporté des photos de ses voyages dans la Rome antique ou au temps des croisades. Et surtout s'il avait, comme on le disait, assisté à la crucifixion. Il éludait en soutenant qu'il ne répondrait qu'à des questions sur la musique.

Un jour, ce qui devait arriver arriva. Le service des relations extérieures du Vatican lui téléphona au monastère.

– Père Ernetti, nous avons une demande d'entretien adressée par un grand hebdomadaire de Milan, *La Domenica del Corriere.* Serait-il possible de vous rencontrer après-demain au service de presse du Vatican pour préparer cette rencontre ? C'est un ordre du pape. Vous demanderez le père Matteo Danieli.

Pellegrino raccrocha, très abattu. Pendant quelques mois, il avait espéré échapper à ce moment redouté. Mais l'abcès avait enflé, il fallait à présent le crever. Le surlendemain, il se rendit à Rome. Matteo Danieli était un de ces « communicants », comme on commençait à les appeler, qui avait le physique de l'emploi. Tout en lui sonnait faux : le sourire, le phrasé, le regard, les manières.

– Merci de vous être déplacé, père Ernetti.

– Je vous écoute.

– L'entretien aura lieu au studio du conservatoire de Sainte-Cécile, ici à Rome. Il sera enregistré pour la radio. Le journaliste prévoit aussi de faire une double page pour son hebdomadaire. Ce sera la première et *seule* interview de fond sur votre invention.

– Que voulez-vous que je leur dise ? demanda un Pellegrino résigné.

Danieli ouvrit un épais dossier dont il sortit une fiche d'instructions tapée à la machine.

– Nous avons beaucoup travaillé sur cet entretien, mon père. Voici nos propositions. Naturellement, ce sont des demandes du pape.

Une semaine plus tard, en fin d'après-midi, Pellegrino se présenta au conservatoire Sainte-Cécile. Il s'installa derrière un micro et se prépara à répondre aux questions du journaliste.

– Père Ernetti, certaines rumeurs disent que vous auriez réussi, avec un groupe de douze physiciens prestigieux, à mettre au point une machine capable de capter des images du passé. Est-ce vrai ?

– C'est exact.

– Qui sont ces physiciens ?
– Je ne vous donnerai aucun nom, je le regrette.
– Pourquoi ?
– C'est une question de sécurité. Pour eux et pour notre pays.
– Je comprends, mon père. Quel genre d'images avez-vous obtenu ?
– Celles de personnages disparus depuis des années, comme, par exemple, le pape Pie XII ou Benito Mussolini. Mais aussi des images d'un passé plus lointain.
– Beaucoup plus lointain ?
– Des milliers d'années.
– Ces expériences ont-elles été filmées ?
– Oui, naturellement.
– Peut-on voir ces films ?
– Impossible.
– Pourquoi ?
– Je ne peux pas vous le dire.
– Nous devons donc vous croire sur parole ?
– Je ne vous demande pas de me croire, monsieur.
Le journaliste soupira et consulta ses fiches.
– Père Ernetti, sur quelles bases théoriques repose votre découverte ?
– Je resterai discret sur les principes. Je vous dirai seulement qu'ils relèvent de la physique la plus avancée.
– Mais encore ?
– Il m'est interdit d'en dire plus.
– Pourrions-nous au moins avoir une photo de votre machine ?
– Il n'en est pas question !
– Mais enfin, pourquoi tous ces secrets ?
– Vous le comprendrez un jour.
Le journaliste commença à penser que le père Ernetti n'était qu'un mythomane de gros calibre. Pressé d'en finir, il ouvrit une chemise en carton. Il en sortit une photo.

– Vous nous avez communiqué une seule photo de vos voyages dans le passé, père Ernetti, cette photo du Christ.

Il exhiba un cliché qui montrait en gros plan une image de Jésus supplicié. Il portait la couronne d'épines et avait les yeux tournés vers le ciel.

– Il s'agit bien d'une photo ?

– Oui.

– Réalisée sur votre chronoviseur ?

– Oui.

– Vous avez donc assisté à la scène de la crucifixion ? La vraie ?

– C'est exact.

– Pouvez-vous m'en dire plus ?

– Non, pas aujourd'hui.

Le journaliste s'affaissa.

– Merci, mon père.

L'entretien était terminé. Tout en serrant la main de Pellegrino, le journaliste échangea un clin d'œil complice avec son preneur de son.

Pellegrino était à Venise quand l'article de *La Domenica del Corriere* fut publié. Il occupait deux pages entières du journal. La première était un compte rendu de l'entretien, précédé d'un commentaire ostensiblement ironique. L'autre page était la photo du Christ crucifié que Pellegrino avait communiquée au journaliste. De rage, il froissa le journal et le jeta dans une poubelle. Il traversa la place Saint-Marc en ayant le sentiment que les passants le regardaient en riant de lui. Quand il se rendit à son cours au conservatoire Benedetto Marcello, quelques jours après, le directeur du conservatoire le guettait depuis son bureau qui donnait sur la cour. Il frappa à la vitre, faisant signe à Pellegrino de venir le trouver. Il agitait un journal et semblait furieux.

– Quel besoin aviez-vous de vous couvrir de ridicule ? Cela ne vous ressemble pas, père Ernetti. Notre conservatoire est un établissement sérieux !

Il lui tendit *La Stampa*. Dans le supplément scientifique, *Tutto Scienze*, il vit que sa supposée photo du Christ était imprimée en vis-à-vis d'une autre image, presque semblable.

– Pourquoi avoir fait ce trucage ? s'emporta le directeur. Qu'aviez-vous besoin de cette publicité ?

Pellegrino parcourut l'article. Une semaine après la publication de son entretien, un autre journaliste avait découvert que la photo publiée par *La Domenica del Corriere* était la reproduction d'une image pieuse qu'on vendait à la sortie des églises dans la région de Pérouse. Elle était elle-même copiée sur une sculpture d'un artiste espagnol. De toute évidence, c'était un faux grossier. Pellegrino le savait, évidemment. La photo avait été communiquée aux journalistes pour qu'ils découvrent le trucage. Ils n'avaient pas mis longtemps. Des larmes lui vinrent aux yeux.

– Je ne sais pas quoi vous dire, monsieur. Je vis depuis quelques semaines une sorte de… cauchemar éveillé.

– Quoi qu'il en soit, ce n'est pas bon pour la réputation de notre établissement. Avez-vous songé, mon ami, à consulter un psychiatre ?

– Je vais y penser, monsieur le directeur.

Le père Ernetti était très apprécié de ses élèves. C'est pourquoi le directeur du conservatoire, qui n'avait pas envie de l'accabler, lui conserva son poste. D'autant que personne, au Vatican, n'exigea plus rien de lui. Les rumeurs sur le chronoviseur cessèrent immédiatement après la publication de l'article de *La Stampa*. L'opération, menée de main de maître, était un franc succès. Carvalho appela même le responsable du service de presse du Vatican pour saluer son professionnalisme.

– Matteo Danieli, vous avez réussi à déconsidérer la machine du père Ernetti avec une virtuosité qui m'a laissé pantois. Je m'incline devant un grand professionnel !

Carvalho était une âme perfide qui avait au moins un mérite, il respectait ses ennemis quand il les trouvait aussi perfides que lui.

98

Ce qu'il y a de merveilleux avec Venise, se dit le père Ernetti, c'est qu'elle n'est jamais identique à elle-même. Chaque jour la change, comme si le temps qui passe était son meilleur ami. Saint Augustin se trompait quand il déduisait d'un syllogisme fallacieux que le temps n'existe pas. Il existe, et heureusement. Quand il était enfant, la mère de Pellegrino utilisait un tuyau d'arrosage pour nettoyer la terre qui s'était incrustée sur leur petite terrasse. Le jeune garçon prenait un réel plaisir à la voir s'enfuir, chassée par le jet rageur du tuyau qu'elle pinçait entre deux doigts pour augmenter sa puissance. Le temps est pareil, il efface tout, même les pires blessures. D'autres que lui, ayant traversé des expériences comparables, en auraient été meurtris pour longtemps, peut-être pour toujours. Mais la rumination était un poison qu'ignorait le père Pellegrino Ernetti. D'où venait le miracle ? Il n'avait qu'une explication : sa mère, l'amour qu'elle lui avait donné.

En s'ajoutant les unes aux autres, les années lui rendirent le respect de lui-même qu'il croyait avoir perdu. Il se donna sans réserve, avec sa passion communicative, à son enseignement de la musique. Il écrivit même un gros traité, très savant, qui récapitulait tout ce qu'on pouvait savoir sur les musiques prépolyphoniques de l'Antiquité.

Parfois, dans ses songes éveillés, il revoyait la machine de Majorana. Pour l'instant, c'était une machine interdite. Mais il est peu d'exemples d'une belle idée qu'on tienne longtemps sous le boisseau. Le musicologue qu'il était se prit alors à rêver : peut-être, quand elle ressortira de sa prison, saura-t-elle capter les sons ? On pourrait assister à des concerts donnés à la cour de Thoutmôsis III ou de Ramsès II, écouter les premiers aèdes chanter les vers d'Homère, entendre les chœurs antiques des tragédies d'Eschyle ou de Sophocle. Mais vivrait-il assez longtemps pour en être témoin ?

Jamais il n'avait cherché à reprendre contact avec le pape Paul VI. À plusieurs reprises, au cours des premières années, le Saint-Père avait demandé à son secrétaire d'État d'inviter le père Ernetti au Vatican. Sous des prétextes divers, il avait refusé. Il n'était pas mû par le ressentiment, mais par un réflexe vital qui l'empêchait de regarder en arrière. La vie l'avait au moins rassuré sur un point : lui qui croyait avoir « cassé » l'Histoire comme un enfant brise une porcelaine découvrit avec soulagement que sa faute – car, même si c'était injuste, il se sentait coupable de tout – n'avait pas eu de conséquences notables. Au début, la tête rentrée dans les épaules, il avait attendu que déferle sur le monde le tsunami historique prédit par le professeur Capezzi. Mais rien, il ne se passa rien. C'était étrange, mais il ne chercha pas à comprendre, profitant au mieux de ce cadeau du ciel.

*

Deux ans après avoir été élu pape, Paul VI mit fin au concile Vatican II, qui avait permis à l'Église de se réconcilier – un peu – avec son temps. Il publia plusieurs encycliques importantes et fut au total un pape modéré, privilégiant le respect de la tradition à un modernisme échevelé. Le grand âge venant, il fut frappé par une crise cardiaque dans sa résidence d'été de Castel Gandolfo.

« Immédiatement, immédiatement », dit-il quand on lui proposa de recevoir l'onction des malades.

Il avait réussi à remplir son office toute la semaine, mais n'avait pas pu servir la messe le dimanche matin. Après avoir reçu ses proches, ainsi que quelques dignitaires, il demanda qu'on fasse venir à son chevet le père Pellegrino Ernetti.

– Il est arrivé ? demanda-t-il à plusieurs reprises.

– Je suis là, Saint-Père.

– Ah, merci, merci ! Comme vous devez me haïr, père Ernetti. Mais vous êtes venu voir votre pape quand il se prépare à monter au ciel. Vous avez souffert, n'est-ce pas, mon enfant ?

– J'ai vécu des moments difficiles, Saint-Père. Mais je suis chrétien, je sais pardonner.

– Alors, pardonnez-moi, mon fils ! Bientôt, en rencontrant Notre Seigneur, je saurai si cette machine a provoqué les dégâts que nous redoutions ou s'il ne s'agissait que d'un mauvais rêve. Je suis le seul fautif, mais je n'ai pas toujours eu le courage de regarder mes fautes en face.

– Soyez pardonné, Saint-Père.

– Pas « Saint-Père », Pellegrino. Pour vous, c'est Giovanni. Giova…

Ce furent ses dernières paroles. Le médecin s'approcha et déclara solennellement :

– *Il papa è morto !*

Le nouveau pape, qui prit le nom de Jean-Paul Ier, mourut trente-trois jours après son élection. Son règne très bref ne lui laissa pas le temps de prendre une décision quant au sort qu'il comptait réserver au chronoviseur. Le cardinal de Cracovie lui succéda sous le nom de Jean-Paul II. Il décida froidement d'abandonner la machine aux oubliettes des archives secrètes du Vatican.

*

Dom Alberto Carvalho, lui, n'aimait pas se bercer d'illusions. Dans cette affaire, il avait échoué sur toute la ligne. Son « ami » Karol Wojtyla avait été informé de ses manœuvres et refusait désormais de le recevoir. Il ne lui restait plus qu'à reprendre l'action politique dont l'avait (un peu trop) détourné la machine du Vatican. Il nourrissait un dernier espoir, le même – mais à l'envers – que celui du père Ernetti. Il attendait de voir déferler sur le monde les bouleversements provoqués par l'utilisation du chronoviseur. Le ministre de l'Intérieur, présent à la réunion avec le pape, lui avait tout raconté. Carvalho avait donc formé de nouveaux desseins : en rebattant les cartes de l'Histoire, les changements à venir lui offriraient peut-être des leviers inédits dont il pourrait se servir. Il guetta donc le moindre détail attestant que la réalité historique ou politique était en train de se modifier, comme dans un morphing de cinéma.

Il n'en fut rien.

Les mois, puis les années passèrent. Le christianisme était inchangé, identique à ce qu'il avait toujours été. Décidément, se dit Carvalho, cette affaire avait l'allure irréelle et frustrante d'un rêve éveillé. En bon adepte de la realpolitik, il décida alors d'attendre que l'Histoire – la vraie, pas d'improbables histoires parallèles – lui offrît une nouvelle occasion de faire avancer la révolution théologique et sociale qu'il appelait de ses vœux.

99

C'était un jour de « grandes eaux » à Venise. Souvent, au début de l'automne, les pics des marées provoquent une inondation qui amuse les touristes, et que les habitants de la Sérénissime subissent avec le sourire résigné des habitués. L'*acqua alta* ne dure que quelques heures et cesse en début d'après-midi. Comme le Carnaval, c'est un moment de petite folie où la vie quotidienne se transforme. Des passerelles de bois permettent de traverser la place Saint-Marc sans se mouiller, la plupart des commerces restent ouverts, des marchands ambulants proposent des paires de bottes en plastique pour un prix modique.

C'était si différent, se dit Natacha, de l'été brûlant et sec qu'ils avaient connu cette année-là à Jérusalem ! Le ferry qui arrivait de l'aéroport l'avait débarquée avec sa valise aux abords de la Piazza San Marco. Malgré l'inondation, elle avait trouvé très vite la petite rue dans laquelle elle avait retenu une chambre d'hôtel. Elle frôlait désormais la quarantaine, mais avait gardé sa belle ligne sportive. Son dynamisme lui avait permis de passer en quelques années du poste de conservatrice adjointe à celui de conservatrice tout court, chargée du département du musée d'Israël consacré à l'histoire du judaïsme européen. C'est d'ailleurs pour une exposition sur les communautés juives d'Europe qu'elle était à Venise. Mais aujourd'hui, elle avait une visite à faire.

Après avoir posé ses valises, elle gagna la station du *vaporetto* devant l'hôtel Danieli. Il y avait plusieurs années qu'elle n'avait vu le père Ernetti. Elle lui avait envoyé de longues lettres auxquelles il répondait par des courriers trop brefs. Il était devenu réticent à parler de lui-même. Elle n'avait pas insisté, comprenant qu'il était tenu au secret. Elle avait tout de même deviné que le pape avait fait démonter le chronoviseur après avoir ridiculisé son inventeur. Pauvre Pellegrino ! C'est aussi pour éviter de penser à cette affreuse histoire, qui l'avait meurtrie, que Natacha s'était consacrée sans réserve à son nouveau métier. Mais il était temps de recoller quelques morceaux de sa vie.

Le *vaporetto* la fit passer de l'autre côté du Grand Canal. Elle prit pied sur la petite île de San Giorgio Maggiore qui n'avait pas été touchée, elle, par l'*acqua alta*. Elle se présenta au monastère et demanda à parler au père Ernetti. « Il est au réfectoire, lui répondit-on, il aime s'installer sur les grandes tables, en dehors des heures des repas, pour étaler ses partitions. » En dépit de l'obscurité de cette fin d'après-midi, elle le reconnut immédiatement. Ses cheveux s'étaient teintés de mèches grises, mais il avait conservé son allure et son sourire d'enfant.

– Père Ernetti ?

Il leva la tête. Une immense joie illumina son visage. Ils s'enlacèrent longuement, sans rien dire, tout au plaisir de se retrouver.

– Combien de temps ? lui dit-il.

– Je ne sais pas. Trop longtemps en tout cas.

– Laissez-moi vous regarder.

Elle recula d'un pas.

– Vous êtes toujours aussi belle, Natacha !

– Merci, mon père. Vous non plus, vous n'avez pas tellement changé.

– Un peu d'exercice chaque matin et une nourriture saine, c'est le secret. Ne me dites pas que vous êtes venue à Venise juste pour me voir ?

– Je ne pouvais pas rater cette occasion. Mais officiellement, je suis en mission pour mon travail. Je suis conservatrice au Musée archéologique d'Israël, à Jérusalem.

– Encore des aventures sur les terrains de fouilles ?

– Pensez-vous, il y a longtemps que je ne gratte plus la terre. Je passe mes journées enfermée dans un bureau. Savez-vous, mon père, qu'il y a des jours où le Vatican me manque ?

Il éclata de rire.

– Celle-là, c'est la meilleure ! Venez vous asseoir avec moi.

Il l'entraîna près de la cheminée.

– C'est si étonnant de vous voir aujourd'hui. Figurez-vous que j'étais en train de vous rédiger une longue lettre. J'avais presque fini.

– Des lettres, père Ernetti, vous ne m'en avez pas envoyé beaucoup !

– Ne m'en voulez pas, Natacha, le pape m'avait interdit de parler de la machine. Et j'avais tellement honte.

– Vous ne m'avez pas écoutée, vous avez accepté tout ce qu'il vous a demandé.

– Pas tout, justement. Je vous l'expliquais dans ma lettre. Attendez quelques secondes, je vais la chercher.

Elle patienta en assistant à une scène qui semblait venue du Moyen Âge. Sur la grande table du réfectoire, deux jeunes moines préparaient une confiture de prunes dans une grande bassine de cuivre. Ils venaient d'ajouter le sucre, la vanille et le jus de citron dans les fruits dénoyautés. Ils se mirent à remuer le mélange avec des louches en bois. Leurs gestes étaient admirablement synchronisés, comme dans un ballet.

Pellegrino revint, un peu essoufflé. Il lui tendit une lettre de plusieurs pages.

– Vous la lirez à tête reposée. Il y a des choses qu'on peut dire, et d'autres qu'il est plus facile d'écrire…

Puis il fouilla dans sa soutane et en sortit une petite boîte de nacre.

– Et il y avait cet objet, que je voulais vous envoyer à Jérusalem. Mais puisque vous êtes venue…

– C'est quoi ? Un cadeau ?

– Une charge plutôt, que je vous demande de partager avec moi. Je vous expliquerai. Mais d'abord, parlez-moi de vous !

Pendant un moment, au coin du feu, elle lui raconta ce qu'elle avait fait de sa vie. Dov Sitbon était devenu son mari. Comme ils n'avaient pas eu d'enfants, son travail au musée remplissait la plus grande partie de son temps. Le père Ernetti parla de sa passion pour les musiques anciennes. Il lui fredonna même une mélodie de l'ancienne Babylone. À la fin, pourtant, Natacha posa la question qu'elle avait sur le bout de la langue :

– Je ne sais pas si vous pourrez me répondre, mon père, mais je suis curieuse…

– Dites toujours.

– En partant de Rome, la dernière fois, j'étais certaine que le pape allait vous demander à nouveau de replonger au temps de Jésus. Je me trompe ?

– Non, c'est vrai. Et cette fois, il était à mes côtés.

– Qu'avez-vous vu ?

Il eut un sourire, puis se décida :

– C'est un secret d'État. Mais à vous, Natacha, je peux bien le dire.

Il lui chuchota la suite à l'oreille.

– La réalité avait encore changé. Le Seigneur est mort sur la croix, mais personne n'est venu le chercher. Il est mort comme tout le monde.

– Sans ressusciter ?

– Apparemment pas. On l'a enterré dans une fosse commune.

– Comment a réagi le pape ?

– Il était dévasté. Et trois jours après, il m'a demandé de démonter la machine. Il était très inquiet à cause des bouleversements de l'Histoire que la machine allait provoquer.

– Pourtant, constata Natacha, des années ont passé et le christianisme est toujours là.

Pellegrino frappa un poing dans sa paume.

– Comme un roc, Natacha, il a tenu comme un roc !

Il parlait du christianisme comme on parle d'une équipe de football. Mais Natacha était songeuse.

– Tout cela reste très énigmatique.

– C'est vrai. Le professeur Capezzi en a conclu que les différents scénarios que nous avons explorés n'étaient que virtuels, qu'ils ne changeaient rien à la réalité. S'il a raison, nous nous sommes inquiétés pour rien.

Natacha n'était guère convaincue par cette explication qu'elle trouvait un peu trop facile.

– Mais si le professeur Capezzi se trompe, dit-elle, si la machine a vraiment changé l'Histoire ?

– Ne parlez pas de malheur !

Elle insista :

– Père Ernetti, si Jésus est mort comme tous les hommes… et si le christianisme est toujours debout, comment est-il né ?

Cette question, Pellegrino se l'était posée mille fois.

– Ne cherchons pas trop à comprendre, Natacha, ce sont les petits secrets de Dieu !

Les moines qui préparaient la confiture emportèrent leur bassine. D'autres arrivèrent et commencèrent à étendre de longues nappes sur les tables du réfectoire. Natacha se leva. Il la raccompagna à la sortie du monastère. Quand ils furent sur le quai du Grand Canal, Pellegrino lui donna la petite boîte de nacre.

– N'oubliez pas mon cadeau.

Délicatement, elle ouvrit la boîte. Ce qu'elle vit à l'intérieur la laissa perplexe.

– Mon père, c'est une trop grande responsabilité. Je ne suis pas sûre de…

Il lui parla d'un ton grave, presque pressant :

– Natacha, cette machine va bouleverser tout ce que nous savons du passé. Si nous apprenons à nous en servir, elle pourrait éclairer l'humanité, mais aussi déclencher des guerres. Un jour ou l'autre, j'en suis certain, ils la sortiront de sa prison et reviendront vers moi pour me demander, à nouveau, des choses impossibles.

– Cette fois, vous devrez vous défendre !

– Seul, vous le savez bien, je ne le pourrai pas. Je ne suis qu'un prêtre, aux ordres du pape. Vous êtes plus libre que moi, Natacha. Grâce à cette petite boîte, nous serons deux à décider. Et tout sera différent !

Elle avait compris. Elle glissa l'objet dans son sac.

– Merci pour votre confiance, mon père. Vous avez sans doute raison, il nous faudra au moins être deux pour résister aux tentations du Diable !

Ils eurent un rire chaleureux et complice. En face, le grand campanile de Venise était inondé par la lumière orangée du soir. Le tintement d'une petite cloche signala que le *vaporetto* venait d'arriver. Natacha lui fit un *ciao* de la main. Il lui adressa un baiser.

Pendant quelques secondes, Pellegrino regarda le bateau s'éloigner, puis plongea sa main dans sa poche et relut le télégramme qu'il avait reçu le matin même. Il émanait du Vatican : « Père Ernetti, nous avons besoin de vous. Quelque chose de terrible est arrivé. *Che Dio ci aiuti*, Que Dieu nous aide. » Et il était signé : « Sa Sainteté le pape Jean-Paul II. »

DU MÊME AUTEUR

Le roman des momies
Stock, 2017

Mémoire totale
Stock, 2018

Les enfants de Mathusalem
Stock, 2019

Composition Nord Compo
Impression CPI Bussière en juin 2020
Éditions Albin Michel
22, rue Huyghens, 75014 Paris
www.albin-michel.fr
ISBN : 978-2-226-45154-5
N° d'édition : 24014/02 – N° d'impression : 2052139
Dépôt légal : avril 2020
Imprimé en France